VERSCHLEIERT IM MONDLICHT

MINISTERIUM DER KURIOSITÄTEN, BAND #8

C.J. ARCHER

Übersetzt von
ANNETTE SPRATTE

WWW.CJARCHER.COM/

Verschleiert im Mondlicht, Ministerium der Kuriositäten, Band 8

Originaltitel: Veiled in Moonlight © 2017 C.J. Archer

Aus dem Englischen übersetzt von Annette Spratte
© 2024

KAPITEL 1

LONDON, FRÜHLING 1890

*D*as Problem mit Hochzeiten ist, dass jeder seinen Senf dazugeben will, vom Datum der Zeremonie bis zur Länge des Brautschleiers. In den zwei Monaten, seit Lincoln und ich unsere Verlobung bekannt gegeben haben, wurde ich vom Lichfield Towers Haushalt mit Ratschlägen überflutet. Selbst der Koch bestand darauf, dass die Hochzeitstorte mit Zuckerfiguren geschmückt werden musste, die mich und Lincoln darstellten. Anscheinend hatten dieser Tage alle gesellschaftsrelevanten Hochzeitstorten exotische Dekorationen. Ich glaubte zwar nicht, dass jemand mit meiner Vergangenheit als Teil *dieser* Gesellschaft betrachtet werden konnte, aber wenn Lady Vickers ihren Willen bekam und die Hälfte des Adels teilnahm, dann hatte der Koch möglicherweise recht.

Nicht, dass ich Lady Vickers in Sachen Gästeliste nachgeben würde. Ich wollte niemanden bei meiner Hochzeit haben, den ich noch nie persönlich kennengelernt hatte. Es war schlimm genug, dass Lord Gillingham dabei sein würde, aber seine Anwesenheit war unvermeidlich, da ich seine Frau mochte. Was Lady Harcourt und ihre beiden Stiefsöhne anging, konnte ich mich nicht entscheiden. Lincoln überließ es mir. Als ich ihn einen Feigling genannt hatte, hatte er erwidert, dass er am liebsten gar keine Gäste einladen und schon am nächsten Tag heiraten würde. Danach war es unmöglich gewesen, mit ihm zu diskutieren.

Seth und Gus zankten darüber, wer mich zum Altar führen durfte, und versuchten gelegentlich, mich mit Süßigkeiten oder Geschenken zu bestechen, bis ich sie aus ihrem Leid erlöste und sie beide darum bat. Der Waffenstillstand währte weniger als einen Tag, dann ging es darum, wer die traditionelle Position des Vaters der Braut auf meiner linken Seite einnehmen durfte. Lincoln versuchte sich als eine Art Friedensstifter, indem er ihnen vorwurfsvolle Blicke zuwarf, doch leider fand keiner der beiden ihn mehr so furchteinflößend wie früher.

„Sie brauchen eine Aufgabe", sagte ich an einem kühlen, aber sonnigen Märztag zu Lincoln. Er hatte vorgeschlagen, eine Runde durch den Garten zu drehen, um die Narzissen zu betrachten, die tapfer ihre goldenen Köpfe aus der kalten Erde streckten. Ich hatte dem gern zugestimmt, teils, um von Seth und Gus wegzukommen, teils weil ich mit Lincoln allein sein wollte. Obwohl wir im gleichen Haus lebten, waren wir selten unter vier Augen. Laut ihm sollten wir bis zur Hochzeitsnacht nicht allein sein. Selbst unsere Spaziergänge fanden in den Teilen des Gartens statt, die vom Haus aus zu sehen waren.

„Sie nerven, wenn sie sich langweilen", stimmte er mir zu. „Ich werde ihnen eine Aufgabe geben. Ihre Verletzungen sind verheilt und es gibt Arbeiten zu erledigen." Er legte seinen Arm um meine Taille und zog mich näher. „Ist dir warm genug, Charlie?"

„Nein. Halte mich fester."

„Lügnerin", murmelte er, zog mich aber trotzdem enger an sich.

Ich neigte ihm mein Gesicht zu. „Küss mich."

Er küsste meine Stirn.

„Ich meinte meine Lippen."

Sein Blick glitt zum Haus. „Lady Vickers beobachtet uns."

„Um sie zu schockieren, wirst du mich auf dem Rasen vernaschen müssen. Abgesehen davon willst du mir doch nicht weismachen, dass du Angst vor Lady Vickers hast, oder?"

„Es ist nicht ihre Missbilligung, die ich fürchte, sondern ihre Standpauken. Sie hat die Angewohnheit, stundenlang über den

Schutz deiner Tugend zu schwadronieren. Weder böse Blicke noch die Drohung, sie rauszuwerfen, halten sie davon ab. Sie ist ein einzigartiges Individuum."

„Das ist sie auf jeden Fall." Ich nahm seinen Arm, verschränkte meine Hände um seinen Ellenbogen und wanderte weiter mit ihm die Einfahrt entlang. Der Rasen war zu feucht und rutschig und der Obstgarten zu weit vom Haus entfernt für Lincolns neu entwickelte Prüderie. „Ich glaube allerdings nicht, dass es Lady Vickers' Standpauken sind, die dich davon abhalten, mich zu küssen. Es ist dein selbst auferlegter Bann. Du hast Angst, dass ein Kuss auf meine Lippen zu intimen Begegnungen im Schlafzimmer führen wird."

„Nicht nur im Schlafzimmer", murmelte er.

Meine Wangen glühten trotz der kalten Luft. Der Winter war vielleicht vorbei, aber so ganz hatte er sich noch nicht verzogen. Ich hatte ihn nie gemocht, nachdem ich jahrelang in dünnen Schuhen über eisglatte Straßen gelaufen war und mich mit anderen Kindern in verfallene Häuser gekauert hatte, die weder Feuchtigkeit noch Kälte abhielten. Frühling bedeutete, dass der langsame Anstieg zur Wärme begonnen hatte. Ich freute mich auf die ersten Blumen, denn es bedeutete, dass sie irgendwie den harten Winter überlebt hatten. Wie ich.

Dieser Frühling markierte meine vierte Jahreszeit in Lichfield Towers. Ich war seit neun Monaten hier und würden den Rest meines Lebens bleiben. Manchmal musste ich mich kneifen, um sicherzugehen, dass ich nicht träumte. Ich atmete die süße Luft ein und betrachtete die Aussicht vor und den gut aussehenden Anblick neben mir.

Lincoln hörte auf, mich unter gesenkten Wimpern zu beobachten, zog mich in seine Arme und küsste mich leidenschaftlich auf den Mund.

Einen Moment später traten wir zurück und ich blickte zum Haus. Niemand spionierte uns nach.

„Sie hat sich vom Fenster wegbewegt", sagte er.

„Und ich bekomme nur einen Kuss?"

„Ich habe dich nicht hier heraus gebracht, um dich zu küssen. Ich will reden."

Ich sah ihn scharf an. Lincoln war nicht gerade ein Plauderer.

„Das klingt ominös. Geht es um die Dinnerparty heute Abend? Da musst du nämlich anwesend sein. Du kommst nicht darum herum, also gib nicht vor, deine Verletzungen würden dir noch zu schaffen machen. Ich weiß, dass dem nicht so ist."

„Die Hoffnung, den heutigen Abend umgehen zu können, habe ich lange aufgegeben. Das will ich auch gar nicht. Ich freue mich darauf, dich strahlen zu sehen."

Die heutige Party, meine erste als Gastgeberin, war bis ins kleinste Detail geplant. Der Koch hatte schon vor Wochen mit den Vorbereitungen begonnen. Die Haushälterin Mrs Cotchin und der Butler Doyle hatten vorübergehend zusätzliche Kräfte eingestellt und alles war für die Ankunft unserer Gäste in sieben Stunden bereit, von den polierten Türklinken bis zur Eishöhle im Keller, in der der Koch seine Eisblöcke unterbrachte. Unter Lady Vickers' Anleitung hatte ich nichts dem Zufall überlassen.

„Also worüber möchtest du mit mir sprechen?", fragte ich.

„Türen."

„Wie bitte?"

„Türen. Eine Tür, um genau zu sein—Alice."

„Ah. *Diese* Art von Tür."

Als Lincolns Mutter meiner Freundin Alice Everheart begegnet war, hatte sie sie als Tür zu anderen Welten bezeichnet. Alice hatte Träume, die zum Leben erwachten und für die um sie herum Chaos stifteten, doch es schien, als hätten wir uns bezüglich der Ursache getäuscht. Es war nicht ihre Vorstellungskraft, die zum Leben erwachte, sondern echte Personen aus anderen Sphären, die kamen und nach ihr suchten. Irgendwie brachten Alices Träume sie her. Lincoln hatte seither Nachforschungen über andere Welten, Portale und Reisen zwischen den Welten angestellt, mit geringem Erfolg. Ich hatte ihn gedrängt, seine Mutter aufzusuchen und sie zu fragen, was sie wusste, doch das hatte er abgelehnt.

Stattdessen war er nach Frakingham House in Hertfordshire gefahren, wo ein Gentleman namens Jack Langley lebte. Lincoln hatte Langley und seine Frau vor einem Jahr in Paris getroffen, wo er erfahren hatte, dass der Gentleman allein durch die Kraft seiner Gedanken Feuer entzünden konnte. Lincoln hatte ihn nach seiner Rückkehr nach London in die Akten des Ministeriums aufgenommen, ihn seither aber nicht wieder kontaktiert. Um mehr über verschiedene Welten herauszufinden, hatte eine Ahnung ihn zu dem Anwesen geschickt, das die lokale Bevölkerung Freak House nannte. Eine Woche später war er enttäuscht zurückgekehrt. Mr Langley hatte so getan, als wüsste er nicht, wovon Lincoln sprach. Lincoln hatte gewusst, dass er log. Die seherischen Fähigkeiten seiner Mutter flossen in seinen Adern, wenn auch in abgeschwächter Form. Seine Instinkte waren dadurch jedoch stark ausgeprägt.

„Gestern kam ein Brief von Langley an", sagte Lincoln.

„Hat er sich entschieden, dir zu sagen, was er weiß?", fragte ich voller Hoffnung.

„Er weigert sich noch. Darüber wollte ich mit dir sprechen. Du musst mir helfen, Alice zu informieren, dass wir ihren Zustand weder erklären noch beseitigen können. Du wirst ihr die Nachricht besser überbringen können als ich."

„Wir müssten ihr gar keine schlechten Nachrichten überbringen, wenn du zustimmen würdest, deine Mutter zu besuchen und *ihr* Fragen zu stellen anstatt einem Fremden in Hertfordshire."

Die Muskeln in seinem Arm versteiften sich. „Wir wissen nicht, ob Leisl Antworten darauf hat."

„Ganz genau. Wir *wissen* es nicht. Wir werden es nie wissen, wenn du sie nicht aufsuchst." Ich seufzte. Es war sinnlos, ihn zu drängen. Ich hatte es unzählige Male versucht, erfolglos.

Eine kalte Brise wehte die Einfahrt herauf und ich kuschelte mich an Lincolns Seite. Er steuerte auf das Haus zu und half mir in der Eingangshalle aus dem Mantel. Wir brauchten Doyle nicht zu fragen, wo Alice war. Die dramatischen Klänge einer Beethoven-Sonate füllten das Haus und sie war die Einzige, die so gut Klavier spielen konnte.

Wir umrundeten Lakaien, die Silberbesteck ins Esszimmer brachten, und fanden Seth an der Wand vor dem Musikzimmer lehnend, wo er eine zusammengefaltete Zeitung las. Er konnte weder vom Zimmer aus gesehen werden, noch konnte er hineinblicken. Mit einem Finger an den Lippen bat er um unser Schweigen.

„Ich bin nicht hier", flüsterte er.

„Wo bist du?", flüsterte ich zurück.

Er verdrehte die Augen und scheuchte uns mit einer Geste durch die Tür.

Lincoln beugte sich zu mir. „Weißt du, warum er Alice aus dem Weg geht?"

„Er ist in sie verliebt, hat aber Angst, abgewiesen zu werden."

„Ich kann euch hören", zischte Seth und steckte die Zeitung unter seinen Arm. „Und das ist nicht der Grund, warum ich ihr aus dem Weg gehe. In der Tat gehe ich ihr gar nicht aus dem Weg. Ich bin nur hier stehengeblieben, um sie nicht vom Spielen abzulenken."

Gus kam aus dem Musikzimmer, das Gesicht finster. „Entweder kommt rein oder bleibt draußen, aber seid still." Er verschwand wieder hinein.

Ich folgte ihm, Lincoln hinter mir. Seth kam schließlich auch herein und legte die Zeitung auf einen Tisch neben dem Sessel. Alice lächelte mich kurz an und wandte sich wieder ihrem Spiel zu.

Seth stellte sich neben das Klavier, die Hand gehoben, um für Alice die Noten umzublättern. Ihre Finger stockten und sie traf eine falsche Taste.

Er blätterte schnell um. „Entschuldigung!"

Sie schlug die Seite zurück. „So weit bin ich noch nicht."

Mit gerunzelter Stirn blickte er auf die Noten und dann auf ihre reglosen Hände. „Aber warum haben Sie einen Fehler gemacht? Bis hierher war Ihr Spiel perfekt. Besser als perfekt."

„Sowas wie besser als perfekt gibt's nich", sagte Gus. „Perfekt is schon perfekt. Du hast sie abgelenkt, du Trottel, deswegen hat sie sich verspielt."

Alice drehte ihr Gesicht von Seth weg, zweifelsohne um ihr kleines Lächeln zu verbergen. Sie genoss seine Befangenheit, wie es schien; vielleicht sogar auf *diese* Art. Es war das erste Anzeichen, dass ihr seine Aufmerksamkeiten willkommen waren. Nicht, dass er ihr in letzter Zeit viel Aufmerksamkeit hätte zuteilwerden lassen. Er war eher dazu übergegangen, vor Räumen herumzulungern, anstatt sie direkt anzusprechen. Ich hatte den Verdacht, dass es mein Fehler war. Seit ich ihn ermutigt hatte, in ihrer Gegenwart mehr er selbst und weniger der eifrige Schuljunge zu sein, zog er sich zurück, wenn Alice in die Nähe kam.

„Da ist doch etwas im Busch", sagte Alice und drehte sich zu uns um. „Oder habt ihr alle plötzliches Interesse am Klavier entwickelt?"

„Wir genießen es, wenn du spielst", sagte ich. „Aber du hast recht. Deswegen sind wir nicht hier."

Ihre hübschen Gesichtszüge wurden fest, als würde sie sich für schlechte Nachrichten wappnen. „Nur zu."

„Was ist, Charlie?", fragte Seth eilig. „Was ist los?"

„Nichts Schlimmes", versicherte ich schnell. „Es ist nur so, dass Lincoln in eine Sackgasse geraten ist bezüglich der Nachforschungen über deinen Zustand, Alice. Seine Bücher geben wenig her und Mr Langley in Hertfordshire weigert sich, ihm zu sagen, was er weiß. Lincoln hat heute wieder von ihm gehört, nachdem er eine weitere Anfrage losgeschickt hatte."

Alice verschränkte die Hände in ihrem Schoß. „Warum würde er mir Kenntnisse über mich selbst verweigern? Das ist so unfair."

„Langley behauptet, selbst nur sehr wenig zu wissen", versicherte Lincoln ihr.

„Wenig ist besser als gar nichts."

Seth wirkte, als wollte er ihr eine Hand auf die Schulter legen, zog sie aber im letzten Moment zurück. „Was glaubt dieser Langley eigentlich, wer er ist? Alice hat das Recht, es zu erfahren. Es steht ihm nicht zu, sich als Hüter des Wissens aufzuspielen, selbst wenn es unbedeutend ist."

„Er möchte nicht, dass das Wissen in die Hände von zu vielen Menschen gerät, was impliziert, dass es gefährlich ist", sagte Lincoln. „Ich kann es ihm nicht übel nehmen. An seiner Stelle würde ich das Gleiche tun."

„Haben Sie ihm vom Ministerium erzählt?", fragte Gus.

„Ja."

Seth verschränkte die Arme. „Haben Sie ihm gesagt, dass das Ministerium eine offizielle Organisation zur Katalogisierung übernatürlichen Wissens ist?"

„Wir sind nicht offiziell anerkannt", sagte Lincoln.

„Wir haben ein Emblem", sagte Gus, als würde das einen Unterschied machen. „Hab doch gesagt, wir hätten 'nen Briefkopf mit dem Emblem bestellen sollen. Dann müsste er's merken."

„Ich befürchte, dazu braucht es mehr als einen Briefkopf", sagte ich. „Wenn Lincoln Mr Langley nicht zum Reden bringen konnte, dann kann es keiner."

„Haben Sie ihn bedroht?", fragte Alice mit weit aufgerissenen Augen.

„Nein", sagte ich.

„Nur ein bisschen", bemerkte Lincoln zur gleichen Zeit.

Ich schaute ihn finster an und er zuckte unschuldig mit den Schultern.

Alice drehte sich auf dem Klavierhocker zurück zur Tastatur und spielte eine Melodie, die besser zu einer Beerdigung gepasst hätte als zu einem sonnigen Frühlingstag. Seth, der noch immer neben ihr stand, starrte mich über ihren Kopf hinweg böse an. Lincoln wandte sich ebenfalls an mich und nickte in Alices Richtung. Anscheinend verließen sie sich darauf, dass ich sie wieder aufmunterte.

Ich setzte mich zu ihr auf den Hocker. Ohne ihren Rhythmus zu unterbrechen, rückte sie zur Seite, um mir Platz zu machen. „Es tut mir leid, Alice. Uns allen. Wir haben dich im Stich gelassen."

„Es ist mehr, als ich selbst herausgefunden hätte", sagte sie. „Wenigstens weiß ich, dass ich nicht allein bin. Ihr alle unterstützt mich, wenn die Träume wieder auftreten."

„Ja, das tun wir. Wir sind für dich da."

„Das sind wir", sagte Seth. „Muss ich schon umblättern?"

Sie lachte leise. „Ich spiele auswendig."

Gus kicherte.

Lincoln stand auf und Alice hörte abrupt auf zu spielen. „Bevor Sie gehen, Mr Fitzroy", sagte sie mit süßer Stimme, die mich warnte, Lincoln jedoch nicht. „Sagen Sie mir, wo wohnt Ihre Mutter?"

Das Ticken der Uhr auf dem Kaminsims schien plötzlich zu laut für ein Musikzimmer. Gus atmete geräuschvoll aus. Wir alle sahen Lincoln an. Ich verspürte den drängenden Wunsch, ihn zu retten und Ausreden zu erfinden, warum er nicht mit seiner Mutter sprechen konnte, doch ich verkniff es mir. Es gab keinen Grund, Alice den Aufenthaltsort von Leisl zu verschweigen. Es gab noch nicht einmal einen Grund, warum sie nicht mit Leisl sprechen sollte. Das hatte ich nie in Erwägung gezogen, weil ich mich nicht gegen ihn stellen wollte. Außerdem hatte ich gehofft, ihm würde klar werden, dass er sich bockig stellte. Das war nicht der Fall, also war es an der Zeit, meinem Gewissen zu folgen und nicht meinem Herzen.

„Ich weiß, wo sie zu finden ist", sagte ich.

Lincoln zog eine Augenbraue hoch.

„Es steht in den Archiven", erklärte ich. „Wir können heute Nachmittag hinfahren, wenn du möchtest, Alice."

Sie strahlte, was ihr hübsches Gesicht in klassische Schönheit verwandelte. „Kommst du mit mir?"

„Natürlich."

„So wie ich", verkündete Seth und reckte sein markantes Kinn in Lincolns Richtung.

Lincoln rührte sich nicht. Er blinzelte noch nicht einmal. Ich vermutete, dass er mit sich rang, ob er es uns verbieten sollte oder nicht. Mir etwas zu verbieten, ging inzwischen gegen seine Prinzipien, auch wenn das nicht immer so gewesen war. Die Vergangenheit hatte ihn gelehrt, dass ich mich selten solchen Anweisungen fügte, und wenn ich es tat, ging das zwischen uns nie gut aus.

„Danke, Seth", sagte Alice. „Aber ich würde lieber morgen fahren. Charlie wird heute Nachmittag gebraucht."

„Für heute Abend ist alles organisiert", sagte ich.

„Du wirst dich um jede Menge Kleinigkeiten kümmern müssen. Meine Mutter hat selten Dinnerpartys abgehalten, aber wenn sie es tat, kam immer irgendetwas Unerwartetes und sie wurde gebraucht. Dir wird wohler sein, wenn du hier bist und ein Auge auf alles hast."

„Dann also morgen", sagte Lincoln. „Wir fahren vor dem Mittagessen."

„Du kommst mit?", fragte ich und schaffte es nicht, das Lächeln aus meiner Stimme herauszuhalten.

„Ja. Und wenn du damit angibst, ist die Verlobung vom

Tisch." Das Zucken seiner Lippen verwandelte die Worte in Neckerei.

„Ich würde nie öffentlich damit angeben, Lincoln." Warum er seine Meinung geändert hatte, fragte ich lieber nicht. Vielleicht wurde er weicher, da er jetzt verliebt war. Der Gedanke gefiel mir und ich lächelte ihn an.

Er lächelte zurück, wenn man das Aufleuchten seiner Augen als Lächeln betrachten wollte. „Seth, Gus, mein Büro. Wir haben Arbeit zu besprechen."

„Geht es um den Mord?", fragte Seth.

„Mord?", wiederholten mehrere Stimmen.

„Es ist nicht der Mord an sich, der meine Aufmerksamkeit erregt hat, obwohl er in grausigen Details beschrieben wurde. Es war die Wolfssichtung."

Alice griff sich an den Hals. „Wolf!"

Seth nahm die Zeitung und reichte sie Lincoln. „Eine wolfs-ähnliche Gestalt wurde beobachtet, wie sie vom Opfer wegrannte, dessen Leiche im Hyde Park gefunden wurde. Zwei Constables haben sie verfolgt, konnten sie aber nicht finden."

„Und das gibst du mir erst jetzt?", fragte Lincoln, während er las.

„Ich dachte, Sie hätten es schon gesehen. Außerdem war ich beschäftigt."

„Womit?"

„Ähm …" Seth räusperte sich und warf Alice einen Blick zu.

„Steht noch etwas in dem Artikel?", fragte ich.

„Der Constable hat einen Mann im Gebüsch in der Nähe entdeckt und ihn befragt", sagte Lincoln und warf die Zeitung zurück auf den Tisch. Sein Blick war hart, von der guten Laune keine Spur mehr. „Er behauptete, keine Wölfe gesehen zu haben."

„Aber das ist nicht das Interessante an dem Zeugen", warf Seth ein.

„Nein", stimmte Lincoln zu. „Das Interessante war seine Nacktheit. Seine Kleidung war nirgends zu finden."

Oh Gott, nicht schon wieder.

Gus stöhnte und rieb sich das Kinn, wo die blauen Flecken

des Kampfes mit den Gestaltwandlern gerade erst verblasst waren. „Ich hasse diese Wandler, außer Lady Gilly natürlich."

„Nennt der Artikel den Namen des Zeugen?", fragte ich. Der frühere Anführer des Wandlerrudels war tot und der neue Anführer, Mr Gawler, hatte geschworen, seine Gefolgsleute in Schach zu halten. Vielleicht hatte einer seine Autorität abgelehnt und das Rudel verlassen.

Lincoln schüttelte den Kopf. „Er wurde von dem Reporter vermutlich als unwichtig betrachtet. Allerdings hat er eine Sache über den Nackten vermerkt. Etwas, das im Hinblick auf das, was wir über Gawlers Rudel wissen, keinen Sinn ergibt."

„Was denn?"

„Der Zeuge wurde als Gentleman beschrieben."

Gawlers Rudel bestand aus Einwohnern der Slums, abgesehen von Lady Harriet Gillingham. „Also gibt es in London einen neuen Wandler." Meine Worte fielen wie Steine in die Stille. „Und er ist ein Mörder."

KAPITEL 2

Den Rest des Tages sah ich nichts von Lincoln, Seth und Gus. Sie waren losgezogen, um mit dem Zeitungsreporter und Mr Gawler zu sprechen, ebenso mit den Mitgliedern seines Rudels. Die Aufgabe sollte eigentlich kein Problem darstellen, trotzdem machte ich mir Sorgen. Die Rudelmitglieder hatten nach dem Kampf, bei dem ihr voriger Anführer gefangen und eine Freundin getötet worden war, keinen Grund, uns zu mögen.

Mich zu beschäftigen, beruhigte meine Nerven erheblich. Alice brachte mir ein kurzes Stück auf dem Klavier bei und Lady Vickers wollte noch einmal mit mir die Sitzordnung beim Dinner durchgehen. Anscheinend sollte Lady Harcourt nicht neben Seth sitzen, doch den Grund wollte sie mir nicht nennen. Ich schlug vor, Seth neben Alice zu rücken, aber auch das war inakzeptabel.

„Das Problem ist, dass keine heiratsfähigen Ladys anwesend sein werden, da Miss Overton Halsweh hat", sagte sie seufzend. „Sie hätten mich bei der Gästeliste helfen lassen sollen, Charlie. Ich hätte jemanden gefunden, um das Overton-Mädchen zu ersetzen."

„Sowohl Lady Harcourt als auch Alice sind heiratsfähig", zeigte ich auf.

„Keine der beiden ist für meinen Sohn geeignet."

„Bezüglich Lady Harcourt werde ich da nicht diskutieren,

aber ich wünschte wirklich, Sie würden Alice nicht ausschließen."

Sie nahm ein Messer zur Hand und inspizierte es ausgiebig. „Hat sie sich an ihn herangemacht?", fragte sie beiläufig.

„Alice ist nicht so. Sie ist sehr anständig." Anders als Seth, hätte ich hinzufügen können. Je mehr ich über seine Vergangenheit erfuhr, desto klarer wurde mir, dass er einige moralisch sehr fragwürdige Aktivitäten an den Tag gelegt hatte, um die Schulden seines Vaters zu begleichen.

„Das mag sein, aber sie hat ihm nichts zu bieten. Sie können nicht zusammenkommen, wie Sie sehr wohl wissen, Charlie. Wir haben das alles bereits erörtert."

Ich seufzte. Wie Lincoln besaß Lady Vickers eine sture Ader, die so breit war wie der englische Kanal. „Lassen Sie Seth, wo er ist", sagte ich. „Er ist schlau genug, nicht auf Lady Harcourts Charme hereinzufallen."

„Das hoffe ich. Zweifelsohne wird der *Charme* dieser Frau heute Abend bestmöglich zur Schau getragen werden."

Ich unterdrückte ein Kichern, während zwei Mägde Vasen mit rosa Kamelien hereintrugen. Mrs Cotchin hatte sie beim Syon Park Gewächshaus bestellt und sie verliehen dem Herzstück der Tischdekoration einen Hauch Farbe. Lady Vickers nickte zustimmend, als die Mägde die Vasen zwischen die beiden Kerzenleuchter stellten. Eine Dritte trug ein Tablett mit Servietten herein, die wie Rosenknospen gefaltet waren.

„Sehr geschickt", sagte ich zu ihr, während ich das aufwendige Design betrachtete.

Doyle trat ein und reichte mir eine Nachricht. „Das ist gerade für Sie angekommen, Miss Holloway."

Ich las die kurze Notiz von Lady Harcourt und reichte sie dann an Lady Vickers weiter, um ihre Meinung zu hören. Sie faltete das dicke Papier nach dem Lesen zweimal und strich mit ihrem Fingernagel mit festen, präzisen Bewegungen über den Falz.

Sie wartete, bis die Mägde gegangen waren, ehe sie murmelte: „Die Frau hat Nerven. Ich wusste schon immer, dass sie vulgär war, aber das beweist es." Sie reichte die Nachricht an Doyle zurück.

Der Butler wartete auf Anweisungen.

„Wir müssen dem zustimmen", sagte ich zu der vor Wut kochenden Frau neben mir.

Sie studierte den gedeckten Tisch mit seiner gleichmäßigen Anzahl von männlichen und weiblichen Gästen; das perfekte Arrangement, wie sie es nannte. „In der Tat, ich erkenne den Namen. Ich glaube, er ist einer der Freunde des Prinzen von Wales. Sie lässt uns keine Wahl, Charlie. Wir müssen ihn unterbringen."

„Doyle, bitte fügen Sie einen weiteren Platz hinzu", sagte ich zu dem Butler. „Der Name des Gentlemans ist Lord Underwood. Setzen Sie ihn neben Lady Harcourt und Seth—"

„Er kann neben mir am Ende sitzen, wo das Fehlen einer Frau zwischen ihm und dem Kopf des Tisches nicht so auffällt."

Damit saß Seth zwischen seiner Mutter und seinem Arbeitgeber. Er würde mir nicht danken.

„Das passiert, wenn alberne alte Männer Tänzerinnen heiraten", sagte Lady Vickers über ihre Schulter, derweil sie mit rauschenden schwarzen Röcken das Esszimmer verließ.

„Sie sterben und überlassen ihren Witwen die Freiheit, einen zusätzlichen Mann an einen perfekt ausbalancierten Tisch einzuladen?"

„Kein Grund für Sarkasmus, Charlie. Aber im Grunde haben Sie recht. Ihre Witwen können plötzlich tun, was sie wollen. Und was sie wollen, ist nicht das, was eine Frau ihres Standes tun sollte."

Und das von einer Frau, die mit ihrem zweiten Lakaien durchgebrannt war. Ich musste mir ein Grinsen verkneifen.

„Sie haben vergessen, Doyle zu sagen, dass er die Küche auf den zusätzlichen Platz aufmerksam machen muss", sagte sie mir, während sie im Salon verschwand. „Sie möchten nicht, dass sie nur sechzehn statt siebzehn Teller hereinbringen."

„Das habe ich nicht vergessen", log ich. „Ich dachte nur, ich informiere den Koch selbst."

„Charlie", schalt sie. „Lassen Sie die Angestellten ihren Job machen, ohne dass Sie sich einmischen."

„Ich mische mich nicht ein, sondern möchte mir einen Überblick über die Lage da unten verschaffen."

„Sie werden nicht willkommen sein. Der Koch ist viel zu beschäftigt, um Sie zu verhätscheln."

„Er verhätschelt mich nie."

Sie zog eine Augenbraue hoch.

Ich machte mich auf den Weg die Treppe hinab zum hinteren Bereich des Hauses. Köstliche Düfte von gebratenem Fleisch, frisch gebackenem Brot und Gewürzen waberten mir aus der Küche entgegen, die in der Mitte des Dienstbotenbereiches lag. Eine der vorübergehend eingestellten Mägde hastete den Flur entlang, in der Hand ein Tuch und Politur. Als sie mich sah, stieß sie einen leisen Schrei aus, entweder überrascht oder entsetzt, machte einen Knicks und wirkte dann unsicher, wie sie reagieren sollte.

„Machen Sie einfach weiter", sagte ich in meiner besten Dame-des-Hauses-Stimme.

Sie machte einen weiteren Knicks und ging ihres Weges. Ich kam am leeren Butlerbüro vorbei und folgte dem Klang der Stimme des Kochs, der seinen neuen Untergebenen Befehle zu bellte. Ich wagte einen vorsichtigen Blick in die Küche und wurde fast umgeworfen von der Hitze sowie einem Lakaien, der eine leere Silberschüssel trug.

„Die größere ist da irgendwo", brüllte der Koch dem Burschen hinterher. „Frag Doyle. Charlie! Was machst du denn hier unten? Du da", sagte er zu einer Magd mit geröteten Wangen, die Teig auf dem Tisch ausrollte, an dem wir so oft gegessen hatten, als wir in Lichfield Towers nur zu fünft gewesen waren. „Mein Kopf ruht auf einem dünneren Kissen als das da. Möchtest du was, Charlie?"

Die Küchenmägde beobachteten unseren Schlagabtausch unter gesenkten Lidern und fragten sich zweifelsohne, warum der Koch die Dame des Hauses mit Vornamen anredete. Der Koch wischte sich die Hände an der Schürze ab und tupfte sich dann damit die glänzende Glatze. Er lächelte mir zwar zu, doch sein Blick sprang zwischen seinen Angestellten und den brodelnden Töpfen auf dem Herd hin und her.

„Habt ihr genug Essen für einen mehr?", fragte ich ihn. „Lady Harcourt bringt noch einen Gast mit."

„Lady V wird das nicht gefallen", sagte er.

„Einige unfreundliche Worte kamen über ihre Lippen, aber der Gentleman ist ein Freund des Prinzen."

Hätte der Koch Augenbrauen gehabt, wären sie jetzt seine halbe Stirn hochgewandert. „Was hat Fitzroy gesagt?"

„Er weiß es noch nicht. Also habt ihr genug Essen?"

„Wir haben genug, um halb London zu füttern."

„Wenn etwas übrig bleibt, kann es morgen zu Mrs Sullivan und den Waisenkindern geschickt werden."

Die Magd am Herd räusperte sich und versuchte, die Aufmerksamkeit des Kochs zu erlangen. Ich überließ ihn seiner Arbeit und kehrte in den Salon zurück, nur um festzustellen, dass es an der Zeit war, sich für das Dinner umzuziehen.

Lincoln, Gus und Seth kehrten rechtzeitig zurück. Wir trafen uns alle kurz vor der Ankunft unserer Gäste im Salon.

„Und?", fragte ich Lincoln. Er machte eine tolle Figur in seinem Smoking und der weißen Seidenweste. Die Haare hatte er mit einem schwarzen Band zusammengebunden und jegliche Spuren von Stoppeln von seinem Kinn entfernt. Er sah aus wie ein Gentleman-Pirat. „Was habt ihr herausgefunden?"

„Dass der Zeitungsmann den Zeugen nicht nach seinem Namen gefragt hat und dass Gawler behauptet, seine Rudelmitglieder hatten mit dem Mord nichts zu tun." Seine Finger berührten meine, die in Handschuhen steckten. „Du siehst wunderschön aus, Charlie."

„Danke. Du siehst auch sehr gut aus. Aber etwas macht dir Sorgen. Was ist es?"

„Wo ist dein Kobold?"

Die Kette mit dem Bernsteinanhänger, der eine übernatürliche Kreatur beherbergte, war ein Geschenk meiner leiblichen Mutter gewesen. Der Kobold darin hatte mir das Leben gerettet und ich behielt ihn gern in der Nähe. Leider passte Bernstein nicht zu meinem Abendkleid aus blauem Satin mit weißen und silbernen Perlen sowie Stickereien auf der Brust und den Ärmeln. „Heute Abend brauche ich ihn nicht", sagte ich und hakte mich bei ihm ein. „Du bist hier, um mich zu beschützen."

„Ist das so? Und wie soll ich dich beschützen, wenn wir nicht zusammensitzen?"

„Du findest einen Weg." Ich drückte seinen Arm. „Du bist

sehr erfinderisch, Lincoln. Abgesehen davon wird es heute Abend keine Gefahren geben."

„Wo habe ich das schon mal gehört?", murmelte er leise. Er legte eine Hand an mein Kinn und strich mit dem Daumen über meine Wange. „Du bist wunderschön."

„Das hast du mir schon gesagt. Aber trotzdem danke."

„Mr Fitzroy." Lady Vickers betonte die Konsonanten in seinem Namen mit brüsker Präzision. „Keine Berührungen Ihrer Verlobten vor, während oder nach dem Dinner."

„Die Gäste sind noch nicht hier", sagte Seth zu seiner Mutter. „Außerdem ist es sein Haus und er kann tun, was er möchte."

„Nicht, wenn er Charlie in die Gesellschaft einführen möchte. Er muss sich an die Regeln halten wie jeder andere auch, oder sie wird für immer eine Ausgestoßene sein."

Eine Ausgestoßene zu sein wirkte auf mich nicht immer so schrecklich, wenn es um Londons Gesellschaft ging. Aber ich biss mir auf die Zunge und nickte zustimmend. Ich wollte eine erfolgreiche Dinnerparty ausrichten. Das brauchte ich, und wenn es nur um die Gewissheit ging, dass ich dazu fähig war.

„Die meisten Gäste wissen alles über Charlie", fuhr Seth fort.

Lady Vickers berührte ihre Ohrringe. Es waren Fälschungen, keine echten Diamanten, aber das würde nur uns auffallen, die wir wussten, dass sie alle ihre Juwelen hatte verkaufen müssen. „Die meisten wissen es", gab sie zu, „aber nicht alle."

Die ersten Gäste, die eintrafen, waren Lord und Lady Marchbank, das älteste Komiteemitglied und seine Frau, die mit Lady Vickers auf dem Sofa plauderte, während ihr Mann Lincoln fragte, ob er die Zeitungen gesehen hätte. Andere Freunde von Lady Vickers kamen bald darauf. Sie hatten uns in den vergangenen Wochen zum Essen eingeladen und deshalb hatte ich mich für ihre Freundlichkeit mit einer Einladung nach Lichfield Towers revanchiert. Ich genoss ihre Gesellschaft, trotz des Altersunterschieds, und wusste die Freundschaft zu schätzen, die sie Lady Vickers entgegenbrachten.

Lord und Lady Gillingham trafen um Viertel nach acht ein und Lord Gillingham drehte seiner jungen, hübschen Frau prompt den Rücken zu. Sie schien es nicht zu bemerken, denn sie war viel zu sehr damit beschäftigt, Alice und mich zu einem passenden Zeitpunkt von Lady Vickers und ihren Freundinnen wegzulotsen. Ihrem kaum in Schach gehaltenen Lächeln konnte ich entnehmen, dass Harriet Neuigkeiten hatte, die nur für unsere Ohren bestimmt waren. Schließlich schaffte sie es, uns mit Beschlag zu belegen, und führte uns zum Fenster.

„Harriet, Sie tun mir weh", flüsterte Alice, als wir außer Hörweite waren.

Harriets große Hände gaben uns frei. Sie verschränkte sie vor der Brust und wippte auf den Zehen. Ihre blonden Korkenzieherlocken wippten ebenfalls und sie strahlte uns an. „Ich kann es nicht länger für mich behalten. Ich muss euch meine Neuigkeiten erzählen. Ich bekomme ein Kind."

Ich erholte mich recht schnell von meinem Schock, aber Alice starrte sie weiter an. „Herzlichen Glückwunsch", sagte ich, ehe Harriet Alices Reaktion bemerken konnte. „Das sind wunderbare Neuigkeiten."

„Ist das nicht die großartigste Nachricht überhaupt? Sie wissen, wie lange ich mich schon nach einem Kind sehne, Charlie. Endlich darf ich Mutter meines eigenen kleinen Lieblings sein. Das ist alles, was ich je wollte, seit ich Gilly geheiratet habe."

Die Ehe mit so einer Schlange musste sowohl eine Enttäuschung als auch eine Prüfung sein, also war es nicht weiter verwunderlich, dass sie ein Baby wollte, denn ihrem Mann Zuwendung zu schenken stand außer Frage. Jedoch hatte sie angedeutet, er habe jegliche ehelichen Intimitäten beendet, seit er herausgefunden hatte, dass sie sich in eine große, haarige, wolfsähnliche Kreatur verwandeln konnte. Dadurch erschien ein Baby wie ein unerfüllbarer Traum. Es warf die Frage auf—hatte Gillingham seine Furcht vor seiner Frau überwunden und ihr beigelegen oder hatte sie anderswo Intimität gesucht, vielleicht mit seinem Segen?

„Herzlichen Glückwunsch", sagte Alice endlich. „Wie erfreulich." Sie schaute weg, offenbar unsicher, wie sie die Frage stellen sollte, deren Antwort uns beide brennend interessierte. Leider fiel ihr Blick auf Lord Gillingham, der zu uns herüberschaute.

Er wurde bis unter die Haarspitzen rot und drehte sich schnell zu Lord Marchbank zurück.

„Er möchte noch nicht, dass ich es kundgebe", sagte Harriet unbekümmert, obwohl ihr Mann sie gerade genau dabei erwischt hatte.

„Warum nicht?"

„Er sagt, es ist zu früh, aber ich sehe es anders. Ich weiß, dass das Kleine stark ist. Ich kann es bereits spüren."

„Sie sollten vorsichtig sein", riet ich ihr. „Er könnte sich irgendwie rächen, wenn Sie sich seinen Wünschen widersetzen." Auch wenn es mir gegen den Strich ging, dass sich jemand auch nur einen Millimeter diesem grässlichen Mann unterwerfen sollte, wollte ich nicht, dass er seine Wut an Harriet ausließ.

„Nein, das wird er nicht", sagte sie mit erhobenem Kinn. Diese Geste war typisch für Menschen ihres Standes. „Das würde er nicht wagen. Er sagt mir nicht mehr, was ich tun soll. *Ich* sage es *ihm*. Nachdem ich ihn daran erinnert habe, wer von uns beiden die Stärkere in dieser Ehe ist, ist er mir gegenüber wesentlich entgegenkommender. Wir kommen jetzt wunderbar miteinander aus."

Seit sie regelmäßig mit Gawlers Rudel in ihrer tierischen Form umherstreifte, hatte sie sich sehr verändert. Sie war zwar noch immer gelegentlich albern und mädchenhaft, aber die unterwürfige Schüchternheit war weg. Ich glaubte gern, dass sie sich ihrem Mann stellte und er vor ihr zurückwich.

„Oh", sagte Alice und starrte auf Gillinghams Rücken. „Ich verstehe."

„Schön für Sie, Harriet." Ich nahm ihre Hand in meine. „Und viel Glück. Wenn Sie etwas brauchen, fragen Sie einfach."

Sie drückte meine Hand. „Danke. Sie sind eine echte Freundin." Sie schaute über meine Schulter und blinzelte mehrmals. „Sie haben Lady Harcourt eingeladen?" Harriets Lippen verzogen sich, als hätte sie etwas Saures auf der Zunge. „Sie ist so vulgär. Ich hoffe, Sie betrachten sie nicht als Freundin, Charlie. Die Sorte kann einen runterziehen."

Als ob ich das nicht wüsste, auch wenn ich den Verdacht hatte, ihre Definition von runterziehen wich stark von meiner ab. Ich machte mich auf, um Lady Harcourt, Andrew Buchanan und ihren Freund Lord Underwood zu begrüßen. Underwood war im gleichen Alter wie der Prinz von Wales, Lincolns Vater. Er besaß Pausbacken und einen Bauch, der aussah, als wäre eine weitere deftige Mahlzeit zu viel für die Knöpfe seiner Weste.

Lady Harcourts Lächeln blieb bei der Vorstellung eisern an seinem Platz, trotz der Blicke der anderen Gäste. Jetzt, da ihr Geheimnis über ihre Vergangenheit als Tänzerin gelüftet war, konnte sie nirgends hingehen, ohne Aufsehen zu erregen. Meistens glaubte ich, dass sie es verabscheute, aber manchmal schien sie ihren neuen schlechten Ruf auch zu genießen und dadurch hervorzuheben, dass sie noch tiefer ausgeschnittene Kleider trug und ihr Korsett noch enger schnürte. Ihre Kleiderwahl heute Abend war recht gewagt. Das Kleid in Jadegrün und Schwarz schmiegte sich an ihre winzige Taille und betonte ihr tiefes Dekolleté, wo ein Smaragd wie der Schlüssel der Versuchung ruhte.

„Julia sagte mir, Sie seien ein Freund ihres verstorbenen Ehemanns", sagte Underwood zu Lincoln. „Ich muss gestehen, ich hatte jemanden … Älteres erwartet."

Buchanan grinste. „Und nicht so gut aussehend, würde ich wetten."

„Harcourt war ein guter Mann", sagte Lincoln.

„Und Sie sind für seine Witwe noch immer ein Freund", fuhr Underwood fort. „Das ist anständig von Ihnen, sie zu beschützen."

„Ich habe festgestellt, dass Julia mehr als fähig ist, auf sich selbst aufzupassen."

„Diejenigen von uns, die in ihrem Netz gefangen sind, brauchen Schutz", murmelte Buchanan.

„Gestatten Sie mir, Sie unseren anderen Gästen vorzustellen, My Lord", sagte ich und nahm seinen Arm. Ich führte ihn durch den Raum und fand heraus, dass er die meisten bereits kannte. Er war allen gegenüber recht charmant, insbesondere Alice, nachdem er erfahren hatte, dass sie noch niemandem versprochen war.

Am anderen Ende des Raumes behielt Lady Harcourt die beiden im Auge, während sie miteinander sprachen. Sie kniff einmal die Lippen zusammen, als Alice über eine Bemerkung von Underwood lachte, ansonsten wirkte sie sicher, was die Zuneigung ihres Auserwählten anging.

„Er ist ein feiner Kerl, nicht wahr?", flüsterte Buchanan in mein Ohr. Trotz seiner leisen Stimme hörte ich eine gewisse Abneigung heraus. „Sehr liebenswürdig, genau wie sein Freund, der Prinz."

„Sie klingen, als würden Sie ihn mögen. Dennoch finde ich das unvorstellbar in Anbetracht dessen, was Ihre Stiefmutter Ihnen bedeutet."

„Sehr aufmerksam, wie immer, Charlotte. Ich sagte nicht, dass ich ihn mag, aber er ist perfekt für sie."

„Inwiefern?"

„Meine liebe unschuldige Charlotte. Habe ich es Ihnen nicht erklärt?" Er hauchte einen Atemstoß heraus, der nach Alkohol roch. „Julia *wird* wieder heiraten und ich bin fest entschlossen, dass sie einen Mann heiratet, den sie unmöglich lieben kann. Er muss wie mein Vater sein—alt, reich, mit Titel und entweder langweilig oder albern."

„Und was davon ist Underwood?"

„Beides. Oh, er ist charmant genug und kann in einem solchen Rahmen hier Konversation betreiben, aber in seinem Gehirn findet sich wenig Substanz. Sobald die höflichen Floskeln ausgeschöpft sind, ist er verloren. Er kann Politik nicht ausstehen, Geld ist zu vulgär und ich bezweifle, dass er seit seiner Schulzeit ein Buch gelesen hat. Seine Witze sind von der offensichtlichen Art und er bekommt nicht mit, wenn sich jemand über ihn lustig macht. Glauben Sie mir, ich habe es bei zahlreichen Gelegenheiten ausprobiert. Julia könnte ihn niemals lieben, aber sie könnte ihn heiraten. Ihre Liebhaber mag sie subtiler, intelligenter und wesentlich besser aussehend."

Ich bellte ein Lachen heraus. „Wie Sie?"

„Wie Ihr Verlobter", sagte er schneidend, jeglicher Humor verflogen.

Ich verkniff es mir, ihm auf die Zehen zu trampeln oder ihm meinen Ellenbogen gegen den Kiefer zu rammen, wie Lincoln es mir gezeigt hatte, falls ein Mann mich belästigte. Es würde mir zwar Genugtuung verschaffen, jedoch den Abend ruinieren.

„Aber da der unglaubliche Lincoln Fitzroy glücklich mit

Ihnen verlobt ist, schenkt sie mir wieder einmal die Aufmerksamkeit, die ich so sehr verdiene." Er zwinkerte mir zu, obwohl die Bitterkeit in seinem Ton knirschte.

Ich entschuldigte mich und gesellte mich zu Lincoln.

„Hat Buchanan dich belästigt?", fragte er.

„Ja, aber das ist nicht ungewöhnlich." Ich warf Lord Underwood einen Blick zu, der sich jetzt mit Gillingham und Marchbank unterhielt. Lady Harcourt hatte ihre Finger um seinen Arm gelegt. Sie hörte ihm zu, wenn er redete, und lachte, wenn er lachte, aber in ihren Augen lag kein Leuchten. Sie schaute zu Lincoln und mir herüber und wandte dann schnell den Blick wieder ab.

„Du hast vorhin mit Harriet gesprochen", sagte Lincoln. Falls ihm Lady Harcourts Blick aufgefallen war, ließ er sich nichts anmerken. „Hast du sie nach dem Rudel gefragt und ob eins der Mitglieder diesen Kerl ermordet haben könnte?"

„Das habe ich vergessen. Es gab etwas Wichtigeres."

„Was könnte wichtiger sein?"

„Sie erwartet ein Kind."

Er nickte geschäftsmäßig. „Wir müssen die Information ihrer Akte hinzufügen."

Ich lachte. „Ist das alles, woran du denken kannst?"

„Nein, aber ich möchte nicht über die Art nachdenken, wie sie Gillingham dazu gekriegt hat, mit ihr zu schlafen."

Der Dinner-Gong bewahrte mich ebenfalls davor, darüber nachzudenken. Wir betraten paarweise das Esszimmer. Da Lady Marchbank die hochrangigste Lady war, begleitete Lincoln sie, während ich mich bei Lord Underwood eingehakt hatte, einem Marquis. Lady Harcourt hatte ihre Ziele hochgesteckt.

Der Koch und ich hatten viel Zeit mit der Vorbereitung des Menüs für den Abend zugebracht, inklusive Vorschlägen von Lady Vickers, und ich war erfreut zu sehen, dass alle die drei ersten Gänge bestehend aus Suppe, gefolgt von Fisch, dann Wachteln mit Wasserkresse zu genießen schienen. Der Koch würde begeistert sein. Die Konversation floss so üppig wie der Wein. Die beiden Paare sowie einen Gentleman einzuladen, die weder Mitglieder des Komitees noch mit einem Mitglied verwandt waren, stellte sich als gute Idee heraus. So blieben die

Gespräche angenehm bei den Fleisch- und Gemüsegängen, bis die Lakaien Eis und einen vierstöckigen Wackelpudding umrahmt von Erdbeeren hereintrugen. Die Gäste staunten über die Früchte, für die die Saison noch gar nicht angebrochen war, und Lord Underwood erwähnte, dass er kürzlich bei einem Dinner seines Freundes, des Prinzen von Wales, Pfirsiche gegessen hätte.

„War Sir Ignatius Swinburn da?", fragte Buchanan mit einem hinterhältigen Funkeln in den Augen. Den bisherigen Abend hatte er sich gut benommen, doch jetzt wurde mir etwas flau im Magen. Es verschlimmerte sich, als Lady Harcourt ihm einen bösen Blick zuwarf.

„Das war er", sagte Underwood, der beobachtete, wie Doyle den Wackelpudding schnitt. „Kennen Sie Sir Ignatius?"

„Wir sind uns begegnet. Es war sehr spät am Abend und ich war nicht in Bestform, wenn Sie wissen, was ich meine." Buchanan lachte. Seine Zähne waren von drei Gläsern Rotwein verfärbt. „Es war erst letzte Woche. Oh!" Er verbarg sein Grinsen hinter der Serviette. „Ich vergaß. Er bat mich, es nicht zu erwähnen." Er legte die Serviette beiseite und nahm sein Glas zur Hand. „Tun Sie so, als hätten Sie nichts gehört, und ganz gewiss nicht von mir."

Underwood schmunzelte. „Keine Sorge. Swinburn verbringt furchtbar viel Zeit in seinem Klub, also müssen Sie ihm früher oder später über den Weg laufen."

„Es war in keinem Klub." Buchanan beugte sich verschwörerisch vor. „Es war ein Privathaus."

Lady Harcourts Finger verkrampften sich um den Stiel ihres Weinglases. Sie sah ihren Stiefsohn nicht an. Sie sah niemanden an.

Buchanan zwinkerte Underwood zu. „Mehr erfahren Sie von mir nicht. Wie ich sagte, er hat mir gesagt, ich solle es geheim halten. So ein Dummkopf bin ich nicht, dass ich mir einen reichen und mächtigen Kerl wie Swinburn zum Feind mache."

„So furchteinflößend ist er nicht, wenn man ihn näher kennenlernt", fuhr Underwood fort. „Eigentlich ist er sehr verträglich. Das muss er sein, sonst hätte er wohl kaum das Ohr seiner Königlichen Hoheit."

„Dann ist es kein Wunder, dass er als großer Fang für Frauen jeglichen Alters gilt. Geld, Macht *und* Charme sind auf dem Heiratsmarkt viel wichtiger als Jugend und gutes Aussehen, sehr zu meinem Schaden. Nicht wahr, Julia?"

Sie zögerte einen Moment und drehte sich dann endlich zu ihm. „Nicht verzweifeln, Andrew. Du wirst das perfekte Mädchen für dich finden, wenn du mal richtig suchst. Tatsächlich ist ein bezauberndes Mädchen heute Abend anwesend." Sie nickte Alice zu, die am anderen Ende des Tisches saß und von unserem Gespräch nichts mitbekam. „Wie schade, dass du nicht neben ihr platziert wurdest."

„Ich bin mir sicher, unsere Gastgeberin hatte ihre Gründe." Buchanan prostete mir mit seinem Glas zu.

Nach dem Gebäck und Zitroneneis zogen sich die Damen zum Kaffeetrinken in den Salon zurück, während die Männer Billard spielten. Nach einer halben Stunde gesellten sie sich zu uns, umgeben vom Geruch von Zigarrenrauch und Brandy. Lincoln hob fragend eine Augenbraue und ich nickte ihm knapp zu. Alle waren gut miteinander ausgekommen, sogar mit Lady Harcourt in unserer Mitte. Die anderen Frauen waren viel zu gut erzogen, um ihr ihre Abneigung zu zeigen. Das Gespräch drehte sich hauptsächlich um die Neuigkeiten der Gillinghams. Harriet konnte es einfach nicht länger für sich behalten und hatte es kundgetan, sobald wir uns gesetzt hatten.

Lord Gillingham wurde bei seinem Eintreffen im Salon mit Gratulationen überschüttet. Sein Gesicht wurde erneut puterrot, aber er sagte nichts.

Lord Underwood quetschte sich zwischen Alice und Lady Marchbank aufs Sofa und redete auf Alice ein, bis sie mir einen hilfesuchenden Blick zuwarf. Ehe ich sie retten konnte, ging Seth dazwischen, verwickelte Underwood in ein Gespräch und befreite Alice damit. Sie kam zu mir.

„Ich muss mich später bei Seth bedanken", flüsterte Alice. „Lord Underwood ist zwar ganz nett, aber die Leute haben angefangen zu reden."

„Und du möchtest nicht, dass du mit dem Marquis in einem Atemzug erwähnt wirst?", stichelte ich.

„Er ist mehr als doppelt so alt wie ich!"

„Laut Buchanan ist das irrelevant, was heiratswütige Frauen angeht. Du hättest vorhin beim Dinner hören sollen, was er für einen Unfug von sich gegeben hat. Es waren ganz klar Anspielungen auf Lady Harcourts Männerwahl." Ich sah Harriet auf uns zukommen, die Hand auf ihren flachen Bauch gepresst. „Erinnere mich dran, dass ich dir später erzähle, was er über einen anderen Kerl und seine Stiefmutter gesagt hat. Harriet! Genau die Person, mit der ich sprechen wollte", sagte ich, als sie bei uns ankam. „Kommen Sie zum Fenster, wo es etwas kühler ist. Sie sehen aus, als wäre Ihnen warm."

Sie berührte ihre rosige Wange und gestattete mir, sie ans Fenster zu führen. Alice zog sich zurück und setzte sich zu Lady Vickers und ihren Freundinnen. Einige wirkten, als wollten sie gehen.

„Haben Sie heute von dem Mord in der Zeitung gelesen?", fragte ich.

Harriet wurde blass und verdeckte einen Aufschrei mit ihrer Hand. Vielleicht hätte ich es etwas vorsichtiger angehen sollen, aber dazu war keine Zeit. „Ich lese keine Zeitung", sagte sie. „Müssen wir jetzt über Morde reden? Es war so ein herrlicher Abend. Verderben Sie ihn nicht, Charlie."

„Ich muss Ihnen noch etwas sagen." Ich berichtete ihr von dem grausamen Tod und dem nackten Zeugen, der kurz danach in der Nähe gesehen wurde.

„Ein Wandler", flüsterte sie entsetzt. „Mein Gott. Wer?"

„Das wollte ich Sie fragen. Der Reporter sagte, er war ein Gentleman. Keiner aus Gawlers Rudel kann so bezeichnet werden und er glaubt nicht, dass einer von ihnen einen Mord begehen würde. Aber was glauben *Sie*? Würde sich einer gegen Gawlers Wünsche stellen und töten?"

„Nein! Er hat verboten, jemandem das Leben zu nehmen, und wir gehorchen unserem Anführer in allen Dingen. Das ist Rudelgesetz. Abgesehen davon sind sie keine schlechten Menschen, trotz des Ärgers, den King aufgewirbelt hat. Ein bisschen rau, aber sie haben gute Herzen und sind loyal Gawler gegenüber, wo er jetzt ihr Anführer ist. Wenn natürlich ein stärkerer Anführer kommen würde, würden sie sich ihm anschließen—wie ich auch—aber niemand hat versucht, ihm den Rang abzulaufen."

„Wer könnte dann der mordende Wandler sein?"

Sie sah sich im Raum um und beugte sich dann näher zu mir. „Ich weiß es nicht, aber ich glaube, es *gibt* noch ein Rudel hier in London."

„Was?"

„Ich weiß nicht, wer dabei ist oder wo die Mitglieder zu finden sind. Es könnte auch nur ein Gerücht sein. Aber kurz, nachdem ich mich dem Rudel angeschlossen hatte, fragte mich einer meiner Rudelkollegen, warum ich nicht zu den Oberschichtwandlern gegangen wäre, wie er sie nannte, weil ich doch eine Gräfin bin. Ich sagte ihm, dass ich nie eingeladen wurde, und das war das Ende des Gesprächs. Danach habe ich es nicht wieder erwähnt." Sie hob eine Schulter. „Ich mag mein Rudel und habe kein Interesse, ein anderes zu finden. Mit den unteren Schichten herumzustreifen ist sehr aufregend, Charlie. Wirklich sehr aufregend. Ich bezweifle, dass ich mit Kreaturen meiner eigenen Schicht auch nur halb so viel Spaß hätte."

Ich nickte und lächelte, obwohl ich nicht anders konnte, als an den Kampf mit ihrem Rudel zu denken, aus dem Lincoln, Seth und Gus furchtbare Verletzungen davongetragen hatten. Gawlers Rudel war in der Lage, großes Unheil anzurichten, sollte ein unmoralischer Wandler die Führung übernehmen. Und Gawler war kein starker Anführer. King hatte ihn geschlagen und die Gruppe auf einen teuflischen Pfad geführt. Also warum nicht auch ein anderer?

„Werden Sie uns benachrichtigen, sollte ein neuer Wandler Sie oder jemand anderen aus Ihrem Rudel kontaktieren?", fragte ich.

Harriet nahm meine Hand in ihre Große und drückte sie. „Kommen Sie. Lassen Sie uns zur Party zurückkehren."

KAPITEL 3

Nachdem unsere Gäste gegangen waren, berichtete ich Lincoln von Harriets Antworten. Wir hatten es uns mit Gus, Seth und Alice im Salon gemütlich gemacht. Der Koch und Lady Vickers waren bereits zu Bett gegangen, ebenso wie die Angestellten.

„Ich statte Gawler noch einen Besuch ab", verkündete Lincoln mit einem enttäuschten Kopfschütteln. „Ich hatte seine Lüge nicht durchschaut, aber es muss eine Lüge gewesen sein."

„Vielleicht weiß er nix vom Adelsrudel", sagte Gus.

„Wenn einer aus seinem Rudel es Harriet gesagt hat, dann muss er es auch wissen. Ein Anführer weiß alles, was sich in seiner Organisation abspielt."

„Nicht alles", sagte Seth in sein Brandyglas.

„Alles", wiederholte Lincoln mit strenger Endgültigkeit.

Seth sank in einen Sessel und nippte.

Lincoln erhob sich und nahm meine Hand. „Der heutige Abend war ein Erfolg, Charlie. Gut gemacht." Er küsste meinen Handrücken. In seinen Augen leuchtete ein Lächeln, während er mich durch seine dichten Wimpern ansah.

„Der Koch hat wunderbare Arbeit geleistet", sagte ich, „ebenso wie Doyle und Mrs Cotchin."

„Und ich", verkündete Gus.

„Was hast du denn gemacht?", fragte Seth.

„Alles, was nötig war. Töpfe umgerührt, Geschirr gespült, mir Tratsch angehört."

„Worüber haben die Angestellten getratscht?", fragte Alice.

„Dies und das, für wen sie schon gearbeitet haben, welche Adeligen gut sind und welche ihre Diener verschleißen. Anscheinend zahlen die Marchbanks gut, aber Lord Underwood nich."

„Er ist nicht so wohlhabend, wie er tut", sagte Lincoln.

„Das wissen Sie?", fragte Alice lachend. Ihr Lachen verblasste, als Lincoln nickte.

„Ich wette, Julia weiß es nicht", sagte Seth mit einem Kopfschütteln. „Sonst hätte sie nicht darauf bestanden, dass er heute Abend mitkommt."

„Mit dem ist sie vermutlich eh nich mehr lange zusammen", sagte Gus und streckte die Beine aus. „Einer der Lakaien meinte, ein anderer Adeliger besucht sie nachts des öfteren."

„Buchanan hat beim Dinner so etwas angedeutet", sagte ich. „Er war subtiler und ich glaube nicht, dass Underwood seine Anspielungen begriffen hat, dass Swinburn spät nachts zu *ihrem* Haus kommt. Ich bin mir aber ziemlich sicher, dass er das meinte."

„Mir scheint, sie hängt ihre Karotte sowohl Underwood als auch Swinburn vor die Nase", sagte Seth. „Das ist ein riskantes Spiel, aber sie spielt um hohe Gewinne."

„Ich erinnere mich, was du nach dem Silvesterball bei den Hothfields über Swinburn gesagt hast."

„Ein Emporkömmling, dessen Großvater ein einfacher Seemann war?"

„Dass er kein Interesse am Heiraten hat", erinnerte ich ihn, „und seine Liebschaften wegwirft, wenn er ihrer überdrüssig wird, was oft geschieht."

„Ah ja, das stimmt, aber so nett würde ich es nicht ausdrücken. Er ist ein widerlicher Wüstling, der verzweifelte Frauen ausnutzt."

„Lady H is nich verzweifelt", sagte Gus.

„Sie wird langsam älter und sie weiß, dass sie nur noch ein paar gute Jahre hat, bevor ihre Schönheit schwindet. Wenn sie bis dahin keinen reichen Ehemann geangelt hat, wird sie nie wieder heiraten. Sonst hat sie keine Vorzüge."

Für jemanden, der Lady Harcourt zu seinen verflossenen Liebschaften zählte, klang Seth ein wenig grausam. Ich konnte an Alices gerümpfter Nase erkennen, dass sie ihn ebenfalls für etwas harsch hielt.

Lincoln wünschte uns eine gute Nacht und ging, um sich umzuziehen und Gawler noch einmal aufzusuchen. Beinahe bat ich ihn, Gus oder Seth mitzunehmen, bremste mich aber. Er würde allein klarkommen und ich wollte ihm nicht sagen, was er zu tun hatte, ganz besonders nicht vor den anderen.

„Vielleicht hat Underwood Buchanans Bemerkungen nich gerafft, weil er gar nich so großes Interesse an Lady H hat", fuhr Gus fort, als Lincoln weg war.

Das Argument war gut, was ich ihm sagte. „Er hat Alice viel zu viel Aufmerksamkeit geschenkt für jemanden, dessen Herz für eine andere schlägt."

„Dreckskerl", fluchte Seth.

Alice schenkte ihm ein süßes Lächeln. „Da fällt mir ein, danke, dass Sie mich heute Abend gerettet haben, Seth. Man kann kein endloses Gerede über die Jagdgesellschaften des Prinzen ertragen."

Seth richtete sich auf und wirkte stolz auf sich.

„Pfau", murmelte Gus.

Seth warf ihm einen grimmigen Blick zu und Alice kniff die Lippen zusammen, um ihr Grinsen zu ersticken. Es gelang ihr nicht ganz.

„Ich gehe ins Bett", verkündete Seth mit einem Schniefen.

Ich folgte ihm und holte ihn an der Treppe ein. „Sei du selbst bei ihr, Seth."

Er nahm noch drei Stufen, ehe er antwortete: „Was, wenn sie mich nicht mag?"

„Seit wann sorgst du dich darum, dass Frauen dich nicht mögen könnten?"

„Seit ich Alice kennengelernt habe und sie mich nicht zu mögen scheint." Er senkte die Stimme. „Es ist wichtig, Charlie. Wichtiger, als ich selbst zugeben möchte."

Es war etwas beunruhigend, das Selbstbewusstsein dieses

goldenen Adonis in seinen Grundfesten erschüttert zu sehen. Ich hätte nie gedacht, dass es passieren würde, doch hier stand er, verunsichert wegen einer Frau. Ausgerechnet.

„Dann hör auf, so zu tun, als wärst du perfekt", sagte ich. „Sei der Mann, der du bist, nicht der Mann, von dem du glaubst, dass sie ihn will. Sie ist klug. Sie weiß, wann du die Rolle des respektablen Gentlemans spielst, und sie mag keine Schwindler."

„Ich versuche nicht, sie anzuschwindeln."

„Wenn jemand vorgibt, etwas zu sein, was er nicht ist, dann wirkt es aber so. Vergiss nicht, dass ihre Familie sie schlecht behandelt hat. Sie kann ihnen nicht trauen und braucht einen Mann, dem sie trauen kann, wenn sie sich verlieben soll."

Er hielt oben auf dem Treppenabsatz inne und studierte den Teppich. „Meine Vergangenheit ist … lebhaft. Ich bin nicht auf alles stolz, was ich getan habe. Wenn ich ich selbst sein soll, dann wird sie diese Dinge erfahren müssen."

„Es besteht kein Grund, direkt in deine gesamte Historie einzutauchen. Du könntest sie langsam damit vertraut machen und mit den weniger skandalösen Sachen anfangen."

Er dachte darüber nach und nickte dann. „Ich versuch's."

„Und finde bitte diesen Sinn für Humor wieder, den die Frauen so bewundern."

Die Rückkehr seines schiefen Grinsens war eine willkommene Erleichterung. Es war seit Alices Einzug bei uns verschwunden. Er beugte sich herab und flüsterte mir ins Ohr. „Ich werde Fitzroy nicht sagen, dass du mich anhimmelst."

Ich boxte seinen Arm. „Ich sagte deinen Sinn für Humor, nicht dich. Jetzt geh, ehe er uns erwischt und auf falsche Gedanken kommt. Ich mag dein Gesicht so, wie es ist."

Es war ein Witz und wir wussten es beide. Lincoln würde auf Seth nicht eifersüchtig werden, bloß weil er mit mir flüsterte.

„Danke." Er küsste meine Stirn. „Der heutige Abend war ein Triumph. Sie werden über dich und deine Dinnerparty jahrelang reden. Jahrzehnte!"

„Geh, ehe ich mich gezwungen sehe, Alice zu raten, dich unter allen Umständen zu meiden."

* * *

ICH KONNTE NICHT SCHLAFEN, also wartete ich auf Lincoln in seinem privaten Wohnzimmer, das an sein Arbeitszimmer grenzte. Das Feuer erweckte ich mit einigen Kohlen aus der Schütte zu neuem Leben und streckte mich dann mit einer Decke auf dem Sofa aus. Ich atmete tief die schwachen Düfte von Rauch und Lincolns Cologne ein. Früher hatte ich einmal mit einem versteckten Messer in diesem Zimmer gelegen, was Lincoln natürlich gewusst hatte. Doch er hatte mich glauben lassen, dass ich Herr der Lage war, bis ich ohne Messer aufgewacht war. Diese Nacht schien so lange her zu sein.

Die Wärme des Feuers musste mich eingelullt haben, denn ich erwachte von Lincolns rauer Stimme. „Charlie."

Ich öffnete die Augen und sah ihn vor mir hocken. „Wie viel Uhr ist es?" Ich setzte mich auf und gähnte.

„Zwei. Warum bist du hier?"

„Ich konnte nicht schlafen."

„Dein Schnarchen deutete auf etwas anderes hin."

„Ich schnarche nicht!"

Er setzte sich an seinen Schreibtisch und legte die Ellenbogen auf die Armstützen des Stuhls. „Du solltest gehen, ehe jemand merkt, dass du hier bist."

„Niemand ist wach. Abgesehen davon bin ich deine Verlobte." Ich stand auf, tapste zu ihm hinüber und setzte mich auf seinen Schoß. „Es stört niemanden, wenn ein verlobtes Paar Zeit miteinander verbringt."

„Die Art von Leuten, die heute beim Dinner waren, stört es." Er legte seine Hände auf meine Hüften, doch ehe er mich von seinem Schoß schieben konnte, warf ich meine Arme um seinen Hals.

Ich beugte mich zu ihm und strich mit meinen Lippen über seine. Kein Duft hüllte ihn ein, als hätte die frische Luft die Gerüche von Rauch, Rasierwasser und Brandy weggeweht. „Dann möchte ich nicht mehr mit ihnen befreundet sein. Deine Meinung ist die einzige, die zählt", sagte ich voller Leidenschaft.

Er stand plötzlich auf, fing mich jedoch ab, bevor ich wie ein

Sack Kartoffeln auf den Boden krachte. Bis ich mein Gleichgewicht wiedergefunden hatte, hielt er mich fest. „Dann hör auf, mich zu ärgern."

„Ich ärgere dich nicht", erwiderte ich hitzig. „Ich will nur einen Kuss. Einen richtigen Kuss", sagte ich, als er nach meiner Hand griff. „Auf den Mund. Leidenschaftlich."

Er räusperte sich und legte seine Hände erneut auf meine Hüften. Licht und Schatten hoben seine Wangenknochen scharf hervor und betonten die Intensität seines Blickes. Eines Blickes, der meinem nicht begegnete. Er drückte mir einen keuschen Kuss auf die Lippen.

Ich lehnte mich zurück. „Das war ein schrecklicher Kuss."

„Bist du Expertin?"

„Das glaube ich eigentlich nicht." Ich fuhr mit den Händen durch seine offenen Haare und stellte mich auf die Zehenspitzen, meinen Körper eng an seinen gepresst. Voller Genuss spürte ich die harten Muskeln unter seiner Kleidung und küsste ihn hingebungsvoll.

Es dauerte nur zwei Sekunden, dann umschlossen mich seine Arme. Seine Lippen und Zunge kosteten mich und sein Herz schlug einen ungleichmäßigen Rhythmus. Also, das war einfacher, als ich gedacht hatte. Und jetzt stellte ich fest, dass ich nicht aufhören konnte. Ich wollte jeglichen gesunden Menschenverstand sausen lassen und mit ihm ins Bett purzeln. Ich wollte ihm sein Hemd herunterreißen, mein Nachthemd ausziehen und Haut auf Haut spüren. Ich wollte—

Plötzlich zog er sich zurück und ließ mich los. Sein Brustkorb hob und senkte sich durch seine tiefen Atemzüge und seine Haare waren zerzaust, wo meine Finger damit gespielt hatten. Er beobachtete mich aus Augen, so tief und schwarz wie zwei Brunnen.

„Gute Nacht, Charlie."

„Gute Nacht, Lincoln." Meine Stimme klang rau, seine jedoch recht normal. Verdammt. „Ich hoffe, du hast süße Träume."

„Das bezweifle ich."

Ich ging und erinnerte mich erst in meinem eigenen Bett daran, dass ich ihn nicht gefragt hatte, was er von Gawler erfahren hatte.

* * *

AM NÄCHSTEN MORGEN holte ich es auf dem Weg zu Leisls Haus nach. Er beachtete mich kaum, während wir nach Enfield fuhren, sondern starrte lieber aus dem Fenster. Hatte unser Kuss ihm so sehr zugesetzt? Oder sorgte er sich wirklich um meine Tugend, wenn ich mitten in der Nacht allein in seinem Zimmer war? Vielleicht sollte ich mich an der Wirkung, die ich auf ihn hatte, nicht so sehr erfreuen, aber ich konnte nicht anders.

„Gawler hat behauptet, nichts von einem weiteren Rudel zu wissen", sagte er, ohne den Blick von der tristen Straße abzuwenden. „Anscheinend gab es vor einiger Zeit Gerüchte, aber mehr nicht. Er hatte mir beim ersten Mal nichts davon gesagt, weil er annahm, es stimme nicht. King hatte ihm gegenüber nie ein anderes Rudel erwähnt."

„Er hätte Ihnen trotzdem von dem Gerücht erzählen sollen", sagte Alice. Wir waren nur zu dritt in der Kutsche, die von unserem neuen Kutscher Tucker gelenkt wurde. Gus und Seth waren angewiesen, zu Hause zu bleiben, was ihnen nicht gefallen hatte.

Mir kam ein Gedanke. „Vielleicht hat das adelige Rudel King bezahlt." Während wir nie bewiesen hatten, dass jemand King bezahlt hatte, um den verstorbenen Ehemann der Königin nachzuahmen, hatten wir den starken Verdacht. Er war aus den Slums sehr schnell nach Bloomsbury aufgestiegen und hatte mit Geld um sich geworfen. Sehr viele Leute hätten gutes Geld bezahlt, wenn sie von seiner Fähigkeit, sich in andere Personen zu verwandeln, gewusst hätten. Doch nur wenigen war bekannt, dass er sich nicht nur in eine Kreatur verwandeln konnte wie der Rest des Rudels.

„King ist tot", sagte Alice. „Also haben Sie jegliche Pläne zunichtegemacht, in die er verstrickt war."

„Ja", sagte Lincoln schlicht.

Trotzdem bereitete es mir Bauchschmerzen nicht zu wissen, wo das andere Rudel zu finden war. Vielleicht steckten sie nicht hinter Kings Doppelspiel, aber sie hatten sehr gefährliches Potenzial. Ein Mord war vielleicht nicht genug, um ihren Appetit zu stillen.

Leisls Zuhause war ganz anders, als ich erwartet hatte. Es hatte nichts mit dem Zigeuner-Camp gemein, das wir im Herbst im Mitcham Common besucht hatten. Sie lebte in einem Cottage, keinem Wohnwagen, mit einem ordentlichen Vorgarten. Entlang des Weges vom Tor zur Eingangstreppe streckten kleine Blumen ihre weißen, glockenförmigen Köpfchen aus der Erde. Bäume und Sträucher trugen Knospen, die für die nächsten Wochen mehr Farbe versprachen.

Leisl öffnete selbst die Tür und bat uns nach einem überraschten Ausruf herein. „Ihr seid willkommen. Alle. Sehr willkommen. Kommt herein." Ihr Gesicht verzog sich zu einem unsicheren Lächeln und ihr Blick sprang oft zu Lincoln, blieb aber nie dort hängen. Wie immer, wenn ich sie sah, staunte ich über die Ähnlichkeit ihrer Augen und prägnanten Gesichtszüge. An Lincoln wirkten die scharfen Wangenknochen gut aussehend, aber Leisl gaben sie einen verwitterten Anschein, als hätte die Zeit die Haut dort glatt gerieben.

Sie führte uns in ein kleines Wohnzimmer, das mit Möbeln und Schnickschnack vollgepackt war. Es erinnerte mich an Lelas engen Wohnwagen in Mitcham Common mit seinem vielfarbigen Teppich und den Fransenkissen in leuchtenden Farben. Nichts wirkte abgenutzt oder staubig und der Raum war gemütlich. Die Wärme des Feuers hieß uns ebenso willkommen wie Leisls Lächeln.

„Setzt euch, setzt euch." Leisl wies uns zu den Stühlen, als eine junge Frau eintrat, die über ihrem blau-weißen Kleid eine Schürze trug.

Die dunklen Brauen der Frau hoben sich fragend. „Mama?" Das war also Leisls Tochter. Sie sah aus, als wäre sie Anfang zwanzig, und besaß die gleichen prägnanten Wangenknochen und Augen wie ihre Mutter und ihr Halbbruder. Ihre Haare waren genauso glänzend schwarz und wellig wie Lincolns. Sie hatte sie zu einem schlichten Dutt oben auf dem Kopf gebunden, anders als ihre Mutter, die ihre grauen Locken offen trug.

„Eva, komm." Leisl winkte sie heran. „Das sind Miss Holloway und Miss Everheart. Und das ist Mr Fitzroy."

Eva zog kurz die Augenbrauen hoch, senkte sie aber direkt

wieder. Der Rest ihres Gesichts blieb so ausdruckslos wie Lincolns. „Angenehm, Ihre Bekanntschaft zu machen, Sir." Sie machte einen wenig überzeugenden Knicks.

„Gleichfalls, Miss Cornell", sagte er steif.

„Nenn mich Eva", sagte sie, wobei sie sich seinem Ton anpasste. Ich konnte nicht sagen, ob sie das absichtlich tat oder ob es eine angeborene Eigenart war, die keinem von ihnen bewusst war.

Lincoln nickte einmal. Ich unterdrückte das Verlangen, ihn mit dem Ellenbogen anzustoßen, und beschloss stattdessen, ihn zu retten.

„Du musst uns auch mit Vornamen anreden", sagte ich zu ihr. „Ich bin Charlie, das ist Alice und er heißt Lincoln."

„Das ist ein seltsamer Name", sagte sie, allerdings ohne ein Anzeichen von Überraschung. Vermutlich kannte sie die Erklärung, die hinter seinem Namen steckte.

„Ich habe ihn nicht gewählt", sagte seine Mutter etwas defensiv. „Eva, bring Tee und Kuchen."

Eva warf Lincoln noch einen abschätzenden Blick zu, ehe sie ging. Weder lächelte sie noch schaute sie finster, sondern nahm mit klinischem Interesse sein Aussehen wahr.

„Eva ist gutes Mädchen", sagte Leisl. „Sie hilft mir in Haus und lernt auch Krankenschwester. Sie ist beschäftigt und es wird noch mehr, wenn sie heiratet und Kinder hat."

„Sie wird heiraten?", fragte ich.

„Sie wird, wenn sie ihn trifft."

Ich verschluckte mich fast an meinem Lachen, das ich irgendwie in ein Husten verwandelte, obwohl ich an seiner Glaubwürdigkeit zweifelte. Leisl musste Evas Mann in einer ihrer Visionen gesehen haben.

„Und deinem Sohn geht es gut?", fragte ich. „Deinem anderen Sohn, meine ich."

„David ist feiner junger Mann. Ich wünschte, er wäre hier, euch zu treffen, aber er ist bei Bank, wo er arbeitet. Er ist Kassierer, aber wird aufsteigen." Wieder diese Sicherheit. Wenn ich doch nur so in die Zukunft sehen könnte.

„Du hast dein Zigeunerleben komplett hinter dir gelassen",

sagte Lincoln. Ich fand die Bemerkung sehr rüde, aber vielleicht vergab sie ihrem Sohn.

„Das Leben ist hart und der General gab mir dies Haus und Geld zu Leben." Sie war ganz nüchtern bezüglich der Ausgleichszahlung, die sie für Lincolns Geburt bekommen hatte. Der Prinz von Wales hatte sie nach der einen gemeinsamen Nacht im Stich gelassen.

Alice wirkte jedoch peinlich berührt, obwohl sie die Umstände von Lincolns Existenz kannte. Ihre Mittelklasseprüderie ging tief. Meine war mit meinem dreizehnten Lebensjahr abrupt abgeschnitten worden. Es gab nur wenig, was mich jetzt noch peinlich berührte.

„Mein Mann war Engländer, nicht Zigeuner", fuhr Leisl fort. „Er hat schwer in Fabrik gearbeitet, aber nicht viel heimgebracht. Das Geld von General hat mein Kinder gute Bildung gegeben, also müssen sie nicht in Fabrik arbeiten wie ihr Vater. Ich bin dankbar."

Es klang, als würde sie es nicht bereuen, Lincoln aufgegeben zu haben. Das konnte ich nicht begreifen. Hätte ich ein Kind, würde ich darum kämpfen und kein Geld der Welt könnte meinen Verlust aufwiegen. Aber vielleicht hatte Leisl ihr Schicksal, die Mutter des ersten Mannes zu sein, der nach Jahrhunderten das Ministerium der Kuriositäten leitete, immer gekannt und ihren Frieden damit geschlossen, noch bevor sie den Prinzen auf dem Jahrmarkt getroffen hatte.

Lincoln saß da wie eine Statue, die Hände locker auf die Oberschenkel gelegt. Äußerlich gab es keine Anzeichen, dass dieses Treffen an seinen Nerven zerrte. Aber ich wusste, dass es so war. Wenn es ihm leicht fallen würde, hätte er dieses Treffen nicht so lange hinausgezögert. „Wir sind gekommen, um dich zu fragen, was du über Alice weißt", sagte er. „Du hast sie als Tür bezeichnet."

„Zu anderen Welten, ja." Leisls Blick richtete sich auf Alice. „Ich habe nie vorher von eine wie du gewusst."

„Aber Sie haben mich als Tür erkannt, als Sie mich sahen", sagte Alice.

Leisl nickte. „Ich habe Geschichten gehört."

„Was ist mein Sinn? Warum bin ich so?"

Leisl hob eine Schulter. „Warum bin ich Seherin? Warum kann Charlie Tote wecken? Wir wissen nicht. Wenn da ein Sinn ist, behält Gott ihn für sich."

„Sag uns, was du über Alice weißt", sagte Lincoln. „Und über andere Welten."

Eva kam mit einem Tablett zurück, das sie auf den Tisch stellte. Sie schenkte Tee aus und, als ihre Mutter nicht auf Lincolns Bitte reagierte, drängte sie sie, fortzufahren. „Ich muss diese Dinge auch wissen, Mama. Früher oder später brauche ich das Wissen um das Übernatürliche. Ich bin ebenfalls Seherin", sagte sie zu uns. „Ich habe die Fähigkeiten meiner Mutter geerbt."

„Danke für die Information", sagte Lincoln. „Charlie wird eine Akte über dich in unserem Ministeriumsarchiv anfertigen. Es ist wichtig, dass wir alle Übernatürlichen erfassen. Die Information wird vertraulich behandelt."

„Also gut. Ich werde es gestatten."

„Es war keine Bitte."

„Vielen Dank, Eva", sagte ich schnell. „Deine Angaben werden mit niemandem außer uns dreien geteilt." Ich erwähnte nicht, dass auch Gus und Seth Zugriff auf die Akten hatten. Ich wollte nicht, dass sie ihre Meinung änderte.

„Sagen Sie mir, was es bedeutet, eine Tür zu anderen Welten zu sein", drängte Alice. „Niemand ist wirklich von einem anderen Ort hierher gekommen, nur Bruchstücke meiner Vorstellungskraft. Sie existieren nur in meinen Träumen und verschwinden, sobald ich erwache. Also wie kann ich tatsächlich eine Tür sein?"

Leisl nahm von ihrer Tochter eine Teetasse entgegen. „Es ist keine echte Tür, nur eine spirituelle. Sie sind Geister, die mit deine Träume reisen. Deine Träume sind wie ein ... wie ein Kutsche oder Zug. Sie bringen Geister her, aber sie können nur durch dich eintreten. Durch Tür."

„Wirkt das auch in die andere Richtung?", fragte Lincoln.

„Ja", sagte Alice, ehe Leisl antworten konnte. Sie blinzelte ihn über ihre Tasse an, die Augen rund. „Ich erinnere mich jetzt. Als ich sehr jung war, hatte ich einen Traum von einem fremden Land. Ich begegnete dort einigen merkwürdigen Kreaturen, erlebte seltsame Abenteuer, und dann wachte ich auf. Diesen Traum hatte ich nie wieder und habe ihn auch nie mit den seltsamen Vorkommnissen der jüngsten Zeit in Verbindung gebracht. Bis jetzt."

Leisl nickte. „Dein Geist dorthin gegangen, und jetzt kommen ihre Geister her."

„Wenn es nur Geister sind, warum können wir sie berühren?", fragte ich. „Und sie uns?" Die Waffen, die die Armee der Herzkönigin im Pensionat für missratene Töchter gegen uns eingesetzt hatte, hatten sehr realen Schaden angerichtet. Sie hätten Alice leibhaftig gefangen genommen, wenn sie es geschafft hätten. Und Gus würde bei seinem Leben schwören, dass das sprechende Kaninchen sich ausgesprochen echt angefühlt hatte.

„Ich weiß nicht", sagte Leisl mit einem Schulterzucken. „Vielleicht ich liege falsch. Vielleicht ist es mehr als Geist, das zwischen Welten reist. Es kann sein, dass Geist echt wird *wegen* dir. Vielleicht das ist wahres Geheimnis der Tür." Sie zuckte erneut mit den Schultern. „Meine Mutter hat mir dies beigebracht, aber sie war nie Tür begegnet. Du bist besonders, Alice."

„Ich wünschte, das wäre ich nicht", murmelte sie in ihre Tasse.

Ich legte ihr tröstend eine Hand auf den Arm. „Du bist nicht allein."

„Wenn sie eine Tür ist", sagte Lincoln, „dann sollte die Tür geöffnet oder geschlossen werden können."

Alices Kopf ruckte hoch und ihre klugen Augen studierten erst Lincoln, dann Leisl. „Ist das möglich? Kann ich die Tür schließen und diese Träume stoppen?"

„Türen gehen auf und zu", sagte Leisl. „Manchmal braucht man Schlüssel."

„Was meine Mutter auf ihre einzigartige Weise zu sagen versucht", sagte Eva und warf Leisl einen warnenden Blick zu, „ist, dass sie es nicht weiß."

Leisl machte eine sowohl zustimmende als auch entschuldigende Geste mit ihren Händen. „Tue ich nicht. Dies musst du lernen, Alice. Lincoln wird helfen, nicht?"

„Ich möchte Alices Träume ebenso ergründen wie sie", sagte er.

„Vielleicht nicht ganz so sehr", sagte Alice. „Sie haben andere *Welten* erwähnt, Plural. Gibt es mehr als eine?"

Leisl nickte. „Ich weiß Anzahl nicht. Das weiß vielleicht niemand. Ist nicht leicht, zwischen Welten zu wandern und zu zählen."

„Nur durch Menschen wie mich und meine Träume."

„Es gibt Portale, die nicht Menschen sind. Spezielle Orte, die sich öffnen, um Dämonen von anderen—"

„Dämonen?", riefen drei weibliche Stimmen. Lincoln schwieg.

„Kreaturen von andere Welten werden Dämonen genannt", fuhr Leisl geduldig fort. „Du hast Alice dies nicht gesagt?", fragte sie Lincoln.

Er zögerte und sagte dann: „Ich habe erst eine andere Person den Begriff Dämonen verwenden hören und hielt es bei den negativen Konnotationen nicht für ein adäquates Wort. Anscheinend sollten nicht alle Dämonen gefürchtet oder geschmäht werden."

Meine Tasse begann, auf ihrer Untertasse zu klappern. Ich stellte beides ab, konnte den Gedanken aber nicht abschütteln, der mir gerade gekommen war. Allerdings konnte ich Lincoln hier nicht dazu befragen.

„Also können Dämonen durch diese Portale in unsere Welt kommen", sagte Eva zu ihrer Mutter. „Durch echte Portale, nicht spirituelle wie Alice. Korrekt?"

Leisl nickte.

„Grundgütiger", sagte Alice atemlos. „Das ist besorgniserregend."

„Wie öffnen und schließen sich *diese* Portale?", fragte Eva. „Vielleicht kann es uns bei Alices Problem helfen." Sie war klug, wie ihr Halbbruder. Ich konnte es an Lincolns neugierigem Blick ablesen, dass sie ihn faszinierte.

„Ich weiß nicht", sagte Leisl.

„Ein komplexer Zauberspruch ist nötig, um es zu öffnen und zu schließen", sagte Lincoln und übernahm damit die Erklärung.

„Es?"

„Ich weiß nur von einem solchen Portal."

Frakingham House. Das Portal *musste* dort sein, in Verbindung mit Jack Langley und seinem Heim. Langley war die einzige Person, die Lincoln in jüngster Zeit zu Alices Träumen befragt hatte. Warum hatte er mir das nicht gesagt? Er hatte mich glauben lassen, er hätte nichts Nützliches erfahren.

„Die Hüter des Zaubers möchten nicht, dass andere von dem Zauber oder dem Portal erfahren", sagte Lincoln. „Aus offensichtlichen Gründen."

„In den falschen Händen könnte es gefährlich werden", stimmte Eva zu.

„Sie müssen mir sagen, wer diese Hüter sind", platzte Alice heraus. Ihre Wangen röteten sich und ich glaubte schon, sie würde zu Lincoln springen und ihn schütteln. „Vielleicht kann der Zauber meine Träume stoppen."

„Das bezweifle ich", sagte er.

„Wissen Sie es sicher?"

„Nein. Ebenso wenig wie die Hüter."

„Dann müssen wir es ausprobieren."

„Den Zauberspruch aufzusagen könnte ungeahnte Konsequenzen haben. Es tut mir leid, Alice, das kann ich nicht erlauben."

Ich nahm ihre Hand und drückte sie fest, womit ich sie sowohl auf dem Sofa verankerte, als auch Trost spendete. Jetzt wusste ich wenigstens, warum Lincoln nicht gewollt hatte, dass Alice etwas von Frakingham erfährt. Es war grausam, ihre Hoffnung zu schüren und sie dann so zu zerstören. Er hatte ihr den Schmerz ersparen wollen. Doch warum hatte er es mir nicht gesagt?

„Gibt es noch etwas, das du uns sagen kannst?", fragte Lincoln seine Mutter.

Sie schüttelte den Kopf. „Ihr müsst euch nicht beeilen", sagte sie, obwohl niemand sich gerührt hatte. „Esst Kuchen."

Er schüttelte den Kopf und erhob sich. „Wir sind sehr beschäftigt."

„Mit Hochzeitsvorbereitungen?", fragte Eva. „Mama hat mir gesagt, dass Gratulationen angebracht sind." Sie nahm meine Hände, als ich aufstand. „Es ist mir ein Vergnügen, dich getroffen zu haben, Charlie. Ich kenne meinen neuen Bruder zwar noch nicht sehr gut, aber ich bin froh, dass er sein Glück gefunden hat." Sie beugte sich zu mir und küsste meine Wange. „Und Mama ist auch sehr froh", flüsterte sie.

Es gab so vieles, was ich ihr gern über Lincoln erzählt hätte, so viele Fragen, die ich ihr und Leisl gern gestellt hätte, aber ich lächelte nur und bedankte mich. Lincoln stand wartend an der Tür, die Hände hinter dem Rücken.

Eva brachte uns zur Kutsche, doch Leisl blieb im Haus zurück. Sie wirkte klein und zu dünn, ganz die Zigeunerin mit ihren langen grauen Haaren, die lose auf ihre Schultern fielen. Ich winkte und sie winkte zurück.

„Deine Mutter benötigt ein Hausmädchen", sagte Lincoln zu Eva, ohne sie anzusehen. Sein Blick streifte die Straße rauf und runter, als suche er etwas. „Ich werde dafür sorgen, dass ihr mehr Geld bekommt, falls sie jemanden einstellen will."

„*Unsere* Mutter wird es dir nicht danken", sagte Eva mit einer Betonung auf ‚unsere', die niemandem entging. „Sie glaubt, nur die Faulen brauchen eine Magd. Anscheinend genüge ich."

„Und was sagst du?", fragte ich.

„Dass ich das Angebot zu schätzen weiß und gern Hilfe annehmen würde, insbesondere beim Kochen. Da bin ich ziemlich nutzlos und es kostet so viel Zeit. Ich muss lernen."

„Für die Krankenpflege", sagte Alice mit einem Nicken. „Was für ein wunderbarer Beruf."

Eva schenkte ihr ein gezwungenes Lächeln. Ihr Blick wanderte an Alice hoch und runter, wobei ihr nichts entging. Dann blinzelte sie plötzlich und verschränkte die Arme, als wäre ihr kalt. Sie schaute weg, die Zähne zusammengepresst.

Hatte sie etwas in Alices Zukunft gesehen? Etwas, das ihr Angst oder Sorgen machte? Ich konnte es nicht sagen und wagte nicht zu fragen, da ich Alice nicht darauf aufmerksam machen wollte.

Lincoln öffnete die Kutschentür und hielt mir seine Hand hin. „Hast du deinen Kobold?", fragte er.

„Ja." Ich studierte sein Gesicht. „Warum? Was ist los?"

„Jemand ist uns hierher gefolgt und wartet möglicherweise darauf, dass wir fahren. Ich spüre ihn, kann aber niemanden sehen. Halte den Anhänger fest und sei bereit, den Spruch zu sagen, der ihn befreit, falls nötig."

Seine Worte jagten meinen Puls in die Höhe. Ich zog den runden Anhänger unter meinem Mieder hervor und hielt ihn fest. Er pulsierte allerdings nicht. Ich schaute mich um, sah aber nur etwa ein Dutzend Personen, die die Straße entlangwanderten. Alle waren Frauen und keine verhielt sich auffällig. Während Lincoln erst mir, dann Alice die Stufen hinaufhalf, rollte eine Kutsche vorbei. Sie hielt nicht an und war leer.

Jetzt wusste ich wenigstens, warum Lincoln auf der Fahrt nach Enfield so abgelenkt gewesen war. Er hatte mich nicht wegen des Kusses ignoriert.

Wir fuhren schweigend nach Hause, alle wachsam, ob uns jemand folgte. Da unsere Aufmerksamkeit auf die Straße draußen gerichtet war, erwähnte niemand das Gespräch mit Leisl. Vielleicht wollte sich Alice nicht damit beschäftigen, dass wir so wenig erfahren hatten. Trotzdem musste sie enttäuscht sein.

„Irgendetwas?", fragte ich Lincoln, als wir uns den Eisentoren von Lichfield Towers näherten.

„Ich kann niemanden sehen", sagte er. „Aber ich spüre etwas."

Alice und ich warfen uns Blicke zu. Ich bat Lincoln nicht, es näher auszuführen. Wahrscheinlich konnte er es sowieso nicht erklären.

Sein Kopf ruckte plötzlich herum, als etwas Rotes in der Lücke einer Hecke aufblitzte. Bevor ich eine bessere Position am Fenster erreichen konnte, öffnete er die Tür.

Mir blieb keine Zeit, seinen Ärmel zu packen, ehe er heraussprang. „Weiterfahren!", rief er, landete auf beiden Füßen und sprintete los. Gott sei Dank ging es ihm gut. Jeder andere wäre gestürzt.

Sonnenlicht blinkte auf der Klinge in seiner Hand. Er musste sie aus dem Ärmel gezogen haben, wo er oft eine aufbewahrte. Eine weitere befand sich an seinem Unterschenkel. Ich betete, dass er sie nicht würde benutzen müssen.

Die Kutsche wurde langsamer, hielt jedoch nicht an, als wir

durch das Tor einbogen. Ich zog die Tür zu, schaute durch das Rückfenster und schnappte nach Luft.

Lincoln rannte die Straße entlang. Er verfolgte eine Gestalt, die die auffällige rot-goldene königliche Uniform trug.

„Das verstehe ich nicht", sagte ich und schüttelte den Kopf.

„Ich auch nicht", sagte Alice, die ebenfalls zuschaute. „Warum rennt der Diener der Königin vor Lincoln weg?"

„Warum hat uns der Diener der Königin nachspioniert?"

KAPITEL 4

Als Doyle die Haustür öffnete, schob ich mich an ihm vorbei. „Gus! Seth!" Mein Ruf hallte durch die breite Eingangshalle und wirbelte die Treppe hinauf.

Sie tauchten einen Moment später auf. „Was ist los?", rief Seth herunter.

Der Koch kam aus dem hinteren Bereich des Hauses, ein großes Fleischmesser in der Hand. „Charlie?"

„Es geht um Lincoln", sagte ich. „Er verfolgt jemanden die Hampstead Lane entlang. Wir müssen ihm helfen."

„Pistolen." Seth raste die Treppe herab und verschwand in Richtung des Waffenzimmers.

Eine verängstigte Magd schaute ihm nach, bis Doyle ihr befahl, ihrer Arbeit nachzugehen. Seth kehrte kurz darauf zurück. Er lud eine Pistole, die andere hatte er unter den Arm geklemmt. Auf dem Weg nach draußen gab er eine an Gus weiter. Der Koch folgte. Er hatte zwar keine Pistole, konnte ein Messer jedoch sehr präzise werfen.

Ich wollte ihnen nachgehen, blieb aber auf der obersten Stufe stehen. „Wartet! Da ist er!"

Lincoln joggte locker die Einfahrt herauf. Ich atmete erleichtert auf.

Alice hakte sich bei mir ein und bot damit Trost, ohne etwas sagen zu müssen. Seth, Gus und der Koch gingen Lincoln entgegen, doch ich konnte sehen, dass er ihnen keine Antworten auf ihre Fragen gab.

„Nun?", fragte ich, als er bei mir ankam.

„Bekomme ich jetzt immer so ein Begrüßungskommando, wenn ich nach Hause komme?", fragte er.

„Spar dir deine Witze für Zeiten auf, in denen ich nicht so besorgt bin."

Er nahm meine Hand, küsste sie sanft und führte mich ins Haus. „Mein Arbeitszimmer", sagte er schlicht. „Sofort."

Ob er uns alle meinte, war unklar. Allerdings schien es, als wollten wir alle hören, was er zu sagen hatte, inklusive des Kochs. Seth und Gus händigten ihre Waffen an Doyle aus und baten ihn, sie zu entschärfen, ehe er sie sicher wegschloss. Der Koch behielt sein Messer jedoch bei sich. Er ließ selten jemanden an seine Messer. Ich war die Einzige, die sie bei den Wurfübungen hatte anfassen dürfen.

Wir sortierten uns in Lincolns Arbeits- und Wohnzimmer. Alice und ich setzten uns, aber die Männer blieben stehen.

„Tut mir leid, wenn ich das Offensichtliche ausspreche, aber Sie haben ihn nicht geschnappt", sagte Seth. Er lehnte an der Tür, die Arme verschränkt.

„Das habe ich nicht." Lincoln öffnete seine Krawatte und den obersten Hemdknopf. Er sah nicht aus, als wäre er die Hampstead Lane hinunter gesprintet und dann nach Hause gejoggt. Er wirkte so köstlich zerzaust wie immer, aber nicht außer Atem. „Er hatte einen zu großen Vorsprung."

„Er trug eine rot-goldene Uniform", erklärte Alice den anderen.

„Was?", explodierte Seth und schob sich von der Tür weg.

Gus rieb sich das Kinn. „Einer von der Königin?"

„Oder dem Prinzen", fügte Seth hinzu und schüttelte den Kopf. „Lasst uns direkt zum Palast fahren und ihn konfrontieren."

„Du bist bekloppt", sagte der Koch. „Du kannst da nicht einfach reingehen. Du brauchst eine Einladung."

„Dann klopfen wir, bis wir eine bekommen, oder?"

„Seth hat recht", sagte Gus. „Wir müssen ihn konfrontieren.

Könnten Sie ihm schreiben und nach 'nem Treffen fragen, Fitzroy?"

Lincoln hob die Hand und die Männer schwiegen. „Es war höchstwahrscheinlich kein königlicher Lakai."

„Aber Alice hat gesagt—"

„Alice hat gesagt, er trug eine königliche Uniform, nicht dass er aus dem königlichen Haushalt stammt. Würde die Königin oder der Prinz einen Spion auf mich ansetzen, hätten sie ihn sicher nicht mit so auffälliger Kleidung ausgestattet."

„Oh!", sagte ich, als mir ein Licht aufging. „Du glaubst, jemand hat die königliche Uniform angezogen, damit es so *aussieht*, als würde die königliche Familie dich ausspionieren."

Lincoln nickte.

„Jemand will den Verdacht auf die Königin lenken?", fragte Alice. „Aber warum?"

„Es könnte schlicht darum gehen, irgendwen zu verdächtigen, und der königliche Ansatz war gerade bequem, oder es könnte einen spezifischeren Grund geben."

Der Koch brummte. „Scheint mir nicht sonderlich bequem, an so eine Uniform zu kommen. Die kann man sicher nicht vom Lumpensammler kaufen."

„King hätte sie aus der Kleiderkammer des Palastes stehlen können, während er einen Diener nachahmte", sagte Lincoln. „Es wäre ihm nicht schwergefallen. Jeder hätte angenommen, der Diener würde sie flicken oder reinigen lassen."

„Also gab er die Uniform an jemand anderen weiter, bevor er starb", sagte ich. „Dann ist es wahrscheinlich, dass er nicht allein gearbeitet hat."

Lincoln nickte. „Vielleicht hatte er vor, sie selbst zu nutzen. Es ist möglich, dass er das bei einem seiner Besuche im Palast getan hat, ohne dass wir davon wissen. Es scheint jedoch klar zu sein, dass du recht hast, Charlie. Vor seinem Tod gab er die Uniform weiter."

„Wer auch immer es war", sagte ich. „Ich frage mich, warum er uns gefolgt ist."

„Hat es etwas mit dem Mord zu tun?", schlug Seth vor. „Vielleicht hat Fitzroys Befragung von Gawler Aufmerksamkeit erregt."

Mir lief ein Schauer über den Rücken. „Du meinst Aufmerksamkeit vom Mörder."

Lincoln stellte sich neben mich und legte mir eine Hand auf die Schulter. Ich berührte sie und lächelte schwach zu ihm auf. Er lächelte nicht zurück.

„Wahrscheinlich", sagte Gus. „Fahren Sie noch mal zu Gawler?"

„Vielleicht." Lincolns Antworten waren für meinen Geschmack viel zu ausweichend.

„Falls ja, nimm auf jeden Fall jemanden mit", sagte ich zu ihm.

„Jou", stimmte Gus zu. „Wir bringen Pistolen mit."

„Vielleicht brauchst du auch eine Nekromantin. Eine, die im Notfall die Toten zur Hilfe rufen kann."

„Ganz ruhig", sagte Seth. „Man muss nicht gleich schwere Geschütze auffahren, wenn Pistolen reichen."

„Sprich für dich selbst", gab Gus zurück. „Schwere Geschütze klingen mir nach 'ner guten Idee."

Seth zeigte mit dem Finger auf Gus. „Und du findest, dieser Mann ist eine passende Vaterfigur, um dich zum Altar zu führen, Charlie."

„Ich werde um eine Audienz bei der Königin bitten", verkündete Lincoln. Angesichts unserer Blicke fügte er hinzu: „Sie hat vor seinem Tod allein mit King gesprochen. Selbst wenn er ihr bei diesem Treffen nicht direkt gesagt hat, was er wollte—oder was sein Auftraggeber wollte—dann hat er es aber vermutlich angedeutet."

„Sie wollen die Königin befragen?" Der Koch grinste. „Hauptsache, Sie werden nicht wegen Hochverrats gehängt."

„Ich werde feinfühlig sein."

Sowohl Seth als auch Gus schnaubten vor Lachen.

„Charlie wird größtenteils das Gespräch führen." Lincoln nahm seine Hand von meiner Schulter und kehrte zu seinem Schreibtisch zurück. „Das ist für den Moment alles. Ich lasse euch meine Entscheidungen wissen, sobald ich alles durchdacht habe."

Die anderen gingen, sogar Alice, von der ich glaubte, dass sie noch einige Fragen bezüglich der Informationen hatte, die sich aus unserem Treffen mit Leisl ergeben hatten. Ich hörte Seth fragen, wie es gelaufen war, als ich die Tür hinter ihnen schloss.

„Du gehst immer davon aus, dass ich dich nicht meine, wenn ich euch wegschicke", sagte Lincoln, der mich nicht ansah. Er zog ein Blatt Papier und das Tintenfass zu sich heran. „Warum überrascht mich das nicht?"

Ich legte meine Hände auf seine Schultern und massierte ihn. Die Anspannung ließ nach und er legte den Kopf in den Nacken, um mich anzusehen.

„Na los", sagte er. „Stell deine Fragen, damit wir vorankommen."

„Womit vorankommen?"

„Dass ich deine Gesellschaft genieße. Vielleicht einen Kuss."

Ich fuhr mit den Fingern durch seine Haare. „Ich dachte, es bereitet dir Sorge, mich zu küssen, wenn wir allein sind."

Seine Augenlider schlossen sich. „Darüber bin ich noch geteilter Meinung."

„Nun, Küsse hängen von deinen Antworten ab, also denke sorgfältig nach, bevor du sprichst."

„Ich höre", murmelte er.

Ich nahm die Hände weg und er öffnete die Augen. Mit gebührendem Abstand setzte ich mich auf einen Stuhl. Vorläufig. „Warum hast du mir nichts von dem Portal in Frakingham House erzählt?"

„Wie kommst du darauf, dass es dort ist?"

„Das war nicht schwer heraus zu knobeln. Du hast gesagt, du wolltest mit Jack Langley über Alice reden, weil du eine Ahnung hattest. Es war allerdings keine Ahnung, oder? Du hattest diese Information bereits."

Er streckte seine langen Beine aus und legte die Knöchel übereinander. Es war eine überraschend entspannte Haltung in Anbetracht des Drucks, der auf ihm lag. Er musste nicht nur den Mörder, sondern auch eine Lösung für Alices Problem finden. „Ich habe es vermutet. Sofort bei der Ankunft in Frakingham habe ich gewusst, dass dort etwas anders ist. Ich spürte … eine Art Störung in einigen Ruinen auf dem Gelände. Die Luft fühlte sich dort anders an. Ich befragte Langley, der mir die heute erwähnten Antworten gab."

„Über den Zauberspruch, der das Portal öffnet?"

Er nickte. „Mehr wollte er mir nicht sagen. Es genügte nicht, um Alice zu helfen, und ich wollte ihr keine falschen Hoffnungen machen, indem ich es erwähne. Oder dir."

„Wir haben dir keine Wahl gelassen", sagte ich schwermütig. „Das tut mir leid. Aber du hättest es mir sagen sollen, Lincoln."

„Sie ist deine Freundin und ich weiß, wie sehr du dich um sie sorgst. Ich wollte nicht, dass du dich aufregst."

Ich seufzte. Er hatte das Herz am richtigen Fleck, trotzdem verstand er mich nicht ganz. „Du und ich, wir sind jetzt in allem Partner. Das bedeutet, dass ich deine Last teile. Du musst sie nicht mehr allein tragen. Ich bin stark genug."

„Ich weiß. Also, bekomme ich jetzt einen Kuss?"

Ich unterdrückte mein Lächeln und den Impuls, seine Hand zu nehmen. „Noch nicht. Ich habe eine Frage über Harriet. Ist sie ein Dämon?"

Sein kurzes Zögern war die einzige Indikation, dass mein Rückschluss ihn überraschte. „Meiner Meinung nach ja. Aus den Informationen, die ich lesen konnte, und dem Wenigen, was ich von Langley erfahren habe, schließe ich, dass sie einem ähnelt, ebenso wie King, Gawler und die anderen. Gestaltwandler sind eine Art Dämon, doch es gibt auch andere Arten. Allerdings scheinen sie hier in unserer Welt eine der häufigsten Formen von Dämonen zu sein, was nahelegt, dass ihr Reich unserem am nächsten liegt."

„Warum sind sie hierher gekommen?"

„Ich weiß es nicht."

„Wie viele gibt es?"

„Auch das weiß ich nicht. Ich glaube allerdings, dass Langley ihre Zahl grob unterschätzt. Er schien nicht zu glauben, dass sie ein Problem darstellen. Außerdem schien er überzeugt, dass das Portal auf seinem Grundstück das einzige ist und er so ein Auge darauf haben kann. Daher sein Zögern, mir zu viele Informationen zu geben."

„Er hält es für unnötig", beendete ich den Gedanken für ihn.

Er nickte. „Noch Fragen?"

„Nur eine."

Er seufzte. „Hoffentlich wird das ein guter Kuss."

„Den hast du dir verdient, wenn du diese hier ehrlich beantwortest. Ich möchte wissen, wie du dich fühlst, nachdem du heute Zeit mit Deiner Mutter verbracht und deine Schwester kennengelernt hast."

Er holte tief Luft und ließ sie langsam ausströmen. „Ich weiß nicht, was ich fühle."

„Du hast angespannt gewirkt. Warst du angespannt?"

„Ich war nicht entspannt."

„Wie fandest du das Haus?"

„Es war ordentlich mit dem äußerlichen Anschein von Englischkeit. Sobald ich drinnen war, konnte ich Leisls Roma-Einfluss sehen."

„Was hältst du von Eva?", fragte ich.

„Sie scheint intelligent zu sein und geht gut mit ihrer Mutter um."

Ich korrigierte sein Benutzen des Wortes „ihrer" anstatt „unserer" Mutter nicht. Dafür war er noch nicht bereit. „Sie scheint mir jemand zu sein, den ich gern näher kennenlernen würde", sagte ich. „Möchtest du das auch?"

Er zögerte. „Wenn du das möchtest, kann es arrangiert werden."

Ich verdrehte die Augen, sagte aber nichts. Es war genug, dass er das Haus betreten hatte. Lincoln brauchte Zeit, um sich an neue Menschen in seinem Leben zu gewöhnen. Das wusste ich nur zu gut.

Ich stand auf und näherte mich ihm. Er zog die Beine an und blinzelte zu mir herauf. Der jungenhafte Blick zerlegte mich beinahe. Ich legte eine Hand an sein Kinn stützte mich mit der anderen auf der Stuhllehne ab. „Das waren gute Antworten", murmelte ich. „Und jetzt deine Belohnung."

Seine Lider schlossen sich. „Ich fühle mich manipuliert."

Ich kicherte. „Gewöhne dich lieber daran." Sacht berührte ich seine Lippen mit meinen. Seine Zurückhaltung ließ sie beben. Sie waren so warm und unmöglich weich für so einen harten Mann.

Ich vertiefte den Kuss, oder vielleicht tat er es, aber nicht zu sehr. Nicht so, dass es kein Zurück mehr gab. Es war kein Kuss voll ungezügelter Leidenschaft, aber er verband uns, war mit meiner Liebe für ihn gefüllt und mit seiner Liebe für mich, mit unserem Respekt und Verständnis. Kein Ring an meinem Finger konnte mehr bedeuten.

Als ich mich endlich zurückzog und ihn freigab, war mein Körper ganz kribbelig vor Sehnsucht und gleichzeitig träge und zufrieden. Ich beobachtete, wie seine Augen sich langsam öffneten. Einen so friedlichen Ausdruck hatte ich auf seinem Gesicht noch nie gesehen.

Er strich mit dem Daumen an meinem Kinn entlang. „Du kannst mich so oft manipulieren, wie du willst, Charlie."

* * *

LADY VICKERS FÜHRTE etwas im Schilde. Mir war nicht ganz klar, was, aber ich vermutete, dass es etwas mit Alice zu tun hatte, denn sie bat um ihre Anwesenheit, als wir im Empfangszimmer mit Blick auf den Garten ein leichtes Mittagessen einnahmen.

„Nur wir Ladys", sagte Lady Vickers, während sie an kaltem Hühnchen knabberte, das vom Dinner übrig geblieben war. „Wir können die Hochzeitsvorbereitungen besprechen. Sagen Sie uns, Charlie, haben Sie die Gästeliste fertiggestellt?"

„Fast", sagte ich.

„Wird Lord Underwood draufstehen?"

„Underwood! Das bezweifle ich. Ich weiß ja noch nicht einmal, ob ich Lady Harcourt hier haben möchte."

„Vielleicht sollten Sie ihn noch einmal hierher einladen, ohne sie. Möglicherweise mögen Sie ihn."

Ich starrte sie an. Alice starrte sie an. Eine von uns machte ein seltsames Geräusch, das Lady Vickers dazu veranlasste, fortzufahren.

„Er hat sehr gute Beziehungen, ganz davon abgesehen, dass er ein Marquis ist. Marquis sind keine Earls, wissen Sie. Man findet sie nicht an jeder Ecke. Unverheiratete sind noch seltener."

Ah. Jetzt verstand ich die Richtung ihrer Gedanken. Ich schaute, ob Alice es auch klar war, doch die konzentrierte sich darauf, eine Brotscheibe mit Butter zu bestreichen.

„Es ist vollkommen akzeptabel, dass Sie ihn einladen, Lady Harcourt aber nicht", fuhr Lady Vickers fort. „Mr Fitzroy sollte anwesend sein, aber auch das ist nicht unbedingt notwendig. Schließlich geht es um Alice."

Alices Kopf ruckte hoch. „Um mich?"

„Ja, meine Liebe, natürlich." Lady Vickers sah sie an, als wäre sie ein Einfaltspinsel. „Ihnen ist doch sicher sein Interesse nicht entgangen. Allen anderen war es ziemlich offensichtlich, inklusive Julia. Sie war recht ungehalten. Oder was würden Sie sagen, Charlie?" Ein kleines Lächeln umspielte ihre Lippen. „Ausgesprochen ungehalten."

Hätte sie von irgendjemand anderem als Lady Harcourt gesprochen, hätte ich Lady Vickers für grausam gehalten. Doch es war schwierig, für die Frau Sympathie zu entwickeln, die versucht hatte, Lincoln und mich voneinander fernzuhalten.

„Ich … ich habe kein Interesse an Lord Underwood", sagte Alice.

Lady Vickers legte ihre Gabel weg und eine Hand auf Alices Arm. „Ich weiß, dass er viel älter ist, aber Sie sollten ihn in Erwägung ziehen."

„Es ist nicht nur sein Alter." Alice schaute flehend zu mir, aber ich ermutigte sie lediglich mit einem Nicken. „Er ist ziemlich nichtssagend."

Lady Vickers fuhr zurück. „Unsinn. Er ist ein Marquis!"

„Die Konversation mit ihm war nicht gerade interessant. Ich fand ihn ehrlich gesagt etwas irritierend."

„Meine Güte, Kind, wenn wir Männer ablehnen würden, weil wir sie irritierend finden, würde der Pool von Möglichkeiten dramatisch schrumpfen. Sie können das doch sicher übersehen und wenigstens *etwas* Positives an ihm finden." Sie schaute suchend in Alices Gesicht. „Oder?"

„Ich glaube nicht."

Lady Vickers nahm ihre Gabel wieder zur Hand und stach auf ein großes Stück Hühnchen ein. „Sie sollten sich freuen, dass so ein gehobener Mann Ihnen Aufmerksamkeit geschenkt hat. Ich hätte mich in Ihrem Alter auf jeden Fall geschmeichelt gefühlt."

„Warum bemühen *Sie* sich dann nicht um ihn?" Alice warf ihre Serviette auf den Tisch und stapfte aus dem Raum, wobei ihr Bausch bei jedem energischen Schritt wippte.

Lady Vickers erhob sich halb, doch ich hielt sie am Arm fest und sie setzte sich wieder. Sie konzentrierte sich darauf, ihr Hühnchen zu zerstückeln, aß es jedoch nicht.

„Lady V, Sie geben mir so viele gute Ratschläge", sagte ich. „Gestatten Sie, dass ich Ihnen auch einen gebe?"

Sie seufzte, schickte mich aber nicht weg.

„Mischen Sie sich nicht ein. Je mehr Sie versuchen, Alice und Seth voneinander fernzuhalten, desto mehr wird Seth rebellieren. Dadurch will er sie nur noch mehr für sich einnehmen."

„Er ist mir gegenüber ziemlich bockig." Sie seufzte erneut. „Was Frauen angeht, ist er so ein Dummkopf. Er verliebt sich viel zu leicht und meint, er hätte sich bereits in die Hälfte der Frauen in London verliebt, aus allen Klassen. Alice ist lediglich sein neuester Schwarm und ich möchte für beide nicht, dass sie einen Fehler machen, den sie später bereuen. Sie ist nicht die Art von Mädchen, die er wie die anderen ablegen kann."

„Es ist nett von Ihnen, sich um ihr Wohlbefinden zu sorgen."

„Und Seth muss eine Erbin heiraten." Sie hatte es bereits viele Male gesagt, aber diesmal lag keine Vehemenz in der Aussage. Es klang eher, als würde sie die Worte aus Gewohnheit wiederholen.

Ich erinnerte sie nicht daran, dass Seth erklärt hatte, er würde aus Liebe heiraten und nicht für Reichtum. Anders als seine Mutter glaubte er nicht, dass seine Familie Geld benötigte, um den guten Ruf wieder herzustellen. Er hatte hart dafür gearbeitet, um die Schulden seines verstorbenen Vaters zu begleichen, während sie mit ihrem neuen Ehemann durchgebrannt war. Darüber hinaus hatte er keine Ambitionen. Er war ein ehrenhafter Mann. Vielleicht der ehrenhafteste, der mir je begegnet war.

* * *

AM FOLGENDEN TAG erhielten wir eine Antwort vom Palast auf Lincolns Bitte um eine Audienz bei der Königin. Unsere Anwesenheit wurde für den gleichen Nachmittag gewünscht.

Buckingham Palace versetzte mich jedes Mal in Staunen, wenn ich ihn sah, sowohl von innen als auch von außen. Es war nicht nur die Größe—obwohl er gigantisch war—oder die reich verzierten Räume, sondern die Geschäftigkeit. Höflinge tummelten sich in Gruppen oder wanderten allein durch die Räume. Ich konnte nicht erkennen, warum sie überhaupt dort waren. Waren es Freunde der Königin? Familienmitglieder? Warteten sie auf eine Audienz oder lebten sie dort? Dutzende und Aberdutzende von Lakaien standen wie Statuen herum und warteten auf Befehle oder eilten still vorbei. Und das waren nur die Bediensteten, die ich sah. Im Hintergrund arbeiteten sicher noch viel mehr. Kein Wunder, dass es für King so leicht gewesen war, hier herein zu gelangen.

Wir wurden in einen anderen Teil des Palastes geführt als bei unserem letzten Besuch. Offene Fenster ließen Licht und frische Luft herein und boten schöne Ausblicke auf die Gärten. Dieser Flügel war nicht wie die Privatgemächer der Königin, wo Schwermut und Muffigkeit herrschten. Je weiter wir gingen, desto klarer wurde mir, dass wir wieder einen Privatbereich betraten. Weniger Menschen waren unterwegs und es war ruhiger. Bisher hatte uns immer eine der Hausdamen der Königin zu den Räumen der Monarchin begleitet, doch diesmal war es ein Lakai.

Er blieb in der offenen Tür stehen und verbeugte sich. „Mr Fitzroy und Miss Holloway", kündigte er dem Prinzen von Wales und einem anderen Gentleman an. Die beiden saßen in einem Raum, der ein großes Büro zu sein schien. Der kunstvoll mit Schnitzereien verzierte Schreibtisch stand mitten im Raum, während alle anderen Möbel so platziert waren, dass die Blicke auf ihn gelenkt wurden. Die Gemälde an der Wand zeigten Jagdszenen und das weinrote und grüne Farbschema der Einrichtung wies dieses Zimmer eindeutig als Männerdomäne aus.

Ich machte einen Knicks und Lincoln verneigte sich flüchtig. Ich konnte seine Unsicherheit spüren. Er hatte nicht erwartet, seinen Vater wiederzusehen. „Ich war der Annahme, dass die Königin um meine Anwesenheit gebeten hatte", sagte Lincoln vorsichtig. „Ist sie hier?"

„Sie ist unterwegs." Der Prinz von Wales nickte dem Lakaien zu, der den Raum verließ und die Tür schloss. „Sie haben Recht, Fitzroy, ich habe Sie in der Tat glauben lassen, Ihre Majestät hätte auf Ihre Nachricht geantwortet. Ich war unsicher, ob Sie kommen würden, wenn Sie wüssten, dass Sie mich treffen würden. Ich hoffe, Sie sind nicht enttäuscht, aber möglicherweise kann ich Ihnen trotzdem helfen. Darf ich Ihnen meinen Bruder, seine Königliche Hoheit Prinz Alfred, Herzog von Edinburgh vorstellen." Es war sehr geschmeidig und gab Lincoln keinen Grund für Widerworte. Er konnte nichts weiter tun, als beide Männer höflich zu begrüßen.

„Eure Hoheit", sagte Lincoln steif zu dem anderen Gentleman, der seinem älteren Bruder sehr ähnlich sah. Beide trugen ordentlich gestutzte ergrauende Bärte und die Haare streng in der Mitte gescheitelt. Tief sitzende Augen, ihrer Mutter so ähnlich, waren von aufgequollener, wabbeliger Haut umgeben, ein sicheres Zeichen durchzechter Nächte und den Ausschweifungen eines komfortablen Lebens.

Ich machte einen weiteren Knicks, als der Prinz von Wales seinen Bruder darüber aufklärte, dass ich Lincolns Verlobte war.

„Ich habe die Anzeige in der Zeitung gelesen", sagte der Prinz von Wales.

„Genau wie jeder andere, eh?" Der Herzog von Edinburgh brummte etwas, das ich für ein Lachen hielt. Er schob sich aus dem tiefen Ledersessel und schlenderte auf uns zu, die Hände hinter den Rücken gelegt. Mich ignorierte er und inspizierte Lincoln, als wäre er ein Vollblüter im Rennstall. „Das ist er also?"

Mir stockte der Atem. Er *wusste* es. Sein älterer Bruder musste ihm gesagt haben, dass Lincoln sein unehelicher Sohn war. Wie viele andere wussten davon? Ich beobachtete Lincoln aus dem Augenwinkel, doch er blieb reglos. Er beobachtete den Herzog und als dieser aufschaute, um erneut Lincolns Gesicht zu studieren, zuckte der Herzog zusammen und trat zurück.

„Ein feiner Kerl, nicht wahr?", sagte der Prinz von Wales mit vorgeschobener Brust. „Gut aussehend, stark und auch noch klug."

„Hmmm." Der Herzog setzte sich wieder in seinen Sessel und griff nach einer silbernen Zigarrenkiste. „Schade."

Schade, dass Lincoln alles war, was ein Mann sich von einem Sohn wünschte, aber nicht anerkannt werden konnte? Vielleicht. Aus dem einen Wort ließ sich unmöglich die Bedeutung ableiten.

„Hat er deine anderen Kinder kennengelernt?", fragte der Herzog seinen Bruder.

„Natürlich nicht", schnappte der Prinz von Wales. „Warum sollte er?"

„Wenn Mr Fitzroy ein Ermittler ist, könnte er diesen Cleveland Street Vorfall unter die Lupe nehmen und herausfinden, was wirklich passiert ist." Der Herzog zuckte lässig mit den Schultern. „Nur so ein Gedanke."

Das Gesicht des Prinzen nahm Farbe an. „So eine Art Ermittler ist er nicht und das Ministerium der Kuriositäten ist auch nicht so eine Abteilung."

Ich erinnerte mich an den Cleveland Street Vorfall, der ein ziemlicher Skandal gewesen war. Kurz nachdem ich in Lichfield Towers eingezogen war, hatten die Zeitungen über einen Polizeieinsatz in der Cleveland Street berichtet, nachdem Ermittlungen dort ein Freudenhaus offenbart hatten, das Gentlemen eine Liaison mit anderen Männern vermittelte. Als wäre das noch nicht schockierend genug, hatte Seth Gerüchte aufgeschnappt, dass der älteste Sohn des Prinzen von Wales dort Kunde gewesen war. Als zweiter Thronanwärter nach seinem Vater konnte das Gerücht den Ruf der königlichen Familie ruinieren.

Der einzige Grund, der mir einfiel, warum der Herzog dieses Thema in unserem Beisein ansprach, war sein Wunsch, den Prinzen von Wales zu ärgern oder ihm vor seinem sehr maskulinen, wenn auch unehelichen Sohn Schande zu bereiten—der Sohn, von dem der Prinz von Wales sich wünschte, er wäre ehelich und sein Erbe.

Falls Lincoln das Gleiche dachte, gab er nichts preis. Er blinzelte kaum. War er beim Treffen mit Leisl und Eva angespannt gewesen, war er jetzt regelrecht eingefroren. Ich wünschte, ich könnte seine Hand berühren, um ihn zu unterstützen, aber die Geste würde er möglicherweise nicht schätzen. Allerdings hatte er mich aus einem bestimmten Grund hergebracht. Um zu reden. Das konnte ich.

„Sir", sagte ich zum Prinzen von Wales, „dürfen wir frei sprechen?"

„Das dürfen Sie", sagte er. „Mein Bruder weiß alles über den Einbruch und diesen King. Ich musste etwas Überzeugungsarbeit leisten, aber er hat mir schlussendlich geglaubt. Und, wie Sie vermutlich gemerkt haben, weiß er auch alles über meine Privatangelegenheiten. Ihre Majestät informiert mich und ich informiere meinen Bruder, sozusagen als Rückversicherung."

Für den Fall, dass dem regierenden Monarchen etwas zustieß, nahm ich an, obwohl es sich mir nicht erschloss, warum der Herzog von Edinburgh wissen musste, dass der älteste Nachkomme seines Bruders am falschen Ende der Bettdecke geboren wurde. Vielleicht brauchten auch die Mitglieder der Königsfamilie jemanden, dem sie sich anvertrauen konnten, wie jeder andere auch, und Brüder standen sich natürlich nahe.

„Wir haben um eine Audienz mit der Königin gebeten, weil sie an dem Tag, als King in Gestalt Ihres Vaters den Palast betreten hat, mit ihm unter vier Augen gesprochen hat", sagte ich. „Wir müssen wissen, was er zu ihr gesagt hat."

„Warum?", fragte der Prinz von Wales.

„Es ist wahrscheinlich, dass ihn jemand bezahlt hat. Wir möchten wissen, wer."

„Es gab einen Mord, der mit King in Verbindung steht", fügte Lincoln hinzu. „Und wir werden von jemandem verfolgt, der eine königliche Uniform trägt."

Der Prinz von Wales bewegte lautlos seinen Mund, ehe er es schaffte, zu sprechen. „Grundgütiger. Nicht schon wieder."

Der Herzog zeigte mit seiner Zigarre auf Lincoln. „Bezichtigen Sie unsere Angestellten, Ihnen nachzuspionieren? Oder meinen Bruder, dass er Sie beschatten lässt?"

„Das ist nicht das, was er meint", schalt der Prinz.

„Nicht?" Der Herzog zündete ein Streichholz an. „Für mich klingt es so."

„Weil du nicht *zuhörst*, Affie."

Sein Bruder schüttelte das Streichholz, um es zu löschen. „Jemand in königlicher Uniform kann doch nur eins bedeuten", murmelte er um die dicke Zigarre herum.

Lincoln hob die Hand, um beide zum Schweigen zu bringen, eine mutige Geste in Anbetracht dessen, mit wem er es zu tun hatte. Beide Männer sagten nichts mehr, doch der Herzog wirkte eher verblüfft, dass ein Niemand ihm den Mund verbot, als dass er sich tatsächlich fügte.

„Wir glauben nicht, dass der Spion seine Befehle vom Palast erhielt", erklärte Lincoln. „Es ist wahrscheinlich, dass King die Uniform gestohlen und vor seinem Tod an jemanden weitergegeben hat. Deswegen möchten wir wissen, für wen er gearbeitet hat, weswegen wir mit der Königin sprechen müssen. Sie ist die Einzige, die Licht in die Angelegenheit bringen und uns sagen kann, was King von ihr wollte."

„Sie erzählte mir, er hätte nichts Wichtiges gesagt", meinte der Prinz von Wales.

„Ich würde sie gern noch einmal fragen."

Der Herzog pflückte die Zigarre aus seinem Mund. „Nennen Sie die Königin eine Lügnerin?"

Lincoln ließ die Frage unbeantwortet. Schweigen breitete sich aus, während dessen der Herzog Lincoln wütend anstarrte und der Prinz sich sichtlich unwohl fühlte.

„Ich werde ihr schreiben", sagte der Prinz von Wales hastig. „Ich werde betonen, wie wichtig es für das Reich ist, dass sie uns gegenüber offen ist. Das sollte sie überzeugen."

„Das Reich kommt immer an erster Stelle", murmelte der Herzog, der die Zigarre wieder in den Mund steckte und tief einatmete.

„Bitte informieren Sie mich, sobald Sie eine Antwort haben." Lincoln verbeugte sich und hielt mir seine Hand hin, um mir Halt zu geben, während ich eilig einen Knicks machte. Er wollte möglichst schnell weg.

Diesmal konnte ich es ihm nicht verübeln. Während ich den Prinzen von Wales nicht unangenehm fand, war der Herzog herablassend und manipulativ. Falls die Brüder sich nahestanden, war es an diesem Treffen nicht abzulesen.

* * *

Lincoln wollte keine Meinung über die beiden Mitglieder der Königsfamilie äußern, egal wie oft ich ihn auf der Rückfahrt fragte. Als er bei meinem vierten Versuch in meine Richtung schielte, hörte ich auf. Den Rest des Weges brachte ich damit zu, mir subtilere Fragen auszudenken, während er aus dem Fenster schaute.

„Ist Ihnen jemand gefolgt?", fragte Seth, den wir mit Gus und Alice auf dem Rasen vor dem Haus vorfanden. Sie spielten Croquet.

„Nur zum Palast", sagte Lincoln.

Ich schnappte nach Luft. „Ich habe niemanden gesehen."

„Er war da", war alles, was Lincoln sagte.

Da Gus und Seth ihr den Rücken zugedreht hatten, nutzte Alice die Gelegenheit, ihren Croquet-Ball mit der Zehenspitze anzustupsen. Sie zwinkerte mir zu. Ich versuchte, nicht zu grinsen.

„Was jetzt?", fragte Gus.

Alice setzte ihren Fuß auf den Ball und rollte ihn vorwärts.

„Jetzt kommen wir auf das zurück, was wir wissen", sagte Lincoln.

Gus und Seth sahen mich an. Ich zuckte mit den Schultern und fragte: „Was wissen wir?"

„Dass da ein Toter im Leichenschauhaus liegt, der bald begraben wird. Alles andere sind Vermutungen, inklusive der Annahme, dass der Zeuge ein Wandler ist."

„Wissen wir denn überhaupt den Namen des Opfers?", fragte ich, während ich beobachtete, wie Alice den Ball erneut bewegte.

„Die Zeitungen haben nichts berichtet", sagte er. „Wahrscheinlich wurde die Nennung verhindert."

„Weil es jemand Wichtiges war", murmelte Seth nickend. „Wie schrecklich."

Gus schwang seinen Croquet-Schläger in einem Bogen nach oben und legte den Griff auf seine Schulter. „Genauso schrecklich, als wär's 'n Fabrikarbeiter, Droschkenkutscher oder Bäcker."

„Ich meinte nicht, dass das nicht so wäre", sagte Seth.

„Klang aber so."

Seth verdrehte die Augen. „Ernsthaft, Charlie, was werden die Leute denken, wenn du ihn links von dir gehen lässt und nicht mich?"

„Dass sie klug ist und bei der Wahl ihrer Freunde guten Geschmack beweist." Gus drehte sich wieder zu Alice um. Mit gerunzelter Stirn betrachtete er den Ball, schaute zu ihr und legte die Stirn in noch tiefere Falten.

Sie lächelte süß, stellte sich in Position und schwang den Schläger. Der Ball rollte sauber durch den Bogen.

Seth applaudierte. „Gut gemacht. Sauberer Schlag."

Gus stemmte eine Hand auf die Hüfte. „Aber sie—"

Seth schlug Gus auf den Rücken und legte seine Hand in Gus' Nacken. So wie Gus zusammenzuckte, vermutete ich, dass Seth kräftig zudrückte. Mit einem energischen Schütteln und einem unschuldigen Lächeln für Alice ließ Seth ihn los und schlug selbst. Er verfehlte.

„Nun ja. Ich habe heute eine Pechsträhne." Er trottete seinem Ball hinterher.

Gus seufzte. „Ich hasse dieses Spiel. Wenn er das nächste Mal jammert, er hätte nix zu tun, fordere ich ihn zum Duell. Ein bisschen Blutsport bringt Stimmung in den Tag und er wird geschreddert, wenn er nich ordentlich spielt." Er stapfte hinter Seth her.

„Du hast doch mit Seth gesprochen, oder?", fragte Alice mich. „Über sein Verhalten?"

Ich nickte. „Gab es keine Veränderung?"

„Nein. Er ist immer noch widerlich süß und schmeichlerisch. Ich ertrage es nicht."

„Dann bin ich mit meinem Latein am Ende", sagte ich. „Nichts, was ich tue, bringt ihn dazu, in deiner Nähe er selbst zu sein. Es tut mir leid, Alice."

„Egal." Sie hob die Hand, um ihre Augen von der Sonne zu schützen, während sie den Männern zusah, wie sie die Bögen aus dem Rasen zogen. „Es soll einfach nicht sein mit uns."

Ich beschloss, Seth das nicht zu sagen. Er würde verzweifeln. Abgesehen davon, war ich noch nicht ganz überzeugt, dass es hoffnungslos war. Sobald sie ihn kennenlernte, würde sie sich in ihn verlieben. Sie musste ihn nur kennenlernen. Den echten Seth.

Ich folgte Lincoln, der zum Haus gegangen war. „Warte!", rief ich und er blieb neben der Terrasse hinter dem Haus stehen. Er bot mir seinen Arm an und ich hakte mich ein. „Wir haben unser Gespräch über das Opfer noch nicht beendet. Du sagtest, wir sollten dort anfangen. Deutest du an, was ich glaube, dass du andeutest?"

„Ja."

„Du möchtest, dass ich seinen Geist beschwöre?"

„Sobald wir seinen Namen herausgefunden haben. Wir machen uns heute Abend auf den Weg."

Wenn ein Geist bereits ins Jenseits übergetreten war, brauchte ich seinen vollständigen Namen, um ihn wieder zurückzurufen. Die Zeitung hatte ihn im Artikel über den Mord nicht erwähnt und seither hatte es keine weiteren Artikel gegeben.

Ich stöhnte. „Du willst ins Polizeirevier einbrechen, nicht wahr?" Der Gedanke sagte mir nicht zu, obwohl wir das beide schon getan hatten.

„Nein. Ich werde meinen Kontakt bei Scotland Yard bestechen. Der Einbruch wird in der Leichenhalle stattfinden."

„Du willst den Körper sehen? Warum nicht nur den Geist?"

„Falls das Opfer weiß, wer ihn getötet hat, können wir den Mörder direkt konfrontieren und dies alles beenden. Ich erwarte dramatischere und ehrlichere Resultate, wenn der Mörder von dem Mann beschuldigt wird, den er umgebracht hat."

„Du hast eine einzigartige Methode, an Resultate zu kommen, Lincoln. Effektiv, aber einzigartig."

„Kommst du damit klar? Ich bezweifle, dass es ein angenehmer Anblick sein wird, da er zerfleischt wurde."

„Ich habe genug Tote gesehen, dass es mir nichts ausmacht." Es war eine Lüge, aber ich glaubte nicht, dass er sie durchschaute. „Wir gehen alle", sagte ich. „Seth und Gus auch."

Wir stiegen die Stufen hinauf und betraten das Haus durch die Türen, die zum Morgenzimmer führten. Er wollte schon weitergehen, doch ich griff seine Hand.

„Du hast nichts gesagt, seit wir den Palast verlassen haben", sagte ich.

„Es gibt nichts zu sagen."

„Bist du überrascht, dass der Prinz seinem Bruder von dir erzählt hat?"

Er bedachte dies einen Moment und nickte dann. „Ich dachte, er würde dieses Geheimnis mit ins Grab nehmen. Als er herausfand, wer ich bin, wirkte er … schockiert."

„Aber er schien es auch sehr schnell akzeptiert zu haben, nachdem der Schock nachließ.“

„Der Königin hat er es nicht erzählt.“

„Erwachsene Männer vertrauen sich wahrscheinlich eher nicht ihrer Mutter an, selbst wenn sie das Land regiert.“

Sein Kiefer entspannte sich etwas. „Es wundert mich, dass er es überhaupt jemandem gesagt hat.“

„Das zeigt doch nur, dass er sich nicht für dich schämt, Lincoln. Ganz im Gegenteil, glaube ich.“

„Würde es publik werden, wären die Zeitungen unerbittlich“, fuhr er fort.

„Sein Bruder wird wohl kaum tratschen. Stell dir die Dinge vor, die sie voneinander wissen müssen.“ Ich baute mich vor ihm auf und griff seine Arme. „Abgesehen davon scheint es allgemein bekannt zu sein, dass dein Vater nicht gerade ehrenvoll ist, was sein Ehegelübde angeht. Ein Seitensprung sollte niemanden überraschen. Was übrigens besser keine vererbte Eigenschaft sein sollte, ganz nebenbei bemerkt.“

Er legte seine Stirn an meine und nahm meine Hände. „Ich kann dir versichern, dass das nicht der Fall ist.“

„Ich weiß“, sagte ich sanft und meinte es auch so.

* * *

LINCOLNS KONTAKT bei Scotland Yard war ein korrupter Detective, dessen Karriere davon abhing, dass Lincoln seine Verbindung zu einem im Hafen tätigen Schmugglerring nicht preisgab. Es war noch nicht zehn Uhr, da hatte er Lincoln bereits eine Nachricht mit einem Namen geschickt: Roderick Oswald Protheroe.

Wir warteten bis Mitternacht und fuhren dann zum Westminster Leichenschauhaus. Seth und Gus saßen zusammen auf dem Kutschbock. Das schwache Licht der Straßenlaterne durchdrang die tiefe Dunkelheit vor dem Gebäude nicht. Da die Lampen der Kutsche verhängt waren, konnte man uns kaum ausmachen.

Lincoln schob die Blende vor seine Lampe, ehe er ausstieg. Die Pferde traten auf der Stelle. Das Klirren des Geschirrs war das einzige Geräusch in der unheimlichen Stille. Seth kletterte vom Kutschbock und beruhigte die Tiere mit Streicheln und Flüstern. Vielleicht konnten sie den Tod hinter den Ziegelmauern spüren.

Mich machte er auch nervös.

Ich hielt die Laterne, deren Blende jetzt leicht geöffnet war, während Lincoln mit seinen Werkzeugen die Eingangstür öffnete. Zweimaliges Klicken genügte und sie schwang mit quietschenden Angeln auf. Die Pferde bewegten sich wieder und ich schaute mich um. Eine Kutsche hatte an der dunkelsten Stelle der Straße angehalten. Nur die Silhouette war sichtbar.

Lincoln schob die Tür in dem Moment auf, als von rechts Schritte auf dem Straßenpflaster ertönten. Ein Constable tauchte aus dem Nebel auf wie eine Erscheinung, gefolgt von einer zweiten Person. Lincoln packte meine Hand und schob mich nach drinnen.

Zu spät. Wir wurden gesehen.

„Halt!", bellte eine Stimme. „Wer ist da?"

„Sie sind reingegangen", sagte der andere Polizist. „Komm. Sie sitzen in der Falle."

KAPITEL 5

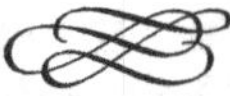

*L*incoln signalisierte mir, mich flach an die Wand zu drücken. Er stand zwischen mir und der Tür, wobei sein Arm meinen berührte. Seine Muskeln waren angespannt, bereit zu springen. Waffen hatte er nicht in der Hand, aber ich wusste, dass er bewaffnet war.

Der größere Constable schob sich durch, Stück für Stück, den Schlagstock erhoben. Lincoln schlug dem Mann seitlich gegen den Kopf und trat ihm dann die Beine weg.

Der zweite Constable machte auf dem Absatz kehrt und rannte davon. Lincoln folgte ihm. Seine Schritte waren so leichtfüßig, dass ich sie nicht hören konnte. Der Mann auf dem Boden stöhnte.

Ich durchsuchte den kleinen Empfangsraum und ging dann in einen Flur, der zu einem Büro sowie einem fensterlosen Raum führte, in dem es zwar einen Tisch, aber keine Stühle gab. Auf dem Tisch lag ein mit einem Tuch bedeckter Körper. Ich atmete tief durch, um meine Nerven zu beruhigen. Der scharfe Geruch von Karbolseife kratzte in meiner Kehle und brachte mich zum Husten. Den Gestank des Todes konnte die Seife nicht ganz verbannen.

Ich hob die Ecke des Tuches an, stoppte aber, als Lincoln mit dem ersten Constable hereinkam, den er wie einen Sack über die Schulter geworfen hatte. Er setzte ihn auf dem Boden ab und verschwand wieder. Jetzt stöhnte der Constable nicht mehr. Er machte gar kein Geräusch und rührte sich auch nicht. Sicher hatte Lincoln ihn nicht …

Er kehrte mit dem zweiten Constable zurück und platzierte ihn neben den ersten. „Sie leben", beantwortete er meine ungestellte Frage. „Sie sind wegen Luftmangels ohnmächtig geworden."

„Ich erinnere mich, wie du das mit mir gemacht hast", sagte ich, ohne nachzudenken. „Du scheinst kein Problem damit gehabt zu haben, diese beiden außer Gefecht zu setzen, aber darf ich darum bitten, dass du mir das nächste Mal einen überlässt?"

Er kam zu mir an den Tisch. „Ich dachte, du wärst erfreut." Er klang beleidigt. „Ich habe keinen von beiden getötet."

„Ja, aber ich hatte keine Gelegenheit, mein Training auszuprobieren."

„Ein angemessenes Argument." Er nahm die Laterne, die ich neben den Kopf des Toten auf den Tisch gestellt hatte, und trug sie zum nahen Schreibtisch, wo er die dort gestapelten Papiere durchsah. Die gewünschten Informationen hatte er schnell gefunden. „Zum Glück sind wir heute gekommen", sagte er. „Er wird morgen beerdigt."

„Gab es bereits eine Untersuchung?"

„Der Gerichtsmediziner hat entschieden, dass es kein Mord war. ‚Von einem wild gewordenen Hund zerfleischt' ist das offizielle Urteil. Der Polizeibericht ist beigefügt und sie sind zum gleichen Schluss gekommen." Er kehrte zum Tisch zurück und hielt die Laterne hoch. „Bereit?"

„Bereit."

Ich hob das Tuch vom Gesicht des Toten weg. Es zeigte keine Anzeichen eines Angriffs, lediglich die Blässe des Todes. „Er sieht jung aus", sagte ich.

„Vierundzwanzig."

„Zu jung zum Sterben." Ich zog das Tuch weiter herunter, was Wunden an seinem Hals und Brustkorb offenbarte. Das meiste Blut war weggewischt worden, doch einige trockene Klumpen klebten in seiner Brustbehaarung. Die Wunden sahen sehr tief aus, so, wie das Fleisch auseinanderklaffte, aber zu genau inspizierte ich sie nicht. „Klauen", sagte ich nur.

„Kein Wunder, dass die Polizei und der Gerichtsmediziner entschieden haben, dass er zerfleischt wurde", sagte er.

„Warum haben wir nach dem ersten Artikel nichts mehr in den Zeitungen davon gelesen? Hätte die Polizei die Öffentlichkeit nicht warnen müssen, dass ein wilder Hund im Hyde Park herumläuft?"

„Sie wollen niemanden beunruhigen. Noch nicht. Ein weiterer Angriff wird das ändern."

„Dann können wir nur hoffen, dass es keine weiteren Angriffe gibt." Ich schob das Tuch wieder bis zum Kinn des Opfers. „Roderick Oswald Protheroe, kommen Sie her."

Der silberne Nebel drang aus der Wand und schwebte sacht durch den Raum, ehe er die Geistform des jungen Mannes formte, der tot auf dem Tisch lag. Er wirkte verwirrt und ich bemühte mich, ihn schnell zu beruhigen.

„Sie sind tot und in Form eines Geistes hier", sagte ich und erkannte erst danach, dass es vielleicht nicht die tröstenden Worte waren, die man gern hören wollte.

Der Mann schaute an seinem Geisterkörper herunter. „Ja", sagte er schlicht. „Ich erinnere mich. Bin das ... ich?" Er näherte sich dem Tisch und beäugte das Gesicht. Er waberte und wollte mit der Hand über sein Gesicht streichen, doch der Nebel ging direkt durch. „Weiß meine Familie Bescheid?" Er besaß den kultivierten Akzent der Oberschicht, ebenso wie die Haltung.

„Ja", sagte ich, denn ich nahm an, dass die Polizei sie informiert hatte.

„Und Leonora? Lieber Gott, das arme Mädchen. Meine arme, liebe Leonora. Jetzt ist sie ganz allein."

„Wer ist sie?"

„Leonora Ballantine, meine Zukünftige. Nun, nicht ganz, auch wenn wir uns darauf verständigt hatten. Wir haben uns— hatten uns—verliebt. Ich schätze, jetzt kann sie tun, was ihr Vater wünscht", sagte er verbittert. Er fuhr sich mit den Händen durch die Haare, doch wieder bewegten seine Finger sich hindurch. „Wer sind Sie? Warum bin ich hier?"

„Mein Name ist Charlie Holloway und das ist Lincoln Fitzroy. Ich bin eine Nekromantin und habe Sie hergerufen, damit Sie uns helfen können, Ihren Mörder zu finden."

Er sah erst mich, dann Lincoln an und schüttelte den Kopf. „Sie irren sich. Ich wurde von keinem Mann getötet. Es war ein … ein Wolf, denke ich. Größer als ein Hund auf jeden Fall." Er zeigte die Größe mit den Händen an, so hoch und breit wie ein Mann.

Verdammt. Er hatte den Wolf nicht in seiner menschlichen Form gesehen. Wir waren dem Mörder keinen Schritt näher und hierher in die Leichenhalle zu kommen, war reine Zeitverschwendung. Ich hätte ihn nur mit dem Namen auch zu Hause beschwören können. Es würde heute Nacht keine Konfrontationen geben, mit oder ohne den toten Mr Protheroe.

Ich wiederholte seine Antworten für Lincoln. Er nickte mir nur zu, damit ich mit meinen Fragen fortfuhr.

„Darf ich den Rest von mir sehen?", fragte Protheroe.

Ich deckte den Hals der Leiche etwas auf, aber nicht zu viel. Protheroes Geist wich zurück und brach auseinander, ehe er sich wieder in seine Gestalt formte.

„Es ist möglich, dass Sie nicht von einem Hund oder Wolf angegriffen wurden", sagte ich.

„Doch, ich habe es gesehen. Es war ein riesiges, hässliches Ding. Und kein Mensch täte …" Er wedelte mit der Hand in Richtung seiner Leiche, wandte aber das Gesicht ab. „Das."

„Trotz der Beweise wurden Sie wahrscheinlich ermordet, Mr Protheroe."

„Wir glauben, dass jemand sein Tier auf Sie gehetzt hat", sagte Lincoln. Vermutlich kam das der Wahrheit recht nahe und es war auf jeden Fall eine leichtere Erklärung als die Wahrheit.

„Was um alles in der Welt! Wer würde das tun?" Protheroe wagte einen weiteren Blick auf seinen ruinierten Körper.

„Das wollen wir herausfinden", sagte ich. „Hatten Sie Feinde?"

„Niemand, von dem ich wüsste. Ich bin ein recht beliebter Kerl. Alle sagen das."

„Wer profitiert von Ihrem Tod?"

„Meinen Sie finanziell? Niemand. Ich habe eine ältere Schwester, die glücklich mit einem reichen Gentleman verheiratet ist. Alles, was ich beim Tod meines Vaters bekommen hätte, geht jetzt vermutlich auf sie über, aber sie braucht es nicht.

Abgesehen davon kommen wir hervorragend miteinander aus. Niemand aus meiner Familie möchte mich tot sehen."

Ich gab Lincoln seine Antworten weiter und wollte gerade weitere Fragen stellen, als einer der Polizisten stöhnte.

„Meine Güte", sagte der Geist erschrocken. Er hatte die Männer in der dunklen Ecke nicht gesehen. „Warum liegen da Bobbys auf dem Boden? Sind Sie sicher, dass Sie bezüglich meines Todes ermitteln, Miss?"

„Ganz sicher. Die Polizei glaubt nicht, dass es Mord war, wir aber schon. Wir mussten uns hier nach Einbruch der Dunkelheit hereinschleichen. Denen geschieht nichts."

„Wir müssen gehen", verkündete Lincoln. „Es ist sinnlos, hierzubleiben, wenn der Mörder unbekannt ist." Er drängte mich nach draußen. Der Geist folgte und Lincoln verschloss die Tür des Raumes mit seinen Werkzeugen. Die Polizisten würden morgens wohlbehalten gefunden werden.

„Würde es Ihnen etwas ausmachen, uns zu begleiten?", fragte ich den Geist. „Wir haben weitere Fragen."

„Äh ..."

„Bitte", sagte ich, da ich ihm nicht sagen wollte, dass ich ihn dazu zwingen konnte. „Wir wollen Gerechtigkeit für Sie. Ihre Familie wird es zu schätzen wissen."

„Nun gut."

Der Geist setzte sich in der Kutsche neben mich, als wäre er lebendig. Zum Glück setzte sich Lincoln, der in die Kabine kletterte, nachdem die Kutsche losgerollt war, nicht auf ihn.

„Wo waren Sie in der Nacht?", fragte ich Protheroe. „Warum waren Sie so spät noch im Hyde Park?"

„Ich bin nach einem Besuch bei Leonora nach Hause gegangen. Es war verflixt schwierig, in ihr Zimmer zu gelangen, um nicht zu sagen teuer. Nachdem ich die Dienerschaft bestochen hatte, habe ich es aber geschafft. Es war das erste Mal, dass ich einen nächtlichen Besuch gewagt hatte. Und das letzte Mal", sagte er enttäuscht.

Das wiederholte ich für Lincoln. „Sie erwähnten, dass Leonoras Vater Sie nicht mochte", sagte Lincoln. „Könnte er Ihren Mord veranlasst haben?"

„Grundgütiger! Nein!" Protheroe schüttelte wieder und

wieder den Kopf, aber es wurde immer weniger energisch. „Sicher nicht." Er blinzelte Lincoln an. „Ich … ich bin mir nicht ganz sicher, ob er den Mumm dazu hätte."

„Er hätte es ja nicht selbst getan", sagte ich", „sondern die Hunde auf Sie gehetzt."

„Er besitzt keine Hunde, jedenfalls nicht hier in der Stadt. Vielleicht auf seinem Anwesen in Bristol."

Wieder gab ich alles an Lincoln weiter und stellte dann selbst eine Frage. „Was ist mit einem Rivalen um Leonoras Zuneigung?"

Er streckte den Hals und schob sein Kinn vor. „Leonora ist verdammt hübsch und furchtbar gutherzig. Ein süßeres Mädchen können Sie sich nicht vorstellen. Ihr Vater ist reich, hat einen Titel und gute Beziehungen, also ist sie ein ziemlicher Fang. Aber ich bin besonders passend. Mein Vater ist ein Baronet und ich bekomme zwanzigtausend im Jahr."

„Warum wollte Mr Ballantine dann nicht, dass Sie seine Tochter heiraten?"

„Lord Ballantine heißt er. Er ist ein Baron. Er hatte etwas Höheres im Sinn als den Sohn eines Baronets, das ist das Problem. Der alte Dummkopf dachte, er könnte jemand Besseres bekommen", schimpfte er. „Aber Leonora glaubt an die Liebe und sie liebt *mich*."

„Sie hat die Männer abgelehnt, mit denen ihr Vater sie verheiraten wollte?"

Er nickte. „Sie hat ihm gesagt, dass ich für sie der Einzige bin und dass es ihr egal sei, wer der andere Kerl war."

Ich klärte Lincoln über das bisherige Gespräch auf.

„Wollte er sie zwingen, jemand anderen zu heiraten?", fragte Lincoln.

„Er hat es versucht, aber der andere Kerl wollte sich nicht festlegen. Anscheinend wollte er, war sich aber nicht sicher, ob seine Familie zustimmt, weil sie nur die Tochter eines Barons ist. Das sind Leonoras Worte—*nur* die Tochter eines Barons." Er schüttelte traurig den Kopf. „Ihr Vater hat den Mann ermutigt und sie ist ein braves Mädchen. Andere Menschen sollten sie mögen, insbesondere ihr eigener Vater, also hat sie in der Hoffnung eine Weile mitgespielt, dass der Kerl irgendwann das Interesse verlieren würde. Aber sie hatte schließlich genug von dem Schauspiel und machte sich Sorgen, dass er bald mit seiner Familie sprechen und Erfolg haben würde. Deswegen haben Leonora und ich uns in jener Nacht getroffen, um unsere Flucht zu planen. Wir wollten zusammen durchbrennen für den Fall, dass sie ohne Vorwarnung mit diesem Langweiler verlobt wird. Meine arme Leonora. Jetzt wird sie nachgeben, ich weiß es."

„Kennen Sie den Namen des Mannes?", fragte ich, nachdem ich seine Worte für Lincoln wiederholt hatte.

„Nein", sagte Protheroe. „Sie hat sich geweigert, ihn mir zu nennen. Sie sagte, sie wollte meine Meinung über ihn nicht beeinflussen für den Fall, dass wir uns mal begegnen. Sie ist so gut und uneigennützig."

Ich erzählte Lincoln seine Antwort und fragte ihn, ob er noch etwas von Protheroe wissen wollte.

„Noch nicht", sagte Lincoln.

„Dann setze ich Ihren—"

„Warten Sie!" Protheroes Geist erhob sich vom Sitz. „Werden Sie meiner lieben, süßen Leonora eine Nachricht von mir übermitteln?"

Ich zögerte, da ich einem Toten kein Versprechen machen wollte, das ich nicht halten konnte. „Ich werde mein Bestes tun."

„Sagen Sie ihr, dass ich sie von ganzem Herzen liebe und wusste, dass sie mich ebenso liebt. Sagen Sie ihr, sie soll ein erfülltes und glückliches Leben führen, es ist mein Wunsch. Selbst wenn es bedeutet, dass sie diesen anderen Kerl heiraten muss." Könnten Geister in Tränen ausbrechen, bezweifelte ich nicht, dass der Mann, dessen Geist neben mir saß, es getan hätte. „Sie finden das Ballantine Haus in Queen's Gate in South Kensington."

„Ich werde versuchen, allein mit ihr zu sprechen", sagte ich. „Auf Wiedersehen, Mr Protheroe. Sie sind entlassen."

Sein Geist löste sich auf und verschwand. „Wir müssen mit Leonora Ballantine sprechen", sagte ich zu Lincoln. „Sie wohnt in South Kensington."

Er nickte und beobachtete mich genau.

„Ich glaube, der Vater des Mädchens hat ihn getötet", sagte ich. „Oder der andere Verehrer."

„Beides ist möglich."

„Wir haben keine anderen Verdächtigen. Wenn wir doch nur den Namen des Zeugen herausfinden und ihn befragen könnten."

„Laut meinem Kontakt hat er der Polizei einen falschen Namen genannt."

Ich legte meinen Kopf hinter mir an die Wand. „Der arme Mr Protheroe—und Miss Ballantine natürlich. Sie waren einfach nur ein junges, verliebtes Paar und jetzt sind ihre Träume zerstört und sein Leben wurde abgeschnitten. Ein Teil von mir hofft, dass wir einen anderen Grund für den Mord finden, etwas, das mit ihr nichts zu tun hat."

Er setzte sich neben mich und nahm meine Hand. „Vielleicht gibt es eine andere Erklärung. Nichts von dem, was Protheroe gesagt hat, hatte irgendetwas mit King zu tun."

„Du hast recht. Höchstwahrscheinlich gibt es einen anderen Grund. Wir müssen nur weiter danach suchen. Vielleicht kann Leonora uns helfen." Ich gähnte und lehnte meinen Kopf an seine Schulter.

„Du brauchst mich nicht zu überzeugen, dass wir sie besuchen, Charlie. Wir fahren morgen hin."

„Ich komme mit dir."

„Daran gab es nie einen Zweifel."

Er drehte seinen Körper, sodass er einen Arm um mich legen und ich mich an seine Brust lehnen konnte. Der stetige Rhythmus seines Herzens und das sanfte Wiegen der Kutsche lullten mich ein. Kurz nachdem er meinen Scheitel geküsst hatte, schlief ich.

* * *

NOCH WÄHREND WIR beim Frühstück saßen, erreichte uns ein Berg von Nachrichten. Lincoln las jede einzelne, faltete sie zusammen und steckte sie unter seinen Teller. Er aß weiter sein Rührei, als wäre es nicht merkwürdig, innerhalb von dreißig Minuten fünf Nachrichten zu erhalten. Seth, Alice und Gus sahen mich an. Ich zuckte mit den Achseln.

Sobald der neue Lakai Whistler mit der leeren Teekanne aus

dem Raum gegangen war, meldete ich mich zu Wort. „Von wem sind sie und was steht drin?"

Lincoln legte Messer und Gabel weg und nahm die Briefe. „Die Bank von London", sagte er und hielt einen hoch. „Zwei sind vom Standesamt, einer vom Geburtenregister und einer von der Volkszählungsstelle. Dieser ist vom Grundbuchamt", sagte er und hielt den vierten Brief hoch. „Und dieser von einem Waisenhaus."

„Waisenhaus?", fragte Alice.

Lincoln reichte die Briefe an uns weiter. „Sie wurden mir zugestellt, da gestern jemand an jeder dieser Stellen Nachforschungen über mich oder diese Adresse angestellt hat."

„Deine Trigger", sagte ich und las den vom Waisenhaus. Er behauptete, ein Gentleman hätte versucht herauszufinden, ob das Waisenhaus ein Baby namens Lincoln Fitzroy vor fast dreißig Jahren zur Adoption vermittelt hätte. „Er hat sie bei verschiedenen Abteilungen und Institutionen platziert", erklärte ich Alice. „Falls jemand nach Informationen über Lincoln sucht, wird in seiner Akte darum gebeten, ihn sofort zu verständigen. Ich glaube, es kostet ein kleines Vermögen an Bestechungsgeldern."

„Ein nominiertes Mitglied des Komitees ist ebenfalls Kontaktperson", fügte Lincoln hinzu. „Einer von ihnen wird diese Nachrichten ebenfalls erhalten, je nachdem, wer gerade dran ist."

„Aber warum?", fragte Alice. „Halten Sie die Person auf, die nachforscht? In diesen Briefen stehen keine Namen, also sehe ich nicht, wie das gehen sollte."

„In diesem hier steht ein Name", sagte Seth und reichte ihr den Brief vom Standesamt.

„Der ist wahrscheinlich falsch", sagte Lincoln. „Zweifelsohne war das die erste Anlaufstelle unseres anonymen Fragestellers. Ich würde auch bei meinem Geburtsregister anfangen."

„Dort habe ich mit der Suche begonnen, als ich versucht habe, mehr über ihn herauszufinden", sagte ich zu Alice. „Ich habe nichts erfahren. Er ist nicht registriert."

„Bei der Bank ham die auch nix erreicht", sagte Gus,

während er den Brief las. „Ham denen gesagt, dass Kunden-
akten vertraulich sind. Das will ich auch schwer hoffen."

„Ich sehe ein Muster", sagte ich. „Wer auch immer es war, ist
erst zum Standesamt gegangen. Sie haben es sowohl mit deinem
Namen als auch dieser Adresse versucht und sind beide Male
leer ausgegangen."

„Während der letzten Volkszählung habe ich noch nicht hier
gewohnt", sagte Lincoln und strich Butter auf seinen Toast. „Ein-
undachtzig war ich noch im Haus des Generals. Ich vermute,
unser anonymer Fragesteller wird das schon bald herausfinden.
Er hat bei der Volkszählungsstelle nicht nach der Adresse des
Generals gefragt, doch ich erwarte, dass er heute dorthin zurückkehrt, nachdem er spät gestern Abend erfahren hat, dass mir das
Haus des Generals jetzt gehört."

„Vom Grundbuchamt", sagte ich und nahm den Brief zur
Hand, wo Alice ihn abgelegt hatte. „Sowohl dieses Anwesen als
auch das andere sind jetzt auf deinen Namen registriert."

Alice hielt ihre Teetasse an die Lippen, nippte jedoch nicht.
„Wenn Sie Trigger platzieren können, warum entfernen Sie Ihre
Akten nicht ganz?"

„Zu auffällig", sagte Lincoln. „Sollte jemand erfahren, dass
ich hier lebe, es aber nirgends Akten über die Besitzverhältnisse
von Lichfield Towers gibt, würden überall Alarmglocken zu
läuten beginnen."

„Das Einzige, was zählt, ist deine leiblichen Eltern geheim zu
halten", sagte ich. „Und beim Standesamt gibt es keine Eintra-
gung deiner Geburt. Ich schätze, deswegen hat er es beim
Waisenhaus probiert."

Er nickte. „Ich bezweifle, dass er diese Nachforschungen
weiter verfolgt. Es gibt zu viele Waisenhäuser. Höchstwahrscheinlich wird er aufgeben und annehmen, dass ich bei einem
Waisenhaus abgegeben wurde und meine neue Familie meinen
Namen geändert hat, oder dass ich gar nicht in England geboren
wurde."

„Also müssen wir uns keine Sorgen machen, dass jemand
versucht, mehr über Sie herauszufinden?", fragte Alice
vorsichtig.

Lincoln trank den Rest seines Tees und stand auf. „Es gibt

leichten Grund zur Beunruhigung, einfach weil jemand versucht, mehr über mich zu erfahren. Die Frage ist, warum."

„Und ob es der gleiche Spion in königlicher Uniform ist", sagte ich.

„Bereit, Charlie?"

Ich folgte ihm aus dem Esszimmer. „Du bist besorgter, als es den Anschein hat", sagte ich und nahm seinen Arm.

„Es ist möglich, dass der Fragesteller versucht, eine Verbindung zwischen mir und Leisl zu finden, nachdem er uns dorthin gefolgt ist. Die offensichtlichste Verbindung ist die, die tatsächlich stimmt."

„Spielt es eine Rolle, wenn er weiß, dass du ihr Sohn bist?"

„Darüber bin ich mir noch nicht im Klaren."

Ich drückte seinen Arm. „Ich glaube, du machst dir Sorgen um sie, glaube aber auch, dass es unnötig ist."

Wir gingen langsam die Treppe hinauf, unsere Schritte im Gleichklang. „Ich mache mir um sie nicht mehr Sorgen, als ich mir um jede andere Person machen würde", sagte er. „Da es so ist, warum meinst du, ich bräuchte mich nicht zu sorgen?"

„Wenn jemand es auf dich abgesehen hätte, würden sie mich ins Visier nehmen."

Er brummte. „Danke, Charlie, das hilft mir nicht, mir weniger Sorgen zu machen.

Ich schmiegte mich an seinen Arm. Auf das Offensichtliche hinzuweisen, änderte zwar nichts, da er es bereits wusste, aber vielleicht half es ihm zu wissen, dass mir die Situation bewusst war.

„Ich werde jederzeit wachsam sein", versicherte ich ihm. „Und ich habe meinen Kobold bei mir."

* * *

ALS eine gut gekleidete junge Frau endlich aus Lord Ballantines South Kensington Haus in Queen's Gate trat, hatten die Wolken sich zusammengezogen und es war kühl geworden. Lincoln und ich hatten über drei Stunden gewartet und nicht eine Menschenseele war gekommen oder gegangen, bis die dunkelhaarige Schönheit herauskam. Aus diesem Grund nahmen wir an, dass sie dort wohnte und keine Besucherin war. Zum Glück war nur eine Magd bei ihr. Unser Plan war einfacher in die Tat umzusetzen, wenn kein herrisches Elternteil anwesend war.

Wir hatten entschieden, dass ich allein mit Leonora Ballantine sprechen sollte, um sie nicht zu erschrecken. Ich wartete, bis sie und ihre Magd außer Sichtweite des Hauses waren, ehe ich mich zu ihnen gesellte.

„Entschuldigung, sind Sie Miss Leonora Ballantine?", fragte ich.

Ihre Schritte wurden langsamer, während sie mich aus verquollenen Augen ansah. Sie hielt ihren Kopf jedoch hoch erhoben und wich nicht zurück. „Sind wir uns schon einmal begegnet?", fragte sie. Meine Direktheit schien sie nicht zu ärgern.

„Mein Name ist Charlie Holloway und ich möchte Ihnen keinen Schaden zufügen. Tatsächlich habe ich eine Nachricht von einem Freund für Sie."

Sie blieb stehen, ebenso wie ihre Magd. Ihre Stirn war leicht gerunzelt. „Von wem?"

„Das kann ich Ihnen nur unter vier Augen mitteilen", sagte ich mit Blick auf die Magd. Als sie zögerte, fügte ich hinzu: „Vielleicht kann Ihre Magd dort drüben beim Kirchentor warten, wo sie Sie noch sehen kann. Die Nachricht ist nur für Ihre Ohren bestimmt."

„Es gibt niemanden, von dem ich geheime Nachrichten erhalten möchte", sagte Leonora. „Sie können es mir hier oder gar nicht erzählen."

Oh je. Jetzt musste ich das Wort sagen, und das auch noch vor ihrer Magd. Dieser Teil missfiel mir. „Ich bin Nekromantin."

Leonora zitterte und vergrub ihre Hände tiefer in ihrem Muff. Sie hätte bei diesem Wetter auch einen Mantel anziehen sollen, aber ein Muff war besser als nichts. Meine Hände und Füße fühlten sich wie Eisklumpen an.

„Was ist eine Nekromantin?", fragte die Magd und schaute ihre Herrin an. „Miss, mir gefällt das nicht."

„Stell dich an das Tor", befahl Leonora ihr.

„Aber—"

„Geh, Ryan."

Die Magd bewegte sich widerwillig von uns weg, wobei ihr Blick nicht von ihrer Herrin wich.

„Bitte entschuldigen Sie die Geheimniskrämerei", sagte ich zu Leonora, „aber, wie Sie vermutlich erraten haben, ist die Nachricht von Mr Protheroe und nur für Ihre Ohren bestimmt."

Sie blinzelte mich mit riesigen braunen Augen an und knabberte an ihrer vollen Unterlippe. Sie war so hübsch, wie Protheroe sie beschrieben hatte, schlank und mit einem kindlichen Gesicht. Dass sie mir Glauben schenken wollte und ihre Magd weggeschickt hatte, deutete auf einen starken Willen hin, aber ihre rot geränderten Augen ließen ein Funkeln vermissen. Sie wirkte vollkommen verloren.

„Eine Nekromantin spricht mit den Toten, korrekt?", fragte Leonora.

„Ja."

„Woher weiß ich, dass ich Ihnen vertrauen kann?"

„Mr Protheroes Geist hat mir von Ihren Plänen erzählt, miteinander durchzubrennen."

Sie schnappte nach Luft und biss sich erneut auf die Lippe. Tränen stiegen ihr in die Augen. „Nicht einmal Ryan wusste davon", flüsterte sie.

Ich warf der Magd einen Blick zu, die uns genau beobachtete. „Wir müssen uns beeilen, Miss Ballantine. Was ich Ihnen jetzt erzähle, wird Sie schockieren, aber bitte lassen Sie mich ausreden. Mr Protheroe glaubt, dass er ermordet wurde."

Wieder schnappte sie nach Luft, unterbrach mich jedoch nicht.

„Er hat mich beauftragt, die Identität seines Mörders herauszufinden", sagte ich und begann damit die Geschichte, die Lincoln und ich während unserer Wartezeit eingeübt hatten. Wir hatten entschieden, lieber etwas zu lügen als ihr vom Ministerium und Gestaltwandlern zu erzählen. Je weniger sie von übernatürlichen Kreaturen wusste, desto geringer die Chance, dass sie in Hysterie verfiel. „Er hat seinen Angreifer nicht gesehen und glaubt, der einzige Grund, ihn zu töten, liegt in Ihren Fluchtplänen."

Sie wurde blass. „Nein", flüsterte sie. „Das ist es sicher nicht. W-warum glaubt er nicht, dass es ein zufälliger Angriff war?"

„Die Möglichkeit besteht, aber wir müssen Vorsatz ausschließen."

Sie schüttelte langsam den Kopf und starrte vor sich hin, ohne etwas zu sehen. Offenbar durchdachte sie alles und wägte die Bedeutung meiner Worte ab, fragte sich vielleicht auch, ob sie mir wirklich glauben sollte. „Aber wenn er wegen unserer Liaison getötet wurde ... dann ist der einzige, der etwas dagegen hatte, mein Vater." Ihr Blick fokussierte sich plötzlich auf mich. „Sie glauben doch sicher nicht, dass er zu solchen Mitteln greifen würde, um uns aufzuhalten!"

„Ich bin es nicht, die ihn erwähnt hat", sagte ich vorsichtig.

Die Muskeln in ihrem Gesicht zuckten, als ob sie mit ihren Gefühlen kämpfte und versuchte, sich im Griff zu behalten. Es gelang ihr, so gerade eben.

„Was ist mit Ihrem anderen Verehrer?", fragte ich. „Der, den Sie laut Ihrem Vater heiraten sollen. Vielleicht war er es."

„Er wusste nichts von Roderick." Ihre Stimme klang schwer von nicht vergossenen Tränen. „Nur meine Eltern wussten es. Meine Mutter war zufrieden mit Roderick als Ehemann, aber mein Vater nicht. Er hatte Pläne für mich, wissen Sie?" Ihr Mund verzog sich und ihre Stimme wurde bitter. „Ambitionierte Pläne."

„Ist Ihr Vater zu einem Mord fähig?", fragte ich. „Vielleicht nicht eigenhändig, aber indem er jemanden bezahlt?"

„Ich ... ich weiß nicht. Er ist cholerisch, aber er hat mir nie wehgetan. Er war allerdings furchtbar wütend, als ich ihm von Roderick erzählt habe. Er hat mich ausgeschimpft, weil ich Roderick ermutigt habe, und hat uns verboten, uns zu sehen. Der gesamte Haushalt hat sein Gebrüll gehört. Danach haben Roderick und ich uns heimlich getroffen, dank Ryans Hilfe. Sie ist gut zu mir und hat alles riskiert, um uns zu helfen ohne ..." Ihre Gesichtszüge entgleisten und ihre Lippen bebten. „Ohne das Wissen meiner Eltern."

Ich fischte ein Taschentuch aus meiner Handtasche, aber sie schüttelte den Kopf. Kurz darauf hatte sie sich wieder gefangen. „Sie sagten, der andere Verehrer wusste nichts von Mr Protheroe", sagte ich. „Aber was ist, wenn er es herausfand und eifersüchtig wurde?"

Sie hob eine Schulter. „Er ist sehr nett und überhaupt nicht gewalttätig. Tatsächlich mag ich ihn. Nicht lieben, verstehen Sie, nur mögen.“

„Männer, die keine gewalttätige Natur besitzen, können dennoch jemanden bezahlen.“

Sie nickte schwach und wirkte lustlos, als ob das bisschen Mut, an das sie sich geklammert hatte, seit sie von Protheroes Tod erfahren hatte, sie schließlich verlassen hätte. Ich fühlte mich schrecklich, diejenige zu sein, die es ihr geraubt hatte. Es fühlte sich so grausam an.

„Wie ist sein Name, damit ich ihn durchleuchten kann?“, fragte ich.

Sie schüttelte den Kopf. „Das werde ich Ihnen nicht sagen. Bitte, fragen Sie nicht weiter. Ich kann es nicht sagen. Vater hat mir verboten, den Namen zu erwähnen. Das Geheimnis muss unter allen Umständen gewahrt bleiben, bis seine Familie informiert wurde. Aber ich kann Ihnen versichern, Miss Holloway, er ist kein Mörder und würde auch niemanden dafür bezahlen, in seinem Namen zu töten. Dessen bin ich mir sicher. Dafür ist er viel zu ehrenhaft.“

Ich schenkte ihr ein gezwungenes Lächeln und Nicken und hoffte, dass es echt wirkte. So sehr ich den Namen des anderen Mannes auch wissen wollte, ich konnte sie nicht drängen, sich gegen die Wünsche ihres Vaters zu stellen. Sie war auch so schon zerbrechlich genug. Abgesehen davon gab es andere Wege, es herauszufinden.

„Mr Protheroe hat mich gebeten, Ihnen eine Nachricht zu übermitteln“, sagte ich sacht.

Ihre Augen glänzten und ein freudiger Ausdruck huschte über ihr Gesicht. „Hat er das?“

„Er wollte Sie wissen lassen, dass er Sie liebte und dass er wusste, Sie liebten ihn ebenfalls zutiefst.“

Ihr Gesicht verzerrte sich wieder. „Oh, Roderick.“

Ich trat näher und berührte ihren Ellenbogen, um sie zu stützen, falls sie sich schwach fühlte. „Er sagte, er wünscht sich für Sie ein glückliches Leben. Sie sollen ihn nicht zu lange betrauern. Er hat sogar vorgeschlagen, dass Sie diesen anderen Kerl in Erwägung ziehen, den Ihr Vater auserkoren hat.“

„Wie kann ich das?", sagte sie unter Tränen. „Wie kann ich je einen anderen lieben?"

Darauf hatte ich keine Antwort. Ich bezweifelte, dass ich je für einen anderen Mann die gleiche Liebe empfinden könnte wie für Lincoln. Ich bot ihr erneut mein Taschentuch an, doch sie nahm ihre Hände nicht aus dem Muff und schüttelte den Kopf.

Die Magd Ryan ermordete mich schier mit Blicken vom Kirchentor her, näherte sich jedoch nicht.

„Es ist möglich, dass es noch einen anderen Grund für Mr Protheroes Mord gibt", sagte ich. „Können Sie sich an etwas erinnern, was ihm vielleicht entfallen ist?" Ich wusste, es war unwahrscheinlich, dass sie mehr wusste als das Opfer, aber die Frage musste gestellt werden.

Sie schüttelte den Kopf. „Nichts. Roderick hat recht. Unsere Beziehung war das einzige fortlaufende Problem in seinem Leben. Seine Familie vergötterte ihn, seine Freunde bewunderten ihn und ich liebte ihn. Er war in jeglicher Hinsicht ein Gentleman. Oh, Miss Holloway, wie soll ich ohne ihn weitermachen?"

Sie brach wieder in Tränen aus und diesmal eilte die Magd an ihre Seite, der Blick beinahe scharf genug, um mich zu zerteilen. „Ganz ruhig, Miss Ballantine. Sie fühlen sich gleich besser nach einem Spaziergang und etwas frischer Luft."

Ich glaubte nicht, dass ein Spaziergang in der Kälte das gebrochene Herz der armen Leonora heilen konnte.

Die Magd zog ein Taschentuch aus dem Stoffbeutel, der an ihrem Handgelenk baumelte. „Wischen Sie sich die Augen ab, Miss, dann gehen wir. Je weiter wir wegkommen, desto besser", fügte sie mit einem vorwurfsvollen Blick auf mich hinzu.

Leonora zog eine Hand aus dem Fellmuff und nahm das Taschentuch. Ich schluckte den Aufschrei herunter, der aus meiner Kehle dringen wollte.

Ihre Hand war ungewöhnlich groß. Ein schneller Blick auf ihre Stiefel bestätigte, dass auch diese für eine Frau ihrer Größe riesig waren.

Leonora Ballantine war eine Gestaltwandlerin.

KAPITEL 6

Ich schaute Leonora und ihrer Magd nach und kehrte dann zu Lincoln zurück, der am Ende der Reihenhäuser in Queen's Gate wartete. Er lehnte an einem Laternenpfahl, eine Zeitung in der Hand, und sah ungeheuer gut und entspannt aus. Näher betrachtet war er jedoch auf seine Umgebung konzentriert, nicht auf die Zeitung. Ich bezweifelte, dass jemand außer mir es bemerkt hätte.

„Ich habe ein Rätsel für dich", sagte ich, ehe er mich fragen konnte, was ich herausgefunden hatte. „Warum trägt eine Frau bei diesem kalten Wetter keinen warmen Mantel, aber einen Fellmuff?"

Seine Augenbrauen hoben sich geringfügig. „Sie ist eine Wandlerin", sagte er voller Neugierde.

„Ich habe ihre Hand gesehen und die war riesig. Ihre Füße auch. Lincoln", sagte ich und konnte meine Aufregung kaum aus meiner Stimme heraushalten, „das bedeutet, Protheroes Mord hängt ganz sicher mit den Wandlern zusammen. Wir müssen nur herausfinden, wie."

„Nur?"

„Vielleicht wird es nicht ganz so einfach."

Er bot mir seinen Arm an und wir gingen langsam zum anderen Ende der Straße, wo Tucker mit der Kutsche wartete. „Hast du noch etwas von Miss Ballantine erfahren?"

„Sehr wenig. Sie glaubt nicht, dass ihr Vater oder der geheime Verehrer Protheroe töten würden, aber ein anderer Grund für seinen Mord ist auch ihr nicht eingefallen."

„Und der Name des anderen Mannes?"

„Sie hat sich geweigert, ihn mir zu nennen, aber ich kenne jemanden, der ihn vielleicht rausrückt."

„Die Magd?"

Ich nickte. „Sie wirkt loyal, aber Mägde werden nicht gut bezahlt. Vielleicht verrät sie es uns. Falls sie es überhaupt weiß."

„Das wird sie."

„Du bist dir da ja sehr sicher", sagte ich, als wir die Kutsche erreichten. „Du bedrohst sie doch nicht, oder?"

„Nein, aber ich kann nicht versprechen, dass sie es uns nicht aus Angst sagt."

Mir war zwar nicht klar, wo der Unterschied lag, und wollte ihn gerade danach fragen, als er vorschlug, früh zu Abend zu essen und danach vielleicht ins Theater zu gehen. „Um uns die Zeit zu vertreiben, bis die Magd Feierabend macht", sagte er. „Wenn sie müde ist, passt sie nicht mehr so gut auf."

Wir hatten noch nie allein zusammen zu Abend gegessen oder eine Theateraufführung besucht. Noch nie. Meine Überraschung musste mir ins Gesicht geschrieben stehen, denn er lächelte, während er mir in die Kutsche half. „Kettner's in Soho", wies er Tucker an.

„Hast du reserviert?", fragte ich, derweil er sich mir gegenüber setzte.

„Nein, aber so früh wird nicht viel los sein."

„Was für eine Art Restaurant ist es? Bin ich passend gekleidet? Sollte ich mir nicht etwas Eleganteres anziehen?"

„Auf mich wirkst du elegant genug." Angesichts meines schiefen Blicks fügte er hinzu: „Du bist passend gekleidet."

Trotzdem entspannte ich mich erst, als wir in einer stillen Ecke des kleinen Restaurants am Tisch saßen. Die Wände waren mit Holz verkleidet und die Tische auf Hochglanz poliert. Es waren nur wenige weitere Paare anwesend und ich fühlte mich in meinem blau-weißen Tageskleid nicht fehl am Platz. Der französische Besitzer begrüßte uns mit starkem Akzent und winkte einen Ober heran, um uns zu bedienen. Sobald unsere Bestellung aufgegeben war, fragte Lincoln, wie die Hochzeitsvorbereitungen liefen. Ich hatte erwartet, dass er mich nach meinen Gedanken zu Leonora Ballantine fragen würde. Heute Abend steckte er voller Überraschungen.

Wir sprachen über die Hochzeit, während sich die Dämmerung herabsenkte und das Restaurant sich mit weiteren glücklichen Paaren füllte. Paaren wie uns. *Wir* waren ein glückliches Paar. Glücklich und normal, auf unsere eigene Art.

Das Theater ließen wir sausen und traten fast vier Stunden später aus dem Restaurant, dessen Angestellte uns nicht verscheucht hatten, sodass wir den Abend mit leisen Gesprächen verbracht hatten—die sich nicht um den Mord drehten. Wir hatten über alles *außer* Ministeriumsangelegenheiten geredet. Es war erfrischend. Lincoln lachte und lächelte; mehrmals sogar. Ich genoss es so sehr, dass ich Protheroe, Leonora und Gestaltwandler völlig vergaß. Es war wichtig, dass wir herausfanden, wer ihn getötet hatte und warum, aber in diesen paar Stunden fühlte sich die Welt sicher und wundervoll an. Es gab keinen Grund, davonzueilen, also taten wir es nicht.

„Ist dir warm genug?", fragte Lincoln, als er eine Droschke heranwinkte, die auf Fahrgäste aus den Konzertsälen, kleinen Theatern und französischen Restaurants warteten, die in der Straße ansässig waren. Tucker hatte er nach Hause geschickt, bevor wir Kettner's betreten hatten.

„Ja", sagte ich. „Wir haben die richtige Entscheidung getroffen, Lincoln."

„Ich dachte mir, dass dir Kettner's gefällt."

Ich lachte leise. „Ich meinte unsere Entscheidung zu heiraten."

„Ja", sagte er ruhig. „Es war die richtige Entscheidung."

Die Droschke brachte uns zurück nach South Kensington zum Haus von Leonora Ballantine. Lincoln bezahlte den Fahrer, damit er auf uns wartete. Dann überquerten wir die Straße und stiegen die Stufen zum Dienstbotenbereich hinab. Es dauerte einige Minuten und wir mussten wiederholt klopfen, ehe ein Lakai in vollständiger Uniform, inklusive Schwalbenschwanz-Frack mit Silberknöpfen und einer weißen Fliege uns öffnete.

„Ja?", schnappte er.

„Ist Miss Ryan da?", fragte Lincoln.

„Sie ist beschäftigt." Der Lakai wollte die Tür schließen, doch Lincoln schob sich in die Öffnung und stieß sie weit auf.

„Sagen Sie ihr bitte, dass Miss Holloway sie zu sprechen wünscht."

„Wie bitte? Was tun Sie? Sie können nicht hereinkommen!"

Lincoln drängte sich an ihm vorbei. „Können wir irgendwo warten?"

Ich schenkte dem Lakaien ein entschuldigendes Lächeln. „Bitte verzeihen Sie das Eindringen zu dieser späten Stunde, aber es ist wichtig, dass wir mit ihr reden."

„Worum geht es?"

„Eine Privatsache", sagte Lincoln.

Der Lakai rümpfte die Nase und führte uns in ein kleines Büro, das die Haushälterin nutzen musste, wenn man nach den Nähsachen auf dem Tisch ging. Kurz nachdem der Lakai gegangen war, erschien die Haushälterin und befragte uns erneut. Und wieder sagte Lincoln, es handele sich um eine Privatsache.

„Wir benötigen diesen Raum", sagte er.

Seine befehlsgewohnte Art funktionierte. Sie stotterte eine Zustimmung und ging, um die Magd zu holen.

Nachdem sie die Tür geschlossen hatte, drehte ich mich um. Mir blieb fast das Herz stehen. Die geisterhafte Erscheinung eines jungen Mädchens saß auf dem Stuhl der Haushälterin hinter dem Schreibtisch. Ich legte eine Hand auf mein Herz, um es zu beruhigen, und versuchte mich an einem Lächeln.

„Guten Abend", sagte ich. „Mein Name ist Charlie. Und deiner?"

„Lilith", murmelte sie und blinzelte mich an. „Du kannst mich sehen?"

Lincoln folgte meinem Blick, sagte aber nichts. Er konnte sich denken, was ich gesehen hatte.

Das Mädchen, das nicht älter als zehn oder elf gewesen sein konnte, näherte sich mir. Sie hätte zu Lebzeiten dunkle Haare gehabt, auch wenn es anhand der schemenhaften Form ihres Geistes schwer zu sagen war, wie dunkel. Sie war hübsch gewesen mit großen Augen und einem Gesicht, das mich an

Leonoras erinnerte. Was mir jedoch am meisten auffiel, waren ihre großen Hände und Füße.

„Ich kann Geister sehen", sagte ich. „Und du bist ein Geist."

„Das weiß ich. Ich bin seit einem Jahr tot."

Die meisten Geister hatten kein Zeitgefühl. Selbst die, die sich entschieden, auf dieser Welt zu bleiben, schienen verwirrt, wenn sie gefragt wurden, wann sie verstorben waren. „Woher weißt du, dass es ein Jahr ist?"

„Ich habe gesehen, wie Mama meiner Schwester vor kurzem zum achtzehnten Geburtstag gratuliert hat." Geisterhafte Finger zwirbelten eine Locke auf. „Leonora war gerade siebzehn geworden, als ich an einem Fieber gestorben bin. Ich war zehn."

„Das tut mir sehr leid", sagte ich und lehnte mich an die Kante des Schreibtisches. „Du bist nicht ins Jenseits übergetreten, Lilith. Warum? Gibt es einen Grund?"

Das Zwirbeln wurde stärker. „Mama hat mich gebeten, sie nicht zu verlassen. Als ich starb, flehte sie mich an, nicht zu gehen. Also tue ich es nicht. Ich bleibe hier, bis sie mit mir kommen kann, dann treten wir gemeinsam hinüber."

Tränen stiegen ungefragt auf. Ich nickte und schenkte ihr ein wackeliges Lächeln. „Du bist ein gutes Mädchen, dass du so an sie denkst. Ich bin sicher, sie wird glücklich sein, dich zu sehen, wenn ihre Zeit kommt."

Die Tür ging in dem Moment auf, als Lilith mich fragte, warum ich mit Ryan reden wollte. Ich zwinkerte ihr zu und drehte mich dann zu der Magd um, die in der Tür stand und mich abweisend ansah. Es würde nicht leicht werden, ihr Antworten zu entlocken. Lincoln würde vielleicht doch seine üblichen Methoden anwenden müssen.

„Miss Ryan", setzte ich an, „das hier ist Mr Fitzroy, mein Verlobter. Wir müssen Sie etwas über Miss Ballantine fragen, das—"

„Nein." Die Magd verschränkte die Arme vor der Brust. „Und versuchen Sie ja nicht, mich zu bestechen. Sie können mir nicht genug zahlen, um zu quatschen. Ich werde Ihnen nix sagen."

„Nichts", korrigierte das Geistermädchen. „Ganz ehrlich, sie ist ziemlich dumm. Loyal, aber dumm. Leonora hat sie allerdings immer schon gemocht. Mama hat nie verstanden, warum, aber sie hat nachgegeben und erlaubt, dass Leonora sie als Magd haben darf, nachdem ich gestorben bin."

Ich nickte, um ihr zu zeigen, wie sehr ich ihre Freimütigkeit zu schätzen wusste, und um sie zu ermutigen, mehr preiszugeben. Die Antworten, die ich brauchte, kamen vielleicht eher von Lilith als von der Magd. „Ich weiß, dass Ihrer Herrin Mr Protheroes Tod sehr zu schaffen macht", sagte ich zu Ryan. „Aber es ist unabdingbar, dass wir den Namen des anderen Gentlemans erfahren, der um ihre Hand anhält."

Ryan wandte ihr Gesicht ab. „Wenn Sie es Ihnen nicht gesagt hat, werde ich es auch nicht tun." Also wusste sie ihn.

„Er könnte für Mr Protheroes Tod verantwortlich sein."

„Wirklich?" Die kleine Lilith stellte sich neben Ryan, die Stirn gerunzelt. „Ich wünschte, ich würde mich erinnern. Ich habe gehört, wie Leonora ihn beim Vornamen genannt hat. Ich glaube, er fing mit E an." Sie legte die Hände auf den Mund und flüsterte: „Leonora hat ihm erlaubt, sie hier anzufassen." Sie deutete auf ihre Brust. „Ich dachte, das ist falsch, aber Vater hat ihr gesagt, dass alle Männer das machen, wenn sie verliebt sind. Er sagte, es zeigt, wie sehr der Mann sie schätzt. Dann drängte er sie, dem Gentleman mehr zu erlauben, um sich seiner Zuneigung sicher zu sein."

„Nun", sagte ich etwas überwältigt von der Geschichte und ziemlich unangenehm berührt.

Ryan musste gedacht haben, dass ich sie aufforderte, meine Frage zu beantworten. „Wir wurden einander nicht vorgestellt." Die Magd sah mich frech an. Vermutlich dachte sie, sie hätte mich ausgetrickst. „Wenn es so wichtig ist, seinen Namen herauszufinden, wird Miss Ballantine ihn Ihnen mitteilen."

„Ich wünschte, ich könnte mich erinnern", sagte Lilith und beäugte die Magd. Sie berührte sogar ihr Gesicht. Ryan blinzelte nicht einmal.

„Das ist schon in Ordnung", sagte ich.

„Mit wem reden Sie?" Ryan wich zurück und wäre Lincoln auf die Zehen getreten, hätte er nicht eine Hand auf ihre Schulter gelegt. Er hatte sich vor die Tür gestellt, damit sie nicht flüchten konnte. Sie wimmerte und ihr Blick sprang durch den

Raum. „Hier ist noch jemand, nicht wahr? Miss Lilith? Ist es ihr Geist?"

„Sie steht direkt vor Ihnen", sagte ich.

Ryan bedeckte ihren Mund und dämpfte ihren leisen Aufschrei. Ihre großen Augen richteten sich auf mich. „N-nekromantin."

„Sie erinnern sich", sagte ich. „Hat Leonora Ihnen erklärt, was ein Nekromant tut?"

Sie nickte hastig. Ihr Gesicht war so weiß wie Liliths. Das Mädchen sah aus, als würde sie den Austausch genießen. Sie tanzte auf nackten Geisterzehen durch den Raum.

„Dann wissen Sie, dass Lilith mir alles Mögliche über Sie erzählen kann", sagte ich. „Ich weiß zum Beispiel, dass Sie Mr Protheroe über die Dienstbotentreppe ins Haus gelassen haben."

„Das—das habe ich nicht!"

„Hat sie wohl!", rief Lilith. „Sie hat ihn reingelassen und ihn in Leonoras Zimmer gebracht. Sie wollten zusammen durchbrennen. Vater wäre furchtbar wütend gewesen."

„Miss Ryan", sagte ich sanft. „Ich möchte nicht, dass Sie Ihre Stelle hier verlieren, also bitte kooperieren Sie. Falls nicht, bin ich gezwungen, Lord Ballantine über Ihren Ungehorsam zu informieren."

„Nein! Bitte tun Sie das nicht. Ich will hierbleiben. Ich bin gern Miss Ballantines Magd. Sie ist so hübsch und nett zu mir. Sie gibt mir manchmal kleine Schmuckstücke."

„Also gut", sagte ich. „Ich werde Lord Ballantine nicht informieren, aber Sie müssen mir den Namen von Leonoras zweitem Verehrer nennen."

„Freddie", platzte sie heraus.

Lilith schüttelte den Kopf. „Nein, das war es nicht." Sie zwirbelte wieder ihr Haar mit dem Finger auf. „Er fing mit E an, nicht mit F."

„Lilith teilt mir mit, dass der Name des Mannes mit einem E anfängt", sagte ich. „Bitte lügen Sie mich nicht noch einmal an, Miss Ryan. Lilith wird wütend."

„Gut gemacht, Charlie." Lilith versuchte, in die Hände zu klatschen, doch es gelang ihr nicht.

Ryan begann zu weinen, wobei ihr gesamter Körper bebte.

Ich legte ihr meinen Arm um die Schultern. Lincoln sah schweigend zu. „Ich tue das nicht gern", sagte ich zu der Magd. „Es schmerzt mich, Sie zu zwingen, den Wünschen Ihrer Herrin zuwiderzuhandeln. Sie müssen verstehen, dass Miss Ballantine wollte, dass ich es weiß, doch ihr Gewissen erlaubt ihr nicht, den Namen auszusprechen. Wenn *Sie* ihn aussprechen, hat sie ein reines Gewissen. Also ist es ganz in Ordnung, wenn Sie mir den Namen verraten."

Lincoln grinste und nickte zustimmend zu meiner neuen Taktik.

Liliths Geisterfinger versuchten, meine Handtasche zu öffnen, gaben jedoch auf. Ich öffnete sie stattdessen und zog mein Taschentuch heraus. Ryan nahm es und tupfte damit ihre Augen ab.

„Also gut", sagte sie mit zittriger Stimme. „Wenn Sie meinen, dass Miss Ballantine es wünschen würde."

„Das tue ich."

„Ich habe seinen Nachnamen nicht gehört, auch nicht, ob er einen Titel hat", sagte sie. „Lord und Lady Ballantine haben ihn nie erwähnt, wenn Angestellte in der Nähe waren. Aber ich war eines Abends in Miss Ballantines Ankleidezimmer, als ich hörte, wie sie ihn im Gespräch mit ihrer Mutter Eddy nannte."

„Eddy!", rief Lilith. „Das war es. Ja. Eddy."

„Und wie hat Miss Ballantine Eddy kennengelernt?", fragte ich.

„Woher soll ich das wissen?", fragte Ryan. „Wie lernen sich solche Leute gewöhnlich kennen?"

„Gibt es noch etwas, was Sie uns über ihn sagen können? Etwas, das ihn identifizieren kann?" Halb England hieß Edward. Diesen bestimmten ausfindig zu machen, würde so gut wie unmöglich sein.

„Er war ein Gentleman", sagte Ryan. „Und Lord Ballantine hat sich vor ihm verbeugt, also glaube ich, dass er wichtiger war als seine Lordschaft. Mehr weiß ich nicht."

„Danke, Miss Ryan. Sie haben sich als gute, loyale Dienerin von Miss Ballantine erwiesen. Kein Wunder, dass sie Sie mag."

„Sie werden Lord Ballantine nicht verraten, was ich getan habe, damit meine Herrin ihren Liebhaber sehen kann?"

„Nein. Ihr Geheimnis ist sicher."

„Und der Geist?"

„Was ist mit ihr?"

„Werden Sie ihr sagen, sie soll weggehen? Sie macht hier alle nervös. Wir wissen, dass sie im Haus herumspukt. Wir können sie *spüren*."

Lilith verschränkte wieder die Arme und nahm eine kindisch-trotzige Haltung an. „Ich gehe nirgendwo hin, bis Mama mich holen kommt."

„Ich fürchte, das wird nicht möglich sein", sagte ich zu Ryan. „Aber seien Sie versichert, sie ist ganz harmlos. Sie wird niemanden stören, solange Sie ihrer Schwester gegenüber loyal bleiben."

„Und Mama. Vater jedoch nicht." Lilith verzog das Gesicht. „Der ist mir egal."

„Und auch Lady Ballantine", fügte ich hinzu.

Lincoln trat zur Seite und öffnete Ryan die Tür. Sie schlüpfte hindurch und warf einen Blick über die Schulter. Vielleicht wollte sie in dem Zimmer nach dem Geist suchen, ehe Lincoln die Tür schloss. Ich war froh, dass er es tat. Ich brauchte noch einen Moment mit Lilith.

„Es tut mir leid, dass wir den vollständigen Namen des Mannes nicht kennen", sagte Lilith. „Ich mochte Mr Protheroe und ich will, dass Sie den Mörder finden."

„Du hast dein Bestes gegeben. Danke für deine Hilfe." Ich lächelte sie sanft an und hoffte, dass meine nächste Bemerkung sie nicht beleidigen würde. „Eins noch, ehe du gehst. Ich sehe, dass du eine Gestaltwandlerin bist."

Liliths Geist wirbelte umher wie Staub, der in eine Windhose gerät, ehe er wieder ihre Gestalt formte. „Pssst", flüsterte sie, einen Finger auf die Lippen gelegt. „Das darf niemand wissen. Mama sagt, es ist unser Geheimnis."

„Ich werde es niemandem verraten. Ich weiß, dass Leonora auch eine ist, aber was ist mit deinen Eltern?"

„Sowohl Mama als auch Vater verwandeln sich in Tiere."

„Sind ihre anderen Gestalten immer die gleichen?", fragte ich mit Kings Fähigkeit im Hinterkopf, der sich in alles verwandeln konnte.

Sie nickte. „Wir sehen wie Wölfe aus, sind aber keine."

„Was ist mit eurem Rudel? Wer ist euer Anführer?"

„Was ist ein Rudel?"

„Andere wie ihr. Die Kreaturen, mit denen ihr umherstreift."

Sie schaute mich verständnislos an. „Ich streife—bin mit niemandem umhergestreift. Ich war zu jung, hat Mama gesagt."

„Mit wem sind deine Eltern umhergestreift? Oder Leonora?"

Die Tür ging auf und die Haushälterin schickte uns hinaus. Ich sah Liliths Geist flehend an und ruckte mit dem Kopf, damit sie uns zur Haustür folgte.

„Lilith?", flüsterte ich.

Die Schritte der Haushälterin stockten. Sie sah mich an, dann den Flur auf und ab. Sie schluckte mehrmals.

„Ich weiß nicht, mit wem Mama und Vater umhergestreift sind", sagte Lilith. „Leonora durfte auch nicht mit, obwohl sie gern wollte. Ich habe gehört, wie sie Mama gefragt hat, aber Mama hat gesagt, sie ist noch nicht so weit. Wir durften uns nur heimlich verwandeln, wenn die Angestellten ihren freien Tag hatten."

Die Haushälterin öffnete die Haustür und bewachte sie, bis wir gegangen waren. „Bitte vereinbaren Sie das nächste Mal einen Termin, wenn Sie wieder mit einer der Mägde sprechen wollen, Sir." Sie knallte uns die Tür vor der Nase zu, jedoch nicht, ehe Lilith mir zuwinken konnte.

* * *

„DIE GELIEBTE des Opfers ist eine Gestaltwandlerin", erzählte Lincoln Gus und Seth, nachdem wir sie über unsere Erlebnisse des Tages informiert hatten. Wir vier saßen in seinem Arbeitszimmer, die Männer mit einem Glas Brandy, während ich eine Tasse Schokolade umklammerte. Der Rest des Haushalts war zu Bett gegangen.

„Meine Güte", murmelte Gus.

„Laut ihrer toten jüngeren Schwester ist Leonora zu jung, um mit den anderen Gestaltwandlern umherzustreifen", sagte ich. „Es sieht allerdings so aus, als würden die Eltern einem Rudel angehören."

„Also das ist interessant", sagte Seth. „Wie groß sind die Chancen, dass der geheime Verehrer Mitglied des Rudels ist?" Wir hatten ihnen bereits von dem Mann namens Eddy und seinem rivalisierenden Anspruch auf Leonoras Hand erzählt.

„Sehr wahrscheinlich", sagte Lincoln.

„Der is bestimmt der Mörder." Gus trank sein Glas leer und hielt es hoch, um nachgeschenkt zu bekommen.

Lincoln nahm die Kristallkaraffe vom Getränketisch. „Oder es könnte Leonoras Vater sein, der die Blutlinie rein erhalten möchte."

Seth nickte langsam, während er darüber nachgrübelte. „Oder der Rudelführer, wenn es nicht Ballantine ist."

„Wir müssen rausfinden, wer's ist", sagte Gus.

Seth brummte. „Wie schlau du bist."

Gus verdrehte die Augen. „Der is schon den ganzen Tag so, Charlie, weil Alice nich mit ihm reden will."

„Will sie wohl." Seth schniefte. „Sie war heute lediglich damit beschäftigt, Klavier zu spielen und mit meiner Mutter zu plaudern. Ich wollte nicht stören."

„Wünschte, du würdest dir eine lustige Witwe suchen", murmelte Gus in sein Glas. „Is zu lange her, das is dein Problem."

„Sei vor Charlie nicht so unflätig. Und es ist nicht zu lange her." Er zählte an seinen Fingern ab und wirkte überrascht, als er die zweite Hand brauchte. „Verflixt und zugenäht", grummelte er und hörte auf zu zählen.

„Wir sind uns einig", sagte Lincoln. „Wir müssen herausfinden, wer noch in Ballantines Rudel ist und wer es anführt. Es könnte gut Ballantine selbst sein, aber ich möchte es sicher wissen."

„Wir können die Komiteemitglieder fragen, was sie über ihn wissen", sagte ich. „Wenn er in seinen sozialen Kreisen ein wichtiger Mann ist, dann könnte er der Anführer des Rudels sein. Wir sollten morgen mit ihnen sprechen."

„Nachdem wir noch einmal mit Gawler gesprochen haben. Falls der Mörder die Blutlinie sauber halten möchte, dann ist die offensichtlichste Wahl eines Partners einer aus Gawlers Rudel. Dort einen Partner zu wählen, hält die Fähigkeit zum Wandeln stark, vermeidet aber Probleme, die daraus entstehen, sich innerhalb des gleichen Rudels fortzupflanzen."

„Du glaubst, Gawler hat dich angelogen?", fragte ich. „Meinst du, er weiß etwas über sie?"

Lincoln nickte. „Die Stadt ist zu klein, als dass zwei Rudel sich nie über den Weg laufen würden." Mir gefiel der wütende Ausdruck in seinen Augen überhaupt nicht. Er hasste es, wenn Leute ihn anlogen.

„Dann brauchen Sie uns", sagte Seth und stand auf. „Ich gehe besser ins Bett und ruhe mich aus."

„Du klingst wie 'n alter Mann", sagte Gus, der ebenfalls aufstand. „Lass uns ausgehen. Du steckst hier schon viel zu lange fest. Brauchst 'n bisschen Unterhaltung."

„Hier war es unterhaltsam."

Gus sah aus, als wollte er das kommentieren, doch ich schüttelte warnend den Kopf. „Und? Willst du eine Spielhölle besuchen? Einen Kampf?"

„Heute nicht. Morgen vielleicht. Aber ich werde nicht spielen."

„Jou, weiß ich."

„Und ich werde an keinen Kämpfen teilnehmen", sagte Seth. „Mein Gesicht hat in letzter Zeit genug blaue Flecken abbekommen."

„Du musst nix machen, was dich noch hässlicher macht."

Seth schlug ihm auf die Schulter, als sie rausgingen. „Wir wissen beide, dass du mich für gut aussehend hältst. Du brauchst nicht so zu tun, als wäre es anders."

* * *

WIR FANDEN GAWLER im Jolly Joker, einer Kneipe, die ihrem Namen kaum weniger Ehre hätte machen können. Das schmale Gebäude war zwischen zwei größere Mietshäuser in einer Straße im East End gequetscht und sah aus, als hätte es seit Jahren weder Tageslicht noch einen Besen gesehen. Drinnen war es noch dunkler, da es nur eine zischende Lampe gab. Drei Männer saßen auf Hockern an der Bar und schauten auf, als wir eintraten. Gawler stöhnte und beugte sich über seinen Humpen, den er mit seinen Händen schützte.

„Was wollen Sie", knurrte er.

Ich folgte Lincoln hinein, Seth und Gus im Rücken. Einer der Männer stand auf und schaute über seine gerötete Nase auf uns herab. „Ich will keinen Ärger."

„Den bekommen Sie auch nicht", sagte ich, da Lincoln nicht antwortete. „Solange Mr Gawler kooperiert."

Der Mann humpelte um den Tresen herum auf die andere Seite, wobei er seinen Bierkrug mitnahm. Der dritte Mann stand auf und wich zurück. Als er über einen Hocker stolperte, blieb er stehen.

„Auf ein Wort", sagte Lincoln zu Gawler.

Gawler seufzte und deutete auf einen Tisch in der Ecke. Er zog den Stuhl für mich heraus und ich setzte mich und faltete meine Hände auf der Tischplatte. Sie war klebrig, also nahm ich die Hände wieder weg. Sowohl Gawler als auch Lincoln setzten sich. Gus ließ seine Knöchel knacken. Gawler schluckte.

„Sagen Sie mir, was Sie über das andere Wandlerrudel wissen", sagte Lincoln. „Und diesmal will ich die Wahrheit."

„Ich habe die Wahrheit gesagt!" Gawler steckte seine Hände zwischen die Beine. „Mr Fitzroy, Sir, bitte. Ich weiß nichts über die."

„Sie wussten, dass es sie gibt."

„Schon, aber die bleiben für sich, genau wie wir. Sie wollen mit uns nichts zu tun haben. Wir sind denen nicht gut genug."

„Woher wissen Sie das, wenn Sie noch nie mit ihnen gesprochen haben?"

Gawler wurde blass, als er seinen Fehler erkannte. „Ich habe nie mit ihnen *gesprochen*."

„Sie haben in Ihrer anderen Gestalt kommuniziert?"

Gawler warf den beiden anderen Gästen einen Blick zu und beugte sich dann vor. „Wir haben einmal in unserer tierischen Gestalt miteinander geredet. Also, es ist nicht wirklich reden. Nicht so wie jetzt. Es sind hauptsächlich Geräusche und Körpersprache, um zu zeigen, was wir meinen."

„Und was haben Sie besprochen?"

Er zuckte mit den Schultern und umklammerte seinen Krug. „Nichts.“

Lincolns Hand schnellte vor und packte Gawlers Kragen. Bier schwappte über den Rand des Kruges auf den Tisch. Lincoln drehte seine Finger und zog den Kragen enger, sodass Gawler rot anlief. „Ich habe keine Zeit für Spielchen“, sagte Lincoln ruhig. „Sagen Sie mir, was Sie besprochen haben.“

Ich nahm mehrere Münzen aus meiner Handtasche und legte sie auf den Tisch. „Für Ihren nächsten Drink.“ Ich prüfte, wie viel ich hingelegt hatte. „Oder mehrere.“

Gawler schaffte es, zu nicken und einige unverständliche Worte hervorzuwürgen. Lincoln ließ ihn los und Gawler sackte hustend in seinem Stuhl zusammen. Etwas Spucke rann sein Kinn herab. Er rieb sich den Hals und schluckte mehrmals, ehe er sprechen konnte. „Es ging um Territorien. Wir beschlossen, im East End zu bleiben und sie konnten die besseren Teile der Stadt haben. Es gab keinen Kampf.“

„War King damals dabei?“

Gawler nickte und umfasste den Krug wieder mit seiner großen Hand. „Er hat kurz danach mit mir um die Führung gekämpft.“

Und gewonnen, sodass Gawler allein leben und umherstreifen musste.

„Hat King sich nochmals mit ihnen getroffen?“, fragte Lincoln.

„Ich weiß es nicht.“

„Und Sie haben keine Ahnung, wer die Rudelmitglieder im menschlichen Leben sind?“, fragte ich.

Er begegnete meinem Blick und schüttelte den Kopf. „Nein, Ma'am.“

„Wir glauben, dass ein Gentleman namens Lord Ballantine zum Rudel gehört“, sagte Lincoln. „Sagt Ihnen der Name etwas?“

Wieder schüttelte Gawler den Kopf. Er kauerte über seinem Bier und wirkte mit jeder weiteren Sekunde elender. „Ich kenne weder ihre Namen noch weiß ich, wie sie als Menschen aussehen. Auch keiner von meinem Rudel weiß es. Alles, was ich weiß, ist, dass es sechs oder sieben waren. Eines Nachts tauchten sie aus dem Nichts auf. Danach haben sie uns in Ruhe gelassen und wir haben sie nie wieder gesehen."

Lincoln schwieg einen Moment und stand dann plötzlich auf. Gawler duckte sich, als ob er erwarten würde, dass Lincoln ihn schlug.

„Lügen Sie mich nicht noch einmal an", sagte Lincoln.

„Ich hab nicht gelogen!", rief Gawler. „Ich hab mit denen noch nie *geredet*, das ist Gottes Wahrheit."

„Bellen ist auch reden", sagte Seth. „Die Hundeart zu reden."

„Wir sind keine Hunde."

Lincoln ging und hielt mir die Tür der Kneipe auf. Er wirkte angespannt, aber das konnte daran liegen, dass er wegen möglichen Ärgers wachsam war. Wäre Gawler in Begleitung anderer Rudelmitglieder gewesen, hätte diese Unterredung ganz anders ausgehen können. Es war möglich, dass sie nicht weit weg waren, obwohl sie alle mitten am Tag bei der Arbeit sein *sollten*.

„Bellen is nich reden", sagte Gus zu Seth, während wir in die Kutsche stiegen.

„Wenn Hunde damit kommunizieren, ist es das", gab Seth zurück.

„Aber das is nich reden."

Seth sah mich flehend an. „Willst du diesen Pedanten an deinem Hochzeitstag an deiner linken Seite haben, Charlie?"

Ich hob beide Hände. „Lasst mich da raus."

Lincoln wies Tucker an, uns zu Lord Gillinghams Haus zu fahren. Zum Glück hörten Seth und Gus auf zu streiten und besprachen lieber die beiden Londoner Rudel und ob diese immer harmonisch in der Stadt zusammenleben würden. Wir waren uns einig, dass der Friede so stabil war wie ein aus Stroh gebautes Boot.

Harriet und Lord Gillingham waren zu Hause. Harriet klopfte neben sich auf das Sofa und winkte mich zu sich, während ein Lakai Lord Gillingham holte.

„Was für eine angenehme Überraschung, Charlie", sagte Harriet. „Und auch Seth. Oh, und Mr Fitzroy und …"

Seth grinste. Gus wirkte nicht im Geringsten aufgebracht, dass Harriet seinen Namen vergessen hatte.

„Wir haben gerade mit Gawler gesprochen", sagte Lincoln unumwunden.

Harriet schmollte. Vielleicht fand sie es schade, dass sie nicht erst tratschen konnte. „Dann warten wir am besten auf Gilly, ehe wir anfangen. Er wird gleich hier sein. Owen, bringen Sie bitte Tee für unsere Gäste."

„Tee wäre wundervoll", sagte ich und schaute Lincoln finster an.

Er kniff die Lippen zusammen, lehnte das Angebot jedoch nicht ab.

„Wie fühlen Sie sich, Harriet?", fragte ich, als der Butler gegangen war.

„Sehr gut", sagte sie, berührte ihren Bauch und lächelte. „Wirklich sehr gut."

Gillingham gesellte sich zu uns. Sein Gang war einwandfrei, obwohl er keinen Gehstock hatte, auf den er sich stützen konnte. Er begrüßte Lincoln, nickte Seth jedoch nur zu. Gus oder mich beachtete er überhaupt nicht. „Harriet hat mir von dem mordenden Wandler erzählt", sagte er. „Sie hätten eine Besprechung einberufen können, wenn Sie etwas zu berichten haben, Fitzroy."

„Ich habe nichts zu berichten", sagte Lincoln. „Wir sind hier, um sowohl Ihnen als auch Lady Gillingham einige Fragen zu stellen."

Gillingham sah seine Frau an und befahl dem Lakaien, die Tür zu schließen und uns nicht zu stören.

„Aber ich habe Tee bestellt", sagte Harriet.

„Vergiss den Tee."

Sie seufzte. „Nun gut. Aber komm und stell dich zu mir." Sie hielt ihm die Hand hin. Er zögerte. Sie winkte ihn heran. „Komm, mein Lieber. Ich möchte, dass du neben mir stehst. Du siehst neben Mr Fitzroy und Seth so klein aus."

Gillingham reckte den Hals aus seinem Kragen und lief rot an. Er stellte sich neben das Sofa zu seiner Frau, nahm jedoch nicht ihre Hand. Sie senkte sie auf ihren Schoß. Die Enttäuschung stand ihr ins Gesicht geschrieben. Gillingham bemerkte es und hob die Hand. Nach einigem Zögern legte er sie auf ihre Schulter. Sie lächelte kokett zu ihm hinauf.

„Was wissen Sie über Lord Ballantine?", fragte Lincoln.

Gillingham schüttelte den Kopf. „Sehr wenig. Er ist reich und hat gute Beziehungen. Kommt und geht aus London, aber ich entsinne mich nicht, wo sein Landsitz ist."

„In der Region um Bristol."

„Harriet?", fragte ich. „Haben Sie Lord oder Lady Ballantine mal getroffen? Oder deren Tochter?"

„Nicht, dass ich wüsste." Sie runzelte die Stirn und schüttelte dann den Kopf. „Welchen Rang hat er?"

„Baron."

„Das erklärt alles", sagte sie, als ob es das täte. „Und Lady Ballantines Familie?"

„Wir wissen nichts über sie. Sowohl Lord als auch Lady Ballantine sind Gestaltwandler."

„Oh!" Sie legte eine Hand auf ihr schwarzes Stoffhalsband. „Wie wunderbar! Sind sie Teil des anderen geheimen Rudels?"

„Möglich", sagte Lincoln.

Gillingham tätschelte sacht die Schulter seiner Frau, als wäre er nicht ganz sicher, ob sie ihm die Hand abbeißen würde. „Es ist besser, wenn du sie nicht kennenlernst, meine Liebe. Sie müssen in diesen Mord involviert sein, sonst würde Fitzroy nicht nach ihnen fragen."

Beide schauten Lincoln an, der es weder bestätigte noch abstritt.

„Du solltest dich sowieso besser hinlegen", sagte Gillingham zu ihr. „Du möchtest doch nicht, dass dem Baby etwas passiert, oder?"

Ein verträumtes Lächeln erschien auf ihren Lippen. „Du hast recht. Es ist so lieb von dir, an mich und Wolfy zu denken, Gilly."

„Wolfy?", fragte ich, als Gillingham einen merkwürdig erstickten Laut von sich gab.

„Der Kosename, den ich meinem Baby gegeben habe", sagte Harriet strahlend. „Ich dachte, es wäre angemessen, da es zur Hälfte so sein wird wie ich. Gilly möchte nicht, dass ich es in der Öffentlichkeit so nenne, aber ihr seid keine Öffentlichkeit." Sie legte ihre Hand über seine, die unter ihrer größeren völlig verschwand.

Gillingham versuchte, sich zu befreien, doch sie ließ ihn nicht los. „Sei nicht so nervös, Gilly. Das sind unsere Freunde."

„Kennen Sie jemanden, der mit Ballantine verkehrt?", fragte Lincoln.

„Der Prinz von Wales natürlich", sagte Gillingham. „Er gehört zu der Truppe, zusammen mit Underwood."

So, so. Also *das* war eine interessante Verbindung.

„Reden Sie mit Julia", fügte Gillingham hinzu. „Sie wird ihn getroffen haben."

„Diese Frau." Harriet verzog das Gesicht. „Halte dich von ihr fern, Seth. Du weißt, wie sie ist."

Seth blinzelte erschrocken. „Äh, ja. Ich werde wachsam sein."

„Sie hätten wegen dieser Sache ein Treffen einberufen sollen, Fitzroy", sagte Gillingham.

„Das werde ich, sobald ich etwas zu berichten habe", sagte Lincoln.

„Wenn sonst nichts ist …?" Gillingham machte sich los und ging schnell zur Tür. Er riss sie auf und winkte seinen Butler heran.

„Sie sollten auch wachsam sein, Charlie", flüsterte Harriet, während sie mit mir hinausging. „Julia hat jetzt vielleicht Lord Underwood, um sich zu vergnügen, aber sie sucht ständig nach neuen Liebhabern und Mr Fitzroy ist schließlich auch nur ein Mann."

„Äh, ja. Ich passe auf."

„Er scheint Ihnen allerdings hingebungsvoll ergeben zu sein. Genau wie mein Gilly mir gegenüber. *Jetzt.*" Sie lächelte ihren Mann an.

Er machte auf dem Absatz kehrt und ging eilig davon, wobei er auf der Treppe zwei Stufen auf einmal nahm. Der Gehstock, den er normalerweise trug, war eindeutig nur Gehabe.

Wir fuhren zu Lady Harcourts Mayfair Haus, wo sie mit ihrem Stiefsohn Andrew Buchanan wohnte. Er war allerdings nicht zu Hause, worüber ich froh war. Konversation mit ihm war eine Prüfung.

„Vermutlich unterwegs zum Trinken", murmelte Seth in mein Ohr, als wir den Salon betraten, wo Lady Harcourt in einem jadegrünen und kobaltblauen Kleid saß, um uns zu empfangen.

Sie war ein Bild von Höflichkeit und Eleganz, doch nähere Betrachtung offenbarte die tiefen Falten um ihren Mund und die glanzlosen Augen. Etwas machte ihr Sorgen.

„Geht es dir gut, Julia?", fragte Seth, ganz der Gentleman. „Du siehst unwohl aus."

„Alles bestens, danke." Sie steckte den Brief, den sie gelesen hatte, in die Falten ihres Kleides. „Das ist ja ein ganz schönes Aufgebot. Stimmt etwas nicht in Lichfield?"

„Wir müssen dir einige Fragen über einen Freund von Lord Underwood stellen", sagte Lincoln.

„Underwood!", bellte Buchanan, der durch die Tür taumelte. „Nicht der Dummschwätzer wieder. Julia trifft sich noch immer mit ihm, wissen Sie, trotz seines Interesses an Ihrer Freundin, Charlotte."

Ich seufzte. Diese Befragung würde länger dauern, jetzt, da er hier war.

„Lass es, Andrew", zischte Lady Harcourt.

Er legte den Kopf schräg und sagte dann: „Nein, ich glaube nicht, dass ich es lassen will." Er lockerte seine Krawatte und öffnete die Knöpfe seiner Weste. Dann plumpste er in einen Sessel. Er rülpste und wischte sich mit der Hand über den Mund. „Ja, ich bin betrunken", sagte er. „Kaum überraschend, oder? Ich meine, wer würde nicht ständig betrunken sein wollen, wenn er hier lebt? Nur so kommt man durch den Tag. Die Nächte allerdings ..." Sein Mund verzog sich zu einem grausamen Lächeln. „Da lohnt es sich, nüchtern zu sein."

Lady Harcourt schloss die Augen und war sehr angespannt, als müsste sie sich eisern im Griff behalten. War das jetzt ihr Leben? Mit Buchanan, der mitten am Tag betrunken nach Hause kam und sie gnadenlos verunglimpfte?

„Hören Sie auf, Buchanan", schnappte Seth. „Sie machen sich zum Affen."

„Ich? Ha! Sie hätten sie nach Ihrer Dinnerparty sehen sollen. Sie hat Underwood angebettelt, sie nicht unbefriedigt zurückzulassen. Aber er kam nicht rein, also hat sie mich angebettelt—"

„*Andrew*!", rief Lady Harcourt. Ihr Brustkorb bebte unter

ihren heftigen Atemzügen und ihr Gesicht nahm eine leuchtend rote Farbe an. Es gab nicht viel, was sie aus der Fassung brachte, aber ihr Stiefsohn schien genau zu wissen, welche Knöpfe er drücken musste.

„Genug!", knurrte Lincoln. „Wir müssen Julia einige Fragen bezüglich des Mordes stellen, über den in der Zeitung berichtet wurde."

Buchanan schnaubte. „Glauben Sie nicht alles, was in der Zeitung steht. Oh, Moment. Vielleicht sollten Sie das, wenn die Quelle verlässlich ist." Er schmunzelte feucht-fröhlich. „Ein zuverlässiger Zeuge könnte jemand sein, der weiß, was passiert ist, der dabei war und zugeschaut hat, wie das ganze Spiel sich entpuppte wie ein böser Traum."

Alle außer Lady Harcourt wussten, dass er sich auf den Zeitungsbericht bezog, der ihre Vergangenheit als Tänzerin beim Alhambra offenbart hatte. Sie hatte dort ihren zukünftigen Ehemann kennengelernt, Buchanans Vater. Andrew selbst war die Quelle gewesen. Doch nach dem sich langsam klärenden Ausdruck auf ihrem Gesicht zu urteilen, fügte die ausgesprochen clevere Lady Harcourt die Puzzlestücke dank seines betrunkenen Geschwafels gerade zusammen.

„Andrew", murmelte sie und starrte ihn an. „Andrew, hast *du* ...?"

Als ihm klar wurde, dass er sie unterschätzt hatte, schniefte er und schnippte unsichtbaren Staub von seinem Hosenbein. „Wir reden nicht von *dem* Zeitungsartikel. Deine Eitelkeit kennt keine Grenzen, Julia. Nicht alles dreht sich um dich."

Er protestierte zu heftig und sah sie nicht an. Er war ein hoffnungsloser Lügner.

Unheimliche Stille verdichtete die Luft. Lady Harcourts blutleere Lippen bewegten sich, doch kein Ton kam heraus. Während sie ihn anstarrte, füllten sich ihre Augen mit Tränen. Dann zuckte ihr Körper, als ob etwas in ihr zerbrochen wäre. Ihre Augen trockneten und ihre Lippen zogen sich von den Zähnen zurück.

Sie schoss auf die Füße und warf sich auf Buchanan. Er sah sie nicht kommen, bis sie ihre langen, schlanken Finger um seinen Hals legte. „Ich bringe dich um!", kreischte sie.

KAPITEL 7

Normalerweise reagierten Lincoln, Seth und Gus nicht langsam, aber es dauerte einige Augenblicke, bis sie Lady Harcourt von Buchanan weggezerrt hatten. Bis es so weit war, hatte sie ihm bereits das Gesicht zerkratzt und ihm ins Auge gespuckt.

Buchanan kauerte im Sessel, die Beine angezogen, um seinen Unterkörper zu schützen. Die Arme hatte er angehoben, um weitere Verletzungen und Spucke von seinem Kopf fernzuhalten. Lady Harcourt wehrte sich heftig gegen Lincolns Griff. Sie gab weder auf, noch unterbrach sie den Strom von Schimpfwörtern, der aus ihrem Mund floss. Von der Lady war nichts mehr übrig, sie bestand nur noch aus Zähnen und rot gefleckten Wangen, während sie Buchanan mit Namen betitelte, die ich seit Monaten nicht gehört hatte.

Als ihm bewusst wurde, dass er in Sicherheit war, faltete Buchanan sich auseinander und wischte sich mit dem Ärmel über die Augen. Sobald er das Blut an seinen Fingern sah, nachdem er sein Gesicht berührt hatte, wurde er blass. „Du Zicke! Ich werde Narben zurückbehalten!"

„Ich hasse dich!", schrie sie zurück. „Ich hasse deinen Anblick!"

„Julia", warnte Seth, „beruhige dich. Die Diener können dich hören. Die ganze Straße kann dich hören."

„Das ist mir egal", fuhr sie ihn an. Sie riss sich von Lincoln los. Oder, was wahrscheinlicher war, er ließ sie los.

Buchanan duckte sich wieder in seinen Sessel, bis deutlich war, dass sie ihn kein zweites Mal angreifen würde. Er zog sein Taschentuch heraus und tupfte die drei Kratzer auf seiner Wange ab. Es sah aus, als wären Krallen am Werk gewesen.

„Wie konntest du nur?", tobte sie. „Wie konntest du mir das antun nach allem, was wir einander bedeutet haben?"

Die Muskeln in seinem Gesicht verhärteten sich. Seine Augen wurden schmal. Langsam stand er auf und ging zwei entschlossene Schritte auf sie zu, bis Lincoln seine Hand hob, um ihn aufzuhalten. „Was haben wir einander denn bedeutet, Julia?" Sein fieses Knurren klang genauso giftig wie sie. „Beantworte mir das! Hast du mich je gemocht? Hast du meine Gesellschaft jemals so sehr genossen, wie ich deine? Oder war ich nur ein Trittstein auf deinem Weg? Sobald mein Vater im Al auftauchte, bist du über mich rüber getrampelt, um an ihn dranzukommen, und seither hast du nichts anderes getan, als auf mir herumzutrampeln." Er stieß ein ersticktes, bitteres Lachen aus. „Bis dein Stern aus luftigen Höhen fiel und du mich gebraucht hast, um überhaupt Einladungen zu bekommen."

„Mein Stern ist gefallen, weil *du* dich an die Zeitungen gewandt hast!" Sie verschränkte die Arme. Die gröbste Wut war verflogen, auch wenn ich den Verdacht hatte, dass ein Funke genügte, um sie jederzeit wieder zu entfachen. „Jedenfalls brauche ich dich gar nicht mehr. Ich habe jetzt Lord Underwood und seine Freunde. Sie wissen mich zu schätzen."

„Für wie lange? Underwood hat das Interesse schon verloren. Du hast doch gesehen, wie er dieses Mädchen beim Lichfield-Dinner behandelt hat."

„Alice ist nicht ‚dieses Mädchen'", schnappte Seth, ehe ich es tun konnte. „Und zieh sie nicht in diese Sache mit rein. Sie ist viel zu gut für dieses schäbige Gespräch."

„Dann ist sie auch für Sie zu gut." Buchanans Kichern klang etwas stranguliert. „Was Schäbigkeit angeht, sind Sie ja wohl der König des Haufens."

Seth schlug ihn. Er musste sich jedoch zurückgehalten haben, sonst hätte Buchanan einige Zähne verloren. So ging er zu Boden und hielt sich das Kinn. Niemand kam ihm zu Hilfe.

„Sie sollten Ihre Hunde an die Leine nehmen, Fitzroy", sagte Buchanan, während er sich aufrappelte.

„Sie schreien doch geradezu nach Strafe", sagte Gus mit einem Kopfschütteln.

Und darin lag das Problem. Buchanan hasste sich selbst. Er hasste, was aus ihm geworden war und er hasste es, dass er eine Frau liebte, die er nicht haben konnte und die seine Liebe nicht erwiderte. Er hasste seine Verzweiflung und möglicherweise den Schwund jeglicher guter Eigenschaften, die er vielleicht einmal besessen hatte. Aber noch viel mehr hasste er, dass er nicht wusste, wie er sich ändern konnte—oder es nicht wollte.

Ich hatte Männer wie ihn gesehen, als ich noch auf der Straße gelebt hatte. Die Gesellschaft machte einen Wirbel um „gefallene Frauen", doch meiner Erfahrung nach fielen mehr Männer als Frauen von ihrem hohen Ross. Männer wie Andrew Buchanan, die im Leben so viel geschenkt bekommen und trotzdem die Erwartungen anderer nicht erfüllt hatten, ebenso wenig wie ihre eigenen. Anstatt sich aus der Gosse zu erheben und ihre Fehler zu korrigieren, hatten sie sich entschieden, sich dort zu suhlen und andere für ihr Unglück verantwortlich zu machen. Manche tranken sich in ein frühes Grab. Manche erfroren im Winter. Manche ließen ihren Hass auf sich selbst und die Welt an anderen aus. Das waren die, denen ich lieber aus dem Weg gegangen war. Diese Männer konnten gefährlich werden.

Andrew Buchanan passte in diese Kategorie.

„Wollen Sie mir noch eine verpassen, eh?", stachelte Buchanan Seth an. „Wollen Sie sich vor den Ladys als Held aufspielen?"

Seth stieß einen langen, wohldosierten Atemstoß aus und ich entspannte mich. Seine Wut hatte sich abgekühlt und er würde nicht versucht sein, Buchanan noch einmal zu schlagen.

Buchanan musste erkannt haben, dass seine Sticheleien nicht mehr funktionierten. „Gott, wie ich Sie hasse, Vickers", platzte er heraus. „Ich sollte *ihn* für seine Anziehungskraft auf Julia hassen." Er neigte sein Kinn in Richtung Lincoln. „Aber Sie … *Sie* sind alles, was ich an einem Mann verabscheue."

Seth wirkte schockiert von seiner Boshaftigkeit, ich war es jedoch nicht. Buchanan sah in Seth den Mann, der er hätte sein können, und fühlte sich im Vergleich wie ein Versager. Beide Männer sahen gut aus, gehörten zum Adel und ihnen lagen die Welt und die Frauen zu Füßen. Sie waren mit allem aufgewachsen und waren beide tief gefallen. Aber Seth hatte sich aus dem Sumpf gezogen, während Buchanan dort verweilte. Seth war wieder Herr seines eigenen Lebens, während Buchanan den Launen von Lady Harcourt ausgeliefert war. Er wünschte, er wäre Seth und war doch nicht bereit, seine harte Arbeit nachzuahmen.

„Verschwinde!", schrie Lady Harcourt Buchanan an. „Raus aus meinem Haus!"

„Du kannst mich nicht rauswerfen", sagte er mit einem schmierigen Lächeln. „Im Testament meines Vaters steht, dass ich hier ein Zuhause habe."

Sie atmete schwer und ballte ihre Hände zu Fäusten. Ich befürchtete, dass sie ihn erneut angreifen würde. Lincoln würde sie jedoch aufhalten, vielleicht nach einem Zögern, bei dem sie Zeit hatte, weiteren Schaden anzurichten.

„Lassen Sie uns allein, Buchanan", befahl Lincoln. „Wir haben Ministeriumsangelegenheiten mit Julia zu regeln."

„Ich sollte es hören", sagte Buchanan. „Ich werde sie schließlich eines Tages ersetzen."

„*Falls* Sie sie überleben", sagte Seth. „Was zurzeit sehr unwahrscheinlich aussieht."

Buchanan schnaubte. „Ist das eine Drohung, Vickers?"

Einer von Seths Mundwinkeln zuckte zu einem fiesen Lächeln nach oben.

„Seth, Gus", befahl Lincoln. „Entfernt ihn."

„Sehr gern." Seth packte Buchanans Arm und Gus nahm den anderen. Sie schleppten ihn aus dem Raum und warfen ihn hinaus.

Buchanan landete unsanft auf den Fliesen der Eingangshalle. Seth schloss die Tür und klopfte sich die Hände ab.

„Das wird sich herumsprechen, Julia", warnte er sie. „Deine Diener werden plappern."

Sie neigte den Kopf und setzte sich erhaben auf das Sofa.

Wäre die leichte Röte nicht gewesen, die in ihren Wangen verblieb, könnte man diese Frau unmöglich mit der Wildkatze von vorhin in Verbindung bringen.

Ich wollte mich ebenfalls setzen, bemerkte aber ein Stück Papier auf dem Boden. Nein, kein Papier, eine Karte. Sie war Lady Harcourt bei ihrem Wutanfall aus der Tasche gefallen. Ich hob sie auf und konnte nicht anders, als die Namen zu lesen, mit denen der unbekannte Schreiber Lady Harcourt betitelte. Es war schwierig, die Worte „widerlich", „unmoralisch" und „zügellos" nicht zu sehen, denn sie waren unterstrichen und sehr groß geschrieben. Es sah so aus, als hätte der Umgang mit Lord Underwood die Trübung auf Lady Harcourts Ruf nicht weggewischt. Vielleicht, weil Lord Underwood nicht vorhatte, sie zu heiraten.

Ich reichte ihr die Karte und sie zerknüllte sie in ihrer Faust. „Was wollt ihr?", fragte sie ohne auch nur den Hauch eines Zitterns in der Stimme.

„Kennst du Lord Ballantine?", fragte Lincoln.

Sie nickte. „Er nimmt gelegentlich mit Lord Underwood an Partys teil."

„Als Mitglied der Gruppe um den Prinzen von Wales?"

„Ja. Hat er etwas angestellt?"

„Seine Tochter war die Geliebte des Mannes, der totgebissen wurde, höchstwahrscheinlich von einem Menschen in seiner anderen, wolfsähnlichen Gestalt."

Ihre Brauen hoben sich. „Du glaubst, Lord Ballantine ist in den Tod verwickelt?"

„Er ist ebenfalls ein Gestaltwandler, wie seine Frau und die Tochter."

Dies bedachte sie einen Moment, als wäre es nicht aufregender als gewöhnlicher Tratsch. „Das war mir nicht bewusst."

„Warum sollte es?", sagte Seth. „Sie werden kaum darüber sprechen."

„Sag uns, was du über ihn weißt", sagte Lincoln. „Und über Lady Ballantine."

„Ich bin beiden begegnet." Sie berührte ihre Haare und steckte eine Strähne fest, die sich aus der aufwendigen Frisur gelöst hatte. „Er ist ein Kriecher. Sie scheint etwas bäurisch zu sein und passt nicht recht in den Kreis der Freunde des Prinzen. Ich glaube, solch illustre Gesellschaft ist sie nicht gewohnt."

„Hältst du ihn für fähig, zu morden?"

Ihr Blick glitt zur geschlossenen Tür. „Jeder ist zum Mord fähig, wenn er unter zu viel Druck gesetzt wird."

„Glaubst du, dass noch jemand aus dieser Gruppe ein Gestaltwandler ist?", fragte Lincoln.

„Ich wusste nicht, dass Lord Ballantine einer ist, bis du es mir gesagt hast."

„Und was ist mit einem jungen Gentleman namens Eddy? Sagt dir der Name etwas?"

Sie dachte einen Moment nach. „Da gibt es Edward De Greer, aber der ist über vierzig. Tatsächlich gibt es nur wenige junge Gentleman bei den Partys des Prinzen. Er bevorzugt etwas reifere Gesellschaft. Wer ist Eddy?"

„Ein Rivale um die Hand von Lord Ballantines Tochter."

„Ah." Sie nickte wissend. „Eine Dreiecksbeziehung. Wir wissen alle, wie gefährlich die sein können."

Ob sie damit nun die Dreiecksbeziehung zwischen ihr selbst, Lincoln und mir meinte oder sich, Buchanan und Lord Harcourt, konnte ich nicht sagen. Ihre glasigen Augen und gefasste Haltung gaben nichts preis.

„Wenn du diesen Eddy findest, findest du den Mörder, Lincoln", sagte sie. „Sei bitte vorsichtig. Liebeskranke Welpen können unheimlich böse sein." Sie warf noch einen Blick auf die geschlossene Tür. Also bezog sie sich auf *diese* Dreiecksbeziehung.

„Erwachsene Männer sind wohl kaum Welpen", sagte ich. „Selbst liebeskranke."

Sie wirkte überrascht, dass ich gesprochen hatte. Die Überraschung verwandelte sich in Verachtung, begleitet von einer verzogenen Oberlippe.

Lincoln brach die darauffolgende Stille nicht, also tat ich es. „Danke, Lady Harcourt." Ich wollte gerade aufstehen, als mir etwas in den Sinn kam. „Wann werden Sie Lord Underwood und seine Freunde wiedersehen?"

„Er hält einen … eine Tanzveranstaltung ab. Morgen Abend."

„Können Sie Lincoln und mir eine Einladung verschaffen?"

Lincoln rührte sich nicht, weswegen ich annahm, dass er meinen Vorschlag guthieß.

„Mir auch", sagte Seth.

Lady Harcourt schüttelte den Kopf. „Das ist unmöglich."

„Nichts ist unmöglich", sagte Lincoln. „Beschaffe uns eine Einladung."

Sie sträubte sich. „Nein."

„Ich habe inzwischen etwas Einfluss beim Prinzen von Wales", sagte Lincoln. „Ich könnte ein gutes Wort für dich einlegen."

Sie drehte den großen goldenen Saphirring an ihrem Finger und begegnete seinem Blick. Er blinzelte nicht. Nach einem Moment angespannten Schweigens seufzte sie. „Also gut. Ich werde bis heute Abend für dich und Seth eine Einladung haben. Aber nicht für Charlie."

Jetzt war ich an der Reihe, mich zu sträuben. „Warum nicht?"

„Du bist zu … unschuldig."

Ich lachte. „Erinnern Sie sich, wo ich fünf Jahre meines Lebens verbracht habe?"

„Ah", sagte Seth mit einem Nicken. „*Diese* Art von Tanzveranstaltung. Sie hat recht, Charlie. Du solltest nicht dorthin gehen."

„Jetzt komme ich auf jeden Fall mit", sagte ich zu beiden, und auch zu Lincoln, ehe er ihnen zustimmen konnte. „Es klingt faszinierend."

Seth verdrehte die Augen zur Decke. „Ich hätte meinen Mund halten sollen."

„Jou." Gus nickte finster. „Charlie, wenn Seth findet, dass du nich gehen solltest, solltest du nich gehen."

„Sie werden sie sehr interessant finden, Lincoln", warnte Lady Harcourt mit einem seidigen Lächeln. „Sie ist jung und hübsch und nicht alle kennen dich gut genug, um dich zu fürchten."

„Das werden sie sehr schnell lernen, wenn sie versuchen, sie anzufassen", sagte er schlicht.

„Wenn der Prinz anwesend ist, bin ich mir sicher, dass ich vor aufdringlichen Händen sicher bin", sagte ich. „Er schätzt vielleicht Frauen und Wein, aber er ist immer noch ein Gentleman. So wie Lord Underwood."

Sie seufzte und ich wusste, dass sie dem nicht widersprechen konnte. „Also gut. Abgesehen vom Beschaffen der Einladungen will ich *nichts* mit irgendwelchen Befragungen zu tun haben. Ich kann es mir zurzeit nicht leisten, irgendwen vor den Kopf zu stoßen, insbesondere Lord Underwood und seine Freunde."

Lincoln stimmte mit einem Nicken zu.

Wir brachen auf, doch ehe er die Tür öffnete, wandte Lincoln sich noch einmal an Lady Harcourt. „Soll ich ein Wörtchen mit Buchanan reden?"

„Und ihn einschüchtern? Ich bezweifle, dass das etwas bringt." Sie legte eine Hand auf seinen Arm, den sie mit ihrem Daumen massierte, und schaute zu ihm auf. „Danke, Lincoln. Trotz allem bleibst du ein wahrer Freund." Sie ließ ihn los, oder vielleicht bewegte er sich weg.

„Du hast dir das selbst eingebrockt, weißt du", sagte Seth mit einem Nicken zur Tür, durch die Buchanan verschwunden war. „Du hast Öl in die Flammen gegossen und dich dann gewundert, warum es heftiger brennt."

„Sei doch still", fuhr sie ihn an und bewies damit, dass ihre Gelassenheit reine Show war. „*Du* musst gerade reden. Der einzige Grund, warum du nicht mehr zum Spaß verprügelt wirst oder dich an den Meistbietenden verhökerst, ist Lincoln, der dich gerettet hat." Sie scheuchte uns hinaus. „Geht! Lasst mich alle in Ruhe. Mein Kopf schmerzt."

Seth öffnete die Tür und gab den Blick auf Buchanan frei, der mit ausgestreckten Beinen auf dem Boden saß. In der Hand hielt er ein Brandyglas, ein weiteres stand neben ihm. Er taumelte auf die Füße und hob das Glas auf, schlenderte auf wackeligen Beinen auf uns zu, ein betrunkenes Lächeln im Gesicht. Das Glas hielt er Lady Harcourt hin.

„Du siehst bemerkenswert reizvoll aus, wenn du so in Rage bist." Er lächelte und streckte das Glas noch etwas weiter zu ihr hin. „Ich dachte, du könntest das hier gebrauchen."

Sie zögerte, nahm es dann jedoch. Die Flüssigkeit bebte durch das Zittern ihrer Hände. Sie schnupperte daran, als ob sie Gift befürchtete, und nippte.

„Na siehst du", sagte Buchanan. „Wir sind wieder Freunde."

„Wo sind die Diener?", fragte Lady Harcourt.

„Unten zusammengekauert und trauen sich nicht nach oben. Ah, hier kommt der unbeugsame Millard, um unsere Gäste zu verabschieden."

Der Butler hatte immer so furchteinflößend und geschniegelt gewirkt, aber jetzt sah selbst er verunsichert aus, wie er mit seinem Herrn und seiner Herrin umgehen sollte. Sie mussten den Streit unten gehört haben. Sämtliche Diener Londons würden bis Ende der Woche Bescheid wissen und einige würden den Tratsch an ihre Herrschaften weitergeben. Lady Harcourt würde noch weiter ruiniert werden. Das Einzige, was sie bewahrte, war Lord Underwoods Wohlwollen, und der seidenen Faden wurde immer dünner.

„Guten Tag", sagte Lady Harcourt mit einem kleinen traurigen Lächeln für Lincoln. „Millard wird euch zur Tür begleiten."

Sie drehte sich um und ging die Treppe hinauf, wobei das Glas von ihren Fingerspitzen hing. Sie bewegte sich geschmeidig, die Hüften wiegend, während lose Haarsträhnen über ihren Rücken fielen.

Buchanan folgte, blieb jedoch auf der untersten Stufe stehen. „Geht schon", sagte er zu uns. „Es gibt keinen Grund zur Sorge."

Wir sahen alle zu, wie er seiner Stiefmutter die Treppe hinauf folgte, ihre Schritte langsam und verführerisch, seine eilig und schwankend.

„Sollten wir die zusammen alleinlassen?", fragte Gus.

Niemand antwortete. Millard öffnete uns die Tür. Seine Augen hatten die übliche Ausdruckslosigkeit angenommen und sein Rücken war so gerade wie immer.

„Sie wissen, wo Sie mich finden", sagte Lincoln zu ihm, als er hinaustrat.

Der Butler nickte einmal und schloss die Tür.

Lincoln half mir in die Kutsche und ich setzte mich mit einem tiefen Seufzer. „Manchmal wünschte ich, wir hätten Buchanan in Bedlam gelassen", sagte ich.

Seth setzte sich mir gegenüber. „Nur manchmal?"

* * *

ICH RECHNETE DAMIT, dass Lincoln versuchen würde, mir die Party auszureden, doch das tat er nicht. Nicht einmal während unseres Nachmittagsspaziergangs durch den Obstgarten. Die Bäume und der Rasen waren mit Frühlingsblüten übersät und Bienen summten munter zwischen der reichen Auswahl herum. Die Blütenpracht war ein willkommener Gegensatz zu dem grässlichen Besuch bei Lady Harcourt.

„Glaubst du, bei denen ist alles in Ordnung?", fragte ich. Ich war nicht in der Lage, das Thema zu vergessen.

„Julia und Buchanan?", fragte er, als ob er schon jegliche Gedanken an sie ad acta gelegt hätte. „Mach dir um die keine Sorgen. Die wissen, was sie tun."

„Aber sie sind so destruktiv und grausam zueinander. Wo führt das hin?"

Darauf antwortete er nicht. Ich hatte den Verdacht, dass er keine Antwort wusste. Ich für meinen Teil sah kein Ende, bis Lady Harcourt sich einen neuen Ehemann geangelt hatte und aus dem Haus auszog. Lord Harcourt hatte es ihr zwar in seinem Testament hinterlassen, aber sie würde Buchanan niemals loswerden, solange er dort wohnte.

„Ich habe Leisl geschrieben", verkündete Lincoln.

Ich blieb stehen und nahm seine Hände. „Das ist wundervoll. Ich wusste, dass du deine Gefühle für sie ausdrücken könntest, wenn du es nur versuchst."

„Ich habe ihr gesagt, dass uns jemand zu ihrem Haus gefolgt ist und sie sich vor Spionen in Acht nehmen soll."

„Oh. Das ist … sinnvoll. Hast du mich deswegen hier heraus gebracht? Um mir das zu sagen?"

„Nein." Er schaute zum Haus zurück. Um zu prüfen, ob uns jemand beobachtete? Würde er endlich mehr tun, als mich nur zu küssen?

Ich legte ihm beide Arme um den Hals. „Na los, Lincoln", sagte ich atemlos.

Sein Mund zuckte, woraus ich schloss, dass ich meine verführerische Stimmlage noch etwas üben musste. „Es gibt drei Gründe, warum ich dich hergebracht habe." Er umfasste meine

Taille, zog mich sacht an sich und küsste die Haut unter meinem Ohrläppchen. „Erstens", murmelte er, „wohin möchtest du auf Hochzeitsreise gehen?"

Ich kicherte, denn seine Lippen kitzelten. „Ich weiß nicht. Nicht noch einmal Paris. Warum überraschst du mich nicht?"

„Ich kenne einen netten kleinen Ort im Orient, wo sie uralte Kampftechniken lehren. Wir könnten gemeinsam trainieren."

Ich lehnte mich zurück, um sein Gesicht zu studieren. Er lächelte. Ich boxte ihn leicht gegen den Arm. „Sehr amüsant."

„Dann also eine Überraschung", sagte er. „Aber das Thema Training bringt mich zu meinem zweiten Anliegen. Es ist eigentlich eine Frage. Glaubst du, die Dienerschaft wird schockiert sein, wenn wir hier draußen auf dem Rasen trainieren?"

Früher hatten wir bei warmen Temperaturen draußen trainiert und waren erst im Winter in den Ballsaal umgezogen. Die Türen hatten wir verschlossen gehalten, sodass die Diener uns nicht sehen konnten, aber mir fiel kein Grund ein, warum sie nicht zuschauen sollten. „Sie werden sich daran gewöhnen. Abgesehen davon, können wir uns nicht ewig vor ihnen verstecken. Sie sind vermutlich sowieso schon neugierig wegen der Geräusche, die täglich aus dem Ballsaal dringen."

„Lady Vickers wird es nicht gefallen."

„Lady Vickers ist unser Gast. Wenn es ihr nicht gefällt, kann sie ausziehen."

„Jawohl, Ma'am."

Ich warf ihm einen vernichtenden Blick zu, ehe er es wagte, zu salutieren. „Nach beidem hättest du mich auch im Haus fragen können. Was ist das Dritte?"

„Ah." Seine Arme zogen sich enger um mich und seine Hände spreizten sich auf meinem Rücken. „Mein drittes Anliegen ist, dass ich dich gern an einem meiner Lieblingsorte küssen wollte."

Ich lächelte. „Unter den Blüten im Obstgarten? Ich wusste nicht, dass das einer deiner Lieblingsorte ist. Du kommst nur mit mir zusammen hierher."

Seine Lippen strichen sacht und verlockend über meine. „Das macht es zu einem meiner Lieblingsorte."

Mein Lächeln wurde breiter. „Lincoln Fitzroy, du bist ja ein richtiger Romantiker."

„Verrate es niemandem. Ich habe einen Ruf zu wahren."

Er küsste mich gründlich, bis jeglicher Atem meinen Körper verließ und meine Knie weich wurden.

* * *

GUS UND SETH standen am nächsten Tag nicht vor dem Mittag auf. Laut dem Koch, den ich am späten Vormittag im Empfangszimmer gefragt hatte, waren sie erst im Morgengrauen zurückgekehrt, nachdem sie die ganze Nacht unterwegs gewesen waren.

„Sie haben in einer Spielhölle angefangen, aber das macht keinen Spaß, wenn du keine Knete übrighast", sagte der Koch und verschränkte seine Hände über seinem runden Bauch. Er saß auf dem Sofa, die Beine ausgestreckt und an den Knöcheln übereinandergelegt. So wirkte er wie der Herr des Hauses, auch wenn seine Schürze den Effekt verdarb. „Dann sind sie in ein Wirtshaus gegangen und dann in ein anderes und dann weiter zum Haus einer feinen Frau."

„Einer feinen Frau?"

„Lady dies oder das." Er wedelte abschätzig mit der Hand. „Vermutlich eine Witwe, so wie ich Seth kenne."

„Seth ist zu einer Lady nach Hause gegangen? Aber er hat sich doch—" Ich wollte sagen, dass er sich in Alice verguckt hatte, doch das verkniff ich mir. Alice hatte ihn nicht ermutigt und Seth war ein freier Mann. Er konnte tun und lassen, was er wollte. Trotzdem war ich etwas enttäuscht von ihm. Vielleicht hatte er sie nicht betrogen, aber es fühlte sich wie ein Betrug an seinen Gefühlen für sie an.

„Sie kamen nach Hause, als ich heute Morgen den Herd angefeuert habe." Er schmunzelte. „Die haben beide einen Brummschädel. Mir ist danach, vor deren Zimmern ein paar Töpfe aneinanderzuschlagen."

„Mir auch."

Zwei Stunden später wagte Seth sich nach unten. Nachdem er seine Mutter mit mir und Alice im Empfangszimmer entdeckt

111

hatte, steuerte er stattdessen die Bibliothek an. Dort fand ich ihn am Schreibtisch sitzend, die Stirn auf seine verschränkten Arme gelegt.

„Hast du gefrühstückt?", fragte ich.

Er stöhnte.

„Ist dir schlecht?"

„Ja", brummelte er den Schreibtisch an.

„Bist du selbst schuld?"

„Musst du fragen?"

Ich lehnte meine Hüfte an die Schreibtischkante und wartete, bis er mich aus blutunterlaufenen Augen ansah. „Du siehst elend aus."

„Ich fühle mich elend", murmelte er.

„Der Koch hat mir erzählt, was du getan hast."

Er stöhnte wieder und legte den Kopf zurück auf seine Arme. „Erspar mir die Standpauke, Charlie. Du kannst mich unmöglich mehr schelten, als ich mich selbst schon gescholten habe."

Nun, das klang vielversprechend. Vielleicht waren seine Gefühle für Alice tiefer, als ich gedacht hatte. „Du hast zu viel getrunken", sagte ich. „Und ich weiß, dass die Situation mit Buchanan und Lady H dir mehr ausgemacht hat, als du dir gestern hast anmerken lassen. Es ist verständlich, dass du ... Ablenkung und ... Erleichterung gesucht hast."

„Entschuldige es nicht."

„Das tue ich nicht, aber ich mag auch nicht zusehen, wie du dich selbst runtermachst. Du bist niemandem ... versprochen. Du kannst tun, was dir gefällt."

Er richtete sich wieder auf und kniff sich in den Nasenrücken. Blonde Haare fielen ihm in die Augen, bis er sie zurückschob. „Ich habe meine Meinung geändert, Charlie. Halt mir eine Standpauke. Ich hab's verdient."

„Ich hatte vor, hierher zu kommen und genau das zu tun, aber du scheinst es nicht zu brauchen. Du fühlst dich auch so schon schuldig genug."

„Heute, ja", sagte er leise. „Aber gestern Abend war ... war es mir egal." Er hob schwere Lider, um mich anzusehen. „Das ist das Problem, Charlie. Gestern Abend habe ich nicht an Alice gedacht. Hätte ich aber tun sollen. Gedanken an sie hätten mich davon abhalten sollen, bei einer anderen Frau zu sein. Oder?"

Mir zog sich das Herz zusammen. Armer Seth. Er wirkte so verletzlich. Ich wollte meinen selbstbewussten Kavalier zurück, nicht dieses verwirrte Wrack. „Du warst betrunken", war der einzige Trost, den ich ihm bieten konnte.

„Fitzroy würde dir das niemals antun, selbst bevor ihr verlobt wart." Er trat gegen das Tischbein. „Egal wie sehr er sich betrunken hätte, er hätte seine Gefühle für dich niemals vergessen."

„Er betrinkt sich nicht."

„Weil er perfekt ist. Davon wird einem übel."

Ich verkniff mir ein Lächeln. „Komm zu uns ins Empfangszimmer. Du kannst mir helfen, ein Wollknäuel zu entwirren, damit ich mich nicht mehr vor dem Stricken drücken kann."

„Du strickst?"

„Alice bringt es mir bei. Ich bin ziemlich schlecht, aber entweder das oder Nähen oder Sticken, wenn es nichts zu ermitteln gibt."

„Klingt öde."

„Du machst dir keine Vorstellung", sagte ich seufzend. „Komm schon." Ich hielt ihm die Hand hin. „Wir könnten etwas männliche Gesellschaft brauchen und wenn du in Alices Nähe bist, erinnerst du dich bestimmt, warum du sie so gernhast."

„Warum habe ich das Gefühl, dass ich zur Unterhaltung diene?", fragte er, aber er folgte mir trotzdem.

Pflichtbewusst verbrachte er eine halbe Stunde vor dem Mittagessen damit, mir beim Entwirren der Wolle zu helfen, während er bestmöglich versuchte, die Standpauke seiner Mutter über das Trinken bis in die Puppen zu ignorieren. Nach fünf Minuten trafen sich unsere Blicke und ich schüttelte kaum merklich den Kopf. Sie hörte eher widerwillig auf, falls ihre fest zusammengepressten Lippen etwas bedeuteten.

Alices kühler Blick schätzte Seths Zustand blitzschnell ein, als er eintrat, und kehrte dann zu ihrer Stickerei zurück. Sie schaute oft zu ihm, doch nur durch die Wimpern. Er hingegen ignorierte sie. Hätte ich nicht gewusst, dass seine Taten ihm peinlich waren, hätte ich ihn für unhöflich gehalten.

Etwas in der Art erklärte ich Alice nach dem Mittagessen, als wir allein im Musikzimmer saßen. Ich erzählte nicht alle Details seines Abends, ließ sie aber glauben, dass sein schlechtes Gewissen dem exzessiven Alkoholgenuss geschuldet war. Sie hinterfragte nichts, sondern akzeptierte meine Erklärungen mit einem Nicken.

„Er ist ein erwachsener Mann", sagte sie scheinbar gleichgültig. „Er kann tun und lassen, was er will. Wenn er beschließt, zu trinken und zu spielen, geht mich das nichts an."

„Spielen nicht", sagte ich. „Er ist sehr dagegen, nachdem die Ausschweifungen seines Vaters die Familie ruiniert haben."

Sie schwieg und ich dachte, das Thema wäre erledigt, doch dann legte sie ihre Stickerei weg und starrte aus dem Fenster. „Er war so still, als er dir mit der Wolle geholfen hat, Charlie."

„Das war sehr untypisch für ihn", stimmte ich zu.

„Tatsächlich? Du meinst, er redet immer viel? Ich dachte, das wäre nur, weil ich ihn nervös mache."

„Willst du mir damit sagen, dass es dir lieber ist, wenn er nicht redet?"

„Dann habe ich Gelegenheit, sein hübsches Gesicht zu bewundern." Sie zwinkerte mir zu und lachte.

Ich hätte ebenfalls gelacht, doch eine Bewegung draußen lenkte mich ab. „Wir haben Besuch."

Alice folgte meinem Blick zu der Droschke, die in der Einfahrt hielt. „Keins der Komiteemitglieder ist je in einer Droschke vorgefahren."

Ich beobachtete, wie eine Frau ausstieg und einem zweiten Passagier die Hand hinhielt. „Das sind keine Komiteemitglieder. Es sind Leisl und Eva."

Alices plötzliches Erstarren passte nicht zu der Art, wie sie nach Luft schnappte. „Vielleicht haben sie mehr über mich und meine Träume erfahren." Sie stand auf und ging zum Sofa, wo sie sich brav setzte, um zu warten, die Hände im Schoß verschränkt, den angespannten Blick auf die Tür gerichtet.

Draußen wandte sich Leisl plötzlich dem Fenster zu. Sie lächelte mich an. Eva bemerkte es und schaute ebenfalls herüber. Sie lächelte nicht. Sie wirkte unruhig, als wollte sie das Haus nicht betreten.

Sie legte den Kopf in den Nacken und hielt ihren Hut auf dem Kopf fest, damit er nicht herunterfiel. Ich wusste, wie beeindruckend Lichfield Towers beim ersten Anblick wirkte. Mit dem alles beherrschenden Mittelturm, in dem gelegentlich Gefangene festgehalten wurde, war es kein schönes Haus. Es war herrisch, streng und bei schlechtem Licht wirkte es düster. Und doch liebte ich es mehr als jedes andere Haus, Schloss oder jede Hütte, in der ich je gelebt hatte.

Ich setzte mich neben Alice auf das Sofa und stand auf, als Doyle unsere Gäste ankündigte. Ich begrüßte die beiden und bat Doyle, Lincoln zu holen.

„Bringen Sie auch die anderen", sagte Leisl.

„Die anderen?", fragte ich. „Meinst du Seth und Gus?"

Leisl nickte. Eva schaute ihre Mutter finster an, doch Leisl bemerkte es nicht.

„Ich habe gesehen, wie du das Haus angeschaut hast", sagte ich zu Eva, während wir warteten. „Dass du überwältigt bist, kann ich dir nicht übel nehmen. So ging es mir auch, als ich es das erste Mal gesehen habe."

„Es ist nicht das Haus", sagte Eva.

Ich wartete auf eine Erklärung, warum sie sich unwohl fühlte, doch sie fuhr nicht fort. In ihrem auffälligen korallenroten und schwarzen Kleid sah sie sehr hübsch aus. Es war nicht bestickt oder mit Spitze besetzt, während der Stufenrock ihrer Mutter mit Bändern, Rosetten und Perlen übersät war. Eva benötigte den Schnickschnack nicht. Ihre hohen Wangenknochen, das glänzende dunkle Haar und die blauen Augen waren eine reizvolle Kombination.

„Ich weiß, dass es sich merkwürdig anfühlen muss, deinen Bruder wiederzusehen", sagte ich. „Und ich weiß auch, dass du dich noch nicht an ihn gewöhnt hast, aber er ist ein guter Mann."

Sie hob ihre Augenbrauen ein klein wenig an.

„Er ist wie dieses Haus", fuhr ich fort. „Es steckt mehr dahinter als seine ernste Fassade. Du brauchst nur Zeit, um ihn kennenzulernen."

Meine Worte schienen keine großen Auswirkungen auf ihre Nervosität zu haben. Sie konnte nicht still sitzen und ihr Blick sprang bei jedem Geräusch zur Tür. Endlich kam Lincoln herein.

Er begrüßte seine Mutter und seine Halbschwester höflich. Ich warf ihm einen missmutigen Blick zu, als er zu mir schaute, und er stockte.

„Es ist mir eine Freude, euch wiederzusehen", fügte er hinzu. „Bleibt ihr zum Tee?" Er sah mich fragend an und ich nickte wohlwollend.

„Ja, Tee ist nett", sagte Leisl.

Seth und Gus schlenderten herein. Die Zeit hatte Seths Aussehen deutlich verbessert, sodass die Spuren der späten Nacht nicht mehr zu sehen waren. Es fiel nicht nur mir auf. Neben mir richtete Alice sich auf, ein kleines Zeichen, dass sie von ihm bemerkt werden wollte. Ich lächelte.

Und dann sah ich Evas Reaktion. Sie hatte die Männer hereinkommen sehen, starrte jetzt aber hoch konzentriert auf den Boden.

„Wir wurden uns beim letzten Mal nicht vorgestellt", sagte Leisl, während sie beiden ein Lächeln schenkte.

„Leisl, Eva", sagte Lincoln, der den Wink verstand, „dies sind Gus—Mr Sullivan—und … Lord Vickers."

Evas Kopf ruckte hoch. Sie blinzelte die Männer mit einem Ausdruck völliger Verblüffung an. Für ihre Mutter kam Seths Titel ebenfalls überraschend, doch sie erholte sich als Erste.

„Es ist mir ein Vergnügen, Sie kennenzulernen, My Lord, Mr Sullivan", sagte sie.

„Nennt mich Gus", sagte Gus. „Das tut jeder. Und er ist Seth. Kümmert euch nich um das Lord Gedöns. Formalitäten sind uns wurscht, oder, Fitzroy?"

„Lass das nicht Lady Vickers hören", sagte Lincoln.

„Lady Vickers?", fragte Leisl mit schräg gelegtem Kopf.

„Meine Mutter", sagte Seth. „Sie ist unterwegs. Es wird ihr leidtun, Sie verpasst zu haben."

„Ah. Wir auch. Du musst uns Leisl und Eva nennen, denn wir sind wie Familie, nicht?"

Lincoln ließ sich mit ähnlich verblüffter Miene in einen Sessel fallen wie die seiner Halbschwester. Anscheinend überwältigte dieses Treffen beide.

„Lincoln sagte mir, dass er dir eine Nachricht bezüglich der Spione geschickt hat", sagte ich zu Leisl. „Wir wurden verfolgt und er hatte Sorge, dass jemand versuchen könnte, mit euch über ihn zu sprechen."

„Ich habe sie gesehen", sagte sie.

„Hast du?"

„Im Geiste sehe ich. Eva auch."

„Du bist auch eine Seherin, Eva?", fragte Seth.

Sie nickte.

„Faszinierend. Wenn ich übernatürliche Kräfte hätte, würde ich gern in die Zukunft sehen."

„So ist es nicht immer", sagte sie. „Manchmal spüren wir lediglich etwas oder haben Eindrücke von zukünftigen Ereignissen. Wir sagen Gefahr vorher, oder Freude oder jedes beliebige Gefühl. Nur manchmal sehen wir echte Szenen."

„Faszinierend", wiederholte Seth. Er schaute zu Alice. „Was könnt ihr über mich spüren?"

„Seth", schalt ich ihn. „Sie sind nicht hier, um *deine* Zukunft vorherzusagen."

„Warum seid ihr hier?", fragte Lincoln.

Ich seufzte. Er war vielleicht schon einen weiten Weg gekommen beim Akzeptieren seiner Gefühle, aber die Kunst des Feingefühls hatte er noch nicht gemeistert. „Macht ihr euch Sorgen wegen der Spione?", fragte ich, um seine Worte abzufedern.

„Nein", sagte Leisl mit einem Zucken, das durch ihren ganzen Körper ging. „Wenn sie mir Fragen über Lincoln stellen, sage ich, dass er mein Sohn ist. Warum nicht?"

Lincoln rieb sich mit der Hand über das Kinn, doch niemand widersprach ihr. Es spielte keine Rolle, ob jemand herausfand, dass sie seine Mutter war. Sein Vater war jedoch eine ganz andere Sache.

„Und wenn sie wissen wollen, wer mein Vater ist?", fragte Lincoln.

„Sage ich ihnen, ich erinnere mich nicht. Zu lange her. Ich bin alt und vergesse."

Lincoln nickte zustimmend, aber ich war nicht sicher, ob ihre Antwort irgendwen überzeugen würde. Ich hasste den Gedanken, dass ihr etwas zustoßen könnte, weil irgendjemand unbedingt mehr über Lincoln herausfinden wollte.

„Ich sage, dass ich dich als Baby weggegeben und dich vor dem Ball nie gesehen habe." Sie zuckte wieder mit den Schultern. „Das ist alles wahr."

„Die Spione sind nicht der Grund, warum wir heute hier sind", sagte Eva. Sie schien ihre Selbstsicherheit wiedergefunden zu haben und brannte darauf, zum Kern des Treffens zu kommen. „Wir sind gekommen, um euch zu warnen."

„Wovor?", fragte Lincoln.

„Hütet euch vor der Königin."

KAPITEL 8

„Die Königin?", wiederholten mehrere Stimmen.

Doyle kam mit einem Tablett mit Tee und Gebäck herein, sodass wir alle einen Moment Zeit hatten, Evas Worte zu verdauen. Ich übernahm das Ausschenken und entließ Doyle. Er schloss die Tür hinter sich.

„Die Königin is nur 'ne alte Dame", sagte Gus, der mir half, die Teetassen herumzureichen. „Wie kann die jemandem schaden?"

„Weil sie die *Königin* ist", sagte Seth, als wäre Gus ein Einfaltspinsel. „Vielleicht schlitzt sie niemandem persönlich den Hals auf, aber sie könnte jemandem befehlen, das zu tun."

Alice und Eva starrten ihn beide mit dem gleichen entsetzten Gesichtsausdruck an.

„Nur so eine Redensart", murmelte er in seine Tasse.

„Hast du die Königin in deinen Visionen gesehen?", fragte Lincoln Leisl.

„Keine echte, klare Vision", sagte Eva. „Wie bereits erwähnt, sehen wir manchmal nicht unbedingt etwas, wir spüren es nur. Ich habe ihre Anwesenheit gespürt. Sie war erhaben und mächtig und … und bedrohlich."

„Für wen bedrohlich?"

„Für uns."

Uns? „Du schließt dich mit ein?", fragte ich.

Sie nickte. „Ich weiß nicht warum, aber ich habe mich persönlich bedroht gefühlt. Zwei von euch waren bei mir, ein Mann und eine Frau, aber ich …" Sie schüttelte den Kopf. „Ich konnte nicht genau erkennen, wer."

Lincoln und ich warfen uns einen Blick zu. Er rieb sich wieder das Kinn. „Weißt du, wo sich die Bedrohung befindet?", fragte er. „Und wann?"

Sie schüttelte den Kopf. „Es tut mir leid, dass meine Informationen nicht hilfreicher sind."

„Du hast uns gewarnt", sagte Lincoln. „Das ist genug."

„Er hat recht. Danke." Seth nahm das Tablett mit Teigbällchen und reichte sie ihr. „Nimm eins davon. Ich weiß nicht, was das ist, aber der Koch ist hervorragend. Danach fühlst du dich besser."

Eva lachte, anscheinend unwillentlich, und nahm eins, ebenso wie ihre Mutter, die erst daran schnupperte, bevor sie ein kleines Stück probierte. Dann drehten sich beide Frauen zueinander und sagten: „*Galuški*!"

„Das ist Roma", sagte Leisl mit leuchtenden Augen. „So gut. Probier, probier."

Wir nahmen alle etwas von der Delikatesse, die pikant und köstlich schmeckte.

„Früher hast du die gemacht, Mama", sagte Eva. „Aber schon seit Jahren nicht mehr."

„Es ist schwer, hier die Gewürze zu finden. Dein Koch hat die gemacht?", fragte sie Lincoln.

Er nickte. „Gus, lass den Koch rufen. Er sollte Leisls und Evas Komplimente persönlich hören."

Gus schnappte sich noch ein *Galuški* vom Teller, ehe er das Zimmer verließ. Wenige Minuten später kehrte er mit einem rosa angelaufenen Koch zurück, der seine Hände in der Schürze verknotete und Leisl und Eva zunickte, während Lincoln sie einander vorstellte.

„Sie möchten wissen, wo du gelernt hast, *Galuški* zu kochen." Er sprach es mit perfektem Akzent aus, was Eva zu überraschen schien, ihre Mutter jedoch nicht.

„Bei Volksfesten", sagte der Koch mit einem schüchternen

Nicken. „Bevor ich hier in London gekocht habe, habe ich auf Jahrmärkten gearbeitet."

„An einem Kuchenstand?", fragte Eva. „Mama hat uns manchmal mit zu Jahrmärkten genommen, als wir Kinder waren, um uns zu zeigen, wie sie gelebt hat, bevor sie unseren Vater kennenlernte. Ihre Leute arbeiten ja oft auf Jahrmärkten. Ich liebe Kuchenstände. Die mit Beeren mochte ich am liebsten."

„Ich hatte einen Kuchenstand", sagte der Koch. „Aber davor war ich Messerwerfer."

„Messerwerfer?", wiederholte Alice. „Sie meinen, Sie haben Messer auf ein Ziel geworfen als Teil einer Vorführung?"

Der Koch nickte. „Meine Cousine stand an einer Holzwand und ich habe Messer in einem Umriss um sie herum geworfen."

Sie blinzelte ihn an. „Was für ein Trick."

„Er ist sehr gut", sagte ich. „Außergewöhnlich akkurat, um genau zu sein. Du solltest ihn um eine Vorführung im Hof bitten."

„Wurde deine Cousine gezwungen, da zu stehen?", fragte Gus.

Der Koch schmunzelte, was sein Doppelkinn zum Beben brachte. „Sie wollte Teil der Show sein."

„Dafür braucht man viel Mut", sagte Alice beeindruckt. „Sie muss großes Vertrauen in Ihre Fähigkeiten gehabt haben."

„Ich hab sie nur einmal getroffen." Der Koch berührte sein Ohrläppchen. „Hier. Aber nur, weil sie sich bewegt hat. Danach hat sie sich während der Show nie wieder bewegt."

„Und die *Galuški*?", fragte Eva und zeigte auf den Teller mit den Teigbällchen. „Wie lernt ein Messerwerfer, der zum Bäcker wird, ein so obskures Rezept?"

„Durch die Roma, die beim Jahrmarkt gearbeitet haben", sagte der Koch. „Sie kommen und gehen, aber ein oder zwei Familien sind immer mit uns gereist. Ich habe es nie zubereitet, aber als Junge Dutzende Male probiert. Seit Fitzroy gesagt hat, dass Sie Roma sind, habe ich geübt, Ma'am", sagte er zu Leisl. „Ich habe kein Rezept, nur das hier." Er tippte gegen seinen glänzenden Schädel. „Das hier ist der erste Versuch, der in meinen Augen halbwegs richtig schmeckt. Habe sie erst heute Morgen gebacken. Also", sagte er schüchtern, „Sie mögen sie?"

Leisl lächelte. „Genau wie Roma sie machen.“

Eva nickte. „Ich schmecke keinen Unterschied zwischen diesen und Mamas. Ich könnte den ganzen Teller leer essen.“

Seth reagierte prompt und reichte ihr den Teller. Sie zögerte, nahm dann aber einen. Er bot allen Frauen den Teller an und wir griffen alle zu, außer Alice. Gus stürzte sich auf den letzten, ehe Seth ihn für sich beanspruchen konnte.

„Welche Jahrmärkte hat deine Familie besucht?“, fragte Leisl den Koch. „Vielleicht ich war auch da und habe den Gadze die Zukunft vorhergesagt.“

Sie unterhielten sich über Schausteller. Eva beobachtete sie durch halb geschlossene Augen, bis ich sie mit einem Gespräch über die Hochzeit ablenkte.

„Wird Seth dich zum Altar bringen?“, fragte sie.

„Nein“, sagte Gus, während Seth „Ja“ sagte.

„Warum glaubt jeder, dass er's machen sollte?“, grummelte Gus.

„Es tut mir leid.“ Eva wirkte beschämt. „Geht ihr beide?“

„Ja“, sagte ich. „Sie haben nicht aufgehört zu streiten, bis ich zugestimmt habe. Jetzt streiten sie, wer links gehen darf.“

Sie lächelte. „Viel Glück.“

Als es Zeit war zu gehen, nahm ich ihre Hand und drückte sie. „Danke fürs Kommen“, sagte ich leise. „Es war sehr nett.“ Allmählich fragte ich mich, ob die Warnung nur ein Vorwand gewesen war, um Lincoln zu Hause zu besuchen und uns besser kennenzulernen. Und doch waren sie über Evas Vision sehr besorgt gewesen und ich glaubte nicht, dass sie sich so etwas ausdenken würden, nur um uns zu besuchen. „Kommt gern wieder“, sagte ich. „Ihr seid immer willkommen.“

„Ich—ich bin nicht sicher“, stammelte sie. „Ich habe viel mit meinen Studien zu tun.“

„Um Krankenschwester zu werden, ja. Was für ein nobler Beruf.“

Sie schenkte mir ein angespanntes Lächeln, das jedoch einfror, als Lincoln sich zu uns gesellte. Er beobachtete sie genau. Sein direkter Blick bohrte sich förmlich in sie hinein, bis sie wegschaute.

„Lord Seth“, sagte Leisl zu Seth. „Begleite mich hinaus.“

Er bot ihr mit einem Lächeln seinen Arm an. Es tat gut, ihn wieder so charmant wie eh und je zu sehen, selbst wenn der Charme nicht auf Alice gerichtet war.

Ich ging nahe genug hinter ihnen, um sie flüstern zu hören: „Du hast noch viel über Frau zu lernen."

„Welche Frau?", fragte er.

„Alle, aber besonders die, die dich liebt."

„Meinst du meine Mutter?"

„Mama?", ging Eva dazwischen, die ihr Tempo verlangsamte, um neben ihnen zu gehen. „Schürst du Ärger?"

Leisl hob beide Hände. „Nein, nein."

Sie ging mit ihrer Tochter weiter, während Seth ihnen mit offenem Mund hinterher starrte. „Ich habe ein hervorragendes Gespür für Frauen", murmelte er. „Da kannst du jede fragen. Sie will sich nur aufspielen." Sein Blick holperte zu Lincoln vor uns. „Meinst du, er hat das gehört?"

Ich tätschelte seinen Arm. „Wahrscheinlich." In gewisser Weise hatte Leisl Recht—Seth musste noch viel darüber lernen, wie er sich Alice gegenüber verhalten sollte. Allerdings wirkte er heute etwas zerbrechlich, deswegen sagte ich es ihm nicht.

Wir winkten Mutter und Tochter zum Abschied und gingen wieder ins Haus, als ihre Droschke losfuhr. „Der Koch und Leisl haben sich gut verstanden", sagte Gus, während der Koch zurück in den Dienstbotenbereich auf der Rückseite des Hauses ging.

„Wie zwei Erbsen in einer Schote", sagte Seth. „Vielleicht wird er Ihr neuer Stiefvater, Fitzroy."

Lincoln schnaubte. „Sehr amüsant."

„Was halten Sie von Evas Vision?", fragte Gus. „Sollten wir uns Sorgen machen?"

„Wir bleiben wachsam, aber nicht besorgt. In manche Visionen kann man viel hineininterpretieren, insbesondere, wenn sie mehr gespürt als gesehen werden."

„Sie schien sehr sicher, dass es die Königin ist, die uns bedroht", sagte ich.

Lincoln sah beunruhigt aus. Jedenfalls so beunruhigt, wie er überhaupt jemals aussehen konnte. „Leisl hat wegen irgendetwas gelogen." Der abrupte Themenwechsel erwischte mich auf dem falschen Fuß und ich antwortete nicht sofort. „Stimmst du mir zu?", hakte er nach. Er war nicht sicher, selbst mit seiner überlegenen Fähigkeit, Lügen zu erkennen?

„Ich würde es nicht als Lügen bezeichnen", sagte ich. „Vielleicht die Wahrheit zurückhalten, aber nichts Schlimmeres als das."

„Und Eva", fügte Alice hinzu. „Sie hatte auf jeden Fall etwas … Merkwürdiges an sich. Ich hätte es nicht erwähnt, wenn Sie es nicht selbst angesprochen hätten, Mr Fitzroy."

„Mir ist nichts Außergewöhnliches aufgefallen", sagte Seth mit einem Schulterzucken. „Ich fand sie beide charmant. Ihre Schwester hat mich überrascht, Fitzroy. Ich dachte, sie wäre mehr wie Sie, aber sie war reizend."

„Mich findest du nicht reizend?", fragte Lincoln.

„Nein, aber Sie dürfen mich gern vom Gegenteil überzeugen."

Ein fieses Grinsen erschien auf Lincolns Lippen. „Bis du dich auf die Party heute Abend vorbereiten musst, sind es noch ein paar Stunden. Bis dahin kannst du einige Kampfübungen mit mir im Ballsaal machen."

Seth machte ein langes Gesicht. „Wie macht Sie das reizend?

„Für dich? Gar nicht. Aber für Gus."

Gus schmunzelte. „Gibt nix Reizenderes, als dich einen Kampf verlieren zu sehen, Seth."

Seth warf ihm einen vernichtenden Blick zu und stapfte davon. „Bringen wir's hinter uns. Und das Gesicht ist tabu. Ich brauche mein bestes Aussehen für den Tanz heute Abend."

Gus verdrehte die Augen. „Ich zahle ein Pfund, wenn Sie ihm 'n blaues Auge verpassen, Fitzroy."

„Ich könnte es für weniger tun", sagte Lincoln gelangweilt.

* * *

LINCOLN VERPASSTE SETH kein blaues Auge, aber er stellte sicher, dass beide hart trainierten. Gus schaute auch nicht nur zu. Er und ich machten eine Weile beim Training mit den *Nunchakus* und anderen orientalischen Waffen mit. Dank meiner geringen Größe und Flinkheit war ich inzwischen recht gut darin, nicht getroffen zu werden, aber die Handhabung beherrschte ich noch nicht so gut. Ich bevorzugte Messer.

„Hat das Kleid, das du heute Abend tragen wirst, lange Ärmel?", fragte Lincoln mich, während er die *Nunchakus* in ihre Kiste zurücklegte.

Ich reichte ihm meine. „Nein. Es ist ein schulterfreies Kleid mit süßen Samtstreifen hier." Ich zeigte an, wo der Stoff auf meinem Oberarm liegen würde. „Die Streifen werden über das Dekolleté weitergeführt, sodass sie einen natürlichen zarten Abschluss am Mieder bilden. Es ist sehr hübsch. Aber du bist nicht daran interessiert, wie es aussieht, oder?"

„Nur, wenn man Waffen darin verstecken kann."

„Nicht an den Armen. Meine Handschuhe sind zwar lang, aber viel zu eng, um selbst eine kleine Klinge darin zu verbergen. Ich werde eine an mein Bein binden."

Er nickte zustimmend und nahm die *Nunchakus* von Seth entgegen. „Es ist unwahrscheinlich, dass du es brauchst, aber mir ist es lieber, du hast eins dabei."

„In dem Fall müssen wir uns mehr um deine Tugend Sorgen machen", sagte Seth, „nicht um dein Leben. Starren Sie mich nicht so wütend an, Fitzroy. Es ist nicht meine Schuld, dass die alten Säcke ein Auge auf sie werfen werden. *Sie* erlauben es ihr, mitzukommen."

„Du übertreibst", sagte Gus. „Außerdem wird Fitzroy da sein. Keiner flirtet mit ihr, wenn ihr Verlobter in der Nähe is."

„Ein kleiner Flirt hat noch keinem Mädchen geschadet", erklärte ich ihnen. „Ich bin sehr wohl in der Lage, auf mich aufzupassen. Und jetzt, wenn es euch nichts ausmacht, muss ich mich umziehen."

„Ich helfe dir", sagte Alice von der Tür her. Ich hatte ihre Ankunft nicht bemerkt. Sie schaute uns selten beim Training zu; die Gewalt setzte ihr zu. Manchmal fragte ich mich, ob es daran lag, dass sie wusste, wie sehr ihre Anwesenheit Seth ablenkte. Vielleicht hatte sie Angst, dass er verletzt wurde. In dieser Sache ihre Gefühle zu ergründen, war ausgesprochen schwierig. Wie bei allem, was Seth anging. Kein Wunder, dass er sich in ihrer Nähe unsicher fühlte.

„Wie lange haben Sie zugeschaut?", fragte Seth, der seine von Schweiß feuchten Locken aus der Stirn warf.

„Zu lange." Sie reichte mir ein mit Spitze umrandetes Taschentuch, auf dem ihre Initialen eingestickt waren und das nach Lavendel roch. „Für deine Stirn, Charlie. Sie glänzt."

Ich gab es ihr direkt zurück. „Das ist viel zu hübsch. Ich möchte keine Flecken darauf machen."

„Ich kann nicht glauben, dass Lady Vickers das hier gutheißt", sagte sie, während wir zusammen den Ballsaal verließen. Hinter uns rückten die Männer die Möbel über den polierten Boden wieder an ihren Platz.

„Das tut sie nicht", sagte ich. „Aber sie erträgt es. Macht es dir etwas aus?"

„Ich schaue nicht gern zu, wenn ihr versucht, euch gegenseitig wehzutun", sagte sie vorsichtig.

„Wir versuchen nicht, uns gegenseitig wehzutun. Wir versuchen zu trainieren, damit wir in einem echten Kampf nicht verletzt werden."

Sie zog die Nase kraus. „Ich verstehe die Gründe, aber es ist sehr ungehörig für eine Lady. Allerdings würde ich dich gewiss nicht verletzt sehen wollen, Charlie."

„Nur mich im Besonderen, oder Seth auch?"

Ihr Mund verzog sich zu einem weichen Lächeln. „Sein gutes Aussehen möchte ich nicht zu lädiert sehen, aber er verdient es, hin und wieder etwas zusammengestutzt zu werden. Er ist deutlich charmanter, als gut für ihn ist. Nicht bei mir, verstehst du? Bei mir ist sein Charme etwas gezwungen. Aber bei Eva zum Beispiel. Da hat er heute sehr dick aufgetragen."

Ich lachte. „Das fandest du dick aufgetragen? Oh, Alice. Dann hast du ihn noch nicht in Bestform erlebt. Oder vielleicht ist es seine schlimmste Form." Ich lachte wieder, doch sie machte nicht mit. Sie ging einfach schneller, sodass ich mich beeilen musste, um mit ihr mitzuhalten.

* * *

Lady Harcourt verursachte immer eine Sensation, egal wo sie auftauchte, und ihre Ankunft bei Lord Underwood bildete keine

Ausnahme. Es war nicht nur ihr tief ausgeschnittenes Kleid, auch wenn es beinahe ihre Nippel freilegte, sondern auch die Gesellschaft, die sie mitbrachte—uns. Trotz unserer offiziellen Einladung von Underwood schienen die anderen Gäste über unsere Teilnahme nicht unterrichtet worden zu sein. Alle Köpfe drehten sich zu uns, sobald wir den Ballsaal betraten. Mehr als ein Blick ruhte auf mir. Lincoln spannte sich neben mir an.

Lord Underwood verließ eine Gruppe und begrüßte uns so geschmeidig, als wären wir alte Freunde. Er nahm meine Hand und küsste sie. „Sie sehen bezaubernd aus, Miss Holloway. Ein reizender Pfirsich, das sind Sie! Ist sie nicht ein Augenschmaus, Julia?" Ehe Lady Harcourt antworten konnte, führte er uns weiter in den Saal. „So schade, dass Ihre süße Freundin Miss Everheart heute Abend nicht mitkommen konnte. Ich habe ihre Gesellschaft sehr genossen. So ein seltenes Juwel, dieses Mädchen. Man würde bei ihrer Haltung nie darauf kommen, dass sie aus einem einfachen Handelshaushalt stammt. Sie hat mich ein wenig an dich erinnert, Julia, in deinen jüngeren Tagen."

Lady Harcourt schluckte und streckte dann ihre Hand aus. Underwood küsste sie, doch sein gieriger Blick fiel auf ihren Busen, der sich in dramatischem Rhythmus hob und senkte.

„Gestattet mir, dass ich euch meinen anderen Freunden vorstelle", sagte sie. „Seth, du wirst bereits viele der Gäste aus deinen etwas verruchten Tagen als … Hauptgewinn kennen."

Er brummte. „Du wirst dich etwas mehr anstrengen müssen, um mich zu verletzen, Julia. Deine Sticheleien tun kaum noch weh."

Sie schenkte ihm ein zuckersüßes Lächeln. „Vielleicht würden sie stärker schmerzen, wenn die süße Miss Everheart hier wäre. Außerdem irrst du dich. Warum sollte ich dich verletzen wollen, mein lieber Seth?"

Er sah aus, als wollte er die Zähne fletschen, doch er ertrug ihre Aufmerksamkeit mit zusammengebissenen Kiefern.

Sie hakte sich bei mir ein und führte mich durch den Saal. Er war kleiner als der in Lichfield Towers, doch bei so wenigen Gästen spielte das keine Rolle. Die Kerzen in den Kronleuchtern blendeten und hoben zusammen mit den hohen Kerzenhaltern im Raum den Schmuck der Damen hervor. Tropische Palmen wirkten nicht fehl am Platz vor einem Wandgemälde, das eine Inselszene zeigte. Ananas und Kokosnüsse schmückten das Büffet und vervollständigten das Motiv. Es war warm im Saal dank der Hitze des großen Kamins, in dessen Nähe man sich nicht aufhalten konnte. Die meisten Gäste standen neben den großen Bogenfenstern und Türen, die auf die Straße hinausgingen. Niemand war bisher auf die Balkone getreten, um frische Luft zu schnappen, aber wenn es im Saal noch wärmer wurde, war ich möglicherweise die erste. Es war stickig. Oder vielleicht lag das auch an meiner Nervosität, gegen die mein eng geschnürtes Korsett oder das steife Kleid aus Seide und Brokat sicher nicht halfen. Die aufwendigen roten Stickereien, die beigen Rüschen und Perlen beschwerten das Mieder. Es war ein neues Kleid, das ich von dem gleichen Schneider erstanden hatte, der auch mein Brautkleid kreieren sollte.

„Lord Underwood hat den Saal wirklich exzellent dekoriert", sagte ich und bewunderte eine Vase mit roten Blüten und dunkelgrünen Blättern.

„Es ist erstaunlich, was man heutzutage mit Gewächshäusern alles erreichen kann", sagte Lady Harcourt. „Insbesondere bei einem Gentleman, dem ein Vermögen zur Verfügung steht. So, genug über vulgäre Dinge geredet. Du wolltest heute mitkommen, also muss ich dich präsentieren."

Sie setzte ein strahlendes Lächeln auf und begrüßte drei Gentlemen. Nachdem sie uns vorgestellt hatte, beugte sich jeder über meine Hand. Es war alles sehr nett, bis einer von ihnen sie mit deutlich mehr Begeisterung küsste, als es Lincoln gefiel.

„Miss Holloway ist meine Verlobte", knurrte er.

Der Gentleman ließ meine Hand los und sah Lady Harcourt mit hochgezogenen Augenbrauen an. „Was soll das dann?"

Lincoln nahm meinen Ellenbogen und steuerte auf das Büffet zu. Seth kam dazu und Lady Harcourt folgte uns.

„Wenn du dich so besitzergreifend benimmst, was Charlotte angeht, hättest du nicht kommen sollen, Lincoln." Sie sprach vielleicht mit ihm, sah jedoch weder ihn noch irgendeinen von uns an. Ihr Blick wanderte durch den Raum, sprang von Gesicht zu Gesicht. Es waren hauptsächlich Männer anwesend und alle

Frauen schienen in meinem Alter zu sein. Lady Harcourt war die mit Abstand älteste Anwesende. Falls ihr das unangenehm war, ließ sie es sich nicht anmerken. Ich hätte gewettet, dass keine der Frauen mit den Männern verheiratet waren, an deren Armen sie sich festklammerten.

„Er ist nicht hier", sagte Lincoln zu ihr.

Ihr Blick ruckte zu ihm. Er war grell und aggressiv, herausfordernd. „Du maßt dich an, zu wissen, nach wem ich suche?"

„Nach dem Prinzen von Wales."

Sie schaute weg.

„Du bemühst dich darum, *seine* nächste Geliebte zu werden?", höhnte Seth. „Grundgütiger, Julia, das ist ehrgeizig, selbst für dich."

„Ich bemühe mich keineswegs darum, irgendjemandes Geliebte zu werden, Seth", fuhr sie ihn an.

„Ah, stimmt, inzwischen ist es ja Heirat oder gar nichts, nicht wahr? Sei vorsichtig, Julia." Er warf einen vielsagenden Blick auf das Ausmaß ihres sichtbaren Dekolletés. „Deine Verzweiflung schreckt sie ab, weißt du?"

Sie machte auf dem Absatz kehrt und stolzierte davon.

„Ich glaube nicht, dass sie uns heute Abend noch jemandem vorstellt." Seth betrachtete den Tisch mit seinen exotischen Früchten und Blumen. „Was meint ihr, wann sie das Essen bringen?"

„Niemand hat große Hände oder Füße", sagte Lincoln. „Ballantine ist noch nicht hier."

„Da sind ein paar Neuankömmlinge." Ich nickte in Richtung des Eingangs, wo zwei Gentlemen im mittleren Alter mit einem jüngeren Mann und einer Frau im Schlepptau eintraten. Der jüngere Mann wirkte fehl am Platz und unsicher, wohin er schauen sollte. Sein Blick blieb an uns hängen und er nickte. Vielleicht sah er in uns verwandte Seelen, da wir eher in seinem Alter waren als seine männlichen Begleiter.

Da Lord Underwood das Interesse des Mannes bemerkte, führte er die Neuankömmlinge zu uns. „Lord Vickers, Mr Fitzroy und Miss Holloway, darf ich Ihnen meine lieben Freunde, Lord Ballantine und Sir Ignatius Swinburn vorstellen sowie ihre jungen Freunde Mr Franklin und Miss Collingworth."

Ich tauchte in einen Knicks und schaffte es, sicher auf den Beinen zu bleiben, trotz der Aufregung, die mir den Rücken hochjagte. Ich studierte Lord Ballantines Hände durch meine gesenkten Lider und verlor beinahe das Gleichgewicht. Er trug weiße Handschuhe, aber seine Hände waren eindeutig nicht übermäßig groß. Sie hatten eine ganz gewöhnliche Größe. Seine beiden jüngeren Freunde hatten allerdings dicke Finger und breite Handflächen, wie Harriet und Leonora Ballantine.

Ich richtete mich auf, wagte es aber nicht, Lincoln anzuschauen, um zu sehen, ob er es bemerkt hatte.

„Sind Sie Freunde von Underwood?", fragte Swinburn in liebenswürdigem Ton. Deutlich liebenswürdiger, als ich erwartet hatte, obwohl Andrew Buchanan zugegeben hatte, dass Swinburn einen gewissen Reiz auf Frauen ausübte, trotz seiner Tendenz, sie zu benutzen und dann wegzuwerfen.

„Wir haben uns durch Lady Harcourt kennengelernt", sagte Seth und übernahm die Rolle des charmanten Plauderers.

„Ah, ja, die köstliche Julia. Es ist wenig überraschend, sie hier zu sehen, aber es ist das erste Mal, dass sie Freunde mitgebracht hat." Swinburns Blick suchte sie in der Menge und als sie ihn ansah, deutete er eine Verneigung an.

Er war kleiner als Lord Ballantine und mit einem breiteren Körperbau ausgestattet, als man ihn normalerweise mit der Oberschicht in Verbindung brachte. Obwohl ich wusste, dass er aus der Arbeiterklasse stammte, lag das mindestens zwei Generationen in der Vergangenheit, falls meine Erinnerung mich nicht im Stich ließ. Auch wenn er dank des Erfolgs seines Transportunternehmens reich geworden war, war er sehr weit gekommen für einen Händler. Wirklich sehr weit. Der Prinz musste seine Gesellschaft enorm schätzen.

„Wir kennen uns recht gut", sagte Seth schlicht.

„Selbst Ihre junge Begleitung?" Lord Ballantine lächelte mich an. „Miss Holloway scheint mir nicht die Art von Person zu sein, die Julia gern in ihrer Nähe hätte."

„Sie toleriert mich", sagte ich lachend. „So, wie ich sie toleriere. Aber um ehrlich zu sein, ist es Lord Vickers, den sie lieber um sich hat. Mr Fitzroy und ich sind lediglich Menschen, die sie ertragen muss, wenn sie unseren lieben Freund Seth sehen möchte."

Lord Ballantine schlug Seth auf die Schulter. Seth lächelte herzlich genug, aber ich schätzte, dass er mich erwürgen wollte. „Können wir uns heute Abend auf ein Duell zwischen Ihnen und Underwood freuen? Pistolen im Morgengrauen vielleicht? Mein Einsatz geht auf Sie, Vickers. Sie sehen aus, als könnten Sie Underwood in jedem Spiel besiegen, das er wählt."

„Vergiss nicht, Ballantine", sagte Swinburn, „Underwood hat sie aufgegeben. Also scheint es, als hätten Sie gewonnen, Vickers."

„Was für ein Glück", sagte Seth ohne den leisesten Hauch von Humor.

Beide Gentlemen lachten schallend.

„Ich nehme an, Sie werden einen *Tanz* mit einigen der anderen Damen genießen, die heute Abend hier sind, Vickers", sagte Ballantine, der zwei Frauen offen bewunderte, die die exotischen Früchte auf dem Büffet anschauten. „Vielleicht tanzt Miss Holloway?"

Swinburn zuckte bei der unverfrorenen Anspielung seines Freundes zusammen, Seth und ich könnten mehr tun, als zusammen tanzen.

„Miss Holloway ist mit mir verlobt", sagte Lincoln. „Sie tanzt nur mit mir."

„Sehr richtig", bemerkte Swinburn, ehe Ballantine antworten konnte.

„Ich kann ein oder zwei Tänze an einen anderen Gentleman abtreten", sagte ich schnell. „Vielleicht möchte Mr Franklin so freundlich sein, oder Sie, My Lord." Wenn ich etwas über Ballantine herausfinden wollte, musste ich mit ihm reden. Und mit Mr Franklin. Er hätte das perfekte Alter für Leonoras anderen Verehrer Eddy und er war ein Gestaltwandler, wenn seine großen Hände und Füße etwas zu bedeuten hatten. Damit war er der naheliegendste Kandidat, den Lord Ballantine seiner Tochter aufdrücken konnte. Aber war der Baron ebenfalls ein Gestaltwandler?

Das vierköpfige Musikensemble erhöhte die Lautstärke und das Tempo mit einem Walzer. Lord Underwood fegte über die

Tanzfläche und bat Lady Harcourt, den Eröffnungstanz mit ihm zu tanzen, womit er bewies, dass er sie noch nicht ganz aufgegeben hatte. Anders als bei einem normalen Ball hatten wir Ladys keine Karten und Stifte ausgehändigt bekommen, um die Namen der Partner zu notieren. Es gab keine älteren Anstandsdamen, die ihre jungen Schützlinge beaufsichtigten, keine Mauerblümchen unter den Frauen und keine heiratsfähigen jungen Männer, mit Ausnahme von Mr Franklin und Seth.

„Dein erster Tanz gehört mir", sagte Lincoln mit grummeliger Stimme.

Ich nahm seine Hand und gestattete ihm, mich auf die Tanzfläche zu führen, wo wir uns zu den anderen Paaren gesellten. Ich war sehr erfreut, dass der erste Tanz ein Walzer war. Es gefiel mir so gut, von Lincoln gehalten zu werden. Wir waren uns so nahe, dass ich die Hitze spüren konnte, die er ausstrahlte, ebenso wie die Starre in seinen Schultern.

„Ich muss mit ihnen tanzen", sagte ich, während wir ans andere Ende der Tanzfläche wirbelten. „Du weißt, warum."

„Ich habe es dir nicht verboten."

„Oh. Gut. Sind dir Lord Ballantines Hände aufgefallen?"

Er nickte. „Es scheint, als wäre er doch kein Gestaltwandler."

„Lilith hat behauptet, dass er einer ist. Warum sollte sie lügen?"

„Mir fällt kein Grund ein."

Wir besprachen die Möglichkeit, dass Mr Franklin Eddy war, und einigten uns darauf, dass es die beste Art war, seinen Namen herauszufinden, ohne dass jemand Verdacht schöpfte, wenn ich mit ihm tanzte und flirtete. Ich erwartete, dass Lincoln uns sehr genau beobachten würde.

Sobald der Walzer endete, führte Lincoln mich zurück zum Büffet, wo Mr Franklin mit Sir Ignatius Swinburn stand. Die trägen Augen des jüngeren Mannes folgten uns, ehe sie weiter schweiften. Anders als Swinburn war Franklin groß und schlank. Seine hellen Haare wurden oben schon etwas dünner und sein Bart schien an seinem Kinn wenig Halt zu finden. Der Mann neben ihm schien ihn etwas einzuschüchtern, was angesichts von Swinburns Reichtum und angeblichem Einfluss nicht weiter verwunderlich war. Ich fragte mich, in welcher Beziehung die beiden zueinander standen. Swinburn hatte keine übermäßig großen Hände. Die hatte Ballantine allerdings auch nicht.

Lord Ballantine hatte sich zu einer anderen Gruppe von Gästen gesellt. Eine Frau hing an seinem Arm und lächelte ihn an, als hätte er etwas unfassbar Interessantes gesagt. Er schien sie kaum zu bemerken.

Seth kam mit Miss Collingworth an der Seite zu uns, die rot angelaufen war wie eine Frau, die sich überanstrengt oder vielleicht zu viel geflirtet hatte. Sie war recht hübsch, wenn auch nicht außergewöhnlich, mit hellen Haaren und Sommersprossen auf dem Nasenrücken. Seth ließ ihre Hand los und verbeugte sich tief. Sie kicherte, bis sie Swinburns finsteren Blick bemerkte. Mr Franklin beachtete sie nicht. Also hatte *er* kein Interesse an ihr, Swinburn aber möglicherweise schon.

„Sie sind eine hervorragende Tänzerin", sagte Seth zu ihr. „Denken Sie, wir könnten noch ein Tänzchen wagen?"

„Nein", fuhr Swinburn dazwischen. „Sie ist viel zu müde. Es wäre ungesund."

Miss Collingworth biss sich auf die Unterlippe. „Sir Ignatius ist so freundlich, sich um mich zu sorgen. Er hat recht. Ich möchte mich nicht überanstrengen, bevor der Prinz von Wales überhaupt hier ist."

Swinburn nickte zustimmend, als hätte er ihr beigebracht, was sie auf solche Anfragen zu antworten hatte.

„Seine Hoheit kommt heute Abend?", fragte Lincoln.

„Das hoffen wir", sagte Miss Collingworth und klatschte lautlos mit ihren behandschuhten Händen

„Er ist mit Sir Ignatius und Lord Ballantine befreundet", sagte Mr Franklin, als würde er eine unausgesprochene Frage beantworten.

Lord Underwood näherte sich mit einem liebenswürdigen Lächeln auf dem Gesicht. „Haben alle Spaß? Warum tanzen die jungen Leute nicht? Mr Franklin, Lord Vickers, Sie sollten die Damen auffordern. Vielleicht könnte Mr Fitzroy Miss Holloway dieses eine Mal entbehren?"

„Ich würde gern tanzen", sagte ich.

Schweigen. Ich nahm an, dass Seth wusste, dass ich Mr Franklin dazu bringen wollte, mich aufzufordern, weswegen er nicht dazwischenfunken wollte. Mr Franklin räusperte sich hingegen nur, was das Schweigen noch bedeutsamer machte.

„Ich werde später mit dir tanzen, Charlie", sagte Seth zu meiner Rettung. „Nach dem Rest."

„Sie tanzen nicht, Mr Franklin?", fragte Lord Underwood. „Warum denn nur?"

„Ich bin ein grauenhafter Tänzer", sagte er mit geröteten Wangen. „Ich bin hergekommen, um zu reden und … und neue Leute kennenzulernen. Wo wir gerade davon sprechen, kommt der Prinz von Wales?"

„Bitte sagen Sie, dass er kommt", sagte Miss Collingworth atemlos. Wollte sie die Geliebte des Prinzen werden? Du meine Güte, sie war doch noch so jung.

„Leider nicht." Lord Underwood sah niedergeschmettert aus. „Er hatte andere Verpflichtungen. Seine Anwesenheit wird uns fehlen."

Mr Franklin seufzte und beäugte die Tür.

Lord Ballantine gesellte sich ohne die Frau an seinem Arm wieder zu uns. „Wann wird seine Hoheit eintreffen?", fragte er Underwood.

„Er kommt nicht." Miss Collingworth verzog den Mund. „Was für eine Enttäuschung."

Lord Ballantine schnalzte mit der Zunge, während er ebenfalls die Tür anschaute, als wolle er gehen.

Lord Underwood sah zwischen den beiden hin und her und blinzelte heftig. „Können wir uns denn nicht ohne ihn amüsieren? Meine Lieben, es gibt noch so viel Spaß zu haben. Sehen Sie sich um." Er deutete auf die anderen Gäste. „Hier sind haufenweise Lords, mehrere hübsche junge Ladys, die nicht verlobt sind. Gehen Sie nur, Mr Franklin. Fordern Sie eine zum Tanz auf."

„Ich bin kein sehr guter Tänzer", wiederholte Mr Franklin deutlich gereizter.

Lord Underwood verstummte. Missfallen gab ihm einen verkniffenen Ausdruck. Und dann erspähte er Lady Harcourt, die mit wogenden Hüften und seidiger Haut auf uns zusteuerte. „Fragen Sie Julia! Sie ist eine hervorragende Lehrerin. In der Tat ist sie genau das, was Sie brauchen. Eine ältere, versierte Ausbilderin für einen eifrigen jungen Gentleman."

Lady Harcourt stoppte. Ihr Lächeln fror ein. Wir verstummten alle und ich fragte mich, wie lange es dauern würde, bis Seth ihr zu Hilfe eilte. Der galante Ritter konnte unmöglich dastehen und zusehen, wie eine Frau verunglimpft wurde, selbst wenn er sie nicht mochte.

Es war allerdings Swinburn, der zuerst reagierte. Er reichte Lady Harcourt die Hände und küsste ihre Wangen. „Du siehst gut aus, Julia", sagte er. „Immer eine Blüte unter Dornen."

„Natürlich, natürlich", murmelte Lord Underwood. Seine Wangen röteten sich und ich hatte den Verdacht, dass er den Seitenhieb auf ihr Alter angesichts Swinburns Freundschaft bereute.

„Es tut mir leid zu hören, dass seine Hoheit dem Ball heute Abend doch nicht beiwohnen wird", sagte sie zu Underwood. „Schade. So viele hier haben sich darauf gefreut, ihn zu sehen."

Underwood schniefte. „Ja. Nun. Es war zu spät, um abzusagen, nachdem ich erfahren hatte, dass er nicht würde kommen können."

„Nichts für ungut. Du hast es uns jetzt gesagt. Ich hoffe nur, niemand geht deswegen früher."

Underwood schaute sich im Raum um. „Alle scheinen recht fröhlich zu sein. Und du Julia? Bist du fröhlich?"

„Ich zähle jeden Tag mein Glück", sagte sie. Wir alle wussten, dass es keine Antwort auf die Frage war.

Nach kurzem Zögern bot Swinburn ihr seinen Arm an. Sie nahm ihn und er führte sie auf die Tanzfläche. Sie tanzte ausgezeichnet und ihre Fähigkeiten täuschten fast darüber hinweg, dass ihr Partner ein ziemliches Trampeltier war. Wenigstens versuchte er es. Mr Franklin forderte mich noch immer nicht auf und auch sonst niemand. Ich würde meine Taktik ändern müssen.

Die Gelegenheit bot sich, als Lincoln sich verdrückte und Seth Miss Collingworth erneut aufforderte. Ohne den strengen Swinburn, der es ihr verbot, ließ sie sich gern von Seth auf die Tanzfläche führen. Sie tanzten weit weg von Swinburn und Lady Harcourt.

Lincoln zog sich zum Fenster zurück, doch ich spürte seinen Blick auf uns. Mr Franklin hoffentlich nicht.

„Ihr Verlobter sagt nicht viel", sagte Franklin.

„Das tut er, sobald er die Leute besser kennenlernt." Ich nickte in Richtung von Lord Underwood, der zwischen seinen Gästen umher eilte wie ein Schmetterling, der sich nicht entscheiden konnte, auf welcher Blüte er sich niederlassen wollte. „Wo wir gerade davon sprechen, woher kennen Sie diese Gentlemen?"

Er verschränkte die Hände hinter seinem Rücken, als ob ihre Größe ihm plötzlich bewusst geworden wäre. „Lord Ballantine kenne ich bereits mein ganzes Leben lang. Er und Lady Ballantine sind gute Freunde meiner Eltern. Sir Ignatius ist ein Freund von ihm."

„Und Lord Underwood?"

„Ist ebenfalls ein Freund von Lord Ballantine. Als ich erwachsen wurde, nahmen sie mich in ihren Kreis auf. Sie sind sehr gut zu mir. Sehr gut sogar. Und Sie, Miss Holloway? Wie sind Sie Mr Fitzroy und Lord Vickers begegnet?"

„Nennen Sie mich Charlie."

Ich wartete und hoffte, dass mein Schweigen ihn dazu veranlassen würde, mir seinen Namen zu verraten, aber er war zu sehr damit beschäftigt, Seth und Miss Collingworth zu beobachten. Tatsächlich bezweifelte ich, dass er meine Antwort überhaupt wahrgenommen hatte. Er runzelte die Stirn, als Miss Collingworth über etwas lachte, was Seth gesagt hatte.

„Haben Sie und Miss Collingworth eine Vereinbarung?", fragte ich dreist.

„Natürlich nicht. Ich möchte nur nicht, dass sie Gefühle für Lord Vickers entwickelt."

„Warum nicht?"

Er wandte sich von den Tänzern ab und studierte die Tabletts mit Süßigkeiten und Pudding, die von Lakaien hereingetragen wurden. „Es gibt eine Vereinbarung, dass sie jemand anderen heiraten wird."

„Sie ist verlobt?"

Sein Blick ging an mir vorbei und er schüttelte hastig den Kopf. „Lady Harcourt, probieren Sie ein Fruchtgummi", sagte er, als sie und Swinburn von der Tanzfläche zurückkamen. „Dieses hier ist wie ein Blatt geformt. Miss Holloway und ich haben sie gerade bewundert."

Lady Harcourt lehnte das Fruchtgummi ab.

„Dann ein Bonbon", sagte er.

„Ich fürchte, auf diesem Tisch gibt es nichts, was mich reizt." Sie erspähte einen Lakaien, der Champagnergläser hereintrug. „Ah, das reizt mich auf jeden Fall."

„Mr Franklin, holen Sie Lady Harcourt und Miss Holloway etwas Champagner", sagte Swinburn.

Eine Frau näherte sich und legte ihre langen Finger um Swinburns Arm. Ihre Hand strich leicht an seinem Unterkiefer entlang. „Kommen Sie und tanzen Sie mit mir, Sir Ignatius." Sie lehnte sich an ihn, wobei sich ihre Brüste gegen seine Schulter drückten. „Sie wissen, wie sehr ich das Tanzen *liebe*." Sie kicherte und ihre Augen glänzten unnatürlich hell. Vielleicht hatte sie bereits einige Gläser Champagner konsumiert.

„Sir Ignatius hat mir noch einen Tanz versprochen", erklärte Lady Harcourt der Frau.

Die Frau flüsterte Sir Ignatius etwas ins Ohr. Er lachte und schüttelte den Kopf.

„Etwas später, meine Liebe", sagte er. „Tanzen Sie inzwischen mit meinem jungen Freund Mr Franklin."

Mr Franklin reichte mir ein Glas und ein weiteres Lady Harcourt. Sie nahm es und sah die andere Frau mit hochgezogener Augenbraue an. Die nahm Mr Franklins Hand. Ich schaute zu, wie meine Chance, seinen Vornamen herauszufinden, mir entglitt. Anscheinend war er durchaus in der Lage zu tanzen, nur nicht mit mir. Oder möglicherweise nur, wenn höher gestellte Personen es ihm befahlen.

Eine weitere Frau trat zu uns, die jünger und hübscher war als die erste. Sie streichelte mit bloßen Fingern über Swinburns Arm und blinzelte ihn mit langen Wimpern an. Swinburns Augen wurden verträumt. Er lud sie auf die Tanzfläche ein.

„Sie haben mir noch einen Tanz versprochen, Sir Ignatius", protestierte Lady Harcourt.

„Später", sagte er und verbeugte sich vor ihr.

Die junge Frau warf Lady Harcourt hinter Swinburns Rücken

ein triumphierendes Lächeln zu. Eventuell hätte sie ihr noch die Zunge herausgestreckt, wenn er sich nicht just in diesem Moment umgedreht hätte, um sie auf die Tanzfläche zu führen.

„Kleine Hure", murmelte Lady Harcourt in ihr Glas. Sie nippte und linste mich über den Rand hinweg an. „Schau nicht so schockiert, Charlotte. Sie ist eine Hure." Sie schnaufte und lächelte dünn, was eher selbstironisch als grausam wirkte. „Genau wie ich. Wir suchen uns das nicht aus, musst du wissen. Huren werfen sich Männern nicht an den Hals, weil sie es wollen. Es ist nötig, verstehst du? Insbesondere jetzt."

Sie leerte ihr Glas und winkte einem Lakaien. Er tauschte das leere Glas gegen ein volles. Das Schweigen zwischen uns dehnte sich und ich nahm an, dass sie weggehen würde, da sie meine Anwesenheit kaum ertragen konnte. Doch das tat sie nicht.

„Seth hat recht", fuhr sie fort. „Ich bin verzweifelt. Da hast du es. Noch ein schockierendes Geständnis. Pass gut auf, Charlotte, weil ich dir jetzt erkläre, wie das Leben funktioniert. Oder besser gesagt mein Leben. Siehst du, das Einkommen, das mein Mann mir hinterlassen hat, reicht nicht mehr. Ich muss wieder heiraten, und gut heiraten, sonst werde ich mittellos. Ich könnte Mieter aufnehmen, aber sobald ich das tue, werde ich von den Freunden verstoßen, die mir noch geblieben sind. Niemand will etwas mit einer Frau zu tun haben, die zu einer armseligen Vermieterin geworden ist. Mein Wert hängt nur noch an einem seidenen Faden und der würde dadurch abgetrennt werden. Ich bin nicht wie Lady Vickers. Ich könnte niemals zurückkommen, wenn ich einmal ausgestoßen wurde. Sie wurde hineingeboren, verstehst du? Das sind ihre Leute und sie werden sie irgendwann wieder aufnehmen. So viele Devisen besitze ich nicht." Sie schüttelte sich und nahm einen tiefen Schluck. „Sir Ignatius ist reich und verfügbar, also habe ich natürlich gehofft, heute Abend seine Aufmerksamkeit zu erregen", fuhr sie fort. „Welche Frau würde ihn nicht wollen?"

Sie nickte in Richtung des Paares, das sich auf der Tanzfläche umklammert hielt. Swinburns Hand rutschte tiefer auf dem Rücken des Mädchens, wobei er sie an seinen Körper presste. „Außerdem hat er keine Kinder und das ist meiner Meinung nach ein sehr attraktiver Zug an einem Mann." Bei ihrem brüchigen Lachen standen mir die Haare zu Berge. „Du, Seth, Lincoln, selbst Andrew … ihr verurteilt mich alle. Sogar diejenigen von euch, die es besser wissen sollten." Ihre Augen blitzten in Seths Richtung, ehe sie recht traurig wegsahen. „Ihr glaubt, ich hätte einige Fehlentscheidungen getroffen. Ihr alle meint, ihr würdet die Dinge anders handhaben. Nun, vielleicht würdest *du* es tun, Charlotte, du selbstgerechtes kleines Luder. Aber sei getrost, ohne Lincoln würdest du noch immer in der Gosse leben. Oder du wärst tot. Bin ich so böse, dass ich mir ein anderes Schicksal wünsche?"

Ich sparte mir eine Antwort. Sie wollte nicht hören, dass ich niemals Menschen verletzen würde, um mir meine Zukunft zu sichern. Und, um ehrlich zu sein, war sie mir nicht wichtig genug, um sie daran zu erinnern. Ich wollte mit ihr nichts zu schaffen haben.

Ich ließ sie stehen und gesellte mich zu Lincoln, der auf mich zukam. „Was hat sie gesagt?", fragte er, während er seine Hand auf meinen Rücken legte.

„Nichts Wichtiges."

Seine Augen wurden schmal. Ich hatte den Verdacht, dass er wusste, es war mehr an der Sache dran, doch er hakte nicht nach.

„Was für eine Party", sagte ich, als ein Gentleman mit einer Frau mit angemalten Lippen in einem angrenzenden Raum verschwand, der von einem Lakaien bewacht wurde. „Jetzt weiß ich, warum die Erfrischungen hier draußen serviert werden und nicht da drinnen. Der Raum hat wohl eine andere Funktion."

„Bist du schockiert?"

„Ich wurde gewarnt. Hast du Seth an so einem Ort gefunden?"

Er beugte sich näher, ein kleines Lächeln auf den Lippen. „Du weißt, dass du das Seth fragen musst, nicht mich."

„Ich nehme das als ein Ja. Danke für die Klarstellung."

Er runzelte die Stirn. „Das ist nicht fair."

„Ich spiele nicht immer fair."

Er brummte. „Hast du Franklins Vornamen herausbekommen?"

„Noch nicht. Ich versuche ihn bald noch einmal allein zu erwischen."

„Nicht allein."

Er zögerte, ehe er sagte: „Meine Methoden sind in diesem Fall möglicherweise effektiver."

Ich fragte nicht, wie er in einem Ballsaal mit Dutzenden Zuschauern seine üblichen Methoden anwenden wollte, mit denen er jemandem Informationen entlockte.

„Wirkte er wie ein Mörder?", fragte er.

„Nein, aber wie wirkt ein Mörder denn überhaupt? Ich hätte General Eastbrooke nicht für einen gewalttätigen Mann gehalten, aber sieh dir an, was er getan hat."

Er drückte meine Hand. „Ein gutes Argument."

Ich beobachtete, wie Swinburn am Ende des Tanzes seine Partnerin zurück zum Büffet führte und dann von ihr wegging, um Seth und Miss Collingworth abzufangen. Sie nickte unterwürfig, der Gesichtsausdruck gequält, und ließ sich von ihm zu Mr Franklin und Lord Ballantine bringen. Die beiden älteren Gentlemen sprachen streng mit ihren jüngeren Freunden, die die Standpauke zerknirscht über sich ergehen ließen. Mehr als ein vorwurfsvoller Blick wurde in Seths Richtung geschickt.

„Du scheinst einen ziemlichen Wirbel verursacht zu haben, weil du mit Miss Collingworth getanzt hast", sagte ich zu ihm, als er zu uns stieß.

„Sie ist ein lebhaftes Mädchen." Er schaute zu der Vierergruppe, als sie sich trennte. „Was ist so schlimm daran, mit mir zu tanzen, frage ich mich?"

„Sie ist jemand anderem versprochen", sagte ich. „Jedenfalls hat Franklin mir das gesagt."

„Wem versprochen?"

„Das hat er nicht verraten. Ich schätze, ihre Eltern haben es arrangiert."

„Oder Ballantine und Swinburn", sagte Lincoln. „Als Rudelführer."

Wenn man sie zusammen beobachtete, war es leicht, die beiden älteren Männer als Anführer zu sehen, aber ich war nicht überzeugt davon, dass sie zu einem Rudel gehörten. Zumal wir noch nicht einmal sicher waren, ob sie Gestaltwandler waren. Ihnen war nichts anzusehen.

Lord Ballantine gesellte sich zu einer Gruppe Gentlemen, die von den Frauen und anderen Männern separat standen, während Swinburn die Hand von Lady Harcourts junger Rivalin nahm und sie gewagt auf den Hals küsste. Sie neigte den Kopf und offenbarte mehr blasse Haut, während sie verträumt lächelte.

Lady Harcourt beobachtete sie ebenfalls, die Knöchel weiß um Stiel ihres Glases. Dann fuhr sie plötzlich auf dem Absatz herum und marschierte mit einem Ausdruck wilder Entschlossenheit auf Lord Underwood zu.

„Sie gehen", sagte Lincoln.

Ich brauchte einen Moment, um zu begreifen, dass er Miss Collingworth und Mr Franklin meinte. Niemand außer uns schien zu bemerken, dass sie zusammen gingen.

„Verdammt", murmelte Seth. „Soll ich ihnen folgen?"

„Wir folgen ihnen beide, falls sie sich trennen", sagte Lincoln. „Du auch, Charlie. Ich lasse dich nicht hier."

„Was ist mit Swinburn und Ballantine?", fragte ich.

„Es ist wesentlich wahrscheinlicher, dass wir von ihren Freunden Antworten bekommen."

Ich stellte mein Glas weg und eilte mit ihnen hinaus. An der Tür wurden wir jedoch von Prinz Alfred, dem Herzog von Edinburgh und Bruder des Prinzen von Wales, aufgehalten, der mit einer stark geschminkten Frau an jedem Arm eintrat. Geflüster breitete sich rasend schnell im Ballsaal aus, als die Gäste ihn erkannten. Lord Underwood glitt über das Parkett, um den Neuankömmling zu begrüßen, wobei er sich an uns vorbei schob. Er verbeugte sich tief.

„Eure Königliche Hoheit, es ist mir ein Vergnügen", sagte er aalglatt. „Ich bin so froh, dass Sie gekommen sind."

Der Herzog nickte erhaben, ehe er an Underwood vorbei zu Lincoln schaute. „Mr Fitzroy, das ist eine unerwartete Begegnung." Er machte sich von den beiden Frauen los und hielt Lincoln die Hand hin. „Kommen Sie, trinken und plaudern wir ein wenig."

Verflixt und zugenäht. Es sah so aus, als würden wir Miss Collingworth und Mr Franklin doch nicht verfolgen.

KAPITEL 9

Ich bitte um Verzeihung, Eure Hoheit, aber wir wollten gerade gehen", sagte Lincoln und ging, noch während er sprach, an dem Herzog vorbei.

Seine dreiste Erwiderung sorgte für entsetzte Blicke auf den Gesichtern der beiden Begleiterinnen des Herzogs. Der Herzog selbst erstarrte. Ich hatte schon Sorge, dass er Lincoln befehlen würde zu bleiben, aber noch mehr Angst hatte ich, dass Lincoln sich erneut weigern würde.

„Lassen Sie ihn, Eure Hoheit", sagte Lord Underwood mit einer weiteren Verbeugung. „Er ist niemand."

„Es ist nicht so, als wollte Mr Fitzroy schon gehen", versicherte ich dem Herzog so laut, dass die Umstehenden es hören konnten. „Er denkt nur an mich, wissen Sie? Mir ist nicht gut." Ich berührte meine Stirn und ließ meine Augenlider flattern. „Mr Fitzroy ist besorgt genug, um mich nach Hause zu bringen."

Der Blick des Herzogs glitt zu Lincoln, der direkt hinter der Tür auf mich wartete, dann zu Underwood. „Es ist ziemlich heiß hier drinnen." Mit dieser Aussage bedeutete er seinen beiden Begleiterinnen, mit ihm ans andere Ende des Saales zu gehen.

Underwood folgte mit einem Schritt Abstand und winkte hektisch einen Lakaien heran. „Ich werde umgehend die Türen zu den Balkonen öffnen lassen, Eure Hoheit."

Lincoln und ich eilten die Treppen hinab zur Eingangshalle. Wir schnappten unsere Hüte und Mäntel von dem Lakaien und gesellten uns draußen zu Seth.

„Sie sind zu Fuß da entlang gegangen", sagte er und nickte in Richtung Norden. „Wenn sie sich in ihre Tiergestalt verwandeln, sind wir nicht schnell genug, um ihnen zu folgen."

„Dann müssen wir hoffen, dass sie sich heute Nacht nicht entschließen, einen solchen Ausflug zu machen", sagte ich, hob meine Röcke an und trabte die Stufen hinunter. „Es wäre ohnehin schwierig in der festlichen Kleidung. Sie müssten etwas finden, wo sie sich ausziehen und ihre Kleider verstauen können, um sie später wieder zu holen. Glaubt mir, Abendkleider an- und auszuziehen ist eine Tortur, bei der man besser zu Hause ist und die Hilfe einer fähigen Magd hat."

Wir hasteten die Straße entlang, vorbei an hell erleuchteten Reihenhäusern. Vor einigen Türen standen Lakaien. Musik und Gelächter drang aus offenen Fenstern. Lord Underwood war nicht der Einzige, der heute eine Party veranstaltete.

Ich duckte mich in meinen Mantel, als ein Windstoß die Straße entlang fegte, beschwerte mich aber nicht, denn die Brise hielt unseren Geruch von den beiden fern, denen wir folgten. Durch unser schnelles Tempo wurde mir bald warm. Trotz meines engen Korsetts und der schweren Kleidung hielt ich mit Lincoln und Seth mit. Auch unsere beiden Gestaltwandler hielten ein hohes Tempo. Wir waren noch immer in Mayfair, würden aber bald nach Soho kommen.

Miss Collingworth und Mr Franklin blieben vor einem Haus stehen. Lincoln zischte einen Befehl, dass wir uns in die Schatten zurückziehen sollten, als unsere Verdächtigen sich umdrehten. Mr Franklin schien die Witterung aufzunehmen und trat in unsere Richtung.

Ich wagte nicht, zu atmen. Wagte nicht, mich zu rühren. Seine überlegenen Sinne würden uns leicht ausmachen. Möglicherweise konnte er uns bereits riechen, trotz der Brise.

Er machte einen Schritt vom Bordstein in unsere Richtung, aber Miss Collingworth hielt ihn am Arm fest. Sie sagte etwas und schüttelte den Kopf. Einen Augenblick später gingen sie beide zur Haustür. Mr Franklin klopfte und wurde von einem

Mann eingelassen, der ihn lächelnd mit Handschlag begrüßte. Miss Collingworth erhielt einen Kuss auf die Wange, also war er kein Angestellter. Welche grandiose Villa in Mayfair beschäftigte keine Diener, um Gäste zu begrüßen?

Ich atmete auf. Seth setzte seinen Hut ab und fuhr sich mit der Hand durch die Haare, die ihm in die Stirn fielen. „Was jetzt?", fragte er.

„Wir warten", sagten Lincoln und ich gleichzeitig.

„Wenn einer von beiden das Haus allein verlässt, fangen wir ihn ab", sagte Lincoln.

Seth zerrte an seiner weißen Fliege und reckte den Hals aus dem Kragen. „Ich fühle mich hier draußen im Zylinder und Frack sehr auffällig. Die verdammte Straßenlaterne ist zu hell. Ha! Hätte nicht gedacht, dass ich das jemals über eine elende Londoner Lampe sage."

Lincoln reichte mir seinen Hut und Mantel und kletterte den Laternenpfahl hoch.

„Das habe ich jetzt nicht erwartet", sagte Seth, während er zusah.

Mit einem Arm um den Pfahl gelegt, öffnete Lincoln das Glas und bewegte den Hebel, um das Gas runterzudrehen. Dann rutschte er wieder nach unten. Wir waren zwar nicht unsichtbar, aber im Dunkeln auch nicht mehr so leicht auszumachen. Nicht viele Leute kamen an uns vorbei. Hin und wieder fuhr eine Kutsche vorüber oder hielt an, um Fahrgäste aussteigen zu lassen, aber die Häuser in unserer Nähe waren verrammelt und still. Für einen Spaziergang war es viel zu spät und zu kalt.

Als klar wurde, dass wir lange warten würden, setzte Seth sich mit dem Rücken zur Wand auf den Bürgersteig. Lincoln legte seinen Mantel neben Seth auf den Boden und deutete an, dass ich mich setzen sollte.

„Das ist etwas umständlich mit dem Kleid", sagte ich.

Er hielt mir die Hand hin und ich nutzte sie, um das Gleichgewicht zu halten, während ich so damenhaft wie möglich auf das Pflaster sank. Lincoln blieb stehen, selbst als ich meinen Kopf auf Seths Schulter legte. Er bemerkte es, sagte aber kein Wort.

Seth lehnte seinen Kopf nach hinten an die Wand. „Weckt mich, wenn was passiert."

Ich musste ein gedöst sein, denn Seths ruckartige Bewegung schreckte mich hoch. Ich richtete mich auf. „Was ist los?", fragte ich und spähte in die Dunkelheit.

„Er hat mich getreten", flüsterte Seth. „Tut sich was, Fitzroy?"

„Nicht bewegen", flüsterte Lincoln zurück.

Die Eingangstür des Hauses war noch geschlossen und das Gebäude lag im Schatten. Ich konnte nicht erkennen, was Lincoln gesehen—oder gespürt hatte. Es schien sich überhaupt nichts zu rühren.

Dann erhob sich etwas aus dem unterhalb der Straße liegenden Dienstbotenbereich. Die Silhouette war tierisch, nicht menschlich. Sie lief auf allen vieren und der Körper sah selbst auf die Entfernung sehr muskulös aus. Der riesige Kopf besaß spitze Ohren. Ich hatte genug Gestaltwandler gesehen, um zu wissen, wie ihre andere Form von weitem aussah.

Die Gestalt kam vorsichtig heraus, tief auf den Boden geduckt. Ich konnte es nicht sehen, stellte mir aber vor, wie sie schnüffelnd und beobachtend zu erkennen versuchte, ob jemand in der Nähe war.

Ich verhielt mich still und dankte Gott, dass der Wind fast vollständig nachgelassen hatte, sodass mein Kleid nicht raschelte. Sowohl Seth als auch Lincoln wirkten ebenfalls wie eingefroren.

Eine zweite Kreatur kam dazu, gefolgt von zwei weiteren, die alle die Straße entlangschlichen wie Katzen auf der Jagd. Dann, als sie die Ecke erreicht hatten, beschleunigte die erste das Tempo. Die drei anderen folgten. Wir konnten unmöglich mithalten.

Seth atmete aus. „Weiter warten?", fragte er.

„Bring Charlie nach Hause", sagte Lincoln. „Es ist spät."

Ich schüttelte den Kopf. „Du brauchst Seth hier."

Seth stöhnte. „Wenn es zu einem weiteren Kampf kommt, stehen wir nicht gut da. Die sind zu viert, wir zu zweit."

Ich räusperte mich.

„Nichts für ungut, Charlie."

Ich stemmte meine Hand auf die Hüfte.

Er seufzte. „Wir sind zu dritt."

„Der Plan hat sich nicht geändert", sagte Lincoln. „Wir warten immer noch darauf, dass Collingworth oder Franklin in ihrer menschlichen Gestalt gehen."

„Was ist, wenn sie hier wohnen?", fragte Seth.

„Sie können nicht ewig im Haus bleiben."

„Wir können nicht ewig hier draußen bleiben!"

„Sind Lord Ballantine oder Sir Ignatius gekommen?", fragte ich.

Lincoln schüttelte den Kopf. „Niemand sonst ist gekommen oder gegangen, nachdem du eingeschlafen bist."

„Ich habe nicht geschlafen. Ich habe nur die Augen zu gemacht."

„Ich auch", sagte Seth gähnend. „Deswegen bin ich jetzt so müde. Ich habe definitiv kein Bisschen geschlafen."

Wir warteten weiter. Mein Mantel reichte längst nicht mehr, um mich warm zu halten, aber das wagte ich Lincoln nicht zu sagen. Er würde mich wegschicken, in Begleitung von Seth, und das machte ihn verletzlich. Meine Beine fühlten sich auch ziemlich taub an, da ich sie unter mir angezogen hatte, damit ich überhaupt auf dem Boden sitzen konnte. Ich stand auf, um sie zu strecken, und gähnte.

„Wie viel Uhr ist es?"

„Halb fünf", sagte Lincoln, ohne auf die Uhr zu schauen.

Bis zur Dämmerung dauerte es noch über eine Stunde. Ich hoffte, dass das Rudel vorher zurückkommen würde. Trotz Lincolns Aussage konnten wir das Haus tagsüber nicht weiter beobachten, dazu waren wir viel zu auffällig.

Nur zehn Minuten später kehrten die klobigen, wolfsähnlichen Gestalten zurück. Sie drückten sich an die Mauern und liefen geräuschlos, aber flink zur Dienstbotentreppe. Diesmal hielten sie nicht an, um zu wittern oder auf Geräusche zu lauschen, und waren bald verschwunden. Wir drei sprachen nicht, während wir warteten und beobachteten und noch ein bisschen warteten.

Ich glaubte schon, dass überhaupt niemand in menschlicher Gestalt aus dem Haus kommen würde, doch endlich ging die

Haustür auf und Miss Collingworth trat zusammen mit einem Mann und einer weiteren Frau heraus. Mit schwungvollen Schritten liefen sie die Straße hinauf. Einige Minuten später kam Franklin. Er schloss die Tür hinter sich ab und steckte den Schlüssel ein. Dann ging er in der entgegengesetzten Richtung seiner Freunde weg.

Wir folgten ihm mit Abstand und behielten ihn im Blick, bis er um eine Ecke bog. Ich dachte schon, wir hätten ihn verloren, als wir um die gleiche Ecke gingen, doch dann entdeckte ich ihn, wie er in den Schatten einer Gasse eintauchte.

„Eine Falle", murmelte Seth.

Lincoln nickte und beschleunigte sein Tempo. „Ich werde den Köder spielen. Komm nach mir rein. Beeil dich, sonst hat er Gelegenheit, sich zu verwandeln. Charlie, bleib in Deckung. Falls uns etwas passiert, hol Gus."

Köder. Das gefiel mir nicht.

Ich ließ sie vorgehen, hob dann meinen Rock an, zog das Messer heraus, das ich an meinen Unterschenkel gebunden hatte, und packte es fest. Eine Pistole wäre besser gewesen, aber das Messer musste reichen. Der Koch hatte mir beigebracht, es aus einigen Metern Entfernung akkurat zu werfen, aber an bewegliche Ziele war ich nicht gewöhnt, insbesondere, wenn sie mit meinen Freunden kämpften.

Mit dem Herz im Hals presste ich mich so eng, wie mein Kleid es erlaubte, an die Wand neben dem Eingang in die Gasse. Ich wagte es nicht, meine Hand um den Griff der Klinge zu lockern, egal wie sehr meine Finger schmerzten.

„Franklin!", rief Lincoln halblaut in die Gasse. „Ich will nur reden. Kommen Sie raus."

Tiefe, dichte Stille schloss sich um mich. Ich konnte noch nicht einmal das Zischen der nächsten Straßenlaterne hören. Vielleicht hatten wir uns geirrt und Franklin war weitergegangen. Falls das so war, hatten wir ihn verloren.

„Franklin", sagte Lincoln erneut. „Ich weiß, dass Sie hier sind. Ich kann Sie genauso spüren, wie Sie mich spüren können."

Das leichte *Tapptapp* von Schuhen auf Pflastersteinen war Musik in meinen Ohren, denn sie klangen nicht eilig wie bei einem Angriff. „Mich spüren?", kam Mr Franklins Stimme. „Meinen Sie etwa, dass Sie ... Sie sind ...?"

„Ich bin nicht wie Sie, nein. Ich bin ein Seher, kein Gestaltwandler."

„Oh." Mr Franklin räusperte sich. „Ich weiß nicht, wovon Sie sprechen. Gestaltwandler?" Er schnaubte ein wenig überzeugendes Lachen heraus.

„Ich weiß, dass sowohl Sie als auch Miss Collingworth Gestaltwandler sind. Ihre andere Gestalt ähnelt einem Wolf. Sie sind gerade eben mit ihrem Rudel umhergestreift."

Jemand—ich nahm an, Franklin—sog Luft durch die Zähne.

„Sie haben keinen Grund, mich zu fürchten", sagte Lincoln. „Ich bin lediglich neugierig, was Ihr Rudel angeht. Ich möchte Sie studieren, Sie verstehen."

Die Schritte kamen noch näher. Er musste Lincoln jetzt sehr nahe sein, am Eingang der Gasse. Dann stoppten die Schritte plötzlich. „Ich kann Ihren Mann auch spüren", sagte Mr Franklin. Seine Worte trugen eine Spur Besorgnis. „Er soll herauskommen, damit ich Sie beide sehen kann."

Lincoln zögerte und sagte dann: „Tu, was er sagt, Seth."

Seth bewegte sich aus meinem Blickfeld zu Lincoln.

Mr Franklin schnappte nach Luft. „Lord Vickers! Vergeben Sie mir, dass ich Sie als seinen Mann bezeichnet habe ..." Er verstummte, denn ihm wurde zweifelsohne bewusst, wie merkwürdig die Situation war.

„Der Fehler wird oft gemacht", sagte Seth lässig.

Ich biss mir auf die Lippe und hoffte, dass Mr Franklin mich nicht auch spüren konnte. Bevor meine Lippe zu bluten anfing, ließ ich sie los. *Das* würde er mit Leichtigkeit riechen.

„Nun?", hakte Lincoln nach. „Werden Sie einige Fragen beantworten?"

„Das kommt auf die Fragen an."

„Fangen wir mit einer einfachen an. Wie lautet Ihr Vorname?"

Mr Franklin schnaufte. „Nigel."

Nicht Eddy. Ich konnte kaum glauben, dass wir uns die ganze Mühe umsonst gemacht hatten. Er war nicht Leonoras zweiter Verehrer. Es bedeutete zwar nicht, dass er Protheroe nicht getötet haben konnte, aber auf der Liste der Verdächtigen rückte er damit weiter nach unten.

„Ist Lord Ballantine wie Sie?", fragte Lincoln. „Ist er ein Gestaltwandler?"

„Das müssen Sie ihn fragen."

„Wie gut kennen Sie seine Tochter?"

„Leonora? Gut genug. Warum?"

„Werden Sie sie heiraten?"

Er bellte ein Lachen heraus. „Was für eine Art Frage ist das denn?"

„Beantworten Sie sie einfach."

„Sie ist ein tolles Mädchen, aber ich bin nicht gut genug für sie. Also nein, ich werde sie nicht heiraten."

„Und Swinburn? Underwood? Sind sie auch Gestaltwandler?"

Mr Franklin schnalzte irritiert mit der Zunge. „Das sind Fragen, die die Gentlemen selbst beantworten müssen."

„Woher kennen Sie sie?"

„Wie ich Miss Holloway bereits beim Ball sagte", erwiderte er mit angespannter Geduld, „kenne ich Lord Ballantine schon mein ganzes Leben. Er ist ein Freund meiner Eltern. Er hat mich in jüngster Zeit sowohl mit Sir Ignatius als auch mit Lord Underwood bekannt gemacht. Und jetzt, da mir nicht klar ist, worauf Sie mit Ihren Fragen abzielen, werde ich meiner Wege gehen."

Schritte waren zu hören, aber ich konnte nicht ausmachen, wie viele und in welche Richtung sie sich bewegten. „Nur eine Frage noch", sagte Lincoln. „Haben Sie Roderick Protheroe umgebracht?"

„Wie bitte?"

„Haben Sie Roderick Protheroe umgebracht?"

Ein Zögern, dann: „Wen?"

„Ein Gentleman namens Roderick Protheroe wurde in der Stadt von wilden Hunden angegriffen und getötet."

„Und Sie verdächtigen mich?" Mr Franklins Stimme wurde schrill. „Sind Sie von Scotland Yard?"

„Er war Leonora Ballantines Verlobter", sagte Seth.

„Nein, war er nicht. Ich würde wissen, wenn sie verlobt wäre. Hören Sie, ich habe niemanden umgebracht, weder in dieser Gestalt noch in meiner anderen, und ich nehme diese Beschuldigung übel."

„Wir beschuldigen Sie nicht, Mr Franklin", sagte Lincoln. „Fakt ist, ein wilder Hund hat Protheroe getötet und ein nackter Mann wurde in der Nähe aufgegriffen. Für diejenigen von uns, die mit der Existenz von Gestaltwandlern vertraut sind, ist dieser Mann wahrscheinlich der Verdächtige. Wenn Sie es nicht waren, wissen Sie, wer es war?"

„Natürlich nicht."

„Wer ist Ihr Rudelführer?"

Die Frage musste Mr Franklin überrascht haben, denn er brauchte einige Augenblicke, um zu antworten. „Wir haben keinen Rudelführer."

„Das finde ich schwer zu glauben nach allem, was ich über Rudelverhalten weiß."

„Sie sind Experte, was?"

„Kann man so sagen."

Mr Franklin schnaubte. Die Schritte bewegten sich weg und ich sackte erleichtert gegen die Wand.

Doch die Schritte hielten wieder an und ich verkrampfte mich erneut. „Ich hatte gerade eine Eingebung", sagte Mr Franklin aus einiger Entfernung. „Wenn Sie nach einem Gestaltwandler suchen, der zum Mord fähig ist, versuchen Sie es bei Mr Gawler in Old Nichol. Einige Mitglieder seines Rudels sind Gauner, Penner und Taschendiebe. Suchen Sie einfach das dreckigste, elendste Mietshaus, da werden Sie ihn finden." Der Hohn in seiner Stimme sagte mir, was er von Gawler und seinem Rudel hielt.

„Danke, Mr Franklin", sagte Seth, als Lincoln nicht antwortete. „Wir werden mit ihm sprechen."

Die Schritte entfernten sich und verklangen in der nebeligen Dunkelheit. Die Männer kamen zu mir und gemeinsam gingen wir in eine andere Richtung. Wir sprachen erst, als wir weit von der Gasse entfernt waren.

„Vielleicht hat er recht", sagte Seth. „Vielleicht hätten wir Gawlers Rudel nicht so leicht verwerfen sollen. Einer von ihnen könnte es gewesen sein."

„Stimmt", sagte ich. „Konntest du spüren, ob er die Wahrheit gesagt hat, Lincoln?"

„Manchmal, aber manchmal war ich mir nicht sicher." Lincoln legte den Arm um mich und zog mich an sich. Er war wunderbar warm. „Es *gibt* einen Anführer", fuhr er fort. „Darüber hat er gelogen."

„Sie hätten die Antwort aus ihm herausprügeln sollen", sagte Seth.

„Und riskieren, verletzt zu werden?" Ich schüttelte den Kopf. „Das wäre dumm gewesen."

„Außerdem hätte er dann dichtgemacht", sagte Lincoln. „Jetzt ist er zwar misstrauisch, hat aber keine Angst vor uns. Er weiß, dass wir wegen des Mordes neugierig sind, hat aber keine Ahnung, wie weit wir gehen, um den Mörder zu entlarven."

„Er wird Ballantine und Swinburn von der Begegnung erzählen", sagte Seth.

„Darauf zähle ich."

* * *

„Wie war Lady Harcourt?", fragte Alice mich, als wir mit Lady Vickers im Musikzimmer saßen. Sie hatte gerade ein bezaubernd sanftes Stück beendet, perfekt geeignet für den Nachmittag nach einer langen Nacht. Seth und ich hatten beide ausgeschlafen und als ich aufstand, entdeckte ich, dass Lincoln bereits ausgegangen war. Wohin, hatte er niemandem gesagt.

„So grässlich, wie zu erwarten war", sagte ich. „Tatsächlich noch schlimmer. Es ist, als hätte sie ihre höfliche Fassade heruntergerissen und mir ihr wahres Gesicht gezeigt."

„Du hast schon vor diesem Abend das Schlimmste an ihr gesehen", sagte Alice. „Vielleicht hält sie es nicht mehr für nötig, den Schein zu wahren."

„Ich glaube, ich bevorzuge den Schein."

Lady Vickers sah uns über den Brief hinweg an, den sie las. „Diese Frau ist ihr eigener ärgster Feind. Es ist schwierig genug, sich von einem Skandal zu erholen, aber sie macht es nahezu unmöglich mit ihrer himmelschreienden Flirterei. Sie ist so *verzweifelt*, und mit welchem Zweck? Niemand kann ihr das

Haus oder ihr Einkommen wegnehmen. Sie wird nicht zum Bettler."

„Sie behauptet, es reicht nicht", sagte ich. „Sie will mehr. Sie will Status und …" Ich verstummte, denn mir war nicht ganz klar, was Lady Harcourt wollte.

Alices Klavierspiel verwandelte sich in eine gewaltigere, robustere Melodie. „Dank ihrer Ehe hat sie bereits Status. Vielleicht ist sie auf Liebe aus."

Lady Vickers brummte. „Die wird sie nicht bei der Gruppe um den Prinzen von Wales finden. Und ich glaube nicht, dass sie Liebe will."

Das glaubte ich auch nicht. Sie hätte Andrew Buchanans Liebe haben können, doch den hatte sie weggeworfen. Und obwohl sie Lincoln geliebt hatte, hatte sie ihn nie heiraten wollen, weil er kein Lord war. „Respekt?", bot ich an. „Von den Leuten, die sie als Ihresgleichen betrachtet?"

„Sie betrachtet sie vielleicht als Ihresgleichen", sagte Lady Vickers und senkte den Brief auf ihren Schoß, „aber umgekehrt wird das nie geschehen, solange sie mit *deren* Männern herummacht."

Alice hörte auf zu spielen. „Sie beziehen sich auf die Frauen, aber die Männer könnten sie dank ihres Flirtens eher akzeptieren. Vielleicht ist es deren Respekt, den sie will."

„Es gibt zwei Fehler in diese Annahme, Alice", sagte Lady Vickers mit der scharfen Autorität einer Lehrerin. „Erstens sind es die Frauen, die entscheiden, welche Frau Respekt verdient. Männer treffen die gleichen Entscheidungen über andere Männer, nur mit anderen Kriterien. Das ist ganz gewiss in der gehobenen Gesellschaft so, für die unteren Ränge kann ich nicht sprechen. Und zweitens respektieren Männer keine Frau, die sich ihnen an den Hals wirft. Ein zarter Flirt ist in Ordnung, aber alles darüber hinaus ist vulgär."

Alice nahm ihr Spiel wieder auf. „Das Wort benutzen Sie sehr gern", murmelte sie leise, sodass nur ich sie hören konnte.

Lady Vickers war zu sehr damit beschäftigt, ihre Weisheit zu dem Thema kundzutun, um irgendjemandem zuzuhören. „Während ihr Verhalten den Ladys in ihren eigenen Kreisen schadet, wird sie feststellen, dass sie ausgestoßen wird."

„Wie schadet sie ihnen denn?", fragte ich. „Weder Sir Ignatius Swinburn noch Lord Underwood sind verheiratet. Sie scheint es nur auf die beiden abgesehen zu haben und will einen Ehemann, keinen Liebhaber. Jedenfalls hat sie das mir gegenüber behauptet."

„Beide dieser Männer sind extrem gefragt. Wenn es Witwen und Töchter auf der Suche nach einem passenden Ehemann gibt, wird sie als Rivalin angesehen werden. Ihr Verhalten bietet ihnen eine Ausrede, sie nicht zu Dinnern und Bällen einzuladen und sie somit aus dem Weg zu räumen. Jedenfalls glauben sie das. Ich bin mir sicher, dass keiner bewusst ist, was Lord Underwood für Partys abhält—oder dass sie daran teilnimmt."

„Darüber sind wir uns einig."

Seth schlenderte herein. Er sah trotz der langen Nacht gut und erfrischt aus und stellte sich neben das Klavier, um Alices Finger zu beobachten, die über die Tasten tanzten. Sie spielte noch einige Minuten, hörte dann aber plötzlich auf.

„Hervorragend", sagte Seth und applaudierte. „Das war Perfektion, Alice."

„Danke. Wie fanden Sie die Party gestern Abend?"

Er sah mich an, aber ich gab nichts preis. Alice fischte und ich wollte sehen, wie er ihr antwortete. „Unerträglich langweilig", sagte er. „Ich war froh, dass wir früh gegangen sind."

„Oh? Charlie hat mir erzählt, Sie hätten es sehr genossen, mit einer bestimmten jungen Dame zu tanzen."

Ich hatte nichts dergleichen getan, hütete aber meine Zunge. Seth warf mir einen vorwurfsvollen Blick zu.

Seine Mutter beugte sich vor. „Wer war sie?"

„Niemand Erwähnenswertes", sagte er. „Charlie neckt euch beide. Ich habe nur getanzt, weil Fitzroy es befohlen hat. Das Mädchen ist eine Verdächtige in dem Mordfall."

Lady Vickers sackte zurück in ihren Sessel und wedelte mit dem Brief vor ihrem Gesicht herum. „Kannst du nicht zu normalen Partys gehen und normale Mädchen kennenlernen wie jeder andere Gentleman?"

„Sie war recht normal", sagte er fröhlich. „In ihrer menschlichen Gestalt."

Seine Mutter wimmerte.

Alice erstickte ein Lachen mit ihrer Hand, was Seth zum Lächeln brachte.

„Ladys, kann ich euch für eine Partie Croquet auf dem Rasen begeistern? Oder Tennis, falls ihr etwas Bewegung braucht?", fragte er.

„Das geht nicht", sagte Lady Vickers. „Ich muss heute Nachmittag einen Besuch machen und du wirst mich begleiten."

„Äh … Ich kann nicht. Fitzroy hat mich gebeten, ihm zu helfen, sobald er zurück ist. Was bald sein wird." Er schaute sehnsüchtig zur Tür. „Sehr bald."

„Hör auf, Ausreden zu erfinden. Du hast noch nicht gehört, wen wir besuchen."

„Das spielt keine Rolle. Du weißt doch, wie Fitzroy ist. Er kann sehr fordernd sein und … und er braucht mich, insbesondere heute."

„Oh?", fragte ich. „Wofür braucht er dich denn?"

„Um Verdächtigen Besuche abzustatten." Er sagte es so schnell, dass ich mich fragte, ob es stimmte. Doch dann verdarb er alles mit seinem selbstgefälligen Gesichtsausdruck.

„Ich werde ihn bitten, es dir zu erlassen", sagte Lady Vickers. „Ich bin mir sicher, er kann stattdessen Gus mitnehmen."

„Gus wohin mitnehmen?", fragte Lincoln, der das Musikzimmer betrat.

„Um Verdächtige aufzusuchen", sagte Seth, ehe jemand anderes sprach. „Aber Sie können ihn nicht mitnehmen, nur mich. Stimmt's?"

Lincoln sah zu Lady Vickers, Alice und dann zu Seth. „Ich brauche nur Charlie. Ich bin keine Ausrede, die du nutzen kannst, um deinen Verpflichtungen zu entgehen."

„Danke, Mr Fitzroy", sagte Lady Vickers mit einem Nicken. „Wir fahren in einer halben Stunde, Seth."

Seths Mund ging auf und zu, bis er schließlich murmelte: „Wir können Alice nicht hier allein lassen. Sie wird sich langweilen."

„Kümmert euch nicht um mich", sagte Alice. „Ich habe Gus zur Gesellschaft. Vielleicht werden wir zusammen Croquet spielen. Ich habe Lust auf eine Partie."

„Ich wurde besiegt." Seth seufzte, aber es klang eher

gutmütig als gequält. „Also gut, Mutter, ich komme mit. Wen besuchen wir?"

„Lady Mallam und ihre Tochter. Du erinnerst dich an das Mädchen. Sie war als Kind ein pummeliges kleines Ding."

„Ich erinnere mich. Unsere Kinderfrauen haben sich jeden Tag zur gleichen Zeit im Park getroffen, damit Hettie und ich zusammen spielen konnten."

Lady Vickers faltete den Brief und nahm ihre Brille ab. „Das ist nicht der Grund, warum die Kinderfrauen jeden Tag in den Park gingen. Sie hatten beide junge Verehrer und wechselten sich ab, sich mit ihnen im Park zu treffen, während die andere auf beide Kinder aufpasste. Ich habe deine entlassen, nachdem ich es herausfand."

„Sie haben Sie entlassen?", sagte Alice. „Das ist etwas unfair, oder?"

„Ich habe ihr eine Referenz mitgegeben. Die meisten hätten das nicht getan. Die Dinge werden nun mal so gehandhabt, Alice. Eine Kinderfrau muss über jeglichen Zweifel erhaben sein. Es darf nicht einmal der Hauch eines Skandals an ihrem Namen haften. Das sollten Sie sich besser merken, falls Sie sich auf eine Stelle als Kinderfrau oder Gouvernante bewerben. Da wir gerade davon sprechen, ich werde Ihnen gern eine Referenz schreiben."

„Aber Sie haben doch gar keine kleinen Kinder. Wie könnte eine Referenz von Ihnen da etwas wert sein?"

Lady Vickers' Lippen pressten sich aufeinander und ihre Augen verengten sich. „Weil mein Name darauf stehen würde, deshalb."

„Komm, Mutter, wir sollten jetzt gehen." Seth nahm den Ellenbogen seiner Mutter und half ihr auf die Füße, während er mich gleichzeitig über die Schulter anflehte.

„Wirklich, Alice, Sie haben noch viel zu lernen in dieser Welt", sagte Lady Vickers.

„Nur in Ihrer Welt, Ma'am", murmelte Alice und wandte sich wieder dem Klavier zu.

Ich ging mit Lincoln, Seth und Lady Vickers, begleitet von dem hämmernden Rhythmus einer Melodie, die ich noch nie zuvor gehört hatte.

„Manchmal wird es zwischen den beiden ganz schön heftig",

sagte ich zu Lincoln, als wir gemeinsam die Treppen hinaufstiegen.

„Dieser Schlagabtausch gilt als heftig?" Er grinste. „Ich habe eine andere Auslegung des Wortes als du."

„Ich wünschte, Seth würde die Situation auf die eine oder andere Art entschärfen."

„Wie?"

„Indem er Alice sagt, was er für sie empfindet, und dann seiner Mutter erklärt, dass sie sie akzeptieren oder ihn verlieren muss."

„Vielleicht ist er noch nicht bereit. Vielleicht ist er sich nicht sicher, ob er Alice liebt."

„Natürlich tut er das. Du hast doch gesehen, wie er sich ihr gegenüber benimmt. Er ist in sie vernarrt."

„Das bedeutet, er ist verliebt? Habe ich mich dir gegenüber so benommen?"

Ich lachte. „Ganz im Gegenteil."

„Dann ist er vielleicht nicht verliebt."

„Er muss es sein", sagte ich mit einem Schulterzucken. „Sie passt perfekt zu ihm."

Er packte mich um die Mitte, zog mich an sich und küsste mich sacht auf die Lippen. „Männer sind blind", murmelte er. „Sie sind Dummköpfe." Er küsste mich noch einmal, ein schmerzhaft süßes Necken seiner Lippen, das mehr versprach.

Ich lächelte an seinem Mund. „Du hast stur vergessen."

Er lachte leise und bot mir lediglich einen weiteren kleinen Kuss.

„Und über alle Maßen frustrierend." Ich fasste seinen Kopf mit beiden Händen und hielt ihn fest, damit ich ihn ordentlich küssen konnte.

* * *

Lincoln und ich besuchten Leonora Ballantine am späten Nachmittag. Sein Ausflug zuvor hatte ihn in Verkleidung zum Haus der Ballantines geführt, wo er eine der Mägde bezahlt hatte, um Leonora eine Nachricht zu übermitteln. Darin bat er darum, mich um fünf Uhr allein in einer Straße unweit ihres

Hauses zu treffen. Er hatte nur meinen Namen erwähnt, um jedwede Befürchtungen auszuschließen, die sie bezüglich eines Treffens mit einem Mann, den sie kaum kannte, haben könnte.

Ich war mir nicht sicher, ob es funktionieren würde. Für eine junge Frau war es schwierig, sich allein aus dem Haus zu schleichen, und ich hatte den Verdacht, dass Lord Ballantine jetzt extra wachsam sein würde, da er von unserem Interesse am Tod des Verehrers seiner Tochter wusste. Sowohl Lincoln als auch ich waren uns ziemlich sicher, dass Mr Franklin Lord Ballantine inzwischen von unserer Begegnung erzählt haben würde. Es blieb abzuwarten, wie sehr es seine Lordschaft beunruhigte. Seine Reaktion würde einiges preisgeben.

Die Schatten wurden länger und die Luft kühler, während wir warteten. Und warteten.

„Sie kommt nicht", sagte ich schließlich, als die Dämmerung heranrollte. Der Lampenanzünder würde bald vorbeikommen, ehe völlige Dunkelheit herrschte. „Höchstwahrscheinlich kann sie sich nicht loseisen."

„Oder möchte es nicht", sagte Lincoln.

„Als wir das letzte Mal gesprochen haben, schien sie großes Interesse daran zu haben, Protheroes Mörder zu finden."

„Und trotzdem wollte sie uns den Namen des zweiten Verehrers nicht nennen."

„Stimmt." Ich verschränkte die Arme und rieb sie, um mich warm zu halten. „Was machen wir jetzt?"

„Wenn sie nicht zu uns kommen will, gehen wir zu ihr."

„Wie?"

Er zögerte. „Da bin ich noch nicht sicher. Hoffentlich wird mir ein Plan einfallen, ehe wir das Haus erreichen."

„Du wolltest erst nicht zugeben, dass du keinen Plan hast, nicht wahr?"

„Wäre es irgendjemand anderes als du, hätte ich nichts verraten."

Ich hakte mich bei ihm ein und wir gingen die Straße hinunter. „Wie oft hast du einen improvisiert?"

„Öfter als ich zählen kann." Er blieb plötzlich stehen, als eine verhüllte Gestalt in eiligem Tempo um die Ecke bog. Ihr Mantel wehte mit jedem energischen Schritt.

Leonora warf einen Blick über die Schulter und schob dann ihre Kapuze zurück. „Es tut mir leid, dass ich mich verspätet habe. Es war so schwierig, rauszukommen. Vater beobachtet mich sehr genau."

„Wir haben uns schon gedacht, dass es Ihnen schwerfallen muss", sagte ich zu ihr. „Danke, dass Sie gekommen sind. Das hier ist Mr Fitzroy, mein Verlobter."

Sie nickte zur Begrüßung. „Wir müssen uns beeilen. Was wollten Sie mir mitteilen? Hat Roderick noch einmal mit Ihnen kommuniziert, Miss Holloway?"

Oh je. Sie dachte, ich hätte eine Nachricht von ihrem verstorbenen Verehrer. Ob Lincoln das in seiner Nachricht angedeutet hatte? Oder hatte sie es lediglich angenommen? Ich würde es ihm zutrauen, sie absichtlich in die Irre zu führen, damit sie sich auf jeden Fall mit uns traf.

„Wir haben einige Fragen an Sie, Miss Ballantine", sagte Lincoln.

„Oh." Sie fummelte an dem Verschluss ihres Umhangs am Hals herum. „Über Rodericks Mörder?"

Lincoln nickte. „Wir wissen, dass Sie eine Gestaltwandlerin sind."

Sie wurde blass und starrte ihn ohne zu blinzeln an.

„Ihr Geheimnis ist bei uns gut aufgehoben", versicherte ich ihr. „Der Geist Ihrer Schwester hat es mir gesagt."

„Lilith?", flüsterte sie. „Sie haben sie auch gesehen?"

„Sie sagte, Ihr Vater wäre ebenfalls ein Wandler, jedoch zeigen seine Hände keine Anzeichen davon." Ich berührte ihre Finger. Sie hatte das Haus ohne Handschuhe verlassen, was ihre Hände irgendwie noch größer wirken ließ.

„Ich weiß nicht, warum seine nicht so groß sind wie meine, aber er ist ein Gestaltwandler. Mama auch. Sind Sie auch einer, Mr Fitzroy? Wissen Sie daher von unserem ... Zustand?"

„Nein. Ein Gestaltwandler hat Protheroe getötet."

Leonora stolperte einen Schritt zurück, ihre Hand auf die Brust gepresst. „Mein Gott. *Nein.* Nicht Vater. Ich ... ich glaube nicht, dass er zu so etwas fähig ist."

„Was ist mit den anderen in Ihrem Rudel?"

„Ich weiß es nicht." Tränen traten ihr in die Augen und sie

wirkte plötzlich viel jünger als ich, obwohl der Altersunterschied gar nicht so groß war. „Ich darf noch nicht mit ihnen umherstreifen, deswegen kenne ich noch nicht alle sehr gut, nur die, die auch Teil unseres Bekanntenkreises sind."

„Wie Mr Franklin und Sir Ignatius Swinburn."

„Die waren es nicht. Sie sind warmherzig und loyal."

„Loyale Männer töten für ihre Anführer", sagte Lincoln.

Sie schluckte. „Vielleicht war es niemand aus unserem Rudel. Vielleicht war es das andere Rudel." Der Gedanke gefiel ihr und sie blinzelte uns hoffnungsvoll an.

„Sie wissen davon?", fragte ich.

„Ich habe mit angehört, wie Vater Mama vor einigen Wochen von dem East End Rudel erzählt hat. Er sagte, sie würden Schwierigkeiten machen. Er erwähnte den Namen des Anführers, aber ich erinnere mich nicht mehr."

„Gawler?"

Sie schüttelte den Kopf.

„King?"

„Das war es."

„King ist tot. Gawler ist jetzt der Anführer."

„Wer auch immer es ist, Sie sollten dort nach dem Schuldigen suchen. Vater hat Mama gesagt, dass sie uns beneiden."

„Beneiden?"

„Oh ja. Sie sind sehr neidisch auf unsere Position in der Gesellschaft im Vergleich zu ihrem niedrigen Status. Vater hat sogar unterstellt, sie könnten versuchen, einen von uns zu heiraten." Sie verzog das Gesicht. „Können Sie sich das vorstellen? Diese Dreistigkeit!"

„Es würde die Blutlinien der Wandler stärken", sagte Lincoln vorsichtig. „Fortpflanzung kann sich nicht ewig innerhalb des Rudels fortsetzen."

„Es würde mit Sicherheit das Wandlerblut rein halten, was vermutlich der Grund ist, weswegen sie meinen armen Roderick getötet haben—um mich für einen der Ihren verfügbar zu halten." Sie erschauerte und sah sich wieder um. „Bitte sagen Sie meinen Eltern—oder sonst jemandem—nichts davon, dass ich mit Ihnen frei über das Rudel gesprochen habe. Das hätte ich nicht tun sollen, aber ich habe das Gefühl, dass ich Ihnen vertrauen kann, Miss Holloway, weil Sie auch nicht normal sind."

Fast hätte ich erwidert, dass ich durchaus normal war, biss mir aber auf die Zunge. Wenn sie sich uns nur anvertraute, weil sie mich für eine verwandte Seele hielt, dann durfte sie mich so merkwürdig finden, wie sie wollte.

„Ich sollte zurückgehen", sagte sie.

„Wir werden Sie begleiten, bis Sie in Sicherheit sind", sagte Lincoln.

Sie wirkte erleichtert und machte sich in gemäßigtem Tempo zwischen uns auf den Weg.

„Hatten Sie je das Gefühl, dass Sie verfolgt oder ausspioniert werden?", fragte ich.

Sie schüttelte den Kopf und sah sich erneut um.

„Hat Ihr Vater Ihnen gesagt, wann Sie mit Ihrem Rudel umherstreifen dürfen?"

„Nein. Er sagte, ich sei noch nicht alt genug, aber ..." Sie seufzte. „Ich glaube, das ist nur eine Entschuldigung, um mich von ihnen fernzuhalten."

„Warum sollte er das tun?"

„Um mich zu beschützen."

„Wovor?"

„Ich weiß es nicht."

Wir gingen einige Minuten schweigend, bis ich sie schniefen hörte. „Was ist los, Miss Ballantine?", fragte ich sanft.

„Ich vermisse Roderick so sehr." Sie nahm von Lincoln ein Taschentuch entgegen und tupfte sich damit die Augen. „Und ich vermisse Lilith. Mama ist seit ihrem Tod nicht mehr dieselbe. Ich kann nicht mehr so mit ihr reden wie früher. Ich möchte sie nicht aus der Fassung bringen, aber ich fühle mich jetzt so isoliert."

„Vielleicht sollten Sie es Ihrem Vater sagen", sagte ich. „Sagen Sie ihm, dass Sie mit anderen wie Ihnen sprechen müssen. Vielleicht lässt er sie dann mit dem Rudel umherstreifen."

Sie nickte. „Dann würde ich mich etwas besser fühlen. Aber es bringt meinen Roderick nicht zurück." Sie senkte den Kopf und schluchzte in ihre Hand.

Ich schaute zu Lincoln. Er schien sich ziemlich unwohl zu fühlen.

„Leonora!", brüllte eine tiefe, maskuline Stimme vor uns. „Was tust du mit diesen Leuten?"

Lord Ballantine! Er stand breitbeinig einige Meter entfernt, die dicken, buschigen Augenbrauen tief über die Augen gezogen. Er hob die Hand und da sah ich die Pistole. Er zielte auf Lincoln.

KAPITEL 10

Ich schluckte meinen Schrei herunter, Leonora jedoch nicht.

„Nein!", rief sie. „Nicht! Bitte, Vater, mir geht es gut. Ich bin freiwillig hingegangen."

„Komm her!", befahl Lord Ballantine mit einem Wedeln der Pistole. „Sofort!"

Mit gesenktem Kopf eilte sie an seine Seite.

„Was wollen Sie von meiner Tochter?", schnappte Ballantine.

„Wir versuchen, den Mörder von Roderick Protheroe ausfindig zu machen", sagte Lincoln ruhig.

„Der Name bedeutet uns nichts."

Leonora fing wieder an zu weinen. Ihre Schultern bebten, doch Ballantine bot ihr keinen Trost.

„Das ist merkwürdig", sagte Lincoln und ich stöhnte innerlich. Er würde den Wolf anstacheln, um Antworten zu bekommen. „Wir wissen aus zuverlässiger Quelle, dass Ihre Tochter und Protheroe eine Übereinkunft hatten."

Er warf Leonora einen finsteren Blick zu. Sie kauerte sich zusammen und wich vor ihm zurück.

„Sie müssen verstehen, dass wir es nicht von Miss Ballantine selbst erfahren haben", sagte ich schnell. „Es waren Protheroes eigene Worte und er hat ihr Versprechen möglicherweise überschätzt. Lincoln", fügte ich flüsternd hinzu, „du bringst sie in Schwierigkeiten."

Ballantine hob erneut die Pistole. „Wenn ich Sie noch einmal in der Nähe meiner Familie sehe, Fitzroy, dann *werde* ich die hier benutzen." Er packte Leonoras Arm und marschierte mit ihr die Straße hinunter und um die Ecke.

Ich atmete aus und presste eine Hand auf mein wild hämmerndes Herz.

Lincoln berührte meinen Nacken, wobei sein Daumen kleine Kreise zog. Er wirkte völlig ungerührt. „Er hätte sie nicht benutzt", versicherte er mir. „Das ist viel zu riskant. Er steht nicht über dem Gesetz."

„Das vielleicht nicht, aber er kann deinen Tod wie einen Unfall oder einen Angriff durch wilde Hunde aussehen lassen."

„Dazu müsste er mich erst erwischen."

Ich boxte ihm leicht gegen die Schulter und warf dann meine Arme um ihn. Er hielt mich fest. „Hör bitte mit der Angeberei auf", murmelte ich an seiner Brust. „Das bringt dir nur Ärger."

Wir gingen in die entgegengesetzte Richtung der Ballantines bis zu einem Droschkenstand. Ich hielt Lincolns Arm umklammert, schaute mich jedoch mehrmals um. „Dieser Mann ist grässlich", sagte ich. „Dass er seine eigene Tochter so behandelt. Ihre Gefühle interessieren ihn überhaupt nicht. Das arme Mädchen trauert um Protheroe, aber niemand versteht die Tiefe ihrer Gefühle."

„Er glaubt wahrscheinlich, dass er nur das Beste für sie im Sinn hat."

„Und das wäre?"

„Die Ehe mit jemand Besserem als Protheroe."

„Wenn wir eine Tochter hätten, würdest du wollen, dass sie jemanden aus gutem Hause heiratet? Jemanden, den andere für besser halten würden?"

Er brummte leise. „Charlie, wenn ich wollte, dass die Menschen, die ich liebe, jemand besseren heiraten, hätte ich mich von dir getrennt."

Ich brauchte einen Moment, um zu begreifen, dass ich ein geliebter Mensch war und er sich als niedriger stehend betrachtete. Ich packte seine Hand und hielt sie fest. „Ich bin froh, dass du das nicht getan hast."

„Ich auch."

Wir erreichten den Droschkenstand und Lincoln sprach mit dem Fahrer, ehe er mir beim Einsteigen half. Er setzte sich neben mich und schloss die hüfthohe Tür.

„Ich hoffe, Lord Ballantine wird Leonora nicht dafür bestrafen, dass sie mit uns gesprochen hat", sagte ich, als wir losfuhren.

Er beobachtete mich unter gesenkten Lidern heraus, erwiderte jedoch nichts.

„Was ist?", fragte ich.

„Hast du mich schon immer für einen Angeber gehalten?", fragte er.

„Ich verweigere die Aussage, da ich mich damit selbst belasten könnte."

* * *

„WIE WAR dein Besuch bei Lady Mallam und ihrer Tochter?", fragte ich Seth, als wir nach dem Abendessen zusammen in der Bibliothek saßen.

Dorthin hatten wir uns mit Lincoln und Gus zurückgezogen, um das Treffen mit Leonora und die Reaktion ihres Vaters zu besprechen. Sobald die Diskussion vorüber war, stand Lincoln auf, um neues Holz aufs Feuer zu legen. Gus schien mit seinen eigenen Gedanken beschäftigt und uns nicht zuzuhören.

Lady Vickers aß in ihrem Zimmer und wir hörten Alice Klavier spielen. Sie und Gus hatten weder Tennis noch Croquet gespielt, sondern Gus' Großtante und ihren Waisenkindern einen Besuch abgestattet, die jetzt im Haus des verstorbenen Generals Eastbrooke wohnten. Wie man hörte, gediehen die Kinder unter Mrs Sullivans Fürsorge prächtig. Ein Lehrer war ebenfalls gefunden worden und der Unterricht hatte ernsthaft begonnen, auch wenn einige der Kinder nicht allzu wild darauf waren, in einem Klassenzimmer zu sitzen. Es klang, als hätten Gus und Alice einen reich gefüllten Nachmittag erlebt.

„Interessant", sagte Seth und streckte seine langen Beine aus, wobei er die Knöchel überkreuzte. „Meine Mutter hat eindeutig Hetti für mich im Sinn, auch wenn ich glaube, dass bei Lady Mallam da einige Überzeugungsarbeit geleistet werden muss. Anscheinend ist ein Nichtsnutz gar nicht so attraktiv als möglicher Schwiegersohn.“

„Du bist kein Nichtsnutz“, sagte ich.

Gus schnaubte, was bewies, dass er doch zuhörte.

„Nicht mehr“, fügte ich hinzu.

Gus schnaubte wieder.

Seth funkelte seinen Freund finster an. „Das Interessante war, dass ich Hettis Gesellschaft genossen habe. Sie ist klug und schlagfertig. Sie hat mich zum Lachen gebracht.“ Seine Mundwinkel zogen sich nach oben. „Außerdem ist sie kein pummeliges kleines Ding mehr.“

„Wie würdest du sie jetzt beschreiben?“, fragte ich.

„Wohlgeformt.“ Seine Augen leuchteten auf. „Hübsch.“

„Genau die Sorte, die dich interessiert.“

„Sie interessieren ihn *alle*“, sagte Gus.

Seth stand auf und schaute geringschätzig auf Gus herunter. „Nicht mehr. Wenn ihr mich jetzt entschuldigen wollt, ich muss schauen, ob Alice mich braucht.“

„Wofür sollte sie dich brauchen?“

„Als gute Gesellschaft, natürlich.“

Gus verdrehte die Augen. Nachdem Seth gegangen war, sagte er: „Ich möchte nur einmal erleben, dass ’ne Frau ihn abweist.“

„Alice weist ihn ab.“

„Bei der hat er ja noch gar nix versucht. Der hat noch ’n paar Tricks auf Lager. Pass gut auf, Charlie. Wenn der seinen Charme einschaltet, kann sie nich widerstehen.“

„Vielleicht ist das der Grund, warum er seinen Charme noch nicht eingeschaltet hat“, sagte ich in Erinnerung an das, was Lincoln gesagt hatte. „Vielleicht möchte er sie insgeheim gar nicht für sich einnehmen. Er bevorzugt Tändeleien, keine Verpflichtungen.“

„Jou. Stimmt.“ Er strich gedankenverloren über seine Narbe, die seinen Augenwinkel herabzog, und beobachtete, wie Lincoln die Bücherregale durchsah.

Lincoln zog einen tiefgrünen Band heraus und schlug ihn auf.

„Wonach suchen Sie?", fragte Gus.

„Ich möchte Informationen über Wölfe und Rudelverhalten nachlesen", sagte Lincoln. „Ich bin neugierig, ob sowohl Ballantine als auch Swinburn Anführer sein könnten. Ich glaube nicht, dass es möglich ist, aber ich bin unsicher."

„Vielleicht is einer der Anführer und der andere der Stellvertreter."

„Diese Rudel folgen eventuell nicht dem üblichen Tierverhalten", sagte ich. „Ihre Gewohnheiten könnten ganz anders sein."

Lincoln nickte. „Das ist wahr."

Er setzte sich und las. Ich kam zu ihm und hockte mich auf die Sessellehne, um über seine Schulter mitzulesen.

Gus blieb sehr lange still, sodass ich glaubte, er wäre eingeschlafen, doch dann bewegte er sich auf seinem Sessel. „Ich hab über Evas Warnung nachgedacht, Fitzroy", sagte er. „Über die Königin, die einige von uns bedroht."

Lincoln schloss das Buch und schenkte ihm seine ganze Aufmerksamkeit. „Sprich weiter."

„Eva hat gesagt, sie hat die Königin nich gesehen, nur gespürt." Gus stützte seine Ellenbogen auf die Sessellehnen und beugte sich vor. Der Sessel war nicht klein, aber sein bulliger Körper füllte ihn aus.

„Was is, wenn sie was *Königliches* gespürt hat? Vielleicht war's nich die Königin, sondern 'n Prinz oder Herzog. Sie ham selbst gesagt, Ihr Onkel, der Herzog, mag Sie nich."

„Ich bin mir nicht sicher, ob er mich tatsächlich nicht mag", sagte Lincoln.

„Du hast ihn gestern Abend bei Underwoods Party vor den Kopf gestoßen", rief ich ihm ins Gedächtnis.

„Das ist wohl kaum Grund genug für eine Bedrohung."

„Und ich glaube, du hast ihn beunruhigt. Sein Bruder hält schon große Stücke auf dich, ist sogar stolz. Vielleicht hat der Herzog Sorge, dass der zukünftige König dir Macht verleihen will. Oder dass er in einem ungünstigen Moment eure Verwandtschaft verrät und die Zeitungen davon Wind bekommen."

„Der Prinz von Wales wird wohl kaum seinen Stand vergessen und so etwas preisgeben, schon gar nicht in der Öffentlichkeit."

„Ich glaube aber schon, dass Gus ein gutes Argument vorbringt. Eva hat vielleicht gar nicht begriffen, dass sie etwas Königliches spürt. Wir hätten sie fragen sollen, ob die Gefahr von einer Frau ausgeht."

„Ich werde ihr schreiben", sagte Lincoln und nahm meine Hand. „Es ist ein guter Punkt."

Gus strahlte und schob sich aus dem Sessel. „Klar-o. Ich verzieh mich ins Bett. Wenn Sie mich morgen nich brauchen, helfe ich meiner Tante aus. Am Haus sind 'n paar Reparaturen fällig."

„Ich kann Geld für einen Handwerker zur Verfügung stellen", sagte Lincoln.

„Nich nötig. Hält mich von Ärger ab." Er wünschte uns eine gute Nacht und schloss die Tür hinter sich.

„Was ist mit uns?", fragte ich Lincoln. „Was machen wir morgen? Ich sehe keine Richtung, in die es gehen könnte. Vielleicht können wir noch einmal mit Gawler sprechen. Leonora hat angedeutet, sein Rudel wolle sich mit ihrem kreuzen, also hätte er Protheroe beseitigen können, damit sie frei wird. Aber ich bin mir da nicht sicher. Zum einen ist es ein extremer Schritt, um sie davon abzuhalten, Protheroe zu heiraten. Zum anderen erinnere ich mich, dass Gawler gesagt hat, es wäre eine gute Idee, die gestaltwandlerischen Fähigkeiten ganz weg zu züchten. Glaubst du, er könnte das nur gesagt haben, weil er wegen Kings Sieg über ihn eingeschnappt war? Lincoln? Warum schaust du mich so an?"

„Weil ich gern die Bewegung deines Mundes beobachte, wenn du redest."

Ich lächelte.

„Und ganz besonders, wenn du lächelst."

„Also was denkst du? Sollten wir morgen wieder mit Gawler reden?"

„Wenn du möchtest." Er hob die Hand und strich mit dem Daumen über meine Oberlippe, dann über meine Unterlippe.

„Aber jetzt", murmelte er, „möchte ich, dass du diesen Mund hier herunter bringst und mich küsst."

Er zog mich von der Lehne auf seinen Schoß und küsste mich zärtlich. Ich vergaß bald alles über Gestaltwandler und Mörder. Und Lincoln hatte ganz gewiss seine Regel vergessen, dass er sich von mir fernhalten wollte.

* * *

WIR BESCHLOSSEN, Gawler nicht noch einmal zu besuchen. Lincoln hatte das Gefühl, dass wir ihm so viele Informationen entlockt hatten wie möglich. Damit waren wir mit unseren Ermittlungen präzise nirgendwo gelandet. Lincoln entschied sich für einen Abwarten-und-mal-sehen-Ansatz. Nachdem Gus und Seth von Mrs Sullivans Waisenhaus zurückgekommen waren, schickte Lincoln sie los, um Lord Ballantine durch die Stadt zu folgen. Hoffentlich würde er sich mit seinen Rudelkollegen treffen, um sie vor Gesprächen mit uns zu warnen. Falls er das tat, hatten wir weitere Namen. Natürlich gab es eindeutig die Möglichkeit, dass er ihnen schlicht Nachrichten senden würde.

Wir hatten nicht erwartet, dass Seth und Gus bereits zwei Stunden, nachdem sie gegangen waren, schon wieder auftauchten. Ich erspähte sie durch das Fenster, denn sie lungerten neben einer Pappel auf dem vorderen Rasen herum. Sie waren hinter Lord Ballantines Kutsche eingetroffen, die jetzt vor den Stufen Lichfields wartete.

„Lord Ballantine", kündigte Doyle an und führte seine Lordschaft zu uns in den Salon. Wir hatten die Kutsche ankommen sehen und wappneten uns für eine weitere feurige Begegnung.

Lincoln überließ es mir, die Gastgeberin zu mimen und Ballantine einen Platz anzubieten. Lincoln gab seiner Lordschaft weder die Hand, noch hieß er ihn willkommen. Ich fand das eine angemessene Reaktion in Anbetracht der Tatsache, dass der Mann am Tag zuvor eine Waffe auf ihn gerichtet hatte.

Ballantine setzte sich nicht. Er würdigte meine Anwesenheit in keiner Weise. Die Wucht seines Blicks konzentrierte sich auf Lincoln. Lincoln starrte genauso finster zurück.

„Schließen Sie bitte die Tür, Doyle", sagte Lincoln. „Seine Lordschaft wird nicht zum Tee bleiben und wir dürfen nicht gestört werden."

Doyles Augen weiteten sich einen Moment bei Lincolns Schroffheit einem Mitglied des Adels gegenüber, doch er zeigte sonst keine Empfindungen und trat mit einer Verbeugung hinaus. Meine Besorgnis ließ sich nicht so leicht verbergen. Ich schluckte und beobachtete Ballantine genau. Falls er bewaffnet war, steckten wir in Schwierigkeiten.

Vielleicht sollte ich mich aus dem Zimmer schleichen und eine Waffe holen.

„Halten Sie sich von meiner Familie fern", knurrte Lord Ballantine.

„Ihre Tochter war froh, mit uns zu reden", sagte Lincoln.

„Sie haben Sie hinters Licht geführt! Leonora hat mir erzählt, *sie* hätte vorgegeben, eine Nachricht von Protheroes Geist zu haben." Er stach mit seinem Finger in meine Richtung.

Ich erstarrte, als hätte er mich damit festgenagelt.

„Dann streiten Sie nicht ab, Protheroe gekannt zu haben."

Lincolns Aussage überrumpelte Ballantine. Seine Wangen bebten kurz vor verwirrter Empörung, doch er fing sich schnell. „Sie haben sogar meine Lilith mit hineingezogen. Das ist niederträchtig, Fitzroy."

„Ich habe in der Tat mit Lilith gesprochen", sagte ich. „Und mit Mr Protheroe."

„Charlie", warnte Lincoln mit einem Kopfschütteln.

„Ich kann mit Geistern kommunizieren." Hoffentlich hatte Leonora nicht das Wort Nekromantin benutzt, um mich ihrem Vater zu beschreiben. Lincoln hatte recht; je weniger Menschen darüber Bescheid wussten, desto besser. Aber ein Medium zu sein war nicht so furchtbar.

Ballantine schaute mich von oben bis unten an und wandte sich dann von mir ab. Offensichtlich betrachtete er mich weder als interessant noch bedrohlich. Ich schob mich zur Tür.

„Was wollen Sie, Fitzroy?", fuhr Ballantine ihn an. „Leonora hat gesagt, Sie schieben mir Protheroes Tod in die Schuhe."

„Ich bleibe da ganz unvoreingenommen", sagte Lincoln. „Aber er *wurde* ermordet."

„Ich weiß nichts von seinem Tod. Die Familie des Mannes hat nur bekannt gegeben, dass er plötzlich verstorben ist. Es kann kein Mord gewesen sein. Über einen Mord wäre in den Zeitungen berichtet worden und ich lese die *Times* täglich."

Ich umrundete Zentimeter für Zentimeter den Raum, bis ich ganz nahe bei der großen Vase an der Tür ankam.

„Darüber wurde berichtet, aber sein Name blieb ungenannt", sagte Lincoln. „Nur, dass es als Hundeangriff gewertet wurde, nicht als Mord."

„Da haben Sie es. Kein Mord."

„Die Polizei irrt sich. Es war ein Mord und der Mörder war ein Gestaltwandler."

Der Schnurrbart auf seiner Oberlippe zuckte. „Ah. Da ist es. Leonora hat erwähnt, dass Sie ihr vorgeworfen haben, eine Art Tier zu sein."

„Es ist sinnlos, es abzustreiten, Ballantine", sagte Lincoln. „Sie haben zwei Gestalten, diese hier und eine wolfsähnliche. Ihre Frau ist ebenfalls Gestaltwandlerin, sowie ihre beiden Töchter."

Ballantine knurrte und ging dann auf Lincoln los. Lincoln bewegte sich nicht.

„Nicht!", rief ich.

Ballantine stoppte, als würde er sich plötzlich an seine Menschlichkeit erinnern. Er lief auf dem Teppich vor Lincoln auf und ab wie ein Tier auf der Pirsch, wenn ich je eins gesehen hatte. Den Wolf in sich hatte er nicht vollkommen unterdrückt. „Sie haben Nerven", brummte er.

„Nicht nur Leonora hat es uns gegenüber zugegeben, auch Liliths Geist hat es Miss Holloway erzählt", sagte Lincoln viel zu ruhig. Ich kannte diese Ruhe. Er war bereit zu kämpfen, wenn er musste.

Ballantine war vielleicht älter und sah nicht so aus, als könne er sich schnell bewegen, aber er war Gestaltwandler und damit stark, selbst in seiner menschlichen Form.

„Hat Mr Franklin Ihnen gesagt, dass wir auch mit ihm gesprochen haben?", fuhr Lincoln fort. „Hat er ihnen gesagt, dass er unseren Verdacht bestätigt hat, ein Gestaltwandler zu sein?"

„Franklin kann sagen, was er möchte." Ballantine blieb stehen und baute sich vor Lincoln auf. „Das hat nichts mit mir zu tun."

„Nicht?"

Ballantine schienen sich die Haare zu sträuben. „Sie sind verrückt. Alle beide." Er drehte sich um und stürmte zur Tür und zu mir. „Ich muss mir das nicht anhören. Aus dem Weg, Miss Holloway."

Ich sprang zur Seite und er riss die Tür auf, die gegen die Wand krachte und Doyle erschreckte, der in der Eingangshalle stand. Er hielt Ballantines Hut, nur um ihn aus der Hand geschnappt zu bekommen.

„Sie werden nicht noch einmal mit meiner Familie reden." Ballantine schüttelte den Hut in Lincolns Richtung. „Ich habe meine Frau und meine Tochter weggeschickt, damit Sie sie nicht mehr belästigen können."

Weg! Oh nein. Das war alles unsere Schuld. Arme Leonora. Ich hoffte, dass sie an einem friedlichen Ort war, wo sie ihr gebrochenes Herz heilen konnte.

Doyle fing die Haustür auf, bevor Ballantine sie zuknallen konnte. Ich wartete nicht darauf, die Kutsche wegfahren zu sehen, sondern ging schnell in den Salon und sah aus dem Fenster. Ich konnte weder Gus noch Seth entdecken und hoffte, dass sie das Tor erreicht hatten, bevor Ballantine sie bemerkt hatte. Von dort aus sollten sie ihm in einer Droschke folgen können.

„Es ist besser für sie, wenn sie von ihrem Vater weg ist", sagte Lincoln hinter mir.

„Leonora? Ja. Ja, das ist es." Ich seufzte und sank auf den Sitz am Fenster. „Das war ja eine Begegnung."

Er nahm meine Hand und rieb mit dem Daumen über meine Knöchel. „Wie geht es deinen Nerven?"

„Gut. Deinen?"

„Ich werde mich erholen."

Ich lachte nicht. Sein Gesicht war so ernst, dass ich mir nicht sicher war, ob er scherzte.

„Ich gehe aus", sagte er. „Dass Ballantine zurückkehrt, bezweifle ich, aber ich weise Doyle an, ihn nicht einzulassen. Oder Swinburn oder Franklin."

„Wo gehst du hin?"

„Herausfinden, wohin Leonora Ballantine verbannt wurde."

* * *

WIR NAHMEN AN, dass Leonora auf den Familiensitz in der Nähe von Bristol verbannt wurde, aber wir lagen falsch.

„Sie ist auf der Isle of Wight", verkündete Lincoln bei seiner Rückkehr. Er hatte mich auf dem Dachboden vorgefunden, wo ich die Ministeriumsakten um alles ergänzte, was wir in den letzten Tagen herausgefunden hatten.

„Die Isle of Wight!" Ich schaute von dem Dokument auf, das vor mir auf dem Schreibtisch lag. „Haben sie dort ein Haus?"

„Sie besuchen Freunde. Das ist alles, was mir der Lakai verraten wollte."

„Wie lange werden sie weg sein?"

„Das wusste er nicht."

„Ich hätte mit dir gehen und mit Liliths Geist sprechen sollen. Möglicherweise hat sie mehr gehört." Ich seufzte. „Die arme kleine Lilith. Sie ist nur wegen ihrer Mutter geblieben und jetzt ist ihre Mutter weg. Sie muss sich sehr einsam fühlen."

„Vielleicht geht sie jetzt ins Jenseits." Er legte eine Hand auf meine Schulter und küsste meinen Scheitel.

Ich verbrachte noch eine Stunde auf dem Dachboden, während er sich in die Bibliothek zurückzog. Nachdem ich die Details über Familie Ballantine notiert hatte, durchsuchte ich die Akten nach Personen, die eventuell gestaltwandlerische Attribute hatte. Wir wussten zwar, wie wir sie nannten, doch Verwalter früherer Jahrhunderte hatten sie vielleicht ganz anders bezeichnet. Ich fand allerdings nichts Interessantes.

Ich wollte gerade gehen, als Whistler, der Lakai, auftauchte. Sein Blick sprang hastig durch den Raum, den er nur betreten durfte, wenn er hereingebeten wurde. Dann sah er mich an. „Mr Fitzroy bittet um Ihre Anwesenheit im Salon, Miss. Lady Harcourt und die Lords Marchbank und Gillingham sind eingetroffen und bleiben zum Tee."

Ich stöhnte. Was wollte das Komitee denn jetzt? „Danke, Whistler. Ich bin gleich da."

Ich schob die Schublade des Aktenschranks zu und schloss sie ab. Den Schlüssel steckte ich ein und folgte Whistler die Treppe hinab in den Raum, wo Lincoln in eisigem Schweigen stand, während die anderen Komiteemitglieder saßen. Lord Marchbank begrüßte mich, doch die anderen beiden beachteten mich in keiner Weise. Lord Gillingham trommelte mit dem Finger auf den Knauf seines Spazierstocks, während Lady Harcourt aus dem Fenster starrte.

„Endlich!", rief Lord Gillingham. Seine Finger bewegten sich nicht mehr. „Können wir *jetzt* weitermachen, Fitzroy?"

Lincoln wartete ab, bis Doyle das Teetablett abgestellt hatte und gegangen war. Die Tür schloss er hinter ihm. Ich schenkte aus und reichte Lady Harcourt eine Tasse. Sie nahm sie nicht, sondern starrte lieber weiter in die Ferne.

„Julia!", schnappte Gillingham, ehe ich etwas sagen konnte. „Nimm die verflixte Teetasse, damit wir diese verdammte Besprechung starten können. Ich habe heute Morgen keine Zeit für Verzögerungen. In einer halben Stunde muss ich in meinem Klub sein."

„Dein Klub kann warten", sagte Marchbank. „Das hier ist wichtiger."

Lady Harcourt drehte sich langsam um und sah mir in die Augen. Eiseskälte rann mir den Rücken herab. Die Haut unter ihren Augen war etwas geschwollen, aber das war das einzige Anzeichen, dass sie geweint hatte. Ihr Blick bohrte sich so brutal in mich hinein wie immer. Ich hatte den Eindruck, dass sie mir die Hände um den Hals legen und so fest wie möglich zudrücken würde, wären wir allein.

Sie nahm die Teetasse. Sie zitterte leicht auf der Untertasse, bis sie sie herunternahm.

„Es war Zeitverschwendung herzukommen", fing Lincoln an. „Ich habe Sie über jeden Stand der Ermittlungen informiert."

„Haben Sie das?", gab Gillingham zurück.

„Ja."

„Ich bin diesmal auf Gillys Seite", sagte Marchbank. „Es scheint sehr wenige Fortschritte zu geben. Wir benötigen einen aktuellen Bericht, Fitzroy."

„Seit meiner letzten Nachricht gibt es wenig zu berichten", sagte Lincoln. „Ballantine hat seine Tochter erst heute Morgen weggeschickt, sodass wir sie nicht mehr so leicht befragen können. Er weigert sich grundsätzlich, mit uns zu reden."

„Machen Sie weiter Druck auf Swinburn", sagte Gillingham.

„Warum?", platzte Lady Harcourt plötzlich heraus. „Mir ist nicht klar, inwieweit er überhaupt involviert ist."

Gillingham schüttelte den Kopf, als wäre er von ihr enttäuscht. „Er ist involviert, Julia. Das muss er sein. Der Mann ist ein dreckiger Emporkömmling."

„Weil er handelt?" Sie rümpfte die Nase. „Sein einziges Vergehen besteht darin, ohne Adelstitel wohlhabend und einflussreich zu sein."

„Er hat nicht nur keinen Adelstitel, sondern keinerlei vernünftige Abstammung! Sein Großvater war Seemann, um Gottes Willen. Ein Seemann!" Er schnaubte ein Lachen heraus. „Kein Kapitän. Noch nicht einmal ein Navymann, der seinem Land dient. Ich glaube, er hat auf irgendeinem Fischerboot gearbeitet. Es ist vollkommen absurd."

„Das reicht", rügte Marchbank.

„Sir Ignatius ist durch seiner eigenen Hände Arbeit und vielleicht ein wenig Glück aufgestiegen." Ein Funken Kampfgeist ließ Lady Harcourts Augen aufleuchten und ihre Wangen rot werden. Es war, als wäre ihre elegante Fassade hoffnungslos zerbröckelt, und sie hätte sich entschieden, sie endgültig fallen zu lassen. Ich wappnete mich für das Gemetzel, das vor mir lag. „Was hast *du* denn getan, Gilly?", presste sie durch zusammengebissene Zähne, die Oberlippe verzogen. „*Du* hast dein Geld und deine Stellung geerbt, und wäre es nicht so, wärst du bettelarm. Du bist zu dumm, um eingestellt zu werden, zu arrogant, um zu lernen, und zu stolz, um zuzuhören."

„Julia, nicht", versuchte Marchbank, die Wogen zu glätten. „Belassen wir es dabei, bevor jemand seine Worte bereut."

Doch weder Lady Harcourt noch Lord Gillingham schienen ihn zu hören. „Wenigstens habe ich mich nicht auf den Rücken gelegt und für einen alten Mann mit Geld und Titel die Beine breitgemacht."

Lady Harcourts Atem fuhr in einem Stöhnen aus ihrem Mund und ihr Kopf ruckte zur Seite, als hätte er sie geschlagen. Dann, blitzschnell, warf sie ihre Teetasse nach ihm. „Wie kannst du es wagen!"

KAPITEL 11

ie Tasse verfehlte ihr Ziel und landete stattdessen auf dem Teppich. Tee ergoss sich über Gillinghams Brust und Arm und ein Tropfen erwischte ihn am Kinn.

Er schoss auf die Füße und ging mit dem Gehstock auf sie los. Lincoln trat dazwischen und fing ihn ab. Gillingham versuchte, ihm den Stock zu entreißen, merkte aber, dass es sinnlos war, und gab auf. Stattdessen schleuderte er Beschimpfungen in Lady Harcourts Richtung.

„Du bist widerlich, Julia. So widerlich wie alles, was je aus der Gosse gekrochen ist." Spucke sammelte sich in seinem Mundwinkel und landete auf seinem Kinn neben dem Tee, den er noch nicht weggewischt hatte. „Du und Swinburn, ihr gehört zusammen, so viel ist jetzt offensichtlich."

„Genug", knurrte Lincoln, doch er wurde von Marchbanks Handfläche übertönt, die auf die Tischplatte knallte.

„Hör auf, Gilly", befahl Marchbank. „Das Komitee ist aneinander gebunden, ob es dir nun gefällt oder nicht, und ich erwarte von jedem Mitglied Höflichkeit. Behaltet eure Meinungen voneinander für euch."

Gillingham versuchte wieder, seinen Gehstock aus Lincolns Griff zu befreien, und schien den Kampf zu verlieren, bis Lincoln ihn freigab. Gillingham fiel mit solchem Schwung rückwärts in den Stuhl, dass er nach hinten kippte und umzufallen drohte.

Lady Harcourt drehte sich zum Fenster und schien ihren eigenen Gedanken nachzuhängen. Ich behielt sie allerdings lieber im Auge, da sie jederzeit wieder aufbrausen konnte.

„Lord Ballantine vertritt, was Swinburn betrifft, nicht die gleiche Ansicht wie Sie", sagte Lincoln zu Gillingham. Ich hielt die Luft an, während ich auf die nächste Tirade wartete, die von den Lippen seiner Lordschaft sprudeln würde.

Doch er zog lediglich ein Taschentuch aus seiner Jackentasche und tupfte den Tee von seinem Ärmel ab. „Vielleicht hat Swinburn etwas gegen ihn in der Hand", sagte er. „Vielleicht schuldet er Swinburn Geld."

„Oder Swinburn weiß, dass er etwas mit Protheroes Tod zu tun hatte", fügte Lord Marchbank hinzu.

„Ballantine ist nicht involviert", sagte Gillingham. „Das weißt du, March. Hör auf, die Dinge aufzuwirbeln."

„Ich weiß nichts dergleichen. Er scheint mir das stärkste Motiv zu haben."

„Was ist mit dem zweiten Liebhaber?", fragte Gillingham. „Dieser Eddy war es. Das ist meine Theorie."

„Warum tun Sie Ballantine ohne weitere Beweise ab?", fragte ich.

Gillingham schaute verächtlich auf mich herab. „Für dich ist es *Lord* Ballantine, Charlotte. Warum ich nicht glaube, dass er schuldig ist? Weil er ein Adeliger aus einer angesehenen Familie ist, deswegen."

„Er ist ein Gestaltwandler", gab ich zurück. „Die gesamte Familie besteht aus Gestaltwandlern und ein Gestaltwandler hat Protheroe getötet."

„Swinburn könnte ebenfalls ein Wandler sein. Viele Leute sind es."

„Wer noch?", fragte Lord Marchbank mit gerunzelter Stirn.

Gillingham fuhr fort, seine feuchte Kleidung mit dem Taschentuch abzutupfen, ein rosa Hauch auf seinen Wangen.

Marchbank schaute Lincoln an. Lincoln schüttelte kaum merklich den Kopf. Marchbank wollte sich jedoch nicht so leicht abspeisen lassen und seine Stirn blieb gerunzelt.

„Meine Männer beobachten Ballantine", sagte Lincoln. „Ich werde Swinburn ebenfalls beobachten, aber es ist viel wahrscheinlicher, dass Ballantine der Rudelführer ist angesichts seiner Stellung. Eddy ist noch immer der Schlüssel, dieses Rätsel zu lösen. Sobald wir herausfinden, wer er ist, werden wir eine weitere Person haben, die wir befragen können. Selbst wenn er nicht involviert ist, könnte er wissen, warum Protheroe getötet wurde."

„Das scheint im Moment alles zu sein, was wir tun können." Marchbank schob sich aus seinem Sessel. „Wenigstens gab es keine weiteren Tode."

„Was bestätigt, dass es nicht wahllos war, sondern gezielt", sagte Lincoln. „Protheroe sollte sterben."

Marchbank schüttelte Lincoln die Hand und verbeugte sich vor mir. „Kommt, Gilly, Julia. Lassen wir die beiden hier allein, damit sie ihre Hochzeit planen können."

„Er hat Wichtigeres zu tun", murmelte Gillingham.

Die beiden Männer wurden von Doyle in Empfang genommen, der sie zur Haustür begleitete. Lady Harcourt blieb zurück. Ich seufzte. Anscheinend hatte sie noch etwas zu sagen.

„Auf ein Wort, Lincoln?", fragte sie.

„Natürlich."

Sie warf mir einen spitzen Blick zu. „Ich nehme an, sie bleibt."

„Wenn Charlie möchte."

Ich zögerte einen Moment, doch meine Neugierde überwog die Unannehmlichkeit, mit Lady Harcourt in einem Raum zu sein.

Lincoln schloss die Tür hinter den Gentlemen und lud Lady Harcourt ein, sich zu setzen. Sie lehnte mit erhobenem Kinn ab.

„Ich möchte nicht, dass du Sir Ignatius wie einen Verdächtigen im Mordfall behandelst", sagte sie.

„Er ist ein Verdächtiger", sagte Lincoln.

Ihre Irritation flammte wieder auf und sie schnalzte mit der Zunge. „Kannst du mit deinen Fragen nicht diskreter sein?"

„Nein."

„Jetzt sei doch nicht so halsstarrig, Lincoln. Natürlich kannst du es vorsichtiger angehen." Sie schien auf eine Antwort zu warten, doch als keine kam, fügte sie hinzu: „Es gibt keinen Grund, mit donnernden Geschützen auf ihn loszugehen wie in einem Groschenroman. Das macht ihn nur defensiv und weniger kooperativ."

„Du glaubst, er wird kooperieren, wenn ich vorsichtiger agiere?"

„Möglicherweise."

„Das sehe ich anders. Abgesehen davon hatte ich mit Swinburn wenig zu tun. Die meisten meiner Begegnungen waren mit Ballantine, seiner Tochter oder seinem jungen Freund Mr Franklin."

„Du verstehst das nicht", zischte sie. „Er weiß, dass ich mit dir in Verbindung stehe. Ich habe dich zu Lord Underwoods Party eingeladen. Er weiß, dass du um ihn und Ballantine herumschnüffelst. Ganz ehrlich, Lincoln, ich hatte nicht erwartet, dass du so auffällig vorgehst."

„Hat er dich bedroht, Julia?"

Sie zögerte, ehe sie: „Nein" sagte.

„Hat er angedeutete, dass er nicht mehr Ihr ... Freund sein wird, wenn wir unsere Befragungen fortsetzen?", fragte ich.

Sie grinste. „Ja, Charlotte, das hat er angedeutet."

Ich schätzte, in ihren Augen war das so gut wie eine Drohung.

„Lass mich eins klarstellen", sagte Lincoln. „Diese Ermittlung ist wichtiger als deine Freundschaft mit Swinburn oder sonst jemandem."

„Sei doch vernünftig, Lincoln. Ich bitte dich doch nur, vorsichtig vorzugehen, diskret zu sein. Sicherlich kriegst selbst du das hin."

Lincoln erstarrte. Ich erkannte die Wut in seinen Augen, doch es schien, als sähe Lady Harcourt sie nicht.

„Anscheinend habe ich mich nicht klar genug ausgedrückt", sagte er gepresst. „Ich werde die Art, wie ich an Informationen komme, nicht verändern, und das schließt Swinburn mit ein."

„Grundgütiger, Lincoln!", gab sie wütend zurück. „Ich bitte dich doch nur, in einer Art vorzugehen, bei der es nicht so aussieht, als wären er oder seine Freunde verdächtig. Warum stellst du dich deswegen so an?"

„Das steht nicht zur Debatte. Deine Beziehung zu Swinburn

hat diesen Ermittlungen nicht in die Quere zu kommen", sagte er zu ihr. „Verstanden?"

Sie richtete sich auf. Die Muskeln in ihrem Kiefer arbeiteten. Ich hielt die Luft an, denn ich erwartete halb, dass sie ihm etwas an den Kopf werfen würde. Aber Lincoln war nicht Gillingham und sie musste wissen, dass sie bei ihm mit so einer Laune nicht ungestraft davonkommen würde.

„Zwischen mir und Sir Ignatius besteht keine Beziehung", sagte sie hochnäsig.

„Dein Verhalten bei der Party würde vermuten lassen, dass du es dir wünschst. Falls deine Bemühungen Erfolg haben, müsstest du eventuell deine Position im Komitee aufgeben."

„Du glaubst, ich würde Ministeriumsgeheimnisse ausplaudern?", rief sie empört.

„Wenn du glaubst, ihn damit gewinnen zu können, ja." Meine Sorge um das Geschirr in Lady Harcourts Nähe wuchs bei seiner Direktheit.

Ihre Lippen pressten sich so fest aufeinander, dass sie weiß wurden. Sie trat zu ihm und holte zu einer Ohrfeige aus, doch er fing sie mit Leichtigkeit ab. Sie wehrte sich nicht, sondern trat noch dichter an ihn heran, sodass ihr Kleid zwischen ihnen zerdrückt wurde. Ihre Oberlippe verzog sich zu einem fiesen Lächeln und Lincoln ließ sie los. Er öffnete die Tür.

Die Röte stieg ihr in die Wangen, doch ihre Lippen blieben blutleer, ein weißer Strich in ihrem rosa Gesicht. Sie hatte noch nie so schön oder so gefährlich ausgesehen. Ihr Blick richtete sich wieder auf mich, als ob ich die Wurzel allen Übels und ihr Leben besser wäre, wenn sie mich aus dem Boden, aus Lichfield reißen und wegwerfen könnte.

Ein Teil von mir wünschte sich, sie würde es versuchen, damit ich meine kämpferischen Fähigkeiten austesten konnte. Doch sie tat es nicht. Sie stapfte an mir vorbei, den Kopf hoch erhoben, während ihre Röcke bei jedem Schritt um ihre Knöchel schlugen. Doyle öffnete ihr die Haustür und sie ging.

Ich atmete tief aus und sank auf einen Stuhl. „Das war ereignisreich."

„Und nützlich", sagte Lincoln und setzte sich auf die

Armlehne. Er streichelte meinen Nacken, schien jedoch nicht bei der Sache zu sein.

„Inwiefern?", fragte ich.

„Sie hat gerade bestätigt, dass Swinburn in Protheroes Mord involviert ist. Vielleicht nicht direkt, aber er weiß etwas, dank seiner Freundschaft mit Ballantine. Sonst hätte er sie nicht unter Druck gesetzt, mit mir zu sprechen."

Ich nickte langsam. „Glaubst du, sie wollte es bestätigen?"

Er ließ sich mit der Antwort Zeit und ich hatte den Eindruck, dass er darüber noch nicht nachgedacht hatte. „Ich weiß es nicht. Ich weiß nur, dass wir herausfinden sollten, wie tief die Beziehung geht."

„Wie?"

„Indem wir die Geschäftsaktivitäten beider Männer unter die Lupe nehmen."

* * *

LINCOLN VERBRACHTE den Rest des Tages und den Großteil des nächsten damit, Finanzberichte durchzusehen. Ich bekam ihn kaum zu Gesicht, ebenso wie Gus und Seth, die weiterhin Lord Ballantine durch die Stadt folgten. Seth gab nach dem Mittagessen einen Bericht über Ballantines Bewegungen ab, als Lincoln ebenfalls zu Hause war. Seine Lordschaft schien sehr viel Zeit in seinem Klub zu verbringen. Obwohl Seth den Klub als Mitglied des Adels betreten konnte, hatte er sich dagegen entschieden. Ballantine kannte ihn bereits und sein plötzliches Auftauchen dort würde Aufmerksamkeit erregen. Seine Verfolgung war einfacher, wenn ihm nicht bewusst war, dass er beobachtet wurde.

Seth wollte gerade gehen, um zu Gus vor das Haus der Ballantines zurückzukehren, als Eva Cornell ankam. Leisl war nicht bei ihr. Doyle führte sie in den Salon, wo ich mit Lady Vickers und Alice saß. Seth kam dazu, während Whistler Lincoln holte.

„Ich dachte doch, dass ich jemanden ankommen gehört habe", sagte Seth lächelnd. „Guten Tag, Miss Cornell. Was für eine nette Überraschung."

Sie beäugte ihn misstrauisch. „Guten Tag, My Lord."

„Nennen Sie mich Seth. Ich hasse dieses ‚Lord' Zeug. Dabei denke ich an fette alte Männer. Wenn Sie mich ‚My Lord' nennen, mache ich mir Sorgen, dass ich zugenommen habe oder mir graue Haare aus den Ohren wachsen."

Eva lachte, nur um abrupt aufzuhören. Sie biss sich auf die Lippe. Anscheinend war es ihr peinlich, ihn amüsant zu finden.

Lady Vickers schnalzte mit der Zunge und senkte das Hemd, das sie für ihn flickte. „Ehrlich, Seth, wie willst du vorankommen, wenn die Leute deinen Titel nicht benutzen?"

„Jetzt nicht, Mutter", sagte er mit einem angespannten Lächeln. „Sind Sie hier, um mit Ihrem Bruder zu reden, Miss Cornell?"

„Eva", korrigierte sie ihn vorsichtig. „Mein Bruder … Ja. Es ist noch immer seltsam, so von ihm zu denken. Wir kennen uns kaum."

„Das wird sich jetzt ändern, nicht wahr, Charlie?"

„Wenn es das ist, was Lincoln, Eva und ihre Familie wünschen", sagte ich. „Vielleicht können sie alle zum Dinner hierherkommen, wenn die Ermittlungen abgeschlossen sind."

Seth schien der Vorschlag zu gefallen. „Sie werden doch kommen, nicht wahr, Eva? Und auch Ihre Mutter und Ihren Bruder überzeugen."

„Es wäre uns ein Vergnügen, in Lichfield Towers zu dinieren", sagte sie. „Danke, Charlie." Eva schenkte mir ein echtes Lächeln, das verblasste, sobald sie Seth ebenfalls breit lächeln sah. Warum war sie ihm gegenüber so misstrauisch? Er benahm sich noch nicht einmal übermäßig charmant, da hatte ich ihn schon kühner erlebt. Abgesehen davon versuchte er gar nicht, sie zu bezirzen. Nicht in Anwesenheit von Alice.

Alice beobachtete still den Austausch, das Gesicht unlesbar. Ihr Blick folgte Seth zu dem Sofa, auf dem sie saß.

Er räusperte sich. „Darf ich mich hierhersetzen, Alice?"

„Natürlich." Sie rückte zur Seite, um ihm Platz zu machen.

Er zupfte die Hosenbeine hoch und setzte sich. „Schönes Wetter heute."

Alice schaute von ihm zu Eva und wieder zurück. „Ja."

„Darf ich so frei sein, Ihnen zu sagen, wie, äh, hübsch Sie heute aussehen?"

„Danke."

Er lächelte sanft. Sie versuchte, zurückzulächeln, doch es wirkte etwas gezwungen.

„Warum setzt du dich?" Lady Vickers funkelte ihren Sohn an. „Hat Mr Fitzroy keine Arbeit für dich? Du kannst hier nicht den ganzen Tag sitzen und mit Alice plaudern. Na los, auf geht's."

Lincoln trat ein, ehe Seth etwas erwidern konnte. Er musste Lady Vickers gehört haben, denn er schaute Seth lediglich mit hochgezogenen Brauen an.

Seth seufzte und erhob sich. „Ich gehe." Er machte vor Alice eine Verbeugung, lächelte Eva jedoch an. „Je schneller ich mich an die Arbeit mache, desto eher schnappen wir den Mörder und beenden diese Ermittlung. Und dann haben wir ein Familiendinner, auf das wir uns freuen können. Bis dann, Eva."

„Auf wiedersehen, Seth." Eva fing Lady Vickers' bösen Blick auf und fügte „My Lord" hinzu.

Seth verzog das Gesicht und tätschelte mit gespielter Verlegenheit seinen Bauch. „Charlie, schaust du bitte in meine Ohren? Kannst du da graue Haare sehen?"

„Geh schon, Seth", sagte ich lachend.

Er grinste und zwinkerte Eva zu. Sie schaute weg, das Gesicht gerötet. Alice sah ihm nach, die Stirn verwirrt gerunzelt. Sie war nicht die Einzige, die sein Verhalten verwirrte. Ich verstand sein Benehmen Alice gegenüber gar nicht.

„Welchem Umstand verdanken wir deinen Besuch?", fragte Lincoln Eva.

„Bleibst du zum Tee?", fragte ich, ehe sie antworten konnte.

„Nein, danke", sagte sie. „Ich muss zurück. In einer Stunde beginnt mein Unterricht."

„Es gibt Unterricht für Krankenschwestern?", fragte Alice. „Das wusste ich nicht. Sind sie ähnlich wie Vorlesungen an der Universität?"

„Das Krankenhaus lässt ihn von erfahrenen Krankenschwestern durchführen. Wir begleiten sie auf ihren Runden. Es ist eigentlich kein Unterricht, eher Erfahrungen aus erster Hand."

„Das klingt wesentlich interessanter als trockene Vorträge."

„Das ist es. Ich glaube, auf diese Art lerne ich viel mehr." Sie sprach mit Enthusiasmus und Wärme von ihrem gewählten Beruf und würde eine hervorragende Krankenschwester abgeben. „Ich lerne auch mit Büchern und lese medizinische Zeitschriften, aber es ist nicht das Gleiche, wie einen echten Patienten zu sehen."

„Das Studium mit Büchern ist keine Voraussetzung, um sich als Krankenschwester zu qualifizieren", sagte Lincoln.

Eva starrte ihn wütend an und er starrte herausfordernd zurück. Was war nur mit ihm los?

„Es ist immer eine feine Sache, sein Wissen zu erweitern", sagte ich, um das peinliche Schweigen zu überbrücken.

Nicht, dass Eva über Lincolns Herausforderung besorgt oder aufgebracht wirkte. Es schien, als würde *sie ihn* herausfordern, seine Meinung zu sagen oder ihr vorzuwerfen, was auch immer er ihr vorwerfen wollte. Die gleichsam stark gerunzelten Stirnen und festen Unterkiefer machten die Familienähnlichkeit noch deutlicher. Sie war eine weibliche Version von Lincoln sowohl im Verhalten als auch im Aussehen. Ob Leisl das wohl bemerkt hatte?

„Ich habe beschlossen, persönlich auf deine Nachricht zu antworten, Lincoln", sagte Eva kurz angebunden. „Ja, ein Brief hätte gereicht", fügte sie hinzu, als würde sie auf seine unausgesprochene Bemerkung antworten. „Aber ich dachte, du hättest vielleicht weitere Fragen an mich, und so können wir alles in einem Aufwasch erledigen."

„Eine gute Idee", sagte er schlicht. „Also hast du die Königin gespürt oder lediglich etwas Königliches?"

„Es war definitiv eine Königin. Die Bedrohung kam von einer weiblichen Instanz, die nicht nur zur Königsfamilie gehörte, sondern *regierte*. Es war keine Prinzessin, so viel war klar." Sie zuckte mit den Schultern. „Wer außer unserer Königin Viktoria könnte es sein?"

Lincoln nickte lediglich. „Danke für die Erläuterung."

„Wenigstens wissen wir jetzt, dass sie keine unmittelbare Bedrohung für uns darstellt", sagte ich. „Sie ist momentan unterwegs. Ich frage mich, wo sie ist und wann sie zurückkehrt."

„Osborn House", sagte Lady Vickers, ohne von ihrer Flickarbeit aufzuschauen. „Um diese Jahreszeit geht sie dorthin und bleibt bis zu ihrem Geburtstag im Mai."

Lincoln drehte sich abrupt zu mir. „Osborn House", wiederholte er. „Das ist auf der Isle of Wight."

Leonora war zur Isle of Wight gefahren. War das nur Zufall?

Falls nicht, war sie von Lord Ballantine aus einem bestimmten Grund dorthin gebracht worden. Was, wenn dieser Grund die Ermordung der Königin war?

„Es ist auf der Isle of Wight", fuhr Lady Vickers fort und inspizierte einen Stich. „Großartiges Anwesen, glaube ich, obwohl ich selbst noch nicht dort war. Meine Freundin Lady Curuthers wurde einmal vor vielen Jahren mit ihrem Mann zu einer Jagdgesellschaft nach Osborn House eingeladen. Ich meine, sie hätten Fasane geschossen." Sie legte die Näharbeit weg. „Oder waren es Rebhühner? Was auch immer, sie erzählte, sie hätte eine wunderbare Zeit verlebt. Damals lebte natürlich der Prinzgemahl noch. Jetzt finden dort keine Jagdgesellschaften mehr statt, jedenfalls nicht, wenn Ihre Majestät dort residiert. Wohin sie auch geht, sie nimmt immer so eine traurige Stimmung mit. Ehrlich, wir haben alle mal einen geliebten Menschen verloren, aber wir kämpfen uns durch. Ich bin nicht mitleidslos, verstehen Sie, aber bei ihr ist es anders. Sie hätte sich inzwischen zusammenreißen müssen. Apropos, ich bezweifle, dass aus der Bedrohung, von der Miss Cornell spricht, viel wird, Mr Fitzroy. Ihre Majestät hat nicht viel Macht und die einzigen Menschen, die unter ihrer fürchterlichen Laune und dem eisernen Willen leiden, sind ihre Kinder und Enkel. Also *die* haben Grund, sich bedroht zu fühlen, wenn sie sich ihren Wünschen widersetzen."

„Trotzdem", sagte Alice, „Eva ist sicher, dass die Bedrohung für sie selbst, Lincoln und Charlie von der Königin kam."

„Nicht spezifisch für uns", erwiderte Lincoln.

„Du hast recht", sagte Eva. „Ich kann nicht mit Sicherheit sagen, dass es euch beide und mich betrifft, aber ich glaube schon, dass Menschen, die mit euch in Verbindung stehen, Ziel ihrer Drohungen sind. Hast du noch mehr Fragen an mich? Denn ich muss jetzt los."

Lincoln und ich hatten weiter nichts zu sagen und wir brachten sie zur Kutsche. Lincoln bezahlte den wartenden

Fahrer, damit er sie hinbrachte, wohin auch immer sie wollte. Eva protestierte und weigerte sich, das Geld anzunehmen, aber der Kutscher hatte da keinerlei Hemmungen und sie musste sich fügen, als er es nahm.

„Warum hast du dich wegen ihrer Ausbildung so angestellt?", fragte ich Lincoln, während wir zusahen, wie der Kutscher davonfuhr.

„Habe ich nicht", sagte er.

„Hast du wohl. Es war, als würdest du sie des Lügens bezichtigen."

„Sie hat gelogen. Die Pflege benötigt wenig Studieren oder Lesen für eine Qualifikation. Man lernt durch Anstellung und die Anleitung von erfahrenen Krankenschwestern. Eva hat es selbst zugegeben."

„Vielleicht möchte sie sich weiterbilden und ein gründlicheres Wissen über medizinische Zusammenhänge erlangen. Was ist daran falsch?"

„Nichts. Also warum lügen?"

„Bist du dir sicher, dass sie gelogen hat?", fragte ich, da er mir den Wind aus den Segeln genommen hatte.

Er nickte. „Ich habe es gespürt. Nicht bezüglich des Lernens an sich, sondern bezüglich des Grundes, warum sie lernt."

„Warum sollte sie deswegen lügen? Und was ist ihr Grund zum Lernen? Oh!" Ich nickte und konnte endlich erkennen, was er sah. „Du glaubst, sie möchte Ärztin werden, keine Krankenschwester. Dazu müsste sie studieren."

„Es ist wahrscheinlich."

„Was denkst du über Evas Beharren darauf, dass die Bedrohung von der Königin kommt?", fragte ich, während wir zur Haupttreppe schlenderten.

„Das interessiert mich gerade nicht", sagte er. „Ich will wissen, warum Leonora die Königin auf der Isle of Wight besucht."

„*Wenn* sie die Königin dort besucht. Es könnte auch ein Zufall sein."

„Ich glaube nicht an Zufälle." Er schaute über meine Schulter und ich drehte mich um. Alice stand am Eingang des Salons und wartete darauf, dass wir unser Gespräch beendeten. „Sei in fünfzehn Minuten wieder hier", sagte Lincoln zu mir. „Wir werden herausfinden, was der Prinz von Wales über die Ballantines weiß."

Er lief die Stufen hinauf und ich ging zu Alice. „Ist alles in Ordnung?", fragte ich. „Du wirkst beunruhigt."

„Nicht beunruhigt. Das trifft es nicht ganz." Sie schaute zurück in den Salon. „Können wir irgendwo unter vier Augen reden?"

„Komm und hilf mir, einen Hut auszusuchen, der zu diesem Kleid passt. Einen, der für den Palast angemessen ist."

Sie lächelte und stieg neben mir die Treppe hinauf. „Hättest du je gedacht, dass du eines Tages mit Prinzen im Buckingham Palace verkehren würdest, als wir uns noch Mrs Denks Standpauken im Pensionat für missratene Töchter anhören mussten?"

Ich lachte. „Niemals. Manchmal frage ich mich, was sie sagen würde, wenn sie es wüsste."

„Ich frage die Mädchen das nächste Mal, wenn ich schreibe. Ich habe deinen ersten Besuch im Palast schon erwähnt."

„Das hast du nicht! Alice Everheart, du hinterhältiges Ding."

Sie kicherte. „Ich habe ihnen erzählt, dass du an Partys mit Prinzen, Prinzessinnen, Ladys und Lords teilnimmst und dass dein Verlobter so grüblerisch ist wie ein Held aus einem Groschenroman."

„Alice!"

„Apropos Lords", sagte sie mit gesenkter Stimme, „was glaubst du, was Seth im Schilde führt?"

Ich schob meine Schlafzimmertür auf und ließ sie zuerst eintreten. „Was meinst du?"

„Du weißt, was ich meine. Du fandest sein Verhalten auch merkwürdig. Es stand dir ins Gesicht geschrieben."

Ich öffnete die Tür meines Kleiderschranks und zog den kleinen Hocker unten heraus. Die Hutschachteln wurden ganz oben aufbewahrt und ich war zu klein, um dranzukommen. Alice allerdings nicht. Sie nahm eine herunter, während ich die beiden anderen holte.

„Du solltest mit Seth reden, nicht mit mir", sagte ich und stellte die Schachteln aufs Bett.

„Das kann ich nicht", jammerte sie. „Er ist so … verschlossen."

„Seth? Wohl kaum."

„Bei mir schon. Das ist das Problem, Charlie. Er war Eva gegenüber so entspannt, als würden sie sich gut kennen." Sie ließ sich auf das Bett fallen und lehnte sich gegen die Kissen. „Ich kann verstehen, warum er mit dir redet. Du bist für ihn wie eine Schwester. Aber Eva ist eine Fremde und trotzdem ist er ihr gegenüber charmant. Bei mir ist er einfach nur … steif."

Ich nahm einen grün-schwarzen Pillbox heraus und fummelte an dem Tüll herum, der an der Vorderseite des Huts angebracht war. Zum Glück bemerkte Alice nicht, dass ich eine Antwort vermied.

„Warum behandelt er sie so anders als mich?", fragte sie. Das Schmollen war in ihrer Stimme zu hören, aber nicht auf ihren Lippen zu sehen. „Warum behandelt er mich anders als alle anderen?"

Ich legte den Hut weg und setzte mich ebenfalls aufs Bett. „Er legt bei dir sein bestes Benehmen an den Tag, Alice. Das haben wir alles schon durch. Du machst ihn nervös."

„Ich wünschte, es wäre nicht so. Ich will ihn doch nur besser kennenlernen."

„Dann gibt es nur eins."

„Was?"

„Flirte mit ihm. Lass ihn wissen, dass du Interesse hast. Sei offen."

Sie runzelte die Stirn. „Ich bin mir nicht sicher, ob ich weiß, wie man offen ist." Die Runzeln wurden tiefer. „Ich bin nicht sicher, ob ich interessiert *bin*."

„Warum reden wir dann überhaupt über ihn?"

„Weil … weil … Oh, ich weiß es nicht!" Sie setzte sich auf und nahm den Samthut mit Federn und Bändern. „Dieser hier passt zu dem Kleid. Der Pillbox ist zu grün und die Haube nicht elegant genug."

„Danke." Ich umarmte sie. „Hör auf, dir wegen Seth Sorgen zu machen. Was geschieht, geschieht."

Sie seufzte. „Ich werde es versuchen, aber ganz ehrlich, Charlie, ich kann es nicht ändern. Es gibt hier so wenig für mich zu tun, dass meine Gedanken immer wieder zu ihm wandern. Ich fürchte, ich denke mir Intrigen aus, wo gar keine sind, und durchdenke jede Begegnung mindestens tausendmal."

„Und du neigst neuerdings zu Übertreibungen."

Sie lachte. „Komm schon. Lass uns diesen Hut feststecken, damit du deinen zukünftigen Schwiegervater treffen kannst."

Ich kicherte, wurde aber schnell ernst. Oh Gott. Ich heiratete in die Königsfamilie, in gewisser Weise. Wie einschüchternd. Wie aufregend. Sollten wir den Prinzen von Wales zur Hochzeit einladen?

* * *

ZU UNSERER GROSSEN Erleichterung war der Prinz von Wales im Buckingham Palace. Weniger erfreulich war die Anwesenheit seines Bruders, des Herzogs von Edinburgh. Er lümmelte sich auf einen Bürostuhl mit dürren Beinchen und hellgelbem Bezug.

Der Prinz von Wales begrüßte uns herzlich, wenn auch vorsichtig. Das konnte ich ihm nicht übel nehmen. Wir kamen nur zu Besuch, wenn etwas im Busch war.

„Möchten Sie, dass wir ein Fenster öffnen, Miss Holloway?", fragte der Herzog gedehnt. Ein Grinsen verzog seine Lippen. „Wollen doch nicht, dass Sie in Ohnmacht fallen."

„Was redest du da, Affie?", wollte der Prinz von Wales wissen.

„Er bezieht sich auf den Abend, als wir uns bei Lord Under-woods Party begegnet sind", sagte Lincoln. „Wir mussten gehen, um einem Verdächtigen zu folgen, konnten das aber vor den anderen Gästen nicht sagen. Also gab Miss Holloway vor, sich unwohl zu fühlen. Ich entschuldige mich für jegliches Ärgernis, Eure Hoheit. Es war nicht beabsichtigt."

„Ein Verdächtiger, eh?" Der Herzog nickte nachdenklich. Vielleicht versuchte er sich zu erinnern, wer dort gewesen war. „Worum geht es bei der Ermittlung? Dürfen Sie es mir jetzt sagen?"

„Natürlich. Sie wissen beide vom Ministerium. Ich sehe keinen Grund, warum ich Sie nicht informieren sollte, zumal Ihre Familie anscheinend in gewisser Weise betroffen ist."

Beide Männer richteten sich auf. „Sie setzen sich besser", sagte der Prinz von Wales ruhig. „Affie, schenke uns allen einen Scotch ein, ja? Einen Sherry für Sie, Miss Holloway?"

Ich nickte, obwohl mir nicht danach war, mit diesen Männern zu trinken. Ich wollte unser Anliegen vorbringen und verschwinden. Der Palast gab mir das unangenehme Gefühl, fehl am Platz zu sein. Die Anwesenheit des Herzogs von Edinburgh häufte eine ordentliche Portion Nervosität auf mein Gemüt.

Er reichte mir ein Glas Sherry, ließ es jedoch nicht los. In dem kurzen Moment, in dem er das Glas festhielt, studierte er mich, als wolle er etwas an mir feststellen. Das Gleiche tat er kurz darauf mit Lincoln.

„Erzählen Sie uns von dieser Ermittlung", fuhr der Prinz von Wales fort. „Und ich werde Ihnen sagen, was die Königin über Kings Besuche preisgegeben hat."

Ich hatte beinahe vergessen, dass wir ihn gebeten hatten, seiner Mutter wegen King zu schreiben, damit wir hoffentlich herausfanden, wer uns verfolgte. Da Lincoln in letzter Zeit nicht mehr erwähnt hatte, dass wir verfolgt wurden, hatte ich nicht weiter daran gedacht.

Der Herzog setzte sich mit einem hörbaren Ausatmen. „Inwiefern betrifft uns Ihre Ermittlung?", fragte er Lincoln. „Kommen Sie schon, Mann, raus damit."

„Ein junger Gentleman namens Roderick Protheroe wurde letzte Woche im Hyde Park totgebissen. Die Polizei glaubt, er wäre von einem Hund angegriffen worden, doch die Beweislage deutet darauf hin, dass es ein Gestaltwandler war."

Der Prinz von Wales stöhnte. „Nicht noch einer."

„Dieser ist anders als King. King war der Einzige, von dem wir wissen, der sich in jede beliebige Gestalt verwandeln konnte. Die anderen haben nur eine andere Form, die eines Tieres. Nicht alle Gestaltwandler sind gefährlich", versicherte Lincoln ihm. „Aber mindestens einer ist es und er hat Protheroe getötet. Wir wissen nicht warum."

„Warum hat das was mit uns zu tun?", fragte der Herzog.

„Da kommt er gleich drauf", tadelte ihn sein Bruder. „Hab Geduld."

„Wir haben herausgefunden, dass es ein Rudel von Gestaltwandlern unter der gesellschaftlichen Elite gibt", sagte Lincoln. „Einige sind Ihre Freunde."

Der Prinz seufzte, lehnte sich zurück und nahm einen großen Schluck.

„Seien Sie nicht albern", fuhr der Herzog Lincoln an. „Unsere Freunde sind über jeden Verdacht erhaben."

„Nein, sind sie nicht." Lincoln fixierte seinen Onkel mit seinem Blick und hielt ihn, bis der Herzog wegschaute. „Niemand ist über jeden Verdacht erhaben. Nicht einmal Sie, Eure Hoheit."

„Ich muss doch sehr bitten!"

„Beruhige dich, Affie!" Der Prinz von Wales wedelte mit der Hand. „*Wir* wissen, dass unsere Freunde über jeden Verdacht erhaben sind, aber Mr Fitzroy weiß es nicht. Er macht nur seine Arbeit."

Der Herzog brummte. „*Natürlich* verteidigst du ihn."

Der Prinz verdrehte die Augen. „Wer sind diese Gestaltwandler in unserem Kreis?"

„Mr Franklin ist einer."

„Wer?", fragte der Herzog.

„Mr Franklin und Miss Collingworth. Sie sind junge Freunde von Lord Ballantine."

„Ballantine! Ja, den kenne ich. Feiner Kerl."

„Er ist ebenfalls einer. Etwas weniger sicher ist Sir Ignatius Swinburn", fügte Lincoln hinzu.

„Swinburn!" Der Prinz von Wales schüttelte den Kopf. „Ich bezweifle, dass er etwas damit zu tun hat, es sei denn, der Tod dieses Kerls macht ihn reicher. Geld ist alles, was ihn interessiert."

„Verdammter Mist", murmelte der Herzog in sein Glas. Anders als sein älterer Bruder wirkte er weniger überzeugt von Swinburns Unschuld. Vielleicht kannte er ihn besser. Oder vielleicht wusste er etwas *über* Swinburn, das dem Prinzen von Wales nicht bekannt war.

„Affie, hüte deine Zunge vor Miss Holloway."

Der Herzog grummelte eine Entschuldigung. Jedenfalls glaubte ich, dass es eine war. „Ich bezweifle, dass Swinburn involviert ist, selbst wenn er ein Gestaltwandler ist", sagte er. „Er ist ein guter Mann, der niemanden umbringen würde, auch wenn es ihn irgendwie reicher machte. Er hat bereits ein Vermögen und niemanden, dem er es hinterlassen kann. Außerdem ist er freigebig, also sehe ich nicht, warum er sich krummlegen sollte, um noch mehr zu bekommen. Warum glauben Sie überhaupt, dass dieses sogenannte Rudel überhaupt mit dem Mord zu tun hat? Könnte es nicht jemand aus Kings Dunstkreis sein? Jemand, für den Tod und Verbrechen alltäglich sind?"

„Das Opfer hatte eine geheime Abmachung mit Lord Ballantines Tochter", fuhr Lincoln fort. „Sie wollten zusammen durchbrennen und gegen den Willen ihrer Eltern heiraten. Die Verbindung zu Ballantine ist zu stark, um sie zu ignorieren."

„Sie glauben, Ballantine hat es herausgefunden und diesen Kerl umgebracht?", fragte der Prinz.

„Oder hat ihn umbringen lassen."

Der Herzog schüttelte den Kopf. „Warum so extrem? Warum nicht das Mädchen einfach wegsperren oder sie möglichst schnell mit jemand Geeigneterem verheiraten?"

„Das war Ballantines Plan, und ist es immer noch, doch der fragliche Verehrer hat die Zustimmung seiner Familie noch nicht erlangt."

„Der Verehrer ist eifersüchtig", stellte der Herzog klar. „Das muss er sein. Deswegen hat er den Rivalen ermordet. Haben Sie diesen Mann befragt?"

„Leonora Ballantine will uns seinen Namen nicht verraten."

„Machen Sie mehr Druck." Der Herzog beäugte Lincoln kritisch. „Sie sehen wie jemand aus, der weiß, wie man das macht."

„Das ist nicht so einfach", sagte ich. „Leonora wurde zur Isle of Wight geschickt. Deswegen sind wir hier. Wir haben kürzlich erfahren, dass sich die Königin in Osborn House befindet, daher unsere Sorge, dass Leonora aus einem bestimmten Grund dorthin geschickt wurde. Kennt Ihre Mutter die Familie Ballantine?"

„Die *Königin*", sagte der Prinz von Wales, „hat zahlreiche Freunde. Ich glaube nicht, dass Lady Ballantine dazuzählt, aber ich kann mich irren. Ich bezweifle allerdings, dass Ihre Majestät irgendwen nach Osborn House eingeladen hat. Sie hat selten über längere Zeiträume Besuch. Sie verdrießen sie."

„Jeder verdrießt sie", murmelte der Herzog in sein Glas.

Der Prinz erhob sich von seinem Stuhl und presste seine Knöchel auf den Schreibtisch. „Glauben Sie, die Königin ist in Gefahr? Ist es das, was Sie andeuten?"

„Wir wissen es nicht", sagte Lincoln. „Aber es ist—"

„Mein Gott, wir müssen sie warnen!" Der Prinz zog ein Blatt Papier mit königlichem Briefkopf von einem Stapel und griff nach dem silbernen Tintenfass.

„Während er schreibt", sagte der Herzog, „kann ich Ihnen ebenso gut erzählen, was Ihre Majestät in ihrem Brief mitgeteilt hat. Anscheinend hat der Kerl namens King mit ihr über Wandler gesprochen, wie er einer ist. Er hat behauptet, sie wären harmlos."

„Was hielt sie davon?", fragte Lincoln.

„Das hat sie nicht gesagt."

„Haben sie noch mehr besprochen?"

„Nichts Besonderes." Sein Blick sprang zu seinem Bruder, der sein Schreiben unterbrach.

„Erzähl es ihnen", sagte der Prinz von Wales. „Ich vertraue darauf, dass die Information diesen Raum nicht verlassen wird."

„Sie haben mein Wort", sagte Lincoln.

„King sprach mit ihr über meinen Neffen, Berties Ältesten." Er nickte seinem Bruder zu, der jetzt die Tinte trocknete.

„Was haben sie besprochen?"

„Den jüngsten Skandal, in den sein Name verwickelt war."

„Die Cleveland Street Affäre", sagte Lincoln nickend. „Fahren Sie fort."

Der Herzog sah zu mir und seine Wangen färbten sich rosa.

„Ich weiß ebenfalls von dem Skandal", erklärte ich ihm. „Ich weiß, was sich in dem Cleveland Street Haus abgespielt hat." Zumindest wusste ich, was die Zeitungen angedeutet hatten— dass Gentlemen dort für heimliche Liaisons mit Jungen und Männern hingingen.

„Obwohl er in den Zeitungen nicht erwähnt wurde, hat man den Namen meines Neffen ins Spiel gebracht", fuhr der Herzog fort. „Die Königin hat davon Wind bekommen. Sie war natürlich wütend und hat jedes Wort geglaubt. In Gestalt unseres verstorbenen Vaters hat King Ihrer Majestät anscheinend versichert, dass mein Neffe nicht involviert war und er sich sehr wohl für Frauen interessiert."

Damit hatte King der Familie einen Dienst erwiesen. Wie faszinierend—und ausgesprochen unerwartet. „Warum hat er das getan?", fragte ich eher Lincoln als die beiden Prinzen. „Was hätte er damit bezwecken können?"

„Das ist eine gute Frage", sagte der Prinz von Wales und legte den Brief beiseite. „Hätte King das Gegenteil behauptet, nämlich dass die Berichte stimmen, dann würde ich glauben, er wollte unterstellen, mein Sohn wäre nicht geeignet, um nach mir zu regieren."

Das sah ich auch so. „Er hätte versuchen können, die Thronfolge in irgendeiner Weise zu beeinflussen."

„Mit welchem Ziel?", fragte der Herzog.

„Es ist irrelevant", sagte Lincoln. „King hat ihr gesagt, dass den Berichten nicht geglaubt werden kann, also hat er die Thronfolge überhaupt nicht beeinflusst."

Der Prinz stand auf und zog an der Klingelschnur. „King ist tot, also können wir ihn nicht fragen, was er vorhatte."

„Danke, das ist mir durchaus bewusst." Der Herzog verdrehte die Augen. „Vielleicht hört die Königin auf, ihm alles zu glauben, was er ihr erzählt hat, wo er jetzt tot ist."

Der Prinz blieb stehen und sah seinen Bruder mit gerunzelter Stirn an. „Was meinst du damit? Dass Eddy *doch* in diese Cleveland Street Sache verwickelt war? Affie! Wie kannst du nur?"

„Eddy?", sagten Lincoln und ich gleichzeitig. Er starrte zurück.

Wir hatten unseren flüchtigen zweiten Verehrer gefunden— und er war ein Prinz.

KAPITEL 12

Der Prinz von Wales wies einen Lakaien an, den Brief sofort nach Osborn House zu schicken. Ich sah ihm mit wirbelnden Gedanken nach, wie er das Büro verließ. Leonoras zweiter Verehrer war ein *Prinz*.

„Eddy ist Ihr Sohn?", fragte Lincoln den Prinzen von Wales, nachdem der Lakai sich hinaus verbeugt hatte.

„Mein ältester", sagte der Prinz.

„Der älteste eheliche Sohn", fügte der Herzog mit einem gehässigen Lächeln für seinen Bruder hinzu.

„Aber er heißt Prinz Albert Victor", sagte Lincoln. „Nicht Edward."

„Jeder nennt ihn Eddy. Es gibt viel zu viele Alberts in dieser Familie. Würden wir keine Spitznamen verwenden, gäbe es nur Verwirrung." Der Herzog lachte leise.

„Bedeutet der Name Eddy Ihnen etwas?", fragte der Prinz.

„Besucht er die Königin in Osborn House?", hakte Lincoln nach.

„Der Prinz von Wales hat Sie etwas gefragt", fuhr der Herzog ihn an. „Seien Sie so freundlich, zu antworten."

„Eddy ist noch eine Woche oder so dort", sagte der Prinz und ignorierte seinen Bruder. „Warum? Was hat er mit all dem zu tun?"

„Er ist Leonora Ballantines heimlicher Verehrer." Lincolns Worte fielen wie Steine in den Raum.

Der Prinz sackte mit einem deutlichen Schnaufen in seinen Stuhl zurück.

Der Herzog bellte ein Lachen heraus. „Sie scherzen."

„Ich scherze nie."

Ich hätte ihm, und den anderen, sagen können, dass das nicht stimmte, aber ich hielt den Zeitpunkt für unangebracht. „Wir kennen ihn nur als Eddy", sagte ich. „Aber es scheint sehr wahrscheinlich zu sein, dass es sich um ein und dieselbe Person handelt. Wir wissen, dass Leonoras zweiter Verehrer einen höheren Rang innehatte als Lord Ballantine. Ein Prinz wäre ein gefragter Schwiegersohn."

„Aber das ist vollkommen absurd!", rief der Herzog. Sein Bruder saß lediglich auf seinem Stuhl und starrte auf den Schreibtisch, als könne er nicht glauben, dass sein Sohn in diese Sache verstrickt war. „Eddy wird eine ausländische Prinzessin heiraten", sagte der Herzog. „Alix von Hessen und Margaret von Preußen sind beide Kandidatinnen." Er schnaubte. „Gewiss nicht Ballantines Tochter. Er ist nur ein Baron, nicht wahr? Praktisch ein Niemand. Der hat Nerven, dass er glaubt, er könne hinter deinem Rücken eine Verbindung erzwingen, Bertie." Noch ein Schnauben. „Die bloße Dummheit zu glauben, dass Liebe eine Rolle spielt, wenn es um die Ehe des zukünftigen Königs von England geht. Grundgütiger. Was ist nur aus der Welt geworden? Bertie? Hörst du mir zu?"

„Ich … ich bin ziemlich überwältigt von diesen Neuigkeiten", sagte der Prinz von Wales. „Es ist eine Sache, dass Ballantine meinen Sohn als Schwiegersohn anstrebt, aber dass Eddy dieses Mädchen ermutigt, ist etwas ganz anderes. Er weiß, wie die Dinge stehen."

„Hat er erwähnt, sich verliebt zu haben?", fragte ich sanft. Der Prinz tat mir ein wenig leid. Auch wenn er der zukünftige König war, war er auch ein Vater, dem sein erwachsener Sohn sich nicht anvertraute.

„Nein. Hat er nicht. Und jetzt hat er jede Menge Chaos gestiftet. Warum sollte er sie ermutigen?"

Ich erwähnte Liebe nicht noch einmal. Weder der Herzog noch der Prinz schienen dies für einen guten Grund zu halten, sich heimlich mit Leonora zu treffen.

„Eins wissen wir sicher", sagte der Herzog. „Eddy ist nicht Ihr Mörder. Er ist nicht so eine gestaltwandelnde Kreatur."

Das warf kaltes Wasser auf unsere Theorie, Ballantine wolle das Blut des Rudels rein halten.

Ich schaute zu Lincoln. Er hob einen Finger als kleine Geste, mir meine Fragen für später aufzuheben. Er stand auf und hielt mir die Hand hin. „Miss Holloway und ich fahren so bald wie möglich zur Isle of Wight, um Lady Ballantine und ihre Tochter im Auge zu behalten. Ich schlage vor, dass Sie Ihren Sohn nach Hause rufen, Eure Hoheit. Es besteht die geringe Wahrscheinlichkeit, dass wir uns irren und sein Leben doch in Gefahr ist."

Der Prinz von Wales nickte wie betäubt. „Ja. Natürlich. Ich fahre persönlich hin. Das ist zu wichtig, um es mit einem Brief zu regeln."

* * *

„Es ist möglich, dass Prinz Eddy, oder was auch immer sein richtiger Name ist, ein Gestaltwandler ist", sagte ich, während wir vom Palast wegfuhren.

„Es ist nicht unmöglich", stimmte Lincoln mir zu. „Aber ich bezweifle es. Was nicht bedeutet, dass er nicht auf Protheroe eifersüchtig war. Er hätte ihn durch einen Gestaltwandler töten lassen können. Er hätte ein Mitglied von Ballantines Rudel verpflichten können; Ballantine hätte es ihm nicht abgeschlagen."

„Die Theorie würde bei seinem Vater und Onkel nicht gut ankommen. Zum Glück haben wir sie nicht erwähnt. Ich mag deinen Kopf auf deinen Schultern."

Er tippte seinen Finger gegen das Fensterbrett, während er hinaus in den Park schaute. Dank des Verkehrs vor uns waren wir langsamer geworden. „Es ist wahrscheinlich, dass Ballantine den Mord inszeniert hat, nur damit Leonora den zukünftigen König von England heiraten kann."

„Er ist verrückt."

„Ehrgeizig."

„Das ist oft ein und dasselbe, meiner Erfahrung nach."

Er nickte abwesend. „Die Sache ist, dass er wissen muss, wie schwierig es wird, die königliche Familie zu überzeugen, das Spiel mitzuspielen. Bei dem jüngeren Bruder, Prinz George, hätte er vielleicht mehr Glück gehabt. Prinz Albert Victor wird König und sein Onkel und der Herzog haben Recht—nichts Geringeres als eine ausländische Prinzessin wird genügen."

„Was eventuell erklärt, warum Eddy seine Familie nicht informiert hat. Er weiß, dass es aussichtslos ist. Arme Leonora. Er spielt nur mit ihr und macht ihr falsche Hoffnungen auf eine Heirat."

„Nicht Leonora", sagte Lincoln. „Sie liebt ihn nicht. Ballantine ist derjenige, der an der Nase herumgeführt wird. Er glaubt, sein Plan könne funktionieren: Es gab in der Geschichte bereits einen solchen Fall." Angesichts meiner hochgezogenen Augenbrauen fügte er hinzu: „Anne Boleyn war die Tochter eines niederen Adeligen, die den König geheiratet hat."

„Und das ging nicht gut aus. Arme Leonora. Sie wird als Bauer benutzt und angewiesen, dem Prinzen jeden Gefallen zu tun, den er verlangt. Welche Art Vater tut so etwas? Er ist widerwärtig, und Prinz Eddy ist nicht viel besser. Er sollte sie nicht ausnutzen, wenn er keine Zukunft für sie sieht."

Lincoln wandte den Blick endlich vom Fenster ab. „Wir werden wieder verfolgt."

Ich berührte den Kettenanhänger, der unter meinem Kleid lag. Er ruhte und ich fragte mich, ob der Kobold darin noch lebte. Ich hatte seine Lebensgeister schon länger nicht mehr gespürt. Der Gedanke, er könne tot sein, machte mich traurig und besorgt.

Lincoln beugte sich vor und stützte einen Ellenbogen auf sein Knie. Seine andere Hand nahm meine. „Ich glaube nicht, dass wir in Gefahr sind", sagte er. „Wer auch immer uns folgt, sammelt nur Informationen."

„Das beunruhigt dich nicht?"

Er dachte einen Moment darüber nach. „Ein wenig." Ich

wollte ihn bitten, das näher auszuführen, doch er lehnte sich wieder zurück und sagte: „Ich habe noch eine Theorie über Protheroes Tod."

„Tatsächlich?"

„Es geht um die Thronfolge."

„Faszinierend", sagte ich. „Weiter."

„Erinnerst du dich, dass der Herzog von Edinburgh beim ersten Mal, als wir ihn im Palast getroffen haben, auch seinen Neffen Eddy erwähnt hat?"

„Ja. Er hat über den Cleveland Street Skandal geredet und Eddys angebliche Verwicklung darin. Das Thema wurde jetzt schon zweimal aufgeworfen."

„Warum sollte er das uns gegenüber tun? Es hat mich darauf gebracht, dass Eddy aus einem bestimmten Grund in seinen Gedanken ist und dass die Gerüchte über Eddies Verbindung zu dem Freudenhaus durch niemand anderen in die Welt gesetzt wurden als den Herzog selbst."

„Du meine Güte. Das meinst du ernst!"

Er nickte. „Vielleicht versucht der Herzog die Thronfolge dadurch zu beeinflussen, dass er Eddy, dem zweiten Thronanwärter, einen Skandal andichtet. Vielleicht wäre ihm der jüngere Bruder George lieber, aus Gründen, die wir noch nicht aufgedeckt haben. Oder vielleicht will er auch Prinz George beseitigen, um selbst an die Reihe zu kommen."

„Durch einen Skandal? Die Prinzen Eddy und George stehen doch sicher über dem schmierigen Tratsch. Die Cleveland Street Sache ist doch schon fast in Vergessenheit geraten."

„Ist sie das? Wenn es an die Öffentlichkeit käme, würde gefordert, dass Eddy nicht König wird. Ein solcher Skandal würde ihn ruinieren. Er ist nicht unfehlbar. Das ist keiner von ihnen."

Das war ein ganz schöner Brocken und ich war nicht ganz überzeugt, dass er recht hatte. Es gab mit Sicherheit andere Möglichkeiten, um sicherzustellen, dass Eddy nicht König wurde.

Andererseits fiel mir nichts Besseres ein, abgesehen vom Tod, als ein Skandal vom Ausmaß des Cleveland Street Falls. Die Öffentlichkeit wusste noch nichts von Eddys Beteiligung—es war lediglich ein Gerücht unter den Adeligen—aber wenn er in den Zeitungen damit in Verbindung gebracht würde, wären die Leute schockiert. Vielleicht sogar schockiert genug, um ihn nicht mehr als König haben zu wollen. Damit wäre die Königin gezwungen, ihn aus der Thronfolge zu streichen.

Die Frage war, warum Eddy in den Augen des Herzogs von Edinburgh einen schlechten König abgeben würde. Oder vielleicht war die bessere Frage—was konnte er gewinnen?

Die Kutsche nahm Fahrt auf, sobald wir das Zentrum der Stadt hinter uns gelassen hatten, und ich wurde aus meinen Gedanken geschaukelt. „Was hat die Thronfolge mit Protheroe oder seinem Tod zu tun?", fragte ich.

„Möglicherweise hat Protheroe ein Gespräch im Haus der Ballantines mitbekommen. Der Herzog ist mit Ballantine und Swinburn befreundet, also hat er ihnen eventuell von seinem Plan erzählt. Es könnte auch sein, dass Ballantine und Swinburn sich den Plan ausgedacht und den Herzog um Hilfe gebeten haben. Wie auch immer, es ist wahrscheinlich, dass Protheroe etwas gehört hat, während er heimlich bei Leonora war. Oder Leonora selbst wusste davon und hat es Protheroe anvertraut."

„Warum hat sein Geist es mir gegenüber nicht erwähnt?"

„Vielleicht war ihm die Wichtigkeit dessen, was er gehört hat, nicht bewusst. Oder Ballantine *glaubt* nur, dass Protheroe etwas gehört hat, und beschloss, ihn vorsichtshalber zu töten."

„Vorsichtshalber?", wiederholte ich. „Grundgütiger, Lincoln, dein Gehirn arbeitet in diabolischen Bahnen."

„Es hilft mir, Leute wie Ballantine und Swinburn zu verstehen."

„Und den Herzog von Edinburgh", fügte ich leise hinzu. Bei dem Gedanken drehte sich mir der Magen um. Jetzt hatten wir schon Verdächtige in der Königsfamilie. Wir mussten uns sehr vorsichtig bewegen.

* * *

DOYLE REICHTE LINCOLN EINEN BRIEF, als wir nach Hause zurückkehrten. Lincoln öffnete ihn noch in der Eingangshalle und las ihn schnell durch, ehe er ihn an mich weitergab.

„Er ist von einem Anwalt, den ich engagiert habe, um sich die Finanzen von Ballantine und Swinburn anzuschauen", sagte er.

Im ersten Absatz gab der Anwalt an, dass er keine konkrete Verbindung zwischen den beiden Männern gefunden hätte, auch wenn sie gelegentlich in die gleichen Aktien investierten, doch das war nicht ungewöhnlich. Allerdings hatte der Anwalt herausgefunden, dass beide Männer aus Bristol stammen, wo die Familien seit Hunderten von Jahren wohnten. Aus einer Ahnung heraus hatte der Anwalt nach einer Verbindung in früheren Generationen gesucht und herausgefunden, dass Swinburns Vater mit Mitte zwanzig eine große Summe Kapitals eingesetzt hatte, um seine Handelsflotte aufzubauen. Es war unmöglich zu sagen, woher das Geld gekommen war, doch aufgrund der erneuten Annahme, dass zwischen den Familien eine Verbindung bestand, hatte sich der Anwalt rückwärts durch die Berichte der Firmen gearbeitet, an denen Ballantine beteiligt war, und herausgefunden, dass der vorige Lord Ballantine seine Aktien in fünf verschiedenen Investitionen verkauft hatte. Die Summe, die er durch den Verkauf bekommen hatte, entsprach der, die Swinburn für sein erstes Dampfschiff bezahlt hatte.

„Wir haben es", sagte ich und konnte kaum an mich halten vor Aufregung. „Wir haben eine Verbindung zwischen den beiden Männern. Nur ein Verwandter oder sehr guter Freund würde jemandem eine so enorme Summe leihen."

Lincoln nickte. „Oder ein Rudelführer."

* * *

Es brauchte einige Überzeugungsarbeit, bis Lady Vickers mir erlaubte, ohne Anstandsdame zur Isle of Wight zu reisen, obwohl ich zuvor schon mit Lincoln allein verreist war. Schlussendlich sagte ich ihr, dass es arrangiert war. Lincoln mied sie ganz.

Er hatte Seth und Gus angewiesen, Lord Ballantine in unserer Abwesenheit weiter zu beschatten. Bisher hatten sie berichtet, dass Ballantine sich täglich mit Franklin, Miss Collingworth und Swinburn sowie mit einem weiteren Mann und einer Frau getroffen hatte. Allerdings hatten sie nicht ihre Gestalt verändert, sodass wir nicht sicher sein konnten, ob es ebenfalls Gestaltwandler waren.

Den Großteil der Zugfahrt hatten wir ein Abteil für uns, was uns ermöglichte, über den Mord zu sprechen, ehe wir andere Themen anschnitten. Themen wie die Frage, ob Lincoln wollte, dass seine Familie bei unserer Hochzeit anwesend war.

„Ich wusste, du würdest das ansprechen", sagte er.

„Nun?", fragte ich. „Möchtest du Leisl dabeihaben?"

„Wenn Leisl eingeladen wird, schreibt die Etikette vor, dass Eva und David auch eingeladen werden müssen. Wir haben ihn noch nicht getroffen."

„Was bedeutet, dass du nicht möchtest, dass er kommt?"

„Was bedeutet, dass es peinlich wäre."

„Du bist in der Lage, etwas als peinlich zu empfinden?", neckte ich. „Lincoln, ich lerne jeden Tag etwas Neues über dich."

„Ich halte dich gern auf Trab."

Ganz ernsthaft war ich seiner Meinung. Ich wollte niemanden bei unserer Hochzeit haben, dem ich noch nie begegnet war. Es gab nur eine Möglichkeit, das Problem zu lösen. „Ich habe sie bereits inoffiziell zum Dinner eingeladen, aber ich denke, wir sollten ordentliche Einladungen senden. So können wir ihn vor der Hochzeit kennenlernen."

„Und wenn wir ihn nicht mögen?"

„Werden wir ihn nicht zur Hochzeit einladen. Aber nicht jeder zeigt seine wahre Natur bei der ersten Begegnung. David könnte anfangs kühl, aber unter dem frostigen Äußeren wirklich nett sein."

Sein Blick wurde schmal. „War das ein Kommentar dazu, wie lange du gebraucht hast, mich kennenzulernen?"

„Ganz und gar nicht. Ich wusste vom ersten Moment an, dass du der starke, stille Typ bist, und ich hatte den *Verdacht*, dass du nett bist, weil du mich ständig füttern wolltest."

„Der Koch hat dich gefüttert."

„Weil du darauf bestanden hast."

„Du warst dürr. Wenn du nichts gegessen hättest, wärst du Gefahr gelaufen, bei einem heftigen Windstoß weggeweht zu werden. Ich habe dich zum Essen gezwungen, um dich sicher am Boden zu halten. In Lichfield."

„Und jetzt?", fragte ich mit meiner besten kehligen Stimme.

Seine Augen verschleierten sich und seine Mundwinkel zuckten. „Und jetzt bist du ... verlockend."

„Ich finde dich auch verlockend, Lincoln. Und zwar vom ersten Moment an, als ich dich in deinem Zimmer gesehen habe. Gott sei Dank dachtest du, ich wäre ein Junge, oder ich hätte keine Erinnerungen an deine nackte Brust, um mich nachts warmzuhalten. Du bist viel zu anständig, um dich vor einer Frau auszuziehen."

„Du vergisst die Nacht in Paris."

„Oh, da erinnere ich mich sehr gut dran." Und wie ich das tat. Es war sehr erhellend gewesen, ihn in seiner ganzen nackten Herrlichkeit zu sehen. „Aber da bin ich hereingeplatzt. Du hast dich nicht vor mir ausgezogen."

Sein Blick glitt zur Tür. „Das ist genug von diesem Thema, bevor wir verheiratet sind."

Ich wechselte den Platz, um neben ihm zu sitzen, nahm seine Hand in meine und hielt sie auf meinem Schoß. „Vielleicht können wir so tun, als wären wir frisch verheiratet und wohnen im Hotel in einem Zimmer."

„Nein!" Er entwirrte unsere Finger und setzte sich mir wieder gegenüber.

„Du bist so prüde", sagte ich.

„Ich?"

„Ja, du. Sogar deine Wangen sind gerötet."

„Ich werde nicht rot."

Ich grinste. „Wir werden in ein paar Wochen verheiratet sein und dann bekomme ich alles von dir zu Gesicht, und du von mir. Warum warten?"

„Das ist nicht die anständige Art, Charlie, und was dich angeht, mache ich alles so, wie es sich gehört. Von jetzt an", fügte er hinzu, als wüsste er, ich würde unsere Vergangenheit wieder ansprechen. „Das Thema ist erledigt. Gentlemen diskutieren solche Dinge nicht mit ihren Verlobten."

Ich verdrehte die Augen.

„Mit deinen Augen zu rollen wird meine Meinung nicht ändern."

Ich stand auf und pflanzte beide Hände hinter seinem Kopf an die Wand. Er blinzelte zu mir herauf mit einer Unschuld, die im Gegensatz zu seiner trotzigen Stirn stand. Ich küsste ihn gründlich auf die Lippen, was in einem Zugabteil gewagter war, als ich eigentlich beabsichtigt hatte. Aber er hatte mich dazu getrieben. Wirklich, der Mann trieb mich manchmal in den Wahnsinn und ich konnte ihn nicht *nicht* küssen. Er hatte meinen Plan, die Nacht mit ihm zu verbringen, zunichtegemacht. Seit er angekündigt hatte, dass wir beide zur Isle of Wight fuhren, hatte ich mich darauf gefreut und die Idee hatte sich festgesetzt.

Der Kuss war so heftig, wie es immer zwischen uns war, voll aufgestauten Verlangens nacheinander und einer Sehnsucht, die durch monatelanges Zusammenleben genährt wurde. Meine Hände gruben sich in seine Haare und befreiten sie aus ihrem Lederband. Seine Hände pressten sich gegen meinen Rücken und hielten mich fest.

Dann packte er mich plötzlich an der Taille und zwang mich wieder auf den Sitz.

„Mich zu küssen wird meine Meinung auch nicht ändern", sagte er. Trotz seiner Beharrlichkeit wusste ich, dass der Kuss Spuren hinterlassen hatte. Seine Atmung war keuchend und seine Augen noch verschleierter. Er strich sich die Haare zurück, als ob er sich einen Moment sammeln müsste, um seine Ruhe wiederzufinden.

Mein Blut donnerte im Takt des Zugs durch meine Adern. Meine Haut fühlte sich heiß und eng an und ich schätzte, meine Wangen brannten. Egal, wie viel ich meine Haare zurückstrich, *meine* Nerven beruhigten sich nicht.

„Wenn wir vor der Hochzeit noch einmal verreisen müssen", sagte er, „kommt Lady Vickers mit."

„Um mich davon abzuhalten, dich nachts zu besuchen?"

„Um *mich* davon abzuhalten, *dich* zu besuchen. Entgegen der landläufigen Meinung bin ich keine Maschine. Ganz besonders nicht nach so einem Kuss."

Meine Lippen verzogen sich zu einem Lächeln. „Ich weiß. Du

kannst jedem anderen etwas vormachen, Lincoln, aber ich sehe die Zeichen."

Er brummte. „Du warst schon immer in der Lage, mich zu sehen. Das ist ein Grund, warum ich dich liebe."

Mein Herz hüpfte fröhlich bei seinen Worten und ich stellte fest, dass ich ihn nicht weiter necken konnte. Er liebte mich. Das war alles, was zählte. Der Rest würde später kommen, in unserer Hochzeitsnacht. Bis dahin musste ich etwas Willenskraft und Geduld herbeizerren.

* * *

DIE ÜBERFAHRT über den Solent mit der Dampffähre dauerte lange genug, um Lincoln seekrank zu machen, aber nicht lange genug, dass er sein Mittagessen von sich gab. Er wollte mein Mitgefühl nicht, also verbrachte ich die Fahrt damit, das dunkle blaugraue Wasser vor dem Grün des Festlandes und dem goldenen Sand der Insel zu bewundern. Als wir uns Cowes näherten, entdeckte ich die Türme von Osborn House, die im Osten durch die Bäume schimmerten.

Lincoln erholte sich recht schnell, sobald er wieder festen Boden unter den Füßen hatte. Seine einzige Schwäche wurde nicht erwähnt. Wir fanden im Fountain Inn eine Unterkunft, wo der respektable Wirt uns misstrauisch beäugte, bis wir getrennte Zimmer verlangten.

„Wissen Sie, wo Lady Ballantine abgestiegen ist?", fragte ich, während er Lincoln einen Schlüssel reichte. „Ich habe auf der Fähre gehört, dass sie hier ist und ihre Tochter Leonora ist eine liebe Freundin aus Schulzeiten. Ich dachte, ich könnte sie morgen besuchen."

Wir hatten entschieden, dass es am besten war, wenn ich anstatt Lincoln herumfragte, und unsere Annahme wurde belohnt. Der Wirt gab uns eine Wegbeschreibung zum Beaulieu House, dem Wohnsitz von Mr und Mrs Franklin.

„Verwandte von unserem Mr Franklin aus London", sagte ich zu Lincoln, als wir die Treppe hinauf zu unseren Zimmern gingen. „Wie interessant."

Nach einem frühen Dinner im Speisesaal wünschten wir

einander eine gute Nacht. Keiner von uns ging jedoch sofort ins Bett. Lincoln nutzte den Schutz der Dunkelheit, um nicht nur das Dorf, sondern auch Beaulieu House und möglicherweise Osborn House unter die Lupe zu nehmen. Ich freundete mich mit einer der Mägde an, die gegen neun Uhr das Nachtmahl brachte.

Meine Nachforschungen ergaben, dass die Franklins die alte Beaulieu Residenz vor weniger als einem Jahr erstanden hatten, ohne sie vorher in Augenschein zu nehmen. Sie war in der Nähe von Osborn House und das plappernde Dienstmädchen nahm an, dass das der Kaufgrund gewesen war, da die Franklins nur dann auf die Insel kamen, wenn ein Mitglied der Königsfamilie anwesend war. Mr Franklin war dem Jachtklub beigetreten, wo er gegen die Prinzen antrat, wenn sie zu Besuch kamen. Mrs Franklin war angeblich eine Freundin von Prinzessin Beatrice, der jüngsten Tochter der Königin, die zusammen mit ihrem Mann überall dorthin reiste, wo sich Ihre Majestät aufhielt.

Das alles berichtete ich Lincoln am nächsten Morgen beim Frühstück, welches aus Würstchen, Pilzen und Eiern bestand. Es schmeckte nicht so gut wie das von unserem Koch.

„Und wie sind deine Nachforschungen gelaufen?", fragte ich ihn.

„Ereignislos", sagte er. „Seine Königliche Hoheit ist nach uns in einer privaten Jacht eingetroffen und ist jetzt im Osborn House. Lady Ballantine und Leonora wohnen bei den Franklins, haben die Königin jedoch nicht besucht. Vor zwei Nächten hat sich Leonora heimlich mit einem Fremden getroffen, der einen Kapuzenmantel trug."

„Hat dir das ihre Magd Ryan verraten?", fragte ich skeptisch. Ryan hatte darauf bestanden, nie wieder mit uns reden zu wollen, und ich machte mir Sorgen, dass Lincoln hart mit ihr umgesprungen sein könnte.

„Ein Stallknecht war freigebig mit der Information", sagte er. „Insbesondere, nachdem ich ihm etwas Geld in die Hand gedrückt hatte. So freigebig sogar, dass er mir die abgeschiedene Lichtung im Garten gezeigt hat, zu der er Leonora jeden Abend begleitet hatte, damit sie ihren Liebhaber treffen konnte. Ich habe auf einem Baum in der Nähe gewartet und wurde gegen Mitternacht mit einem Blick auf Leonora belohnt."

„Hat sie sich mit jemandem getroffen?"

„Nein. Sie ist nach einer Stunde wieder gegangen." Er hielt inne, während die Frau des Wirts uns Kaffee einschenkte. Sobald sie weg war, nahm er die Erzählung wieder auf. „Der Prinz von Wales muss seinem Sohn geraten haben, sich von ihr fernzuhalten."

„Höchstwahrscheinlich. Wirkte sie aufgebracht?"

„Ich konnte ihr Gesicht nicht sehen."

„Dann sollten wir es herausfinden."

„Dem stimme ich zu."

Nach dem Frühstück machten wir uns auf den Weg zum Beaulieu House. Die Luft hatte ihre nächtliche Frische noch nicht eingebüßt und Tau glänzte auf den Blättern. Die Sonne drohte, ihn bald wegzubrennen, und die Aussicht auf einen schönen Tag beflügelte mich. Ich besuchte mit meinem Verlobten an meiner Seite ein zauberhaftes Dorf an der See, das von Urlaubern frequentiert wurde. Was konnte besser sein?

Da der Frühling gerade erst begann, war die Insel noch nicht von Besuchern überlaufen. Lincoln und ich passten hervorragend zu den anderen Paaren, die die Hauptstraße entlangschlenderten und den Blick über den Hafen genossen. Ich hielt mich an seinem Arm fest und er verkürzte mir zuliebe seine Schritte, doch erst, als er mich beinahe gegen einen Poller führte, schaute ich von der Aussicht weg zu ihm. Er hatte nicht über das Meer geschaut, sondern zu mir.

„Was ist?", fragte ich lächelnd.

„Ist dir kalt?"

„Alles in Ordnung, danke." Die Seeluft war zwar frisch, aber es war nicht windig und wir gingen in einem Tempo, das die Kühle abhielt.

Trotzdem legte er meinen Schal so um meinen Hals, dass er die nackte Haut dort bedeckte. „Erkälte dich nicht", sagte er schlicht und ging weiter.

„Ist das die Vision, die du einmal hattest?", fragte ich. „Wir beide laufen zusammen am Strand entlang, glücklich und zufrieden?"

„Nein.“

„Was war anders?“

„Du hast ein Kind auf der Hüfte getragen.“

Seine Äußerung raubte mir den Atem und mir fiel nicht eine einzige Sache ein, die ich hätte sagen können. Er musste es bemerkt haben, denn er drückte meine Hand und fragte: „Ist alles in Ordnung, Charlie?“

„Ja, gleich. Ich bin nur ein wenig … überwältigt.“ Ich lächelte zu ihm hoch. „Und doch wirkst du wieder einmal so ruhig.“

„Nicht ruhig. Glücklich.“ Er küsste meine Stirn und dann die Haut an meinem Ohr. „Sehr glücklich.“

Wir erreichten Beaulieu House und fragten nach Leonora. Die Haushälterin behauptete, sie wäre nicht anwesend, aber ich war mir nicht sicher, ob sie die Wahrheit sagte.

„Kannst du ihre Anwesenheit spüren?“, fragte ich Lincoln, als wir weggingen. „Oder hast du eine Lüge ausgemacht?“

„In beiden Fällen nein.“ Er schaute zurück auf das weiße Stuckhaus mit den Bogenfenstern, die auf den Solent hinausblickten. „Das muss nichts heißen. Meine Instinkte sind nicht stark.“

Wir beschlossen, es als nächstes in Osborn House zu versuchen, und gingen die Einfahrt hinunter zum Tor. Lincolns Hand blieb reglos auf der Klinke liegen. Sein Kinn schnappte nach oben und er legte den Kopf schräg, als würde er horchen oder seine seherischen Fähigkeiten in die Umgebung strecken. Ich konnte weder etwas sehen noch hören außer dem Garten, dem Haus und dem Meer. Alles fühlte sich so an, wie es sollte.

Lincoln ließ die Klinke los und legte seine Hand an meinen unteren Rücken.

„Was ist?“ Ich wusste nicht, warum ich flüsterte, aber es schien auf einmal notwendig zu sein.

„Ich dachte, ich hätte etwas gespürt.“

Ich schaute mich um. „Etwas?“

„Eine Präsenz.“

Ich berührte die Kugel mit meinem Kobold und fragte nicht nach der Art der Präsenz. Wäre es eine Person gewesen, hätte er es anders ausgedrückt.

Wir gingen den kurzen Weg zum Osborn House, wobei wir

uns an die belebte Straße hielten und einem Karren durch den Lieferanteneingang folgten, anstatt das größere Haupttor zu nehmen. Das Haus war deutlich beeindruckender als Lichfield, voller cremig gelber Eleganz, die sich von dem hellen Grün des Rasens und dem tiefen Blau des Himmels abhob. Ich war so an Londons Grau und die schwere Luft gewöhnt, dass mich die Eindrücke und Gerüche hier zunächst überwältigten. Doch während wir darauf warteten, dass der Lakai den Prinzen von Wales über unser Eintreffen unterrichtete, atmete ich tief ein. Der süße Duft der Frühlingsblüten vermischte sich mit der salzigen Seeluft, was einen Geruch ursprünglicher Reinheit zur Folge hatte. Das war kein Geruch, den ich je vergessen wollte.

Der Prinz von Wales stimmte zu, uns zu empfangen, und wir wurden durch verschieden große Empfangszimmer in ein Wohnzimmer geführt. Im Vergleich zum Buckingham Palace wuselten weniger Angestellte in Osborn House herum und die sanfteren Farben und größeren Fenster machten die Räume hell und luftig. Das hier war ein Ferienhaus, kein Ort für Geschäftliches wie der Palast. Ich mochte es unglaublich gern und verstand, warum die Königin es vorzog, hier Zeit zu verbringen.

Der Prinz von Wales erwartete uns in dem Wohnzimmer zusammen mit einem jüngeren Mann. Seine beginnende Glatze und die schweren, tief sitzenden Augen waren dem Prinzen von Wales so ähnlich, dass ich sofort wusste, dies musste Eddy sein.

Also war er Lincolns Halbbruder. Sie sahen sich überhaupt nicht ähnlich. Lincoln war dunkel, seine Gesichtszüge scharf und stark, während Eddy hell und weich ums Kinn war. Sein Körperbau war einigermaßen beeindruckend, aber Lincoln war größer, breiter und hatte eine mühelos gebieterische Natur an sich. Eddy war Lincoln vielleicht im Rang überlegen, aber in einem Notfall würde ich von ihm keine Anweisungen entgegennehmen wollen. Lincoln hatte sein Aussehen eindeutig von seiner Mutter geerbt.

„Dies ist mein Sohn, Prinz Albert Victor. Eddy, das sind Miss Holloway und Mr Fitzroy." Der Prinz von Wales stellte uns vor, als wären wir ihm nicht wichtiger als beiläufige Bekannte. Das war eine Enttäuschung, aber was hatte ich denn erwartet? Es war eine Sache, seinem Bruder von seiner Verwandtschaft zu

Lincoln zu erzählen, aber seinem ehelichen Sohn zu sagen, dass er einen älteren, unehelichen Halbbruder hatte, dessen Mutter Zigeunerin war, war etwas ganz anderes. „Ich habe meinen Sohn von Ihren Ermittlungen zu Protheroes Tod berichtet, jedoch nicht von der Art seines Ablebens. Je weniger Menschen *davon* wissen, desto besser."

Ich vermutete, dass er Eddy gar nichts von Gestaltwandlern erzählt hatte, was die Zahl der Fragen, die wir stellen konnten, einschränken würde.

„Sie haben die Freiheit, mit ihm zu sprechen", fuhr der Prinz von Wales fort. „Er wird wahrheitsgemäß antworten."

„Ich habe das nicht getan!", platzte Eddy heraus. „Ich schwöre Ihnen, Sir, ich bin unschuldig." Sein Eifer, uns zu überzeugen, bestätigte zwei Dinge—er war besorgt und er wusste nicht, dass Lincoln sein Halbbruder war. Hätte sein Vater ihm das gesagt, wäre er wesentlich neugieriger auf Lincoln gewesen. Seine Unschuldsbekundungen waren ganz an seinen Vater gerichtet.

„Da", sagte der Prinz von Wales zu Lincoln. „Sie haben ihn gehört. Er ist unschuldig."

Ich fürchtete schon, Lincoln würde es abstreiten, aber er betrachtete Eddy lediglich mit ausdruckslosem Gesicht. Vielleicht überlegte er, wie er mit so einem Schwächling verwandt sein konnte. Fairerweise musste man sagen, dass der jüngere Prinz sehr müde aussah. Er musste die letzte Nacht schlecht geschlafen haben, nachdem sein Vater ihn sich zur Brust genommen hatte. Beide Männer wirkten, als müssten sie ins Bett.

„Jetzt, da wir die Unschuld meines Sohnes geklärt haben, können Sie anderswo suchen." Der Prinz von Wales versuchte, uns hinaus zu komplementieren, aber weder Lincoln noch ich bewegten uns.

„Was wissen Sie über das Opfer, Roderick Protheroe?", fragte Lincoln Eddy.

„Nichts!" Der junge Prinz schluckte. „Mein Vater hat mir gestern Abend erzählt, dass Protheroe in Leonora verliebt war und dass sie sich verständigt hatten, aber das glaube ich nicht. Ich kann es nicht glauben. Sie war in *mich* verliebt. Das hat sie mir gesagt. Wenn ich nur mit ihr sprechen kann, wird sie es bestätigen."

„Du wirst nicht noch einmal mit ihr sprechen!", brüllte sein Vater. „Du hast dieses Mädchen nicht nur glauben lassen, dass sie eine Zukunft mit dir hat, sondern sie ist auch noch bis zum Hals in dieses grässliche Verbrechen verstrickt! Du wirst sowohl ihr als auch der gesamten Familie Ballantine fernbleiben. Habe ich mich klar ausgedrückt?"

Eddy blinzelte wie eine Eule. „Aber ich bete sie an. Wie kann ich einen solchen Engel aufgeben? Wenn du sie nur kennenlernen könntest. Sie ist wundervoll, freundlich und liebenswürdig. Wir sind uns so ähnlich. Wir haben die gleichen Interessen, mögen die gleichen Dichter und Bücher."

„Das liegt daran, dass sie darauf trainiert wurde, dich anzuziehen", sagte der Prinz von Wales. „Sie ist ein Köder und du der Fisch."

„Nein! Es war nichts dergleichen."

„Hörst du nicht zu?", explodierte der Prinz von Wales. „Sie hatte sich mit Protheroe verständigt, *nicht* mit dir." Er stolzierte bis ans Ende des Teppichs und wieder zurück, sein Gesicht gefährlich gerötet. „Dummkopf, Eddy, du alberner Dummkopf. Deswegen musst du auf die Königin und auf mich hören, wenn es darum geht, eine Frau auszuwählen."

Eddy stöhnte und senkte seinen Kopf in seine Hände. „Sie war so überzeugend. So vollkommen überzeugend."

„Wer hat Sie mit Leonora bekannt gemacht?", fragte Lincoln.

Eddy atmete zittrig aus. „Ein gemeinsamer Freund namens Nigel Franklin. Ich habe ihn hier im Jachtklub kennengelernt. Seine Eltern haben ein Haus in der Nähe."

Ich war nicht überrascht nach dem, was wir über die Familie Franklin und ihre Anwesenheit auf der Isle of Wight erfahren hatten.

„Haben Sie Lord Ballantine je getroffen?", fragte Lincoln.

„Mehrmals, in seinem Londoner Haus. Ich habe Leonora nur unter seiner Aufsicht gesehen. Er war nicht immer mit uns im Zimmer, aber er hat unser Rendezvous ganz sicher gutgeheißen."

„Was ist mit Sir Ignatius Swinburn?"

„Den habe ich nie kennengelernt."

„Ich habe es Ihnen schon gesagt, Fitzroy", schnappte der Prinz von Wales. „Swinburn ist nicht darin verwickelt. Er ist ein guter Kerl und hat keine Vorteile von Protheroes Tod."

„Das wurde bisher nicht bewiesen, weder so noch so", sagte Lincoln.

Der Prinz von Wales schnalzte mit der Zunge, kam aber nicht dazu, etwas zu sagen, bevor sein Sohn es tat.

„Ich glaube das alles nicht", murmelte Eddy in seine Hände. „Sie kann nicht in jemand anderen verliebt gewesen sein. Das hätte ich gewusst."

„Vielleicht gab es bei ihr eine gewisse Zuneigung", versicherte ich ihm. „Aber sie ist jung und hat ihr Herz vielleicht noch nicht ergründet. Möglicherweise hat sie Sie beide in Erwägung gezogen."

Lincoln sah mich finster an.

„Danke, Miss Holloway." Eddy schenkte mir ein trauriges Lächeln. „Ich gebe nicht vor zu wissen, wie Frauen denken, aber ich … ich hatte das Gefühl, Leonoras Herz zu kennen." Er senkte erneut den Kopf und schüttelte ihn. „Ich kann nicht glauben, dass ich so falsch lag."

Der Prinz von Wales schnaubte. „Ich kann nicht glauben, dass du auf Ballantines Tricks hereingefallen bist. Der Mann hat Nerven. Ich werde ihn jetzt ausgrenzen müssen. Dabei war er ein umgänglicher Kerl."

„Das ist vermutlich das Beste", sagte ich. „Und sicherer. Swinburn auch."

„Nicht Swinburn", sagte er abwesend. „Mir ist egal, dass du das Mädchen hast glauben lassen, ihr hättet eine Zukunft zusammen, Eddy. Das Doppelspiel der Familie musste ans Licht gebracht werden, und das hast du auf deine eigene tollpatschige Art geschafft."

Ich hatte es nicht für möglich gehalten, aber Eddys Kopf sank noch tiefer.

Die Augen des Prinzen von Wales leuchteten auf und er wackelte mit einem Finger. „Ich hatte einen Gedanken. Was ist, wenn der gemeinsame Freund, Franklin, der Mörder ist? Vielleicht hat er sich auch in das Mädchen verliebt und von Protheroes Anspruch auf sie Wind bekommen. Da haben Sie es. *Den* sollten Sie sich genauer ansehen, Fitzroy."

„Wir sehen uns jeden an", sagte Lincoln schlicht. „Im Moment haben wir keine weiteren Fragen an Sie, Eure Hoheit."

„Im Moment?", wiederholte Eddy. Er schaute seinen Vater flehend an.

Der Prinz von Wales schob die Brust vor und hob das Kinn. „Die Rolle meines Sohnes in diesen Ermittlungen ist abgeschlossen. Guten Tag, Mr Fitzroy, Miss Holloway. Ich wünsche Ihnen alles Gute beim Aufspüren von Protheroes Mörder."

„Wann kehrt Seine Hoheit nach London zurück?", fragte Lincoln mit einem Nicken in Richtung Eddy.

„Innerhalb der nächsten zwei Stunden", sagte der Prinz von Wales. „Je eher er aus dem Dunstkreis der kleinen Schlampe verschwindet, desto besser."

„Sie ist keine Schlampe", sagte Eddy, doch er sprach mit wenig Überzeugung.

Lincoln und ich folgten dem Lakaien zurück durch das Haus, hielten aber an, da uns die Queen mit einer jüngeren Frau an ihrer Seite entgegenkam. Der Lakai verbeugte sich und wies uns an, Ihrer Majestät unsere Ehrerbietung zu zeigen.

„Miss Holloway!", sagte die Königin, während ich einen Knicks machte. „Und auch Ihr Verlobter. Was tun Sie hier?"

„Wir hatten mit seiner Königlichen Hoheit zu tun", sagte ich.

„Spirituelle Angelegenheiten?"

Ich spürte den harten Blick der Begleiterin auf mir, hielt meine Aufmerksamkeit jedoch auf die Königin gerichtet. „In gewisser Weise", sagte ich.

„Werden Sie meine Tochter Prinzessin Beatrice und mich auf einen Spaziergang begleiten, Miss Holloway? Ihr Verlobter kann sich irgendwie beschäftigen. Sie können versuchen, den Geist meines Gemahls zu erreichen. Albert liebte Osborn House. Im Garten und am Meer fand er Trost."

Prinzessin Beatrice sah bei der Aussicht entsetzt aus. Sie sah ihre Mutter besorgt und mich angewidert an. „Ist sie das?", fragte sie. „Das Medium?"

Die Königin nickte. „Es ist etwas kühl, um zum Strand zu

gehen, aber der Garten wird genügen. Kommen Sie, Miss Holloway. Gehen Sie mit uns."

Ich wollte nicht ablehnen, wollte aber auch nicht mit ihr gehen—oder mit dem toten Prinzgemahl kommunizieren. Ich hoffte, Lincoln würde keine Hemmungen haben, eine Ausrede zu finden, aber er blieb stumm, verdammt.

Es war Prinzessin Beatrice, die mir zur Hilfe kam. „Miss Holloway sieht sehr beschäftigt aus. Vielleicht ein anderes Mal."

„Das bin ich in der Tat", sagte ich. „Wir wollten die Fähre zurück zum Festland erwischen."

„Was für eine Enttäuschung." Die Wangen der Königin sackten herab. „Wenn ich wieder in London bin, vielleicht."

Wir verbeugten uns und folgten dem Lakaien zur Haustür. „Gott sei Dank sind wir da rausgekommen", sagte ich, als wir draußen waren. „Was nicht dein Verdienst ist, Lincoln."

„Ich war darauf eingerichtet, dass du mit ihr spazieren gehst. Es hätte mir die Möglichkeit gegeben, allein zu ermitteln."

„Ermitteln? Lincoln, du bist wahnsinnig. Da sind so viele Bedienstete, die herumlaufen, du wärst erwischt worden."

„Das wäre ich nicht." Er steckte meine Hand in seine Armbeuge. „*Du* bist jung, Charlie", sagte er leise.

„Was hat das denn jetzt mit irgendwas zu tun?"

„Du hast Leonoras Unentschlossenheit auf ihre Jugend geschoben und darauf, dass sie ihr Herz noch nicht kennt. Sie ist in deinem Alter."

„Aber ich bin meinem Alter an Weisheit weit voraus." Ich streichelte sein Gesicht, bis er mich ansah. „Vergiss das nicht, Lincoln. Ich kenne mein Herz so gut, wie man es nur kennen kann, denn fünf Jahre lang war es mein einziger Gefährte."

„Das erklärt, warum ich meins kenne. Jetzt."

Ich drückte seinen Arm. „Glaubst du, Prinz Eddy hatte nichts mit Protheroes Tod zu tun?"

„Das tue ich."

„Weil dein Instinkt es dir sagt?"

„Nein, weil er nicht genug Rückgrat hat, um zu töten. Und seine Hände haben eine gewöhnliche Größe."

„Ballantines auch, und doch wissen wir, dass er ein Gestaltwandler ist. Abgesehen davon hätte Prinz Eddy Franklin dafür bezahlen können, für ihn zu töten. Ich glaube nicht, dass ein Mann Rückgrat braucht, um einen anderen mit einem Mord zu beauftragen. Ganz möchte ich ihn noch nicht von der Liste streichen."

Wir verließen das Anwesen durch den Torbogen. Ich hob das Gesicht der Morgensonne entgegen und lächelte in den wolkenlosen Himmel hinauf. Möwen ließen sich sorglos von der Brise davontragen.

Und dann kreischten sie und stoben davon.

Lincoln erstarrte und schob mich hinter sich. Ich verlor das Gleichgewicht, doch er fing mich nicht auf, wie er es sonst tat. Ein Messer erschien in jeder seiner Hände. Er hatte sie aus ihren Verstecken gezogen, während ich abgelenkt war. Breitbeinig nahm er Kampfhaltung ein.

Die Büsche raschelten und mein hämmerndes Herz rutschte mir in die Knie. Drei riesige Kreaturen kamen auf allen vieren aus dem Gebüsch. Sie ähnelten Wölfen und doch waren es keine. Ihre muskulösen Körper waren mit braunem Fell bedeckt und von ihren spitzen Fängen tropfte Speichel. Sie knurrten. Das tiefe, ursprüngliche Geräusch vibrierte durch meinen Körper und setzte sich in meinem Magen fest.

„Lauf, Charlie!", befahl Lincoln. „Verschwinde!"

Das tat ich nicht. Ich konnte ihn nicht verlassen und es war auch sinnlos. Er würde tot sein, ehe ich Hilfe holen konnte. Ich griff nach dem Messer an meinem Bein, ohne von den beiden Kreaturen wegzuschauen, die sich an uns heranpirschten. Ihre riesigen Pfoten tappten über den Kies, das einzige Geräusch in der angespannten Stille. Kein Vogel zwitscherte, keine Insekten zirpten und selbst die Blätter hatten aufgehört zu rascheln. Wir waren völlig allein mit drei gewaltbereiten Bestien.

Ich zog den Bernsteinanhänger aus meinem Mieder und packte ihn mit bebenden Fingern. Er pulsierte nicht bei meiner Berührung und wurde auch nicht warm. Er konnte tot sein. Die Aussicht machte mich krank. Ohne den Kobold hatten wir keine Überlebenschance gegen die wesentlich stärkeren Gestaltwandler.

Zwei der Bestien näherten sich, die dritte blieb bei den Büschen. Schwere Köpfe hingen tief über dem Boden, die Ohren wachsam aufgerichtet. Sie waren grimmig, wild, und doch leuchtete menschliche Intelligenz aus ihren Augen. Das machte sie umso furchteinflößender.

„Ich befreie dich", sagte ich zu dem Anhänger um meinen Hals.

Nichts geschah.

Ich hob die Kugel mit zitternden Händen an meine Lippen und sagte lauter: „Kobold, komm heraus, ich befreie dich."

Kein Licht kündigte seine Ankunft an. Keine katzenähnliche Kreatur erschien. Meine Worte erregten lediglich die Aufmerksamkeit eines Gestaltwandlers. Er wandte sich von Lincoln ab und kam auf mich zu.

KAPITEL 13

„Charlie, *geh!*", rief Lincoln.

Ich stolperte zurück, ging aber nicht. Vielleicht konnte ich die zweite Kreatur von Lincoln weglocken, um seine Chancen zu verbessern. Der dritte Wolf hielt immer noch Abstand und schwankte leichte von einer Seite zur anderen, beobachtend.

Der zweite Wolf beäugte mein Messer, näherte sich aber trotzdem weiter. Das lippenlose Maul streckte sich in ein grausiges Grinsen, das spitze Zähne, eine heraushängende Zunge und Speichelfäden offenbarte. Ich öffnete den Mund, um den Kobold erneut zu rufen, als der erste Wolf angriff.

Lincoln stach aufwärts und sein Messer traf die Schulter der Bestie. Sie jaulte und wurde langsamer, gab aber nicht auf. Lincoln tauchte zur Seite und rollte sich ab, ehe er wieder auf die Füße sprang. Blut verschmierte den Kies und seine zerrissene Kleidung. Er war verletzt worden. Oh Gott.

Der zweite Wolf knurrte mich an.

Ich packte den Messergriff, die Klinge auf den Wolf gerichtet und schrie meinen Anhänger an. „Um Gottes Willen! Komm raus, ehe es zu spät ist. Ich befreie dich!"

Die Bestie sprang. Irgendwie schaffte ich es, die Augen offen zu halten, sodass ich einen perfekten Blick auf das zottelige Fell an ihrem Bauch werfen konnte, die riesigen Ballen der Pfoten, das Gelb der Augen … Sie kam herb, herab. Alles, was ich tun konnte, war, die Klinge festzuhalten und zu hoffen, dass es reichte.

Ein Lichtblitz zwang meine Augen zu. Unmenschliches Quietschen zerriss die Luft. Ich öffnete die Augen und sah, wie Lincoln mit Leichtigkeit dem Schlag eines abgelenkten Gestaltwandlers auswich. Sein Fokus lag nicht auf ihm, sondern auf der haarlosen, katzenartigen Kreatur, die größer war als ein Bulle und mit scharfen Krallen nach dem Wolf schlug, der mich angesprungen hatte.

Mein Kobold war endlich zu meiner Rettung geeilt.

Lincoln rappelte sich auf und stellte sich an meine Seite. Wir sahen zu, wie der Kobold die Wölfe anzischte und wieder nach ihnen schlug. Seine rasiermesserscharfen Krallen verfehlten das Gesicht des zweiten Gestaltwandlers so gerade eben. Der Wolf stolperte zurück und stieß gegen den ersten. Der dritte jaulte und floh ins Gebüsch.

Die anderen beiden versuchten, an meinem Kobold vorbeizukommen, um uns anzugreifen, aber er sprang zwischen ihnen hin und her, schlug mal nach dem einen, mal nach dem anderen und fauchte und knurrte wie eine gigantische Wildkatze. Die beiden Kreaturen gaben auf und folgten ihrem Rudelkollegen ins Gebüsch.

Der Kobold setzte sich und beobachtete den Ort, wo die Bestien verschwunden waren. Er hechelte, als ob er meilenweit gerannt wäre. Dann sank er zu Boden und legte den Kopf auf die Vorderpfoten. Einen Moment später schrumpfte er auf die Größe einer Hauskatze und maunzte.

„Kehre jetzt zurück", sagte ich zu ihm. „Die Gefahr ist vorüber." Hoffte ich.

Ein weiterer Lichtblitz zwang meine Augen zu. Als ich sie wieder öffnete, war alles ruhig, die Büsche bewegten sich nicht und mein Anhänger fühlte sich wieder warm an. Der Kobold war sicher darin—und am Leben. Gott sei Dank.

„Lincoln", stammelte ich. „Du bist verletzt."

„Ein Kratzer. Du?"

„Das sind nicht nur Kratzer." Ich versuchte, seine Wunden

am Arm zu sehen, aber er ging zu den Büschen, in denen die Wölfe verschwunden waren.

„Komm da weg", sagte ich dank meiner zittrigen Stimme mit weniger Kommando, als ich wollte.

„Sie sind weg", verkündete er. Trotzdem steckte er nur ein Messer zurück in seinen Ärmel. Er umfasste das andere fester, hob seinen Hut auf und kehrte zu mir zurück. Die scharfen Züge seiner Wangen und seines Kinns waren rigide, seine Augen so schwarz wie eine mondlose Nacht. Sein Blick wanderte an mir rauf und runter, dann, anscheinend befriedigt, dass ich unverletzt war, nahm er meine Hand und führte mich die Straße entlang.

Mein Herz taumelte beim Rumpeln von Wagenrädern vor uns, doch es war nur ein Karren, der von einem uralten Pferd gezogen und von einem ebenso uralten Mann gelenkt wurde. Er berührte die Krempe seines Strohhutes zum Gruß. Ich brachte ein „Guten Morgen" heraus, Lincoln jedoch nicht.

Wir sprachen nicht, bis wir das nächste Dorf East Cowes erreicht hatten, wo er eine Kutsche auftrieb, die uns zurück zur Wirtschaft in Cowes brachte. Der Fahrer nickte in Richtung von Lincolns Arm. Der Ärmel seiner Jacke und seines Hemdes war zerrissen, der Stoff blutgetränkt.

„Brauchen Sie einen Arzt?", fragte der Fahrer.

„Ich werde in Cowes einen aufsuchen." Lincoln half mir in die Kutsche. Sein Griff war fest, sein Gleichgewicht stabil. Falls ihn die Verletzung beeinträchtigte, wusste er es hervorragend zu verbergen.

„Wirst du einen Arzt aufsuchen?", fragte ich ihn, als die Kutsche losrollte.

„Nein."

Ich holte tief Luft, das erste Mal seit dem Angriff. Das wiederholte ich zur Sicherheit und führte Lincolns Hand an meine Lippen. Er hatte mich auf dem Weg ins Dorf nicht losgelassen und versuchte auch jetzt nicht, sich loszumachen.

„Das war knapp", sagte ich.

„Ja." Er steckte das Messer zurück in seinen Stiefel und umfasste mein Gesicht. Einen Moment lang starrte er mir in die Augen, dann bewegte er seine Hand von meiner Wange in meinen Nacken. Sein fester Griff zog mich vorwärts und ich dachte, er würde mich küssen, doch er überbrückte den Abstand zwischen uns nicht. „Wenn ich dir befehle, zu gehen, dann gehst du. Verstanden, Charlie?"

Ich lehnte mich langsam zurück und zwang ihn, seine Hand wegzunehmen. Die andere ließ ich nicht los, sondern hielt sie fest in meinem Schoß. „Dein Ärger sollte sich lieber auf die Gestaltwandler richten, nicht auf mich."

„Ich bin nicht ärgerlich. Ich bin ..." Er hob eine Schulter und schüttelte den Kopf, als könne er seine Gefühle nicht in Worte fassen.

„Du *bist* ärgerlich auf mich. Ich habe mich dir widersetzt und du magst es nicht."

„Nein. Ich mag es nicht."

„Das ist schade, Lincoln, denn ich werde mich dir widersetzen, wenn du mir noch einmal befiehlst, dich zu verlassen. Ob du mich nun von Lichfield wegschickst, um mich zu schützen, oder weil du glaubst, dass es besser für mich ist, oder ob du mir befiehlst zu fliehen, wenn du angegriffen wirst, ich *werde* mich widersetzen. Jedes Mal. Ist das klar?"

Sein Blick bohrte sich in meinen. Seine Nasenflügel bebten. Ich wappnete mich für eine Schlacht.

„Wenn ich glaube, dass ich nützlich sein kann", fuhr ich fort, „dann werde ich bleiben und kämpfen. Wenn ich glaube, dass meine Anwesenheit hinderlich ist, dann—und nur dann—werde ich gehen. Du kannst zetern und toben, wie du willst, ich werde meine Meinung nicht ändern."

Er entzog mir seine Hand, lehnte den Kopf hinten an die Wand und murmelte etwas in einer Sprache, die ich nicht verstehen konnte.

„Mich in einer anderen Sprache zu verfluchen wird meine Meinung auch nicht ändern." Ich schaute aus dem Fenster. Wir waren bereits auf halbem Weg zwischen den Dörfern. „Warum willst du keinen Arzt aufsuchen?"

„Ich kann die Fragen nicht riskieren." Er schob die Fetzen seines Ärmels auseinander und inspizierte die Wunden an seinem rechten Arm. „Du kannst sie nähen."

„Ich?"

„Das hast du schon mal getan."

„Ja, aber damals mochte ich dich nicht. Es war mir egal, ob ich dir wehtue. Das ist jetzt anders. Lass uns einen Arzt finden."

„Und eine Infektion wegen schlecht vorbereiteter Instrumente riskieren? Nicht alle Mediziner verstehen die Wichtigkeit einer sterilen Umgebung. Abgesehen davon wollen wir nicht, das unangenehme Fragen gestellt werden. Du kannst das, Charlie. Ich habe meinen Arztkoffer mitgebracht."

Ich stöhnte. „Du lässt mich dem nicht entgehen, oder?"

„Nein, aber wann hast du je einen meiner Befehle befolgt?"

„Ich befolge die vernünftigen."

* * *

MIR WAR AUSGESPROCHEN BEWUSST, dass wir uns, abgesehen vom Händchen halten, seit dem Angriff kaum berührt hatten. Brodelnde Wut vibrierte noch immer in Lincoln, obwohl er meine Widersetzlichkeit nicht noch einmal erwähnte. Ich hatte den Verdacht, er wusste, dass er diese Schlacht nicht gewinnen konnte.

Eine Magd brachte auf meine Bitte hin eine Kanne mit kochendem Wasser und stellte sie neben die Schüssel in Lincolns Zimmer. Falls sie es für skandalös hielt, dass wir zusammen allein waren, kommentierte sie es nicht. Ich goss das Wasser in die Schüssel und warf eine Nadel hinein. Lincoln zog seine Jacke und die Weste aus und schälte dann vorsichtig sein Hemd herunter.

„Es wäre wesentlich weniger schmerzhaft gewesen, wenn du mir gestern Abend einen Blick auf deine Nacktheit gewährt hättest", sagte ich. „Aber ich nehme das hier auch, mitsamt Blut und allem."

Er warf mir einen gereizten Blick zu. Also war er noch wütend.

„Ich werde versuchen, nicht über dich herzufallen in deinem angeschlagenen Zustand", fuhr ich fort, als ob er seinen Sinn für Humor wiedergefunden hätte. „Aber ich kann nichts versprechen."

Er drehte sich zur Seite und präsentierte mir seine Schulter.

Die Wunden auf dem Oberarm waren nicht sehr tief oder lang, aber sie mussten ordentlich behandelt werden. Lincoln hatte mir ein wenig über Wundversorgung und Sterilisation beigebracht. Ich wusch mir sorgfältig die Hände und reinigte den Bereich um die Wunden herum mit der Karbolsäure aus seinem Arztkoffer. Er gab keinen Piep von sich, obwohl es gebrannt haben musste. Trotz meiner Spöttelei fühlte ich mich nicht gerade souverän, ihn zusammenzuflicken.

Ich holte tief Luft und fädelte den Faden in die Nadel. Ich hätte ihm gesagt, er solle stillhalten oder sich vorbereiten, aber niemand könnte je mehr auf Schmerzen vorbereitet sein als Lincoln. Trotzdem zuckte ich jedes Mal zusammen, wenn die Nadel in sein Fleisch stach. Ich nähte, so schnell ich konnte, um es bald hinter mich zu bringen. Er zuckte nur beim ersten Stich.

„So", sagte ich und machte einen Knoten ans Ende des Fadens. Den Rest schnitt ich mit der Schere ab. „Fertig. Alles in Ordnung?"

Er nickte und betrachtete die Stiche. „Eine feine Arbeit."

Ich packte den Arztkoffer weg und konzentrierte mich intensiv auf jedes Instrument und nicht auf den halb nackten, verwundeten Mann, dessen Anwesenheit mein Herz höherschlagen ließ und der heute hätte sterben können, wäre mein Kobold nicht gewesen.

Vergeblich. Tränen ließen meine Sicht verschwimmen und verstopften meine Kehle. Falls er dachte, ich würde ihn in so einer Situation jemals alleinlassen, ihn allein sterben lassen, hatte er sich gewaltig geirrt und kannte mich überhaupt nicht.

„Es war Leonora und vermutlich ihre Mutter und Mrs Franklin." Er klang, als stünde er dicht hinter mir. „Diejenige, die nicht angegriffen hat, war Leonora. Dessen bin ich mir sicher. Und so weit wir wissen, sind die einzigen Rudelmitglieder auf der Insel Lady Ballantine und Mrs Franklin. Mr Franklin könnte hier sein, aber diese Kreaturen waren weiblich. Sie müssen es sein."

Ich hörte Rascheln. Vielleicht zog er ein sauberes Hemd an. Doch dann sprach er wieder und diesmal stand er an meinem Rücken. Ich konnte ihn *spüren*, obwohl wir uns nicht berührten. „Siehst du das auch so?", fragte er leise.

Ich nickte, konnte aber wegen der Tränen, die mir über die

Wangen liefen, nichts sagen. Ich wollte ihn nicht wissen lassen, dass ich weinte. Ich wollte stark sein, wollte jemand sein, auf den er sich in gefährlichen Situationen verlassen konnte.

„Charlie?"

Ich nickte wieder und hoffte, dass es als Antwort genügte.

Das tat es nicht. Er berührte meine Schulter. „Charlie", murmelte er.

Sanft drehte er mich um und legte sein Wechselhemd auf den Stuhl. Er strich mit den Knöcheln über meine Wange und drückte seine andere Hand gegen meinen unteren Rücken.

„Ich bin nicht wütend auf dich", sagte er.

„Ich weiß."

„Warum dann die Tränen?"

„Weil du verletzt wurdest. Es hätte schlimmer sein können."

„War es nicht."

„Hätte es aber sein können, wenn ich nicht da gewesen wäre und mein Kobold nicht herausgekommen wäre ..."

Er sagte nichts und küsste mich einfach auf die Lippen. Die Zärtlichkeit brachte einen frischen Schwall Tränen. Ich versuchte so sehr, sie aufzuhalten, konnte es aber nicht. Seine Lippen bewegten sich von meinem Mund zu meiner Wange und dann zu jedem Augenlid und ich hörte endlich auf zu weinen.

Er legte die Arme um mich und ich drückte meine Wange an seine Brust. Seine Haut fühlte sich warm an, die vereinzelten kleinen schwarzen Härchen weich, aber es war der tröstende Schlag seines Herzens, den ich am meisten liebte. Sein starker, gleichmäßiger Rhythmus stärkte meinen schwachen, bis ich mich besser fühlte.

Trotzdem zog ich mich nicht zurück. Ich genoss die Nähe zu sehr, um sie zu beenden. Ich spreizte meine Hände auf seinem Rücken und strich über die weiche Haut, die sich über die Muskelstränge spannte. Mit geschlossenen Augen atmete ich ihn ein, nicht nur in meine Lungen, sondern in meine Seele. Bei ihm zu sein fühlte sich so richtig an. *Wir* waren richtig. Dessen war ich mir nie sicherer gewesen.

„Du solltest gehen", sagte er. Seine Stimme vibrierte von seinem Brustkorb durch meinen Körper. Dennoch bewegte er sich nicht weg oder schob mich auf Armlänge von sich.

„Wenn ich mir sicher sein kann, dass du aufgrund deiner Verletzungen nicht in Ohnmacht fällst."

Ich fühlte sein Lachen mehr, als dass ich es hörte. „Wenigstens wissen wir, dass dein Kobold noch lebt."

„Gott sei Dank war er nur in einem sehr tiefen Schlaf."

„Wir können uns nicht immer auf ihn verlassen."

„Nein", sagte ich und wollte nicht darüber nachdenken, was passiert wäre, hätte ich die Kette nicht getragen.

Schließlich schob er mich doch weg und ich seufzte innerlich. Ich seufzte noch einmal, als er sein sauberes Hemd anzog und seinen athletischen Körper verbarg. Sein Mund zuckte amüsiert, was mich freute. Es bedeutete, dass seine Verletzungen ihm keine großen Schmerzen bereiteten. Außerdem bedeutete es, dass er nicht mehr ärgerlich war, weil ich seinem Befehl nicht gefolgt war, den Bereich des Angriffs zu verlassen. Vielleicht gefiel es ihm nicht, dass ich geblieben war, aber er hatte es akzeptiert.

„Sollten wir über die drei Gestaltwandler besorgt sein, die über die Insel streifen?", fragte ich.

Er schüttelte den Kopf. „Sie waren nur hinter uns her. Sie müssen uns im Beaulieu House gesehen oder von unserem Besuch gehört haben. Da war ihnen klar, warum wir gekommen sind."

„Was haben sie sich davon versprochen, uns anzugreifen? Wenn sie Erfolg gehabt hätten, hätte es Chaos verursacht. Stell dir den Aufruhr in den Zeitungen vor, wenn von einem Angriff von wilden Hunden in der Nähe von Osborn House berichtet wird, während die Königin und die beiden nächsten Thronfolger dort residierten."

Er senkte die Weste, die er gerade hatte anziehen wollen. „Vielleicht hatten sie nicht vor, uns zu töten, sondern wollten uns nur vertreiben."

„So wirkte es definitiv nicht." Ich warf das Tuch, mit dem ich Lincolns Wunden gereinigt hatte, in die Schüssel mit blutigem Wasser.

„Es ist wahrscheinlich, dass sie in Panik geraten sind, nachdem sie von unserer Ankunft hier gehört haben", sagte er. „Ihr Angriff könnte eine spontane Entscheidung gewesen sein."

„Leonora hat sich zurückgehalten. Sie wollte uns nichts tun. Das könnte zu unserem Vorteil sein."

Er nickte langsam, während er seine Weste anzog. „Deswegen habe ich vor, ihr heimlich einen Besuch abzustatten."

Ich stellte die Wasserschüssel wieder ab. „Mit heimlich meinst du, dass weder ihre Mutter noch Mrs Franklin davon wissen."

Er nickte.

„Und du hast vor, mich mitzunehmen", sagte ich mit fragend hochgezogener Braue.

Er nahm seine Krawatte und knotete sie, ohne in den Spiegel zu gucken, oder zu mir. Ich zog sie gerade, als er fertig war, und ruckte dann heftig daran. Endlich sah er mir in die Augen.

„Ich komme mit, Lincoln. Leonora vertraut mir."

Er nickte leicht. „Wir gehen sofort. Bis Prinz Eddy die Insel verlassen hat, will ich wissen, wo Leonora und die anderen Gestaltwandler sind."

„Du glaubst, dass sein Leben in Gefahr ist?"

„Nicht sein Leben, sein Herz. Er liebt sie noch. Und sie darf nicht in seine Nähe, um ihn nicht in irgendeiner Weise zu kompromittieren."

„Mit Kompromittieren meinst du, ihn zu einer verbotenen Liaison zu verleiten. Glaubst du, sie ist so gerissen?"

„Sie nicht, aber ihre Ratgeber. Und der junge Prinz ist sowohl beeinflussbar als auch verliebt. Wenn sein Vater ihn nicht mehr im Visier hat, kann Leonora ihn leicht in die Büsche locken und sich über ihn hermachen, ehe er abreist. Sollte es Zeugen geben, wäre es extrem schwierig für die Königsfamilie, es unter den Teppich zu kehren. Es an die Öffentlichkeit zu bringen könnte genau das sein, was Ballantine will, um die Sache zu erzwingen."

„Dann sollten wir jetzt besser gehen. Er soll bald abfahren."

* * *

Von meinem Aussichtspunkt hinter der Hecke, die an eine Seite von Beaulieu House grenzte, schaute ich hinauf zum zweiten Fenster im obersten Geschoss und zwang Leonora in

226

Gedanken, herunterzukommen. Sie saß am Fenster und starrte den Himmel an, den Kopf an das Glas gelehnt. Sie sah elend aus.

Aber wenigstens wussten wir, dass sie da war. Mrs Franklin und Lady Ballantine waren ebenfalls beide drinnen. Wir hatten sie durch die Fenster im Erdgeschoss gesehen, die Köpfe über ihre Handarbeiten gebeugt. Die friedliche häusliche Szene stand in starkem Kontrast zu ihrem Angriff auf der Straße vor dem Osborn House.

„Ich hoffe, der Prinz ist in Sicherheit", sagte ich. Mehr als zwei Stunden waren seit dem Zeitpunkt vergangen, den der Prinz von Wales als Abreise von Eddy genannt hatte.

Lincoln antwortete nicht. Er hockte neben mir, die Finger in den Handschuhen auf die Erde gepresst, um das Gleichgewicht zu halten. Ich verlagerte mein Gewicht, um es bequemer zu haben. In Stiefeln mit Absatz, einem Kleid mit Bausch und zwei Unterröcken zu hocken, war alles andere als bequem. Bisher hatte ich noch nicht angefangen, Korsetts zu tragen, aber ich fürchtete, der Tag würde kommen, an dem ich das einschränkende Kleidungsstück anziehen musste. Als ich noch dünner war, war ich damit davon gekommen, und dann durch die schweren Mäntel und Jacken, obwohl meine Körperform sich durch regelmäßige Mahlzeiten veränderte. Jetzt, da wärmeres Wetter und leichtere Kleidung in Sicht war, musste ich irgendeine Form von Unterwäsche tragen.

„Wir gehen", verkündete Lincoln. „Es ist Mittagszeit."

„Du lässt die Aufgabe für einen knurrenden Magen im Stich? Ich hätte nie gedacht, dass ich den Tag mal erlebe."

Er richtete seinen kühlen Blick auf mich. „Ich sehe keinen Grund, hier zu warten und zuzusehen, wie sie nichts tut. Prinz Eddy wird weg sein, also ist ihr Plan ruiniert."

„Aber wir sollten mit ihr reden."

„Ohne die anderen."

„Dann sollten wir warten, bis sie ausgehen."

Er rückte von der Hecke weg, geduckt und außer Sichtweite des Hauses. Als er bemerkte, dass ich ihm nicht folgte, stoppte er. „Ich werde heute Abend wiederkommen", sagte er. „In ihr Zimmer zu klettern, sollte nicht allzu beschwerlich sein."

Ich hob meine Röcke vom Boden und ging zu ihm. „Ich komme mit dir wieder her."

Wir waren jetzt beide weit genug weg, dass wir stehen konnten, ohne vom Haus aus gesehen zu werden. „Deine Anwesenheit ist nicht vonnöten, Charlie."

„Das sehe ich anders. Leonora wird das Haus zusammenschreien, wenn ein Mann durch ihr Fenster steigt. Wenn sie mich sieht, bleibt sie ruhig." Als er keinen Kommentar abgab, fügte ich hinzu: „Zum Glück habe ich meine Jungenkleidung mitgebracht. Kleider sind zum Klettern nicht ideal."

Ich glaubte, ihn seufzen zu hören, aber es war vielleicht nur die Brise. „Wir kommen nach Einbruch der Dunkelheit zurück."

* * *

Es WAR NOCH NICHT SO LANGE HER, dass ich mit Lincoln in das Zimmer einer anderen Gestaltwandlerin geklettert war. Damals hatten wir Harriet sehen wollen. Ob Leonoras Empfang ebenso zivilisiert sein würde, war nicht sicher. Dank des modernen Wassersystems, das mit außen angebrachten Abwasserrohren einherging, war es einfach, am Beaulieu House hochzuklettern. Ich streckte die Hand aus und klopfte an Leonoras Fenster. Es wurde ruckartig hochgeschoben, was mich erschreckte. Mein Fuß rutschte von der Klammer, mit der das Rohr an der Wand befestigt war. Ich hielt mich mit den Fingern fester, doch Lincoln hinderte mich am Fallen. Er umfasste meinen Fuß und führte ihn zurück zu der Klammer. Seine Verletzungen schienen ihn nicht zu beeinträchtigen.

„Was zum Teufel—Miss Holloway!", flüsterte Leonora laut. „Was tun Sie hier?"

„Sie besuchen, ohne dass Ihre Mutter davon weiß", flüsterte ich zurück. „Dürfen wir reinkommen?"

Sie linste an mir vorbei in die Dunkelheit und schnüffelte. „Ist das Mr Fitzroy?"

„Ist es. Wir haben Fragen."

Sie stöhnte. „Ich kann nicht. Wenn Sie jemand sieht, bekomme ich riesigen Ärger."

„Bitte, Miss Ballantine. Nach dem Überfall vorhin schulden Sie uns was."

Sie schnappte nach Luft. „Woher wissen Sie, dass ich es war?"

„Bitte, lassen Sie uns rein. Wir wollen nur über Eddy mit Ihnen reden." Als sie zögerte, fügte ich hinzu: „Wir wissen, dass er ein Prinz ist."

Sie nagte an ihrer Unterlippe und öffnete dann das Fenster ganz. Sie half mir hindurch, wobei ihre übernatürliche Kraft ein Segen war, mit der sie mich über das Fensterbrett hob. Lincoln benötigte keine Hilfe. Er schwang sich durch das Fenster und landete geräuschlos auf beiden Füßen. Ich würde niemals so elegant aussehen, egal wie oft ich übte.

Er schloss das Fenster und bewachte es mit verschränkten Armen. „Hatten Sie vor, uns heute zu töten?", flüsterte er.

Leonora ließ sich auf das Bett fallen und zog die Decke über ihr Nachthemd bis zum Kinn. Ihre offenen Haare flossen in seidigen Wellen um ihre Schultern und ihre großen Augen blinzelten mich an. Sie wirkte unterwürfig und kindlich, und doch hatte diese Frau den Prinzen geküsst und vielleicht noch mehr getan, um ihn in eine Ehe zu locken. Sie war nicht unschuldig. „Ich wollte nicht, dass Sie verletzt werden", beharrte sie. „Ich wollte gar nicht mitmachen."

„Sie wurden gezwungen", sagte ich. „Wir verstehen."

Ich spürte, wie Lincolns Blick meinen Rücken durchbohrte. Auch wenn wir Antworten brauchten, würde ich freundlich zu Leonora sein. Abgesehen davon war auch sie ein Opfer. Sie hatte ihren Geliebten verloren und war von ihren Eltern manipuliert worden. Sie hatte nicht darum gebeten, als Gestaltwandler geboren zu werden, und wollte auch bei den Plänen ihres Vaters nicht mitspielen. Allerdings hatte sie keine Wahl. Wie so viele junge Frauen ihres Standes war sie ein Bauer auf dem Schachbrett der Macht.

Ich setzte mich neben ihre Füße auf das Bett. „Wir haben noch weitere Fragen an Sie", sagte ich. „Und Sie müssen sie ehrlich beantworten."

Sie schniefte. „Ich wurde davor gewarnt, noch einmal mit Ihnen zu sprechen."

„Von Ihrem Vater?"

Sie beugte sich vor und senkte die Stimme. „Er wird so wütend, wenn er herausfindet, dass Sie hier drinnen waren."

„Von uns wird er es nicht erfahren, aber Miss Ballantine, Sie müssen verstehen, dass Sie inzwischen Teil einer verräterischen Intrige sind."

„Verrat!"

„Der Plan Ihres Vaters ist entweder darauf ausgelegt, einen Skandal zu verursachen und dadurch die Königin dazu zu zwingen, Eddy aus der Thronfolge zu streichen, oder in einer Ehe zu münden. Einem Prinzen eine Falle zu stellen, um eine Heirat zu erzwingen, ist ein verräterisches Delikt." Ich hatte keine Ahnung, ob das der Fall war, aber es schien wahrscheinlich. Ballantine wollte Macht durch eine Heirat seiner Tochter mit dem Thronfolger. Warum sonst sollte er Macht wollen, wenn nicht zu seinem eigenen Vorteil?

„Kein Skandal", murmelte sie. „Wir wollen Eddy nicht abgesetzt haben. Aber Sie haben recht. Das Ziel war, dass er mich heiratet. Warum, weiß ich nicht. Das müssen Sie meinen Vater fragen."

„War er es, der Sie ermutigt hat, es auf Eddy abzusehen?"

Sie zog ihre Knie unter der Decke an und schlang ihre Arme darum. „Und Sir Ignatius."

Ich widerstand einem Blick zu Lincoln. Das war das erste Mal, dass wir Swinburns Namen in direkter Verbindung zu dem Plan hörten.

„Wer ist der Anführer Ihres Rudels?", fragte Lincoln.

„Sir Ignatius."

Ich schnappte nach Luft. Mit der Antwort hatte ich nicht gerechnet. Swinburn war rangmäßig der niedrigere der beiden Männer, seine Herkunft wesentlich bescheidener, und doch war er zum Rudelführer aufgestiegen, möglicherweise allein durch überlegene Stärke. Die Zusammensetzung des Rudels schien eher auf den ursprünglichen Qualitäten des Tierreichs zu basieren anstatt auf denen der menschlichen Gesellschaft des neunzehnten Jahrhunderts.

„Hat Swinburn Sie mit Eddy bekannt gemacht?", fragte ich.

„Nigel Franklin war es. Allerdings wahrscheinlich auf Anweisung von Sir Ignatius." Sie schniefte wieder. „Er bestimmt alles, was das Rudel tut. Das ist an sich keine schlechte Sache", fügte sie hastig hinzu. „Ihm liegen nur unsere besten Interessen am Herzen. Er ist ein guter Mann."

„Warum hat er dann befohlen, dass Ihr Geliebter getötet wird?", fragte Lincoln.

Leonoras Kinn sackte herab. Sie starrte ihn an und schüttelte den Kopf. „Nein, das hat er nicht."

„Sind Sie sicher?"

„Natürlich. Warum sagen Sie so etwas?"

„Weil Ihre Hochzeit mit Roderick Protheroe Swinburns Pläne durchkreuzt hätte, nach denen Sie in die Königsfamilie einheiraten sollen."

„Aber Mord!" Sie stützte ihr Kinn auf die Knie. „Unmöglich. Außerdem habe ich ihm nichts von Roderick erzählt. Wie hätte er herausfinden sollen, dass wir zusammen durchbrennen wollten?"

„Ihre Magd, andere Angestellte, Ihre Mutter, Protheroe selbst. Es gibt eine Vielzahl von Möglichkeiten, wenn man Zutritt zu Ihrem Haus hat, wie es bei ihm der Fall ist."

Sie bedachte das und schüttelte dann den Kopf. „Sir Ignatius ist nicht so machthungrig, wie Sie ihn darstellen. Er ist ein wunderbarer, großzügiger Mann. Mein Vater jedoch, also *der* hätte es tun können", zischte sie. „Nicht eigenhändig. So blutrünstig ist er nicht."

„Glauben Sie, er hat Franklin oder ein anderes Rudelmitglied beauftragt?", fragte ich.

Sie presste ihre Stirn an die Knie und umarmte sie fester. „Es ist möglich", murmelte sie. „Nigel ist unterwürfig genug, um alles zu tun, was Vater befiehlt. Er glaubt, Vater und Sir Ignatius gegenüber gefällig zu sein, macht ihn unverzichtbar und beliebt. Aber es macht ihn nur albern und langweilig."

„Sie haben in der Nähe von Bristol gewohnt, bevor Sie nach London kamen", sagte Lincoln. „Hatte Ihre Familie dort schon mit den Swinburns zu tun? Und was ist mit anderen Rudelmitgliedern? Kommen sie aus der gleichen Gegend?"

„Unsere Familie lebt seit Jahrhunderten dort, gemeinsam mit anderen aus dem Rudel. Ich kenne die Geschichte nicht sehr gut, aber ich glaube, sie sind in unsere Nähe gezogen, nachdem sich herumgesprochen hat, dass ein mächtiger Anführer sein Rudel vergrößern wollte."

„Swinburns Vorfahre?", fragte ich.

„Nein. Meiner. Swinburn ist der derzeitige Anführer, aber vor ihm haben Mitglieder meiner Familie das Rudel angeführt, seit, nun, seit Ewigkeiten."

Was Lord Ballantine wohl davon hielt, dass der Enkel eines Seemannes die Führung übernommen hatte, nachdem jahrhundertelang die reichen und mächtigen Ballantines regiert hatten?

„Swinburns Vater hat von Ihrem Großvater Geld bekommen, um sein eigenes Geschäft aufzubauen", erklärte Lincoln ihr. „Wissen Sie, warum?"

„Natürlich nicht. Ladys befassen sich nicht mit solch vulgären Angelegenheiten."

Irgendwie schaffte ich es, nicht die Augen zu verdrehen. Sie würde nicht so denken, wenn sie sich je um Geld hätte Sorgen machen müssen.

„Wie war Swinburns Vater?", fragte Lincoln.

„Ich habe ihn nie kennengelernt, aber ich habe gehört, dass er in seiner anderen Gestalt sehr stark war, wie Sir Ignatius. Er war auch schlau. Wäre er es nicht, wären seine Geschäfte nicht so gut gelaufen."

Die wären auch ohne die Geldspritze eines Investors nicht so gut gelaufen. „War es Swinburns Idee, nach London zu kommen?", fragte ich.

Sie nickte. „Er hatte beschlossen, den Firmensitz in die Stadt zu verlegen, auch wenn er noch ein Büro in Bristol betreibt. Er dachte, London wäre ein guter Ort für das Rudel, also sind wir alle mit ihm umgezogen, auch wenn wir von Zeit zu Zeit nach Hause zurückkehren."

„Einfach so?", fragte ich. „Sie lassen es klingen, als wäre so ein Umzug einfach."

Sie hob eine Schulter. „Wo unser Rudelführer hingeht, gehen wir alle hin."

Aber wenn es dem Rudelführer eher um seine Geschäfte ging

als um das Wohlbefinden des Rudels, würden die Mitglieder es bemerken? Würde es sie stören? „Bedeutet Swinburns Erfolg gleichsam Erfolg für Sie alle?", fragte ich.

„Sie meinen finanziell? Nicht direkt. Aber wenn er aufsteigt, steigen wir alle auf, weil er uns hilft. Wir helfen uns gegenseitig. So funktioniert ein Rudel." Sie schob die Decke mit plötzlicher Vehemenz weg und kletterte aus dem Bett. „Ich sollte nicht mit Ihnen reden. Es verstößt gegen die direkte Anweisung meines Anführers. Ich könnte aus dem Rudel ausgeschlossen werden, wenn es jemand herausfindet."

„Ihre Eltern würden Sie nicht ausschließen", sagte ich.

Die Uhr auf dem Kaminsims schlug. Sie schaute hin und rief; „Es ist schon zehn! Sie müssen *jetzt* gehen." Sie schubste mich zum Fenster.

„Was passiert um zehn?"

„Meine Mutter und Mrs Franklin bringen mir eine Tasse Milch. Sie sind sehr pünktlich. Bitte gehen Sie, ehe Sie erwischt werden. Ich bekomme große Schwierigkeiten und sie werden Sie als Bedrohung ansehen."

Was bedeutete, sie würden angreifen. Das musste man mir nicht zweimal sagen.

Lincoln schob gerade das Fenster hoch, als Stimmen vor der Tür erklangen. Mir blieb das Herz stehen. Wir hatten nur Sekunden. Lincoln half mir heraus und ich suchte verzweifelt Halt am Rohr. Er war schon halb aus dem Fenster, ehe ich sicher stand, doch dann musste ich ihm Platz machen. Meine Hand umklammerte das Rohr, aber die verdammte Halterung, auf der mein Fuß stehen sollte, entzog sich mir.

Über mir hing Lincoln mit den Fingerspitzen am Fensterbrett, die Zehen gegen die Wand darunter gestemmt. Er konnte sich nicht lange halten. Bei offenem Fenster würden die Gestaltwandler außerdem seinen Geruch wahrnehmen. Leonora konnte das Fenster aber nicht schließen, da seine Finger im Weg waren.

Sie setzte sich in die Fensternische und starrte verträumt in den Himmel. Ein blasser Strahl Mondlicht traf auf ihren Hals. Sie schluckte schwer, starrte aber weiter in die Ferne. Die Schlafzimmertür öffnete sich mit einem unheilverkündenden Quietschen.

„Leonora!", schnappte eine scharfe Stimme. „Was machst du da? Warum ist das Fenster offen?"

Oh Gott. Wenn ich mich nicht bewegte, würde Lincoln entdeckt werden. Aber ohne sicheren Halt würde ich fallen.

Also sprang ich.

KAPITEL 14

Ich sprang zur Seite. Meine Hand rutschte an dem Rohr hinab, aber ich schaffte es halbwegs, meine Schuhsohlen gegen das Rohr zu stemmen, sodass ich nicht allzu weit rutschte. Ich nutzte meine Oberschenkel und Knie, um mich an das Rohr zu klammern und mich runterzulassen. Das kalte Metall brannte unter meinen bloßen Händen, aber es war noch nicht rutschig vom Tau oder Regen und ich behielt meinen Halt.

Von oben kam kein Geräusch. Ich schaute hoch und atmete erleichtert auf, als ich Lincoln mir das Rohr hinab folgen sah. Er musste seine Position mit heimlicher Stille gesichert haben. Im Vergleich fühlte ich mich wie ein Elefant.

„Was tust du am Fenster?", verlangte die schrille Stimme zu wissen. „Wer ist da draußen?"

„Niemand, Mrs Franklin", sagte Leonora mit einem überzeugenden Seufzen. „Ich denke nur gerade an meinen armen Roderick."

„Vergiss ihn. Er ist weg."

„Mein liebes Kind", kam eine andere, sanftere Stimme.

Eine Gestalt blockierte das Licht aus dem Zimmer. Ich hielt die Luft an und sah oben den Rücken einer Frau, die den Arm um Leonora legte. Ihre Hand war bandagiert. Leonora schloss das Fenster, ohne zu uns nach unten zu schauen.

Ich schob mich die letzten Meter zur weichen Erde. Lincoln

landete neben mir, nahm meine Hand und wir schlichen in die Nacht davon.

Ich atmete erst wieder durch, als wir den Strand in East Cowes erreichten. „Das war knapp", sagte ich und sprach damit das erste Mal.

„Sie hätten uns nicht angegriffen", sagte er. „Ich würde wetten, dass sie nicht mit ihrer verwandelten Gestalt in Verbindung gebracht werden wollen."

„Aber sie wissen doch schon, dass wir ihre gestaltwandlerischen Fähigkeiten kennen."

„Leonora weiß es und ihr Vater, aber ich würde vermuten, dass er diese Information nicht mit seiner Frau geteilt hat. Sonst hätten sie uns vorhin nicht angegriffen. Sie zählten darauf, dass wir sie für wilde Hunde halten, falls wir entkommen."

Ich sah hinter mich, um sicherzugehen, dass wir nicht verfolgt wurden. Es war niemand da, trotzdem fühlte ich mich unruhig. „Also ist Swinburn der Rudelführer", sagte ich, „und er will sein Rudelmitglied durch Heirat in die Königsfamilie bekommen."

„Nicht nur ein Rudelmitglied. Erinnerst du dich an sein Verhalten beim Ball Miss Collingworth gegenüber? Er wollte nicht, dass sie mit Seth flirtet."

„Ich erinnere mich, dass Franklin sagte, sie wäre für jemand anderen bestimmt."

„Prinz Eddys jüngeren Bruder George vielleicht."

Er legte den Arm um meine Schultern und ich spürte, wie meine Anspannung nachließ. Tatsächlich fing ich an, den Spaziergang im Mondlicht zu genießen. Die Wellen plätscherten sacht ans Ufer, ein beruhigender Balsam für meine zerrütteten Nerven. Die Luft war kühl, aber nicht kalt, insbesondere mit Lincolns Arm um meinen Schultern und meinem Körper an seinen geschmiegt. Der Mann schaffte es immer, sich warm anzufühlen, egal was für ein Wetter war.

Ich atmete die salzige Luft ein und schaute zu den Sternen hinauf. Es war der gleiche Himmel wie in London, und doch anders. Hier, fernab vom übel riechenden Dunst der Stadt, waren mehr Sterne und selbst die Mondsichel bot genug Licht, um sehen zu können. Jenseits der bezaubernden Reflexionen auf dem Wasser gähnte endlose Dunkelheit. Die Lichter des Festlandes waren zu weit weg, um sichtbar zu sein.

„Wir sollten hierher zurückkommen", sagte ich und kuschelte mich an Lincolns Seite. „Es ist wunderschön."

„Wenn du möchtest." Die Sanftheit seiner Stimme ließ mich zu ihm aufblicken.

„Möchtest *du* nicht wieder herkommen?"

„Ich möchte nur sein, wo du bist, Charlie."

Ich lächelte und lehnte meinen Kopf an seine Schulter. Er drückte mich an sich und küsste meinen Scheitel. „Du solltest in der Lage sein, diesen Ort um seiner selbst willen zu schätzen", sagte ich. „Findest du ihn nicht schön?"

„Ich schätze die schöne Gegend", sagte er. „Aber eine schöne Gegend ist nicht der Grund, warum ich mich entschließe, einen Ort aufzusuchen."

„Das liegt daran, dass du niemals Ferien machst. Du verlässt London nur, wenn es um Ministeriumsangelegenheiten geht."

„Wenn du London für einen Urlaub verlassen möchtest, habe ich nichts dagegen."

Er verstand überhaupt nicht, was ich sagte, aber das machte nichts. Er wollte bei mir sein, *das* zählte. „Was wäre, wenn ich um die Welt segeln wollte?"

Er schwieg und ich hatte schon Angst, ihm zu nahe getreten zu sein, weil ich ihn wegen seiner Seekrankheit neckte. „Wirst du dich um mich kümmern in meinem geschwächten Zustand?"

„Natürlich."

„Dann habe ich keine Einwände."

„Ich habe gehört, Neuseeland soll bezaubernd sein."

* * *

WIR KAMEN SPÄT am folgenden Tag wieder in Lichfield an. Der Haushalt war ziemlich frostig. Seth und Lady Vickers sprachen nicht mehr miteinander, nachdem sie Alice mit zu ihren Nachmittagsbesuchen genommen hatte. Ich fand es eigentlich ganz süß von ihr und sagte Seth das auch, nur um zu erfahren, dass bei beiden Anlässen Gentlemen zugegen gewesen waren. Junge, heiratsfähige Gentlemen, die sich für Alice interessiert hatten.

So sehr sogar, dass einer ihr einen Brief geschrieben und die Schwester des anderen sie zu einem Spaziergang im Hyde Park am nächsten Tag eingeladen hatte.

„Hyde Park!", rief er aus. „Und mit niemand Geringerem als der Schwester."

Wir saßen allein bei geschlossenen Türen in der Bibliothek. Lincoln und Gus waren hastig aufgebrochen, nachdem wir Ministeriumsneuigkeiten ausgetauscht hatten. Vermutlich hatten sie Seths gequälten Gesichtsausdruck gesehen und beschlossen, dass sie lieber woanders waren, als sich sein liebeskrankes Gejammer anzuhören. Allmählich wünschte ich mir, ich wäre mitgegangen.

„Was ist verkehrt am Hyde Park und Schwestern?", fragte ich.

„Es ermöglicht Alice, sich mit dem Kerl zu treffen, ohne Verdacht zu erregen. Jeder wandert irgendwann durch den Hyde Park, also wäre es nicht auffällig, wenn man dort zufällig einen Bekannten trifft. Und die Schwester spricht nur anstandshalber die Einladung aus. Das ist der Vorteil von Schwestern. Sie können als Verbündete fungieren."

„Diabolisch."

„Mach dich nicht über mich lustig, Charlie. Ich bin gebeutelt genug."

„Und was sagte Alice über diese beiden Gentlemen?"

„Woher soll ich das wissen?"

„Indem du sie fragst."

Er verzog das Gesicht. „*Danach* habe ich sie nicht gefragt. Sie wird glauben, ich wäre verzweifelt."

„Sie wird glauben, dass du eifersüchtig bist, was du bist."

„Ja, aber das soll sie nicht wissen."

„Soll sie wohl, wenn du dir ihre Zuneigung sichern möchtest. Ein eifersüchtiger Mann ist ziemlich attraktiv, solange es nicht zur Besessenheit wird. Ein bisschen Eifersucht zeigt ihr, dass du an ihr interessiert bist."

„Sie weiß, dass ich an ihr interessiert bin."

Ich seufzte. Er und Lincoln hatte mehr gemeinsam, als jedem von ihnen klar war—Frauen fühlten sich zu ihnen hingezogen und doch waren beide unfähig, wenn es ums ehrliche Umwerben ging.

„Du musst mir ihr sprechen, nicht mit mir", erklärte ich ihm.

„Ich kann nicht."

„Versuch es einfach."

„Nein, ich meine, ich kann nicht, weil sie nicht aus ihrem Zimmer gekommen ist, seit die Post eintraf."

„Nachdem sie den Brief des Gentlemans erhalten hat?"

„Sie hat den und einen weiteren von ihren Eltern bekommen, hat Doyle gesagt."

„Du hast Doyle gebeten, dir zu sagen, wer ihr Briefe schickt? Seth, das ist hinterhältig."

Er sackte tiefer in seinen Sessel. „Fitzroy hätte das getan."

Das stimmte und es war nicht fair von mir, Seth so harsch zu verurteilen, wenn ich Lincoln nicht verurteilt hätte. Die Sache war nur, dass ich es von Lincoln erwartete, hinterhältig zu sein. Aus irgendeinem Grund hatte ich Seth auf der Ehrlichkeitsskala weiter oben angesiedelt als Lincoln, und das war beiden Männern gegenüber nicht fair.

„Ich werde mich frisch machen", sagte ich und stand auf. „Es war ein langer Tag und letzte Nacht habe ich nicht viel geschlafen."

„Eine gute Nacht, eh?" Seine Lippen bewegten sich nicht, aber seine Augenbrauen verrieten mir genau, was er glaubte, das Lincoln und ich während unserer letzten Nacht im Fountain Inn getrieben hatten.

„Weil wir mit Leonora gesprochen haben", sagte ich, die Hand auf die Hüfte gestemmt, „nicht ... *deswegen*."

„Ich habe kein Wort gesagt!"

„Deine Augenbraue sprach Bände."

Er drückte seine Finger gegen seine Brauen. „Die führen ein Eigenleben. So etwas würde ich einer Lady niemals unterstellen. Oder dir. Ich meine, *du* bist jetzt eine Lady." Er räusperte sich. „Sag Fitzroy nicht, dass ich deine Tugend verunglimpft habe. Er wird mich umbringen."

„Er wird dich nicht umbringen. Dir wehtun, ja, aber dich nicht umbringen. Er mag dich inzwischen ganz gern."

„Er hat eine merkwürdige Art, das zu zeigen. Ich schwöre, er hat mich eben angeknurrt."

„Das war kein Knurren, sondern ein Stöhnen. Er hat gestöhnt, weil er sich deinen Kummer wegen Alice nicht anhören wollte. Ebenso wie ich. Ich will hören, wie du sie umgarnt und mit deinem Charme erobert hast."

„Ich glaube allmählich, dass es aussichtslos ist." Er seufzte und schob sich aus seinem Sessel. „Mein Charme hat mich verlassen."

„Unsinn. Bei Eva hat er neulich wunderbar funktioniert."

„Weil ich Eva mag."

„Und Alice magst du nicht?"

Er machte ein Geräusch in der Kehle, als wäre er frustriert. Weil ich ihn falsch verstanden hatte oder weil er sich nicht vernünftig ausdrücken konnte? „Sie ist nicht so einschüchternd wie Alice. Sie hat mich an dich erinnert. Wie eine Schwester, aber nicht wirklich."

Ich hakte mich bei ihm ein und drückte seinen Arm. „Danke, Seth."

„Wofür?"

„Dafür, dass du mein großer Bruder bist."

„Ich habe gesagt, *wie* eine Schwester, und habe ‚nicht wirklich' angefügt. Typisch Geschwister. Hören nie richtig zu."

Wir grinsten beide, als wir die Bibliothek verließen.

Seth steuerte die Küche an, um seine Mutter zu meiden, und ich machte mich auf die Suche nach Alice. Sie war in der Tat in ihrem Zimmer und lud mich mit einem wenig überzeugenden Lächeln ein.

„Ich bin so froh, dass du zurück bist, Charlie", sagte sie und umarmte mich viel zu fest in Anbetracht unserer kurzen Trennung.

Ich umfasste ihre Arme und sah ihr in die Augen. Sie schaute weg und kehrte an ihren Schminktisch zurück. Anders als meiner mit seinem spärlichen Inhalt war ihrer mit Emailkämmen, einer Bürste, einem Handspiegel, zwei Parfümflaschen, einem Paar Handschuhe, einem Fächer, einer Handtasche und einigen Cremetöpfchen verschiedenster Größe übersät. Der Brief, der auf einer Seite thronte, wirkte unter den femininen

Dingen deplatziert. Erst, als ich näher kam, sah ich einen weiteren Brief zerknüllt in der Ecke liegen, wo sie ihn hingeworfen hatte.

„War eure Reise zur Isle of Wight erfolgreich?", fragte sie.

„In gewisser Weise." Ich setzte mich ans Fußende des Bettes. „Wie war es hier?"

„Gut."

„Warum siehst du dann so unglücklich aus?"

Sie blinzelte mich im Spiegel an, bis sich ihre Augen mit Tränen füllten.

„Ist es Seth?", fragte ich. „War er ..." Ich wusste nicht, wie ich den Satz beenden sollte. Ich konnte mir nicht vorstellen, dass Seth ihr so viel Kummer bereiten würde. Er war einfach zu nett.

„Nein, nicht Seth."

„Dann die Besuche, die du mit Lady Vickers unternommen hast? Ist einer dieser Gentlemen dir in seinem Brief zu nahe getreten?" Ich nickte zu dem Papier auf dem Boden.

„Dieser hier ist von dem Gentleman, den ich gestern getroffen habe", sagte sie und tippte gegen den Brief auf dem Schminktisch. Sie faltete ihn sorgfältig und legte ihn nach hinten auf den Tisch. Sie wollte nicht, dass ich ihn sah und erläuterte seinen Inhalt nicht. Das hieß nichts Gutes für Seths Anliegen.

„Was hat dir dann zugesetzt?", fragte ich.

Sie runzelte die Stirn und schaute auf das zerknüllte Papier, als könne sie es mit einem einzigen, wütenden Blick anzünden. Ich hob es stattdessen auf und reichte es ihr.

Sie nahm es nicht. „Er ist von meinen Eltern. Lies ihn."

„Bist du sicher?"

Sie nickte.

Ich setzte mich wieder und strich das Papier langsam und mit Bedacht glatt. Die letzte Nachricht, die sie von ihren Eltern erhalten hatte, hatte angedeutet, sie würde in einem Haus mit schlechtem Ruf leben und Lincoln hätte sie missbraucht. Er und Alice hatten beide zurückgeschrieben und versichert, dass dies nicht der Fall war, aber das Fehlen einer Antwort von den Everhearts sprach Bände. Höchstwahrscheinlich glaubten sie ihrer eigenen Tochter nicht.

Die Handschrift war krakelig und ich vermutete, sie gehörte

einem Mann, doch der Brief war mit ‚deine treuliebenden Eltern' unterschrieben. Er bestand aus einem eng gepackten Absatz und begann ohne Einleitung oder den Austausch von Neuigkeiten.

Alice,

Wir haben einen Detektiv in Dienst genommen, um die Angelegenheiten Mr Fitzroys und anderer Mitglieder des Lichfield Towers Haushalts zu überprüfen. Nachdem wir seinen Bericht erhalten haben, fühlen wir uns gezwungen, dir zu schreiben und dich aufzufordern, UMGEHEND nach Hause zu kommen. Was er entdeckt hat, macht uns krank, und wir sind ernsthaft um deinen guten Ruf in dieser wichtigen Zeit besorgt. Dir ist möglicherweise nicht bewusst, dass du mit Männern von schlechtem Ruf verkehrst, darunter ein Zigeuner, ein Boxer und ein Bandit aus dem East End. Die Frauen sind ebenso moralisch bankrott, da sie beide ein Verhältnis mit Männern haben, mit denen sie nicht verheiratet sind. Im Falle deiner sogenannten Freundin Miss Holloway treibt sie es mit Mr Fitzroy direkt vor deiner Nase! Wenn du nicht nach Hause kommst, werden wir nach London kommen und dich aus dieser widerwärtigen, perversen Hölle entfernen.

Ich starrte den Brief an und schüttelte wieder und wieder den Kopf. Was für harte, grausame Worte sie an die eigene Tochter richteten. Es war unmöglich zu glauben, dass sie sich so rechtschaffen geben konnten, nachdem sie Alice aus ihrem Zuhause verbannt hatten, als ihre Albträume real wurden, und sich dann geweigert hatten, sie zurückzunehmen, als Mrs Denk sie aus dem Pensionat für missratene Töchter hinausgeworfen hatte.

„Sie sind die Widerwärtigen", sagte ich und knüllte das Papier wieder zusammen. „Sie verdrehen die Wahrheit, damit sie zu ihren Ansichten passt." Sofort bereute ich meinen Ausbruch. Immerhin waren es Alices Eltern und sie musste noch immer etwas Liebe für sie empfinden.

Sie nahm mir das Blatt ab und warf es in den Kamin, wo es sich schwarz färbte, einrollte und schließlich Feuer fing. „Das ist es, was dieser Unfug verdient", zischte sie.

Ich war froh, dass ihre Wut die Oberhand über den Kummer

gewann. Es bedeutete, dass sie ihnen weder glaubte noch nachgeben würde. „Glaubst du, sie werden kommen?", fragte ich. „Oder ist das alles nur Geschwafel, ohne dass Taten folgen?"

Sie starrte in die Flammen. „Sie werden kommen. Der Teil über meinen Ruf ‚in dieser wichtigen Zeit' spricht Bände. Es bedeutet, dass sie einen Ehemann für mich auserkoren haben. Jemanden, der zweifelsohne gut situiert und schrecklich langweilig ist."

„Du musst nicht gehen", sagte ich. „Du musst Lichfield nicht verlassen, wenn du nicht willst."

Sie warf sich neben mich auf das Bett und jammerte leise. „Du warst so gut zu mir, Charlie, aber ich werde meinen Ärger nicht auch noch auf dich laden. Du solltest dich auf deine Hochzeit und dein Leben mit Mr Fitzroy freuen und dir nicht Sorgen um mich machen."

Ich legte mich auch auf den Rücken und starrte an die Decke. „Vor meiner Hochzeit kannst du nicht weggehen. Du sollst meine Brautjungfer sein."

Sie drehte sich auf die Seite. „Wirklich? Ich?"

„Ja, natürlich."

Sie umarmte mich heftig, wobei ihre offenen Haare über mein Gesicht fielen. „Dann werde ich noch nicht weggehen."

Ich schob ihre Haare zur Seite. „Du wirst überhaupt nicht weggehen, wenn du nicht willst. Versprochen?"

„Versprochen."

Wir redeten noch etwas über die Hochzeit, die Isle of Wight und ihre Verehrer. Das Thema ihrer Eltern kam nicht wieder zur Sprache. Allerdings konnte ich nicht aufhören, über deren Brief nachzudenken, und ging direkt zu Lincolns Gemächern, um ihn zu informieren.

Wir saßen in seinem Wohnzimmer, beide auf Stühlen an gegenüberliegenden Seiten des Raumes. Anscheinend trauten wir uns beide in der Nähe des anderen selbst nicht mehr über den Weg nach unserer wunderbaren Reise. Vielleicht war es kein Urlaub gewesen, aber es fühlte sich so an.

„Sie glaubt, dass sie sie holen kommen", sagte ich.

Er nickte abwesend.

„Lincoln? Stimmt etwas nicht?" Die Nachricht schien ihm

mehr auszumachen als mir, und das bedeutete, dass ich etwas übersehen hatte.

„Ich habe über den Detektiv nachgedacht, den sie geschickt haben", sagte er. „Es ist möglich, dass es seine Präsenz war, die ich als Verfolger gespürt habe."

„Aber du hast jemanden in königlicher Uniform gesehen. Es ist unwahrscheinlich, dass der Detektiv sich verkleidet hat, um uns zu folgen, und schon gar nicht mit Kleidung, die so schwer zu beschaffen ist."

Er nickte langsam. „Dann sind wir von zwei verschiedenen Parteien verfolgt worden. Jemand, der von den Everhearts geschickt wurde, und jemand mit Zugriff auf die königliche Uniform."

„Die Ballantines, dank ihrer Verbindung zu King."

„Oder Swinburn. Als Rudelführer ist er der wahrscheinlichste Verdächtige."

* * *

ICH WACHTE AUF, weil eine Tür schlug, und sprang aus dem Bett, vollkommen wach und mit hämmerndem Herzen.

„Charlie!" Es war zu dunkel, um mehr, als ihre Silhouette zu sehen, aber ich kannte Alices Stimme. Normalerweise klang sie nicht so panisch.

„Alice, was ist? Stimmt etwas nicht?"

Jemand hämmerte gegen die Tür. „Aufmachen! Sie müssen mit mir kommen, Miss Alice." Diese Stimme erkannte ich auch und stöhnte. Das weiße Kaninchen aus ihren Träumen war zurück.

Aber Alice war wach.

Ich blinzelte sie an, aber sie musste es im Dunkeln nicht gesehen haben. Sie war zu sehr damit beschäftigt, die Tür zuzuhalten, damit das Kaninchen nicht hereinkam.

Die Kreatur hämmerte wieder dagegen. „Wir werden zu spät kommen!" Sie klang genauso panisch wie Alice. „Bitte, Miss Alice, wenn Sie nicht kommen, bin ich in—" Die letzten Worte klangen erstickt und alles wurde still.

„Komm da weg", sagte ich zu Alice.

„Aber er ist noch da!" Sie presste ihr Ohr an die Tür. „Er klingt, als würde er erwürgt werden."

Ich schubste sie zur Seite und riss die Tür auf. Lincoln hatte den Kopf des Kaninchens im Würgegriff. Die langen weißen Ohren berührten sein Kinn und die Pfoten des Tieres kratzten an seinem nackten Arm, doch es war zu dunkel, um zu sehen, ob er blutete.

„Bring ihn nicht um!", zischte ich. Niemand sonst war in der Nähe, also nahm ich an—hoffte—, niemand wäre von dem Lärm geweckt worden.

Ich irrte mich. Seth und Gus kamen aus dem dunklen Flur und warfen sich Hemden über, während sie leise auf uns zu rannten. Sie blieben abrupt stehen, als sie das Kaninchen in Lincolns Griff erblickten.

„Bring ihn hier rein", flüsterte ich. „Wir müssen ihn befragen."

„Ihn?", fragte Seth. „Bist du dir sicher, dass es männlich ist?"

„Es trägt 'ne Hose, du Depp", flüsterte Gus zurück.

„Hm. Stimmt."

Lincoln packte das Kaninchen an den Armen—oder Vorderbeinen—und schubste es von hinten.

„Aua!", protestierte es.

„Pssst", zischte ich. „Du weckst den ganzen Haushalt."

Alice zündete eine Lampe auf dem Tisch an der Tür an, während die Männer in mein Zimmer drängten. Lincoln schubste das Kaninchen auf mein Bett. Die Kreatur landete auf ihren kräftigen Hinterpfoten und hüpfte auf der anderen Seite herunter.

Lincoln verfolgte sie nicht, sondern baute sich mit verschränkten Armen auf. Das Kaninchen schluckte und richtete seine Krawatte, während seine Nase wie verrückt zuckte. Es war besser gekleidet als Lincoln. Während das Kaninchen eine blaue Weste und Hose trug, hatte Lincoln nur seine lockere Trainingshose an und nichts, was seinen Oberkörper bedeckt hätte. Der weiße Verband auf seinem Oberarm bildete einen scharfen Kontrast zu seiner Haut. Der andere Arm wies Kratzer auf, wo das Kaninchen seine Krallen eingesetzt hatte.

„Was zum Teufel willst du mit Alice?", verlangte Seth zu wissen. Er und Gus bewachten die Tür.

„Ich wurde damit beauftragt, sie ins Wunderland zurückzubringen", sagte das Kaninchen genauso hochnäsig wie Lady Vickers. „Übergeben Sie sie mir."

„Nein."

Alice schenkte Seth ein schwaches Dankeslächeln. Er wirkte erfreut, auch wenn er so tat, als hätte er es nicht bemerkt.

„Was ist das Wunderland?", fragte ich.

„Eine andere Welt", sagte das Kaninchen.

„Und warum musst du sie dorthin bringen?", wollte Lincoln wissen.

„Um wegen Hochverrats angeklagt zu werden."

Alice schnappte nach Luft. „Anklage!"

„Hochverrat!", sagte ich. „Wie kann sie Hochverrat begangen haben, wenn sie noch nie in deiner Wunderlandwelt war?"

Das Kaninchen schniefte. „Sie sind dumm. Jeder in dieser Welt ist dumm. Ich weiß nicht, wie Sie das aushalten, Miss Alice."

„Ich ... ich ..." Alice fasste sich an den Hals und flehte mich an.

Ich zuckte nur mit den Schultern. Diese ganze Situation war nicht nur absurd, sie war verwirrend. „Warum bist du noch da, obwohl Alice wach ist", fragte ich das Kaninchen. „Ihre Träume sollten verschwinden, wenn sie aufwacht. In der Vergangenheit war es so."

„Die Dinge entwickeln sich", sagte das Kaninchen.

„Was für Dinge?", fragte Alice mit Nachdruck.

„Dinge im Wunderland." Das Zucken der Nase des Kaninchens wurde heftiger und seine Augen sprangen zwischen Lincoln und seinem Opfer hin und her. „Sie werden gesucht, Miss Alice. Sie müssen sich der Anklage stellen, damit die Welt sich weiterdrehen kann. Kommen Sie mit mir zurück. Bitte. Es ist jetzt dringend."

Alice schüttelte den Kopf, immer wieder, die Augen riesig. „Du redest Schwachsinn. Ich verstehe nichts von alledem. Wunderland ... Anklage ... Hochverrat ... was habe ich damit zu tun?"

Das Kaninchen schnalzte mit der Zunge. „Ich habe jetzt keine Zeit, das zu erklären. Ich kann es Ihnen erzählen, wenn wir dort sind." Es streckte seine Vorderpfote aus. „Kommen Sie, Miss Alice. Kommen Sie mit mir zurück."

„Zurück?", wiederholte sie. „Du meinst, ich war schon dort?"

Das Kaninchen streckte wieder die Pfote aus, flehend. Die Szene war vollkommen albern und doch lachte niemand. Tausend Fragen wirbelten durch meinen Kopf, aber ich stellte keine einzige davon. Zum einen musste Alice die Fragen stellen, die ihr wichtig waren, und zum anderen bezweifelte ich, dass das Kaninchen mir antworten würde. Wir alle schienen ihm völlig unwichtig zu sein, mit Ausnahme von Alice. Wir standen ihm lediglich bei der Ausführung seiner Aufgabe im Weg.

„Ich weiß, dass Sie sich nicht erinnern", sagte das Kaninchen sanft. „Aber das werden Sie. Ich erkläre alles, wenn wir dort ankommen und alles wird wieder klar werden." Er winkte sie mit der ausgestreckten Pfote heran. „Kommen Sie mit mir, Miss Alice. Sie wissen, dass Sie müssen."

Sie kaute auf ihrer Unterlippe und einen atemberaubenden Moment lang dachte ich, sie würde seine Pfote ergreifen. Dann sah sie mich an, das Herz in den Augen, und packte meine Hand. „Nein", sagte sie zu dem Kaninchen. „Ich bleibe hier."

Das Kaninchen schnaufte und senkte seine Pfote. „Sie albernes, albernes Mädchen. Sie wird erbost sein. Ihr Geschimpfe wird man durch alle Welten hören." Es schluckte. „Und ich bin derjenige, der ihr sagen muss, dass Sie nicht kommen wollen."

Die Pfote des Kaninchens berührte seine Westentasche und Lincoln sprang auf und über das Bett und drückte das Kaninchen an die Wand.

„Ich will doch nur die Uhrzeit prüfen!", protestierte das Kaninchen mit den Pfoten in der Luft. „Meine Taschenuhr, Sir. Darf ich?"

Lincoln ließ so weit locker, dass das Tier an seiner Uhrenkette ziehen konnte. Es klappte das Gehäuse auf und drückte auf einen Knopf am oberen Ende. Die Uhr schlug einmal und das Kaninchen löste sich in Luft auf.

Lincoln fiel nach vorn, wobei sein Unterarm gegen die Wand krachte, wo zuvor das Kaninchen gewesen war. Er fluchte.

„Wo ist es hin?", fragte Gus und sah sich im Zimmer um.

Seth öffnete die Tür und schaute draußen nach. Kopfschüttelnd kam er zurück. Gus sah unter dem Bett und im Kleiderschrank nach und schüttelte dann ebenfalls den Kopf. Wir alle sahen Alice an.

Sie ließ sich auf den Stuhl am Schminktisch sinken, den Mund offen. Als sie ihre zitternde Hand zu mir streckte, ergriff ich sie. „Das ist … so seltsam", flüsterte sie.

Seth legte ihr mein Tuch um die Schultern und hockte sich vor sie. „Sie sind jetzt in Sicherheit."

„Aber ich … ich bin wach", piepste sie. „Und er ist geblieben. Wie kann das sein?"

„Die Geschehnisse im Wunderland eskalieren", sagte ich dümmlich. Wie Alice konnte ich das, was gerade geschehen war, überhaupt nicht einordnen. „Das hat er uns gesagt." Ich schaute Lincoln an in der Hoffnung, dass er Antworten hatte, doch er schüttelte auch nur den Kopf.

Seth nahm ihre Hand in seine beiden. „Wir gehen der Sache auf den Grund, Alice. Keine Sorge. Sie sind unter Freunden, die Sie beschützen werden."

Sie versuchte ein Lächeln. „Danke, Seth. Und Gus und Mr Fitzroy auch", fügte sie hinzu. „Ich weiß Ihre Unterstützung mehr zu schätzen, als ich je ausdrücken kann. Ich wünschte nur, ich wüsste, was das alles zu bedeuten und mit mir zu tun hat."

„Wie ich auch", sagte Lincoln nicht gerade sanft.

Ich schaute ihn böse an, doch er sah nicht reuig aus.

Alices Blick traf Lincolns und etwas lag darin, etwas, das mich mit Sorge erfüllte. Er bestätigte es nicht mit Worten, aber ich hatte das Gefühl, dass sie sich auf etwas verständigt hatten. Er marschierte aus dem Schlafzimmer, die Muskeln auf seinem breiten Rücken und den Schultern angespannt und die Hände zu Fäusten geballt.

Ich ging ihm nicht nach. „Sollen wir in die Küche gehen und uns heiße Schokolade machen?", fragte ich Alice.

Sie fing an, ihren Kopf zu schütteln, änderte aber ihre Meinung. „Das wäre schön."

„Ich mache Ihnen welche", sagte Seth und stand auf.

„Nein. Bitte, nur Charlie und ich. Danke Seth. Ich weiß es zu schätzen."

Er lächelte gepresst und ging mit Gus hinaus. Ich holte noch ein Tuch und ein Paar Hausschuhe und dann gingen wir leise zusammen die Treppe hinunter, damit wir die Angestellten oder Lady Vickers nicht weckten. Gemeinsam erhitzten wir die Milch und schnitten Schokoladenstückchen in die Pfanne, denen wir beim Schmelzen zusahen. Keine von uns sprach, bis wir uns an den Tisch setzten, den warmen Ofen im Rücken und die Tassen in unseren Händen.

„Erzähl mir, was passiert ist", sagte ich.

Sie holte Luft und ließ sie langsam ausströmen. „Ich habe geträumt, dass das Kaninchen mich im Schlaf beobachtet und mit mir geredet hat. Er hat mich angefleht, mit ihm zu kommen. Er war verzweifelt und hat mir gesagt, er würde fürchterlichen Ärger bekommen, wenn ich nicht mit ihm ginge. Dann tat er etwas und sagte Worte in einer Sprache, die ich nicht verstehen konnte, und ich bin aufgewacht."

„Glaubst du, es war ein Zauberspruch?"

Sie nickte.

Vielleicht war es der Gleiche, der gesprochen wurde, um das Portal in Frakingham House zu öffnen. Der Schlüssel, wie Leisl es bezeichnet hatte.

„Er wirkte auch so stolz auf sich", fuhr Alice fort. „Als wäre er nicht sicher gewesen, ob der Spruch wirkt."

„Und dann?", fragte ich.

„Ich war vollkommen verängstigt. Ich bin aufgestanden und habe so getan, als wollte ich mit ihm gehen, aber als er versuchte, meine Hand zu fassen, bin ich zur Tür raus gerannt. Er stand auf der anderen Seite des Bettes, deswegen hatte ich einen Vorsprung. Ich bin direkt zu deinem Zimmer gerannt. Es tut mir leid, Charlie, das hätte ich nicht tun sollen, aber dein Zimmer ist meinem am nächsten und ..." Sie schluckte ein Schluchzen herunter.

„Ist schon in Ordnung." Ich schob ihre Haare hinter ihr Ohr und lächelte sanft. „Ich bin froh, dass du zu mir gekommen bist. Stell dir vor, zu wärst zu Seth gerannt. Er hätte das völlig falsch verstanden."

Ihr gelang ein verschwommenes Lächeln. „Mr Fitzroy ist fuchsteufelswild auf mich."

„Kümmere dich nicht um ihn. Ich werde morgen Früh ein ernstes Wort mit ihm reden."

Sie schüttelte den Kopf. „Nein, nicht. Er hat sich nur gesorgt, dass du verletzt wirst, und … und das habe ich auch."

Ich lehnte mich schnell zurück, sodass die hölzernen Sprossen des Stuhls in meine Wirbelsäule drückten. „Du wirst nicht weggehen, Alice."

„Ich bleibe bis zur Hochzeit."

„Du wirst *nicht* weggehen. Wo willst du denn hin?"

„Vielleicht habe ich bis dahin eine Anstellung gefunden. Als Gouvernante oder Verkäuferin. Lady Vickers hilft mir, indem sie bei ihren Freunden herumfragt und mich mit Referenzen versorgt."

„Mach dir keine zu großen Hoffnungen. Ihre alten Freunde nehmen sie vielleicht wieder auf, aber sie sind noch immer misstrauisch ihr gegenüber. Ihr Ruf ist in tausend Stücke zersprungen, als sie mit ihrem Lakaien durchgebrannt ist. Das braucht noch eine Weile, bis der wieder ganz repariert ist. Ich bin mir nicht sicher, ob sie ihrer Meinung über eine Frau trauen, die sie kaum kennt."

Alice seufzte. „Dann finde ich eben selbst eine Anstellung. Was auch immer passiert", sagte sie und schnitt mir das Wort ab, „ich bleibe bis zur Hochzeit. Danach gehe ich. Ich kann hier nicht ewig bleiben und dich noch mehr in Gefahr bringen, als ich es ohnehin schon getan habe."

„Aber du kannst dein Kaninchen und die Armee doch auch nirgendwo anders mit hinnehmen! Im besten Fall machen deine Träume den Leuten Angst, im schlimmsten Fall werden sie Leben in Gefahr bringen."

Sie presste ihre Tasse mit Schokolade an die Brust und starrte auf die Tischoberfläche. „Ich bleibe bis zu deiner Hochzeit, Charlie."

Ich seufzte. Mehr war nötig als mein Flehen, um sie zu überzeugen, dass sie hier bei uns am sichersten war. Ich würde Seth um Hilfe bitten müssen, und vielleicht sogar seine Mutter. Das größte Problem war jedoch Lincoln.

Am nächsten Morgen versuchte ich, ihn dazu zu bringen, mit ihr zu reden, doch er wollte nicht. „Sie kann nicht bleiben", sagte er.

„Ich weiß, dass du dir um mich Sorgen machst, Lincoln, aber ich komme mit einem Kaninchen klar. Er ist vielleicht schnell, aber nicht gewalttätig."

„Und eine Armee?" Er schaute von dem Brief auf, den er an seinem Schreibtisch las.

„Die ist hier nicht aufgetaucht. Vielleicht haben sie aufgegeben."

„Oder vielleicht warten sie nur darauf, dass das Kaninchen versagt." Er legte den Brief weg. „Abgesehen davon habe ich nicht nur um dich Angst. Es geht um jeden in diesem Haus. Du kannst dich verteidigen, aber kann Lady Vickers das? Was ist mit den Angestellten? Doyle weiß, was hier los ist, aber die anderen nicht. Kannst du dir vorstellen, was das für ein Aufsehen gibt, wenn das Kaninchen eines Nachts aus Versehen in ihre Zimmer geht?"

Ich lehnte mich an die Kante des Schreibtisches und verschränkte die Arme. Er hatte ein gutes Argument, aber das würde ich nicht zugeben. „Wenn sie hier weggeht, wohin geht sie? Hier können wir sie beschützen, und die, die in Lichfield wohnen und arbeiten. Aber wenn sie fortgeht, können wir das nicht."

Er runzelte die Stirn, gab aber keine Widerworte. Trotzdem hatte ich nicht das Gefühl, gewonnen zu haben. Er nahm den Brief, der beim Frühstück angekommen war, und wechselte das Thema. „Der ist vom Prinzen von Wales. Ich habe ihm gestern geschrieben und ihn über das in Kenntnis gesetzt, was wir herausgefunden haben, inklusive Leonora Ballantines Aussage, dass Swinburn der Rudelführer ist."

„Er weigert sich noch immer, es zu glauben", sagte ich, während ich den Brief überflog. „Er will Beweise für eine Verbindung zwischen Franklin und Swinburn. Warum Franklin?"

„Weil er wie ich vermutet, dass Franklin Protheroes Mörder ist. Die Beschreibung des nackten Zeugen in der Nähe des Vorfalls passt auf ihn, laut meinen Quellen bei Scotland Yard."

„Aber er hat nicht allein agiert", beendete ich den Gedanken für ihn. „Bist du dir da sicher?"

„Beinahe. Ich habe keine Hinweise darauf gesehen, dass er in Leonora verliebt ist und aus Eifersucht gehandelt hat. Wäre er in sie verliebt, hätte er Eddy ebenfalls getötet."

Das sah ich genauso. Auch in Leonoras Verhalten hatte ich keine Anzeichen entdeckt, dass ihr Franklin mehr bedeutete als ein Freund. „Also glauben wir, dass er von Swinburn zum Mord aufgefordert wurde, aber der Prinz von Wales glaubt nicht, dass sein Freund zu einem Mord fähig ist."

„Ebenso wenig kann er glauben, dass sein Freund ein Gestaltwandler ist." Er zeigte auf eine Zeile am Ende der Seite. „Er meint, dass die Ballantines und andere ihm etwas in die Schuhe schieben wollen."

„Er gibt keinen Grund für diese Annahme an."

„Nein."

„Wir müssen es sicher wissen." Ich reichte ihm den Brief zurück. „Wie bekommen wir also Beweise für eine Verbindung zwischen Franklin und Swinburn?"

„Wir erzwingen ein Geständnis von Franklin."

„Erzwingen?", fragte ich vorsichtig.

„Vielleicht hätte ich sagen sollen, wir jagen ihm Angst ein, bis er gesteht."

„Angst einjagen?" Das klang noch immer, als wäre Gewalt im Spiel. „Wie willst du das tun?"

„Nicht ich, du. Du wirst die Toten rufen und ihm auf jede erdenkliche Weise die Hölle heißmachen."

KAPITEL 15

Früher fand ich den Highgate-Friedhof zu jeder Tages-
oder Nachtzeit beängstigend, doch jetzt empfand ich
ihn als friedlich, selbst im Dunkeln. Unter den hervorstehenden
Wurzeln der Eichen, den schiefen Grabsteinen und grandiosen
Statuen fühlte ich mich zu Hause. Einige der Gräber beher-
bergten Knochen von Seelen, die ich beschworen hatte, wie
Gordon Thackeray und Estelle Pearson. Bei anderen hatte ich
schlicht das Gefühl, sie persönlich zu kennen, weil ich so oft an
ihren Gräbern vorbeigekommen war. Das Grab meiner Adoptiv-
mutter besuchte ich allerdings nicht mehr. Nicht seit Anselm
Holloway, ihr Ehemann und der Mann, der mich als Baby adop-
tiert hatte, neben ihr begraben war. Jetzt besuchte ich sie nur
noch in meinen Erinnerungen.

Lincoln hatte Roderick Protheroes Grab im Laufe des Tages
gefunden und zeigte mir den Weg. Wir trugen dunkle Kleidung,
ich in meinen Jungensachen und einem warmen Mantel, Lincoln
in einer schlichten Arbeiterhose und Jacke ohne Mantel. Er trug
auch keine Handschuhe, da er bloße Hände vorzog, falls er
etwas packen musste. Ich trug Handschuhe, doch sie halfen
kaum gegen die Kälte. In dieser Nacht war der Winter zurückgekehrt. Der beißende Wind drohte, mir meine Kappe vom Kopf
zu reißen und meine langen Haare frei zu geben. Wenigstens
regnete es nicht.

Protheroes Grab roch nach frisch umgegrabener Erde. Ein Strauß Narzissen zeugte von einem kürzlichen Besuch eines geliebten Menschen. Leonora nicht. Es würde ihr nicht gestattet werden.

Ich stellte meine Laterne ab und schaute hinauf zu den Bäumen, die uns umgaben. Zweige schwankten und Blätter raschelten, als ein erneuter Windstoß durch den Friedhof pfiff. Wäre ich ein ängstlicher Mensch gewesen, war diese Nacht perfekt, um mich in Angst und Schrecken zu versetzen. Es fehlten nur noch Blitz und Donner.

„Wenn du so weit bist, Charlie", sagte Lincoln mit zutiefst ehrerbietiger Stimme.

Ich beruhigte meine Nerven mit einem tiefen Atemzug. Die Toten störte ich nur ungern. Es fühlte sich falsch an, diejenigen zurückzuholen, die sich entschieden hatten, ins Jenseits überzutreten, aber ich sagte mir, dass Protheroe nichts dagegen haben würde, uns bei der Suche nach seinem Mörder zu helfen.

„Roderick Oswald Protheroe", fing ich an. „Ich rufe Ihren Geist zu mir, Roderick Oswald Protheroe."

Der wirbelnde Nebel tauchte von einem Baum herab, als hätte er da oben gelauert. Aber ich wusste, dass dies nicht der Fall war, dass der Baum lediglich im Weg gestanden hatte. Die Gestalt von Leonoras Verehrer festigte sich vor mir. Er schaute mit gerunzelter Stirn erst zu mir, dann auf seinen Grabstein.

„Meine Ruhestatt", sagte er schwermütig. Er hockte sich hin, um das zu lesen, was auf dem Stein stand, und erhob sich dann wieder. Ob ihm das gefiel, was dort eingraviert war, oder nicht, sagte er nicht. „Wurde mein Mörder gefunden, Miss Holloway?"

„Nein, aber wir haben einen Verdacht", sagte ich ihm. „Wir brauchen Ihre Hilfe, um ihm ein Geständnis zu entlocken."

„Wie?"

„Indem wir ihm mit Ihrer wiederbelebten Leiche Angst einjagen."

„Ah. Nekromantie. Ja. Ich vergaß beinahe, dass Sie mehr sind als ein Medium. Wie diabolisch."

„Ziemlich."

„Bitte entschuldigen Sie, Miss Holloway. Vergeben Sie mir, aber ich finde es schwer, die hübsche junge Frau vor mir mit einer Person in Verbindung zu bringen, die Tote zum Leben erwecken kann. Es scheint irgendwie unmöglich. Sie sollten eine alte Schrulle mit einer Warze auf der Nase sein."

Ich lachte trotz meiner angespannten Nerven und er lächelte zurück. Nicht zum ersten Mal verstand ich, warum Leonora sich in diesen charmanten Mann verliebt hatte. „Macht es Ihnen etwas aus, wenn wir Ihre Leiche auf diese Art verwenden?" Ich erklärte ihm unser Vorgehen und wie sein Geist seinen Körper bewegen würde, ich aber weiterhin die Kontrolle hatte, wenn ich es wollte.

Er zögerte seine Zustimmung nicht hinaus. „Ich will meinen Mörder fangen, und wenn dies die einzige Möglichkeit ist, werde ich es tun."

„Wir müssen es sicher wissen", sagte ich. „Wenn wir ihm genug Angst einjagen, können wir vielleicht nicht nur die Frage seiner Schuld klären, sondern auch, wer ihn beauftragt hat."

„Ein ebenso wichtiges Ziel", sagte er mit einem Nicken und einem Blick zu Lincoln, der bisher nichts gesagt hatte. „Also gut. Fangen wir an." Er stellte seine Geisterfüße auf die Erde und schob die Schultern zurück. „Was muss ich tun?"

„Steigen Sie hinab in Ihren Sarg und dann in Ihren Körper. Ihr Geist kann seine Bewegungen kontrollieren. Ihre Gliedmaßen werden sich zunächst merkwürdig anfühlen, weil Sie sie lange nicht benutzt haben, aber Sie sind unglaublich stark. Nutzen Sie diese Stärke, um durch den Sarg zu brechen und sich freizugraben. Es ist eine schmutzige Angelegenheit und eine beschwerliche Aufgabe, aber ich weiß, dass Sie es schaffen."

„Sie haben das bei anderen gesehen." Es war keine Frage.

„Das habe ich."

Sein Geist schwebte hoch und verschwand dann im Boden. Sekunden verstrichen, oder vielleicht auch Minuten, bis die Erde zu unseren Füßen plötzlich aufbrach und eine Faust herausragte. Lincoln half ihm heraus, sehr zu Protheroes Überraschung. Dunkle, leere Augen starrten uns an, ohne wirklich etwas zu sehen. Es machte mich jedes Mal aufs Neue nervös, dass die Auferstandenen mit ihren Geisteraugen sahen.

„Danke", sagte Protheroe mit zittrig schwacher Stimme. Er

berührte seinen Hals und wiederholte es, diesmal etwas kräftiger. „Es gibt keine Vibration", sagte er erstaunt. „Interessant."

„Kommen Sie", sagte Lincoln. Er klang ungeduldig. „Wir bringen Sie hierher zurück, wenn die Sache erledigt ist."

Ich nahm meine Laterne und ging neben Protheroe her. Es dauerte einige Schritte, bis er in der Lage war, seinen holprigen Gang geschmeidiger zu machen, doch selbst dann war es noch nicht der Gang eines Gentlemans, sondern recht gehemmt und unbeholfen. Lincoln folgte, zweifelsohne, um den Toten sicherheitshalber im Blick zu behalten. Lincoln vertraute für gewöhnlich keinen Fremden, selbst wenn sie freundlich und hilfsbereit waren—und tot.

„Sie sind bemerkenswert ruhig, Miss Holloway, wenn man bedenkt, wie gruselig ich aussehen muss", sagte Protheroe.

„Ich bin daran gewöhnt", erklärte ich ihm. „Und Sie sehen nicht allzu schlimm aus. Ihr Totenanzug verbirgt die Wunden und Ihr Gesicht ist unverletzt. Abgesehen davon sind Sie noch nicht lange tot."

Ich sagte ihm nicht, dass meine Laterne sein leichenblasses Gesicht mit den trockenen, blutleeren Lippen unter dem frischen Dreck hervorhob. Er war weniger als eine Woche unter der Erde gewesen, also hatte er noch nicht angefangen, sich zu zersetzen. Allerdings wettete ich, dass seine Haut sich lösen würde, würde ich ihn anfassen.

Wir verließen den Friedhof durch das Haupttor und stiegen in die wartende Kutsche. Seth und Gus saßen auf dem Kutschbock. Beide hatten mit ihren Mützen gegrüßt und Protheroe nickte ihnen zu.

„Wie geht es Leonora?", fragte er, als wir uns auf den roten Ledersitzen niederließen.

„Sie ist stark", sagte ich, „aber sie vermisst Sie fürchterlich."

Er schwieg, drehte den Kopf zum Fenster und schaute zu, wie die dunklen Straßen vorbeiglitten. Ich vermutete jedoch, dass er nichts davon wahrnahm, sondern in Gedanken bei Leonora war. Ich störte ihn auf der Fahrt zu dem Mayfair Haus nicht, in dem wir Miss Collingworth und Mr Franklin nach Lord Underwoods Ball gesehen hatten. Lincoln hatte herausgefunden, dass das Haus Franklins Vater gehörte, einem Industriellen in zweiter Generation, der sich wie Sir Ignatius Swinburns Familie aus bescheidenen Verhältnissen emporgearbeitet hatte.

Als die Kutsche langsamer wurde, schaute Protheroe zu der Villa hinauf. „Also konfrontieren wir diesen Eddy? Ist er mein Mörder?"

„Nein", sagte Lincoln. „Er hat mit Ihrem Tod nichts zu tun. Ihr Mörder heißt Nigel Franklin."

„Ich erinnere mich an ihn. *Er* hat mich getötet?" Er fluchte und entschuldigte sich dann bei mir. „Diese Neuigkeiten sind überwältigend, Miss Holloway. Bitte verzeihen Sie mir meine Rauheit."

„Es gibt nichts zu verzeihen", sagte ich. „Sie haben jedes Recht, wütend auf ihn zu sein."

„Warum hat er mich umgebracht? Ich kenne ihn kaum."

„Das wollen wir herausfinden", sagte Lincoln. „Die Sache ist die, Mr Protheroe, Franklin ist nicht ganz menschlich. Er hat übernatürliche Fähigkeiten, mit denen er sich in einen Wolf verwandeln kann."

„Meine Güte!"

„Seine Krallen haben die tödlichen Wunden auf Ihrer Brust verursacht."

Er presste eine Hand an seine Brust, wo sein Herz einst geschlagen hatte. „Ich verstehe."

„Er hat Ihnen das Leben genommen", fügte Lincoln hinzu. „Und er hat Miss Ballantine ihrer Zukunft beraubt."

Protheroes Gesicht verzog sich merkwürdig, als würde er versuchen, die Stirn zu runzeln, konnte aber nicht alle Muskeln zum Mitmachen bewegen. „Das hat er, nicht wahr?"

Ich wusste, dass Lincoln den eher friedlichen Mann anstacheln wollte, um Franklin mit einer leidenschaftlicheren Reaktion einzuschüchtern. Höflichkeit würde uns keine Antworten liefern. Wir brauchten Wut. Entrüstung würde im Zweifelsfall genügen.

„Klopfen Sie an die Tür", wies ich Protheroe an. „Sie haben hier keine Angestellten, also sollte er selbst an die Tür kommen."

Ich hoffte, dass Franklin anwesend und allein war. Gus, Seth und Lincoln waren alle vorhin unterwegs gewesen, um die Aufenthaltsorte der anderen Rudelmitglieder festzustellen. Sie wollten sichergehen, dass das Rudel heute Nacht nicht zusammen umherstreifte. Alle männlichen Rudelmitglieder hatten Pläne für den Abend, wie sie herausgefunden hatten. Was Miss Collingworth und die andere junge Frau vorhatten, war nicht bekannt. Lady Ballantine, Leonora und Mrs Franklin waren noch nicht von der Isle of Wight zurückgekehrt.

Mr Franklin öffnete in der Tat die Tür, doch es dauerte mehrere Minuten. Er trug einen Hausmantel und hielt einen Kerzenleuchter in der Hand, den er hochhielt, um den Mann besser sehen zu können, der ihn mitten in der Nacht aufsuchte. Die flackernde Flamme beleuchtete den Schrecken auf seinem Gesicht perfekt.

Er ließ die Kerze fallen und wich zurück. Als er versuchte, die Tür zuzuknallen, schob Protheroe sich gewaltsam hinein, Lincoln auf den Fersen. Ich folgte mit Gus, während Seth, der den Kürzeren gezogen hatte, bei der Kutsche bleiben musste.

Ich hob den Kerzenhalter auf, aber die Flamme war verlöscht. Wenigstens war der stabile Messinghalter eine gute Waffe. Ich trat über die Türschwelle und versuchte, die dunklen Schemen zuzuordnen. Durch eine Tür links von uns fiel ein Viereck von Licht auf den Teppich, beleuchtete aber nicht mehr als das. Wir würden unseren Instinkten folgen müssen, was Lincoln hervorragend verstand. Protheroe würde mit seinem Geisterblick keine Schwierigkeiten haben. Gus und ich würden jedoch Mühe haben. Ich hielt mich mit ihm im Hintergrund, als er die Haustür schloss.

„W-was …?", murmelte Franklin. „Wer sind Sie?"

„Sie wissen, wer ich bin." Die harsche, kehlige Stimme klang überhaupt nicht wie Protheroes sanfte Geisterstimme. „Mein Name ist Roderick Protheroe, und Sie haben mich umgebracht."

„Ich … ich …" Franklins hörbares Schlucken füllte die Stille und seine Silhouette richtete sich auf. „Sie sind es nicht! Das ist absurd. Ich hätte wissen sollen, dass Sie dahinterstecken, Fitzroy. Was wollen Sie?"

Lincoln ging ins Nebenzimmer und kehrte mit einer Lampe zurück. Er hielt sie vor Protheroes Gesicht.

Franklin schnappte nach Luft, taumelte zurück und stieß gegen einen Tisch, wobei er die Onyxstatue umwarf, die darauf stand. Sie fiel mit einem dumpfen Schlag auf den Boden, zerbrach jedoch nicht. „Verdammte Hölle!" Er stützte sich mit einer Hand auf dem Tisch ab. „Was in Gottes Namen geht hier vor? Sie ... Sie können nicht er sein. Das können Sie nicht!"

„Warum?", fuhr Protheroe ihn an. „Weil Sie mich haben sterben sehen?"

Noch ein hörbares Schlucken von Franklin. Er stritt den Vorwurf nicht ab.

„Ich bin tot." Protheroe versuchte, die Knöpfe seiner Jacke zu öffnen, doch seine steifen Finger schafften es nicht.

Ich trat heran, um ihm zu helfen. Gemeinsam hatten wir bald seine Jacke und sein Hemd aufgeknöpft. Ich hatte die Verletzungen im Leichenschauhaus direkt nach dem Tod gesehen. Jetzt, Tage später, hatte die Verwesung eingesetzt und sie sahen grässlich aus. Tiefe Einschnitte legten Knochen, Muskeln und Organe frei. Innereien rutschten heraus und die Haut um die Wunden herum hatte sich schwarz verfärbt. Ich bedeckte meine Nase und den Mund, als mich der unverkennbare Geruch von verrottendem Fleisch erreichte.

Franklin zeigte keine Anzeichen von Ekel. Er starrte lediglich Protheroes Gesicht näher an, als wollte er ihn einordnen.

„Schauen Sie meine Wunden an!", rief Protheroe. „Schauen Sie sich Ihr Werk an, Ripper."

Ich erschauerte. Die furchtbare Zeit, als Jack the Ripper die Stadt terrorisiert hatte, war mir noch frisch im Gedächtnis.

„Was wollen Sie", schnappte Franklin.

„Antworten", sagte Lincoln.

„Von mir erfahren Sie nichts." Er wedelte mit der Hand in Richtung Protheroe. „Ihr Schauspieler ist nicht überzeugend."

„Schauspieler!" Protheroe ging auf Franklin zu und zeigte auf seine verletzte Brust. „Sie glauben, das ist eine Täuschung? Die sind sehr echt. Sie haben das getan. Sie haben mich *ermordet.*"

Der Vorwurf zeigte kaum Wirkung. Franklin schien zu glauben, dass wir eine Show abzogen, und keine Angst mehr zu haben. „Wie können Sie dann hier sein? Halten Sie mich für einen Idioten?"

Ich trat vor, nahm meine Mütze ab und zog die Nadeln aus

meinen Haaren. Sie fielen mir über die Schultern. „Er ist hier, weil ich ihn hierhergebracht habe."

„Miss Holloway?" Franklin zog die Aufschläge seines Hausmantels zusammen, wo seine Brust zu sehen gewesen war. „Jetzt verstehe ich. Lord Ballantine hat mir gesagt, dass Sie ein Medium sind. Also haben Sie Protheroes Geist beschworen. Dachten Sie, das macht mir Angst? Was für ein Witz. Ich habe keine Angst vor einem Gespenst." Er streckte die Hand aus, um sie durch das zu schieben, was er für einen Geist hielt, traf jedoch auf eine solide Leiche. Er schreckte zurück und wich aus, bis er gegen die Wand knallte. Sein Brustkorb hob und senkte sich mit seiner schnellen Atmung. „Das ist … Sie sind … *Nein*. Unmöglich."

„Ich bin kein Medium", erklärte ich ihm. „Ich bin Nekromantin. Wissen Sie, was ein Nekromant tut?"

Franklin nickte schnell, wandte den Blick jedoch nicht von Protheroe ab.

„Mr Protheroe wollte Sie kennenlernen", sagte ich.

„Mich?" Franklins Stimme war schrill. „Warum?"

„Sie wissen, warum."

„Deswegen." Protheroe schnappte sich Franklins Hand und drückte sie in seinen zerstörten Brustkorb.

Franklin versuchte, sich loszureißen, konnte es aber nicht. Das schien ihm mehr Angst zu machen, als von einer Leiche berührt zu werden. Ihm wurde plötzlich klar, dass die Toten unnatürliche Kraft besaßen. Franklin war es gewohnt, stärker zu sein als ein Mensch, doch jetzt befand er sich im Nachteil.

„Weil Sie mich ermordet haben", fuhr Protheroe fort. „Und ich will wissen, warum."

Franklin versuchte, seine Hand aus Protheroes Griff zu winden, doch der ließ nicht los. „Nein!", rief Franklin. „Ich war es nicht!"

Protheroe ließ seine freie Hand gegen Franklins Kinn krachen. Franklin fiel auf die Knie, wurde aber von Protheroe aufgefangen.

„Doch, Sie waren es", knurrte Protheroe.

Franklin duckte sich. Protheroe beugte sich über ihn. Er war kein großer Mann, schien aber die Macht zu genießen, die er jetzt innehatte. Seine Lippen verzogen sich zu einem bösartigen Grinsen.

Franklin starrte hinauf in Protheroes tote Augen. „Gehen Sie weg. Lassen Sie mich in Ruhe. Miss Holloway, ich flehe Sie an, machen Sie, dass er weggeht. Sein Tod war nicht meine Schuld. Ich schwöre es! Nicht meine Schuld."

„Aber Sie haben es getan", sagte Protheroe. „Vielleicht auf Befehl eines anderen, aber *Sie* haben mich getötet."

Franklin winselte und wandte das Gesicht ab. Protheroe drückte Franklins Handgelenk zusammen.

Knochen krachten. Franklin schrie. Er brach vor Schmerz zusammen und versuchte, frei zu kommen, schaffte es aber nicht.

„Reden Sie", knurrte Protheroe. „Oder ich breche auch noch die andere und Ihre Fußgelenke dazu. Versuchen Sie dann mal zu rennen, *Wolf*." Er hatte etwas erkannt, was mir entgangen war. Franklin konnte in seiner menschlichen Gestalt auch mit einem gebrochenen Handgelenk klarkommen, aber seine Freiheit in der anderen Gestalt war jetzt beschnitten. Er konnte erst wieder umherstreifen, wenn seine Knochen verheilt waren.

„Ja", stöhnte Franklin. „Ich hab's getan."

Protheroes Gesicht verzog sich vor Wut und ich dachte, er würde seinem Mörder noch mehr Schaden zufügen, doch er beherrschte sich.

„Was jetzt?" Franklin wandte sich hilfesuchend an Lincoln. „Sie können mit diesem Geständnis nicht zur Polizei gehen. Sie werden Ihnen nicht glauben. Alle Beweise deuten auf einen Hund hin, keinen Menschen. Was soll das also alles?"

„Wer hat den Mord befohlen?", fragte Lincoln.

Franklin wischte sich mit der unverletzten Hand den Rotz von der Nase. „Das kann ich Ihnen nicht sagen."

Protheroe trat ihm in den Magen, sodass Franklin gegen die Wand flog. Der Putz bröckelte und das ganze Haus wackelte. Die Kristalle, die über uns am Kronleuchter hingen, klimperten. Franklin ächzte.

„Nicht weiter", sagte ich zu Protheroe. „Geben Sie ihm die Gelegenheit zu sprechen."

„Nun?", schnappte Protheroe. „Wer hat Ihnen befohlen, mich zu töten?"

Franklin schniefte und wischte sich erneut die Nase. Sein Mantel war bis zur Hüfte aufgegangen, aber er machte sich nicht die Mühe, es zu beheben, als er auf die Füße taumelte. „Sie können mich prügeln, bis ich bewusstlos bin, aber ich werde Ihnen nichts preisgeben. Wenn ich das täte, wäre ich so gut wie tot."

Protheroe machte einen riesigen Schritt vorwärts und hämmerte seine Faust gegen Franklins Nase. Blut spritzte. Knochen krachten. Franklin stürzte wieder gegen die Wand. Er hielt sich das Gesicht. Protheroe trat an ihn heran und schwang seine Faust, doch diesmal duckte Franklin sich weg. Er packte Protheroe um die Beine und rang ihn zu Boden.

Protheroe schlug mit dem Kopf auf und etwas zerbrach. Er kam auf die Knie und ein Zahn fiel ihm aus dem Mund. Er lachte.

„Dummkopf", sagte er. „Ich spüre keinen Schmerz. Sie können mich so oft schlagen, wie Sie wollen, ich werde immer wieder aufstehen." Er rappelte sich auf. Sein grausames Grinsen stand im Widerspruch zu der ehrbaren Haltung, die ich inzwischen mochte. Er winkte Franklin heran. „Schauen wir doch mal, wie stark du bist. Kannst du mich unten halten, Wolf?"

Franklin biss nicht an. Er sank gegen die Wand und rutschte an ihr herunter, bis er mit ausgestreckten Beinen keuchend am Boden saß. Blut strömte ihm aus der Nase und seine Haare waren schweißnass. Sowohl seine Lippen als auch ein Auge schwollen an. „Sie gewinnen", würgte er hervor. „Sie können mich genauso gut töten, denn ich werde Ihnen die Antwort nicht geben, die Sie suchen." Er schloss die Augen und drückte sein gebrochenes Handgelenk an seine Brust. „Machen Sie schon. Beenden Sie es."

Protheroes Lippen zogen sich zurück und zeigten lose Zähne. „Verdammt! Sie sollen verdammt sein!" Er holte aus, um erneut zuzuschlagen. Franklin öffnete die Augen und sah zu. Er saß nur da, für alles bereit, was Protheroe auszuteilen gedachte.

Protheroe knurrte und packte Franklin am Kragen. Seine Faust flog in Richtung Franklins Wange.

„Stopp, Mr Protheroe!", rief ich.

Protheroe hielt inne, seine Faust eine Haaresbreite von Franklins Gesicht entfernt. Er ruckte den Kopf zu mir und knurrte wieder. „Lassen Sie mich ihn töten. Er verdient es. Er verdient den Tod für das, was er mir und Leonora angetan hat. Meine geliebte …" Er schüttelte den Kopf und ließ die Schultern hängen. „Bitte, Miss Holloway, lassen Sie es mich tun, um meinen Tod zu rächen."

„Das kann ich nicht. Es tut mir leid. Gehen Sie jetzt, Mr Protheroe. Ich setze Ihren Geist frei. Ruhen Sie in Frieden."

„Nein! Noch nicht!" Der Mund der Leiche hörte nach der Hälfte dieses Protests auf, sich zu bewegen, doch der Geist beendete ihn. Die anderen würden nicht alle Worte hören, doch ich tat es. „Miss Holloway, ich flehe Sie an. Lassen Sie es mich tun. Lassen Sie mich ihn in die Hölle schicken."

Ich sah zu, wie der Geisternebel auseinanderbrach und hinauf zum Kronleuchter fuhr. Dann war er weg.

Ich schaute auf die Leiche herab, die zusammengesackt am Boden lag. Franklin trat danach und zog die Beine zurück, als ob er einen Rückschlag erwartete. Als die Leiche sich nicht bewegte, lehnte er den Kopf zurück und lachte. Es war ein halb irres Geräusch, das sich mit einem Prusten vermischte. Er lachte nicht, er weinte.

„Schaffen Sie sich zu einem Arzt", sagte Lincoln zu ihm. Er bedeutete Gus, die Leiche mitzunehmen.

Ich öffnete die Tür und Gus ging an mir vorbei, den Körper über die Schulter geworfen. Ich wartete auf Lincoln, doch der stand noch neben Franklin. Ich hatte Angst, dass er dem starken Gestaltwandler zu nahe kam, doch das war unnötig. Franklin war zu schwer verletzt, um anzugreifen. Er blutete noch immer stark aus der Nase und sein Auge war zugeschwollen. Seine Hand hing leblos vom Handgelenk.

„Wir werden herausfinden, wer es Ihnen befohlen hat", sagte Lincoln. „Sie werden damit nicht davonkommen."

„Ganz im Gegenteil", sagte Franklin. „Wir sind es schon. Scotland Yard wird Leute wie uns nicht verhaften. Wir sind zu mächtig und es gibt keine Beweise gegen uns."

„Es gibt andere Arten von Gerechtigkeit, die nichts mit der

Polizei zu tun haben." Lincoln drehte ihm den Rücken zu und kam zu mir.

Er folgte mir nach draußen und in die Kutsche, wo wir der Leiche von Roderick Protheroe gegenübersaßen. Gus hatte sie in die Ecke gesetzt, als wäre sie am Leben. Sie blieb nicht lange aufrecht, da Seth mit hohem Tempo durch die Straßen zurück zum Friedhof fuhr, wo wir die Leiche wieder begruben.

Ich lehnte die Narzissen gegen den Grabstein und entschuldigte mich im Stillen bei Protheroe dafür, dass ich seine Ruhe gestört hatte. Er würde mich auch nicht hören, wenn ich laut sprach, aber ich musste es ihm auf meine Art mitteilen. Es fühlte sich an, als hätten wir nicht nur ihn, sondern auch Leonora im Stich gelassen. Wir waren kein Stück näher daran zu erfahren, wer den Mord beauftragt hatte, und Franklin hatte Recht gehabt —wir konnten mit dem Wissen absolut nichts anfangen. Die Polizei würde niemanden für das Verbrechen verhaften.

Ich beobachtete Lincoln, während ich ihm auf dem kurzen Weg zurück nach Lichfield in der Kutsche gegenübersaß. Seine dunklen Augen waren wie unergründliche Gräben, die alles in ihre Tiefe saugten—die Luft, Geräusche, mich. Die Stille in der Kabine wurde dichter, drückte mich nieder, und doch wusste ich nicht, wie ich sie durchbrechen sollte. Lincoln wollte nicht mit mir reden. Um das zu wissen, musste ich sein Gesicht nicht deutlich erkennen, ich tat es auch so. Er war erschüttert. Er hatte nicht das erreicht, was er erwartet hatte, und war sich unsicher, was als Nächstes zu tun war. Trost brauchte er nicht, sondern einen Schlachtplan. Den konnte ich ihm nicht bieten, also sagte ich nicht mehr als „gute Nacht" und ging ins Bett.

Ich lag unter der Decke und dachte darüber nach, wie ich Roderick Protheroes Ruhe gestört hatte, wie er im Tod zu einem gewalttätigen Mann geworden war und wie Nigel Franklin bereit war, sein Geheimnis mit ins Grab zu nehmen. Eins wusste ich sicher—er war von jemandem beauftragt worden, Protheroe zu töten, und dieser Jemand hatte enorme Macht über ihn. Er war bereit zu sterben, um ihn zu schützen. Wäre ich es gewesen, wäre ich nur bereit, für Lincoln zu sterben, jemand, den ich sehr liebte. Wir hatten nichts davon gehört, dass Franklin verliebt war. Es war jedoch möglich, dass er seine Eltern schützte.

Je länger ich dort lag und den Betthimmel anstarrte, desto sicherer war ich mir, dass er seinen Rudelführer Swinburn schützte.

* * *

EVAS EINTREFFEN am frühen Morgen unterbrach unsere Besprechung. Lincoln hatte Gus, Seth und mir gesagt, dass er das Komitee aus dem vorrangigen Grund nicht über unseren nächtlichen Besuch bei Franklin unterrichten würde, dass ich meine Nekromantie eingesetzt hatte und wir wussten, wie sehr das manchen widerstrebte—nämlich Gillingham. Wir wollten gerade diskutieren, wie wir weiter vorgehen wollten, als Whistler uns holen kam. Er sagte, Miss Cornell würde mit einem Gentleman im Salon warten. Dabei verschwieg er, dass es sich bei dem Gentleman um ihren Bruder David handelte.

„Ich freue mich sehr, dich endlich kennenzulernen", sagte ich, als Eva uns einander vorstellte. „Ich bin Charlie, Lincolns Verlobte."

Er lächelte wenig überzeugend und schaute an mir vorbei zu Lincoln. Eine Vorstellung war überflüssig. Er erkannte seinen Halbbruder auch so und schien zu wissen, dass der Mann, der ihm verblüffend ähnlich sah, das älteste Kind seiner Mutter war. Beide Männer besaßen scharfe Wangenknochen und den dunklen Hautton der Zigeuner. Beide waren groß, wobei Lincolns Körper mehr einem V glich mit seinen breiten Schultern. Am faszinierendsten waren ihre pechschwarzen Augen, die einander jetzt mit identischer Kühle maßen.

Ich räusperte mich und warf Lincoln einen finsteren Blick zu. Er schaute mich schließlich an und merkte, dass er sich dem Gast vorstellen musste. Er streckte die Hand aus. Nach einem bezeichnenden Zögern nahm sein Bruder sie.

„Cornell", sagte Lincoln.

„Fitzroy", sagte David.

Oh je. So würde das also laufen. Ich wünschte, Seth und Gus hätten sich zu uns gesellt, oder sogar Alice und Lady Vickers. Mehr Leute bedeutete mehr Konversation und weniger Gelegenheiten für eisiges Schweigen.

„Können wir irgendwo ungestört reden?", fragte Eva mit Blick auf Doyle. Der Butler ging und schloss die Tür hinter sich. Eva rang die Hände im Schoß und sah niemanden an.

„Stimmt etwas nicht?", fragte ich. „Du wirkst aufgeregt."

„Weil sie aufgeregt ist." David zeigte mit dem Finger auf Lincoln. „Und das ist Ihre Schuld."

„David", rügte ihn seine Schwester. „Das wissen wir nicht sicher."

„Und ob wir das wissen. Alles war in Ordnung, bis Mama ihn getroffen hat. Seit Silvester geschehen seltsame Dinge."

„Was für Dinge?", fragte Lincoln.

„Nichts allzu Schlimmes", sagte Eva.

„Spiel es nicht runter", fuhr David sie an. „Zuerst haben wir dem keine große Bedeutung beigemessen", sagte er zu uns. „Mama hatte das Gefühl, missbraucht zu werden. Es war nur ein Gefühl ohne Folgen."

Lincoln erstarrte. „Missbraucht?"

„Als ob ihre Angelegenheiten durchleuchtet würden", sagte Eva. „Du verstehst, Lincoln."

Er nickte.

„Ich nicht", sagte ich. „Was für Angelegenheiten?"

„Ein Gefühl, als ob jemand versucht, mehr über sie herauszufinden", erklärte David mir. „Sie hatte den Eindruck, dass ihre persönlichen Urkunden durchsucht worden wären. Geburten, Eheschließungen, Besitzurkunden et cetera. Öffentlich zugängliche Akten und dergleichen."

„Aber nicht wie ein echter Trigger", sagte ich mehr an Lincoln gerichtet.

Er schüttelte den Kopf. „Ihre seherischen Fähigkeiten haben die Eingriffe gespürt."

„Sie ist stark genug, dass sie das kann?"

„Ja", sagten alle drei.

David zupfte an der Kordel, die die Armlehne des Stuhles säumte, und bewegte seine Füße. Wo Lincoln immer so reglos war, war sein Halbbruder zappelig. „Und in jüngster Zeit", fuhr er fort, „wurde sie verfolgt. Heute Morgen hat sie dann jemand auf der Straße vor unserem Haus konfrontiert."

Ich schnappte nach Luft. „Sie konfrontiert!"

Lincoln presste die Lippen aufeinander, ein sicheres Zeichen, dass diese Nachricht ihn beunruhigte. Ich war mir allerdings nicht sicher, ob die anderen diese kleine Bewegung bemerken würden. Die meisten würden es nicht. „Von wem?"

„Woher sollen wir das verdammt noch mal wissen?", rief David.

„Psst", machte seine Schwester. „Sich aufzuregen, bringt uns nicht weiter."

„Außer zu vermitteln wie aufgebracht wir sind."

„Wie sah die Person aus, die sie konfrontiert hat?", fragte ich.

„Männlich, durchschnittliche Größe, durchschnittliches Aussehen", sagte David. „Sie war erschüttert und ich weiß nicht, wie viel sie wahrgenommen hat. Ich bezweifle, dass sie ihn wiedererkennen würde. Sie ist zerbrechlich. Charakterlich mag sie stark sein, aber so etwas geht ihr an die Nieren."

„Das würde jeder Frau so gehen", sagte ich. „Was hat dieser Mann genau gesagt?"

„Er wollte wissen, wer Ihr Vater war, Fitzroy."

Verdammt. Wenigstens wussten wir, dass es niemand war, der mit dem Prinzen von Wales in Verbindung stand, denn der wusste es bereits. Es könnten Alices Eltern sein, aber es schien merkwürdig, dass sie sich dafür interessieren würden. Viel wahrscheinlicher war Swinburn.

„Und was hat Leisl geantwortet?", fragte Lincoln.

„Sie hat sich geweigert, es ihm zu sagen", sagte Eva. „Eine Nachbarin kam vorbei und sie hat die Möglichkeit genutzt, sie auf einen Tee hereinzubitten und damit dem Fremden zu entgehen."

„Gott sei Dank", murmelte ich.

„Dann wurde sie nicht bedroht", sagte Lincoln.

David runzelte die Stirn. „Wie bitte?"

„Er hat ihr nicht gesagt, dass es ihr schlecht ergehen würde, sollte sie den Namen des Mannes, der mich gezeugt hat, nicht preisgeben. Also wurde sie nicht bedroht, wie Sie vorhin behauptet hatten."

David warf die Hände in die Luft. „Erbsenzählerei."

„David", zischte seine Schwester. „Hör auf."

„Eva, er behandelt die Sache nicht mit der nötigen Sorge."

„Ganz im Gegenteil", gab Lincoln zurück. „Ich besorgt."

„Verdammt merkwürdige Art, es zu zeigen."

„David", schnappte Eva erneut. „Das reicht."

„Lincoln nimmt die Angelegenheit sehr ernst", versicherte ich. Ich warf Lincoln einen strafenden Blick zu, doch er sah mich nicht an. „Es ist eine schreckliche Sache und die arme Leisl muss verängstigt sein."

„Sie will es nicht zugeben, aber das ist sie." Eva rieb sich die Runzeln aus der Stirn. „Wir hatten gehofft, ihr wüsstet, wer es war, und würdet ihn verwarnen."

„Oder ihm einfach sagen, wer Ihr Vater ist", sagte David zu Lincoln. „Was spielt es überhaupt für eine Rolle, wer es weiß?"

Lincoln antwortete nicht und das schien David nur noch mehr anzustacheln. Er zupfte energisch an der Stuhllehne, während sein durchdringender Blick auf Lincoln ruhte. Lincoln starrte ebenso durchdringend zurück.

Eva erregte meine Aufmerksamkeit und formte das Wort „Hilfe" mit ihrem Mund.

„Es ist meine Schuld", sagte ich zu David. „Nicht Lincolns. Ich war diejenige, die darauf bestand, Leisl zu besuchen und sie besser kennenzulernen. Jemand ist uns gefolgt und darauf gekommen, dass eine Verbindung besteht. Glaube ich."

David versteifte sich und seine Finger hielten still. *„Sie* wollten Ihre eigene Mutter nicht besser kennenlernen, Fitzroy? Ihre Verlobte musste Sie dazu überreden?"

„Ich benötige keine Mutter", sagte Lincoln sachlich.

Eine kleine Falte erschien zwischen Davids Augen. „Kein Mann *braucht* seine Mutter, aber ich kann mir nicht vorstellen, dass man sie nicht kennen möchte."

„Das liegt daran, dass Sie mich nicht kennen."

Dieses Treffen wurde immer schlimmer.

„David", warnte seine Schwester, als ob sie wüsste, was er als Nächstes sagen wollte.

Er warf ihr ein gezwungenes Lächeln zu. „Du machst dir umsonst Sorgen, Eva. Ich wollte nichts weiter zu unserem *Bruder* sagen, als dass er diesen Mist aus der Welt räumen muss. Unsere Mutter verdient es nicht, in ihrem Alter so behandelt zu werden. Sie hat vor dreißig Jahren einen einzigen Fehler begangen und seither ein vorbildliches Leben geführt. Trotzdem verfolgt dieser Fehler sie."

Mein Herz rutschte mir in den Magen. Ich wollte Lincolns Hand nehmen und ihm versichern, dass er kein Fehler war, dass seine Geburt vorhergesagt war und Leisl wahrscheinlich deswegen mit dem Prinzen von Wales geschlafen hatte, weil sie wusste, es musste sein. Doch vor Leisls ehelichen Kindern konnte ich nichts davon sagen, insbesondere vor David nicht. Er würde mich nur dafür hassen, dass ich so etwas über seine Mutter sagte, und ich wollte Lincolns Familie nicht vergraulen, egal wie sehr einige Mitglieder ihn ablehnten.

Eva stockte der Atem. Sie schüttelte missfällig den Kopf. Ein Hauch von Reue huschte durch Davids Augen, doch er entschuldigte sich nicht. Stattdessen stand er auf und hielt seiner Schwester seine Hand hin.

Sie warf mir einen traurigen Blick zu und nahm sie dann. „Wir sollten gehen", sagte sie. „Wir wollen Mama nicht zu lange alleinlassen, falls der Mann zurückkommt."

„Sollte er sie bedrohen", sagte Lincoln, der sich ebenfalls erhob, „verständigt mich umgehend."

„Und dann tun Sie was?", schnappte David.

„Sicherstellen, dass es nie wieder vorkommt."

„Wie?"

„Darauf möchtest du keine Antwort haben", ging ich schnell dazwischen. Ich umfasste Lincolns Arm, doch das löste nichts von der Spannung, die ihn durchfuhr.

„Das möchte ich sehr wohl", sagte David und schob die Schultern zurück.

„Nein", sagte ich fester. „Möchtest du nicht."

David schaute noch finsterer, während Eva ihn zur Tür zog. „Danke, dass ihr uns ohne Voranmeldung empfangen habt", sagte sie zu mir.

„Keine Ursache. Ihr seid uns jederzeit willkommen. Wobei mir einfällt, ich schicke euch eine Einladung zum Dinner, sobald die Lage sich hier beruhigt hat. Wir sind im Moment sehr beschäftigt. Ich hoffe, ihr könnt alle dabei sein."

„Wir kommen sehr gern, Charlie. Danke."

David sagte nichts, bis sie ihm in den Arm kniff. „Danke. Es war mir ein Vergnügen, Sie kennenzulernen, Miss Holloway. Ich sehe schon, Sie haben alle Hände voll zu tun. Ich wünsche Ihnen Glück."

„Äh, danke. Und bitte nenn mich Charlie, da wir doch fast verwandt sind."

„Komm jetzt, David", sagte Eva, als er den Mund zu einer Erwiderung öffnete.

Lincoln hielt die Tür auf und ließ unseren Gästen den Vortritt. Gus und Seth lungerten in der Eingangshalle herum und begrüßten Eva. Ich hatte den Verdacht, dass sie wissen wollten, wie David aussah und wie er und Lincoln miteinander ausgekommen waren. Gus konnte nicht aufhören, ihn anzustarren. Seth zeigte jedoch mehr Interesse an Eva. Er lächelte und machte eine leichte Verbeugung. Sie drehte sich zu David und wandte Seth damit ihre Schulter zu.

„Das sind Gus und Lord Vickers", erklärte Eva ihrem Bruder. „Freunde von Lincoln und Charlie."

„Was soll das schon wieder mit dem Lord?" Seth lächelte schräg. „Es heißt Seth, erinnerst du dich?"

„Ich ziehe es vor, Titel zu benutzen", sagte sie zu ihm.

„Warum?"

„Es ist schicklicher."

Er blinzelte sie an. „Oh. Also gut. Wenn Sie das vorziehen, Miss Cornell, dann füge ich mich. Aber ich kann nicht garantieren, dass ich auf Vickers reagiere, da Sie es wichtiger klingen lassen, als ich es verdiene." Er zwinkerte ihr zu.

Sie errötete und eilte ihrem Bruder hinterher.

Sobald sie weg waren, stieß Gus ein raues Lachen aus und schüttelte den Kopf. „Meine Güte, Sie sind wie Ihr Bruder, Sir."

Lincoln marschierte davon. „Wir sind uns nicht ähnlich."

Ich seufzte und bat Gus und Seth, mit mir in den Salon zu kommen, wo ich ihnen erzählte, was vorgefallen war. „David ist wütend. Er glaubt, es sei Lincolns Schuld, dass seine Mutter belästigt wurde."

„In gewisser Weise ist es das", sagte Seth und streckte die Beine aus. „Ihr Leben verlief bis zum Silvesterball friedlich."

„Leisl entschied sich, zum Ball zu kommen, und sie wusste, dass Lincoln dort sein würde", sagte ich hitzig. „Lincoln hatte gar keine Wahl. Er kann nichts dafür. Du hättest David hören sollen. Er war alles andere als nett."

„Neidisch", sagte Gus. „Er sieht aus wie Fitzroy, hat aber kein so 'n großes Haus und haufenweise Geld."

„Und eine feurige kleine Verlobte wie dich hat er auch nicht, Charlie", sagte Seth mit einem schiefen Grinsen. „Ich sehe es auch so. Er ist neidisch. Kümmere dich nicht um ihn, Charlie."

Ich seufzte. „Ich schätze, er muss es als ungerecht empfinden. Lincoln ist der uneheliche Sohn und hat doch so viel zur Verfügung, während David und seine Schwester hart für einen mageren Lohn arbeiten müssen. Ich wünschte nur, er wüsste, dass Geld nicht alles ist und dass Lincoln ein kaltes und hartes Leben hatte ohne mütterliche Liebe. Ich bin mir sicher, dass er nicht mehr eifersüchtig wäre, wenn er das wüsste."

„Aber das erzählst du ihm doch hoffentlich nicht, oder?", fragte Seth vorsichtig. „Fitzroy würde das nicht gefallen."

Ich seufzte wieder. „Ich gehe besser und sehe nach ihm. Er wirkte aufgebracht."

„Echt?" Seth schaute Gus an, der mit den Schultern zuckte. „Ich fand, er sah aus wie immer."

Auf der Treppe wurde ich von Lady Vickers abgefangen. Sie bat mich, ihre Freunde zu besuchen, falls ich Zeit hatte. Alice hatte abgelehnt und Lady Vickers wollte gern Gesellschaft haben. Ich stimmte zu, falls Lincoln mich entbehren konnte.

Ich fand ihn in seinen Gemächern am Schreibtisch. Die Tischplatte vor ihm war leer und er begrüßte mich nicht. Ich legte ihm eine Hand auf die Schulter und küsste seinen Scheitel.

„Was denkst du?", fragte ich.

„Nichts."

Ich schlang beide Arme um ihn und flüsterte in sein Ohr: „Was denkst du, Lincoln?"

Ich spürte, wie er seufzte, auch wenn er keinen Ton von sich gab. „Ich frage mich, wer genug Interesse an meiner Abstammung hat, um Leisl zu befragen."

„Die Everhearts nicht", antwortete ich für ihn.

„Wohl kaum."

„Der Palast weiß es bereits."

„Ja."

„Dann bleibt Swinburn mit seinem Rudel."

„So ist es." Zu diesem Schluss war er offensichtlich schon gekommen, bevor ich den Raum betreten hatte.

„Also ist die Frage", sagte ich, „wer Swinburn erzählt hat, dass dein Vater eine wichtige Persönlichkeit ist? Er scheint zu glauben, dass dieses Wissen erlangenswert ist."

„Weiter." Er ermutigte mich, den Gedanken zu verfolgen, nicht, weil er ihm nicht bereits gefolgt wäre, sondern weil er wollte, dass ich selbst darauf kam.

„Ähm, wie lange wird es dauern, bis Swinburn Leisl wehtut, um Antworten zu bekommen?", vermutete ich. „Ist es das, was dich beschäftigt?"

Er legte seine Arme über meine, um mich bei sich zu halten, lehnte den Kopf zurück und sah mich an. Vorhin waren seine Augen hart wie Stein gewesen. Jetzt wirbelte es in ihnen wie Rauch in der Nacht. „Was ist, wenn er stattdessen dich ins Kreuzfeuer nimmt?"

Ich runzelte die Stirn. „Warum sollte er das tun? Er muss wissen, dass ich hier gut geschützt bin."

„Gut geschützt, weil du mir wichtig bist. Wenn er an mich ran will, wird er es auf dich absehen."

„Du ziehst voreilige Schlüsse, Lincoln. Er will nur Antworten."

„Im Moment."

Ich bewegte mich, damit ich ihn besser sehen und sein Gesicht in meine Hände nehmen konnte. Ich strich mit den Daumen über seine Wangen, bis ich merkte, dass er sich ein wenig entspannte. „Lincoln, du machst aus einer Mücke einen Elefanten. Niemand wurde bedroht. Selbst wenn Swinburn gewillt ist, jemandem wehzutun, um seine Antworten zu bekommen, wird er Leisl wählen, nicht mich. Sie ist ein viel leichteres Ziel und es besteht immer noch die Möglichkeit, dass du mich über die Identität deines Vaters nicht aufgeklärt hast. Er wird es nicht auf mich absehen, Lincoln, insbesondere wenn Franklin ihm sagt, dass ich die Toten zu Hilfe rufen kann." Ich streichelte noch immer seine Wangen mit meinen Daumen. „Außerdem wird er auch von dem Kobold gehört haben. Hör auf, dir Sorgen um mich zu machen."

Er pflückte meine Hände von seinem Gesicht und wandte sich ab. „Leichter gesagt als getan."

„Ich glaube, es geht hier um Leisl", sagte ich, als die Erkenntnis mich traf. „Du machst dir Sorgen um sie, willst es aber nicht zugeben. Du willst so tun, als wäre ich die Einzige, die dir wichtig ist, weil du nicht einmal vor dir selbst zugeben kannst, dass dein Herz in der Lage ist, mehrere Personen zu lieben."

Seine Augenbrauen krachten nach unten und er schob sich aus dem Stuhl. „Du irrst dich." Er marschierte zur Tür und riss sie auf.

„Du wirfst mich raus?"

„Ermutige dich, zu gehen."

„Warum?"

„Weil ich beschäftigt bin und du mich ablenkst."

„Ha!" Ich stand still und versuchte, ihn fest genug anzustarren, um eine Antwort aus ihm heraus zu meißeln.

Es funktionierte nicht. Er legte seine Hände auf meine Hüften, hob mich hoch und trug mich über die Schwelle, wo er mich sacht absetzte.

„Was wirst du tun, Lincoln?"

Er zögerte und sagte dann: „Es gibt nur eins, was ich tun möchte." Er zog mich an sich und küsste mich mit mehr Leidenschaft, als die meisten Leute ihm zutrauten. Dann ließ er mich los und schlug die Tür vor meiner Nase zu.

* * *

ICH KONNTE mich während des Besuchs bei Lady Vickers' Freundin nicht konzentrieren, denn ich war wegen Lincoln viel zu besorgt, um stillzusitzen und etwas zum Gespräch beizutragen. Als sie mich fragte, ob ich lieber nach Hause zurückkehren wollte, anstatt die nächste Freundin zu besuchen, stimmte ich eifrig zu. Sie beschloss, ebenfalls in Lichfield zu bleiben und ihre Besuche auf einen anderen Tag zu verschieben.

„Warten Sie hier", wies ich Tucker an, nachdem ich Lady Vickers aus der Kutsche geholfen hatte. „Ich brauche Sie vielleicht noch."

Ich sauste Lichfields Eingangsstufen hinauf, während sich eine böse Ahnung auf mich legte. „Ist Mr Fitzroy zu Hause?", fragte ich Doyle, als er die Tür öffnete.

„Nein, Miss. Er ist vor einer Stunde ausgegangen."

Eine Stunde. Verdammt. „Hat er Seth und Gus mitgenommen?"

„Ja, und Lord Vickers bat mich, Ihnen das hier zu geben." Er reichte mir einen Zettel, der einmal gefaltet war. Darauf stand lediglich „Swinburn".

Ich atmete aus. Gott sei Dank hatte er Seth gebeten, mir eine Nachricht zu hinterlassen, falls sie ausgingen. Nicht, dass es schwierig gewesen wäre, ihr Ziel zu erraten. Ich hob meine Röcke und lief an Lady Vickers vorbei, die auf dem Weg nach drinnen war.

„Wo gehen Sie hin, Charlie?", fragte sie.

„Lincoln davon abhalten, sich in Gefahr zu bringen." Ich hoffte nur, dass ich nicht zu spät war.

KAPITEL 16

Sir Ignatius Swinburn wohnte direkt neben Lord und Lady Ballantine in Queen's Gate, Kensington. Er war laut seinem Butler nicht zu Hause und ich konnte weder Lincoln, Seth noch Gus in zurückliegenden Hauseingängen lauern sehen. Der Butler wollte mir nicht sagen, wohin sein Herr gegangen war, aber ein geschäftstüchtiger Botenjunge, der mitbekommen hatte, wie ich den Butler zu bestechen versuchte, erzählte mir, dass Swinburn seit dem gestrigen Nachmittag nicht zu Hause gewesen sei. Ich gab ihm einen Schilling für die Information und wies Tucker an, mich zu Franklins Haus zu fahren. Als ich die Kutschentür öffnete, hielt ich mit einem Fuß auf der Stufe inne.

Drinnen saß Lincoln. Er hielt mir die Hand entgegen und half mir herein.

„Was tust du hier?", fragte ich, während ich mich setzte. „Und wie bist du hier rein geschlichen, ohne von mir bemerkt zu werden?"

„Ich warte auf Swinburn. Und die Antwort auf deine zweite Frage lautet heimlich. Warum bist *du* hier, Charlie?" Seine Stimme klang beiläufig, desinteressiert, aber ich konnte an der Art, wie er mich beobachtete, sehen, dass er an meiner Antwort äußerst interessiert war.

„Um sicherzugehen, dass du keine Dummheiten machst."

„Ich mache niemals Dummheiten."

„Dann eben etwas Gefährliches."

Er stützte seinen Ellenbogen auf das Fensterbrett und rieb sich mit der Seite seines Fingers über die Lippen.

„Du bist gegangen, während ich unterwegs war", fuhr ich fort. „Absichtlich, könnte ich behaupten, damit du mir deine Pläne nicht mitteilen musst. Deine Heimlichtuerei sagt mir eins, Lincoln—dass ich es nicht gutheißen werde."

„Du wusstest, wo du mich findest", sagte er. „Das ist wohl kaum Heimlichtuerei."

„Nur, weil Seth mir eine Nachricht hinterlassen hat."

„Danke, dass du meinen Verdacht bestätigst."

„Wag es ja nicht, ihn dafür zu bestrafen, dass er meinen Befehlen gehorcht."

„Seit wann gibst du meinen Männern Befehle?" Er schaute mit einem Kopfschütteln an die Decke. „Seit wann gehorchen sie dir auch auf die Gefahr hin, dass sie mich verärgern?"

„Seit ihnen klar geworden ist, dass du nicht auf sie wütend wirst, wenn sie Sinn und Verstand einsetzen."

Er seufzte. „Fahr nach Hause, Charlie. Ich werde mich Swinburn ohne dich stellen."

Ich rückte vor und schaute aus dem Fenster. Wir fuhren aus Kensington heraus. „Du hast Tucker angewiesen, nach Lichfield zurückzufahren, nicht wahr?"

Er klopfte gegen die Decke und die Kutsche hielt an. Lincoln gab mir einen Kuss auf die Wange und stieg aus. „Fahr nach Hause, Charlie." Er nickte Tucker zu und schloss die Tür.

Ich lehnte mich zurück und verschränkte die Arme. Ich sollte nicht auf Lincoln sauer sein; er machte sich Sorgen um mich. Und in Wahrheit war ich nicht sauer, sondern frustriert. Er war nicht der Einzige in unserer Beziehung, der das Recht hatte, sich Sorgen zu machen.

Jetzt würde es unmöglich sein, Tucker zu überzeugen, zu Swinburns Haus zurückzukehren. Er wusste, wer seinen Lohn zahlte und ich war es nicht. Also saß ich in Gesellschaft meiner wachsenden Frustration da, während wir nach Highgate fuhren. Die Sonne brach durch die Wolken, als die Kutsche langsam durch die Tore Lichfields fuhr. Der Tag versprach noch einmal schön zu werden. Perfekt, um vom Anwesen hinunter zu spazieren und mir eine Droschke zu suchen, die mich zurück nach Mayfair brachte.

Der abrupte Halt warf mich auf die andere Seite der Kabine. Ich landete in einer wenig damenhaften Position auf dem gegenüberliegenden Sitz. Die Pferde wieherten und scheuten, sodass die Kabine nach links gerissen wurde. Tucker versuchte, sie zu beruhigen, doch seine Stimme klang überhaupt nicht ruhig und schien sie nur noch mehr aufzuregen.

Ich schob das Fenster auf. „Ist alles—" Ich schnappte nach Luft, als ich die Gestalt dort stehen sah, die eine Pistole auf mich richtete.

„Nicht bewegen, Miss Holloway", knurrte Sir Ignatius. „Du", sagte er zu dem Fahrer, während er mich im Blick behielt. „Fahr uns von hier weg. Egal wohin. Ich werde deiner Herrin nichts tun, es sei denn, sie macht Dummheiten oder du versuchst, wieder hierherzufahren. Ich wünsche nur, mit ihr zu reden, aber ich werde abdrücken, wenn einer von euch versucht, mich auszutricksen. Verstanden?"

„Ja, Sir", sagte Tucker schnell.

Swinburn kletterte in die Kabine. Er setzte sich mir gegenüber und senkte die Pistole nicht. Ich hob langsam die Hand, um meine Kette zu berühren, aber er schüttelte den Kopf.

„Greifen Sie nicht nach ihrem ... Gerät", sagte er. „Wenn Sie versuchen, was auch immer darin wohnt freizulassen, werde ich Sie erschießen, ehe Sie zu Ende gesprochen haben."

Mir blieb das Herz stehen. Ohne meinen Kobold war meine einzige Waffe ein Messer, das in meinem Ärmel steckte, und ich bezweifelte, dass ich es leicht ziehen konnte. Er wandte den Blick nicht von mir ab.

„Was wollen Sie, Sir Ignatius?", fragte ich wesentlich kühner, als ich mich fühlte. „Mich zu fangen, wird nichts bringen."

„Ganz im Gegenteil. Es sendet ein Signal an Fitzroy, dass ich nicht tatenlos zusehen werde, während er meine Leute terrorisiert." Seine Nase zuckte wie die eines Tieres, das seine Beute wittert.

Ich leckte über meine trockenen Lippen und zwang mein heftig hämmerndes Herz, sich zu beruhigen. So konnte ich schlecht nachdenken, und ich musste nachdenken. Musste diesen Mann entwaffnen und mich befreien. Lincoln konnte mich nicht retten. Mein Kobold konnte mich nicht retten. Ich hatte nur meinen Verstand und ein kleines Messer. Die Chancen standen nicht zu meinen Gunsten.

„Mr Franklin hat Mr Protheroe ermordet", sagte ich. „Protheroe wollte Gerechtigkeit. Er hat nur Mr Franklin terrorisiert, nicht Ihre anderen Freunde."

„Auge um Auge", sagte Swinburn. „Das wäre fair, nur dass Protheroe von Ihnen zurückgeholt wurde, Miss Holloway, und von Fitzroy zur Gewalt ermutigt wurde."

„Er benötigte keine Ermutigung. Mr Protheroe war aufgebracht, und zwar zu Recht. Er hat sich nur in die falsche Frau verliebt und dafür wurde er getötet. Sogar ziemlich grausig."

Er lächelte, doch es hob kaum seinen Schnäuzer. „Vielleicht hätte eine weniger gewaltsame Lösung gefunden werden können, aber keine wäre so … endgültig gewesen. Protheroe war dabei, meine Pläne zu durchkreuzen."

„Und welche Pläne sind das?"

Er brummte. „Verworfene. Für den Moment." Er strich sich mit Daumen und Zeigefinger über seinen Schnurrbart, eine langsame und gezielte Bewegung, die mich noch nervöser machte. „Ich sollte Sie dafür töten, was Fitzroy Nigel Franklin angetan hat. Das wäre eine Nachricht, die er versteht."

„Mr Franklin ist nicht tot." Ich streckte meinen Arm aus und befreite mein Handgelenk von dem Ärmel. „Na los, Sir. Brechen Sie es. Auge um Auge, hatten Sie das nicht gesagt?"

Er starrte auf den Zentimeter nackter Haut zwischen meinem Handschuh und dem Bündchen. „Ich bin kein so großer Dummkopf zu glauben, dass ich damit davonkomme, auch nur ein Haar auf Ihrem Kopf zu krümmen, Miss Holloway. Fitzroy wird mich umbringen."

„Sie haben allen Grund, ihn zu fürchten." Trotzdem glaubte ich nicht, dass er sich vor Lincoln fürchtete. Er war viel zu großspurig, viel zu selbstsicher. Ich hatte den Verdacht, dass er nicht wusste, wozu Lincoln fähig war. Noch nicht. „Was wollen Sie von mir, Sir Ignatius? Sie haben meinem Fahrer gesagt, Sie wollten reden, also reden Sie."

„Ich will, dass Sie Fitzroy sagen, er soll meine Leute in Ruhe lassen.“

„Mit Leute meinen Sie Ihr Rudel.“ Ich schaute noch einmal auf seine Hände. Sie waren klein, wie Lord Ballantines, und sehr menschlich. Alles an ihm wirkte menschlich, doch Leonora hatte uns gesagt, dass sowohl Ballantine als auch Swinburn Gestaltwandler waren mit Swinburn als Anführer. Vielleicht waren sie einfach nur fortgeschrittene Wandler, sie solche Auffälligkeiten wie große Hände und Füße zu verbergen wussten.

„Auf Sie wird er hören, Miss Holloway“, sagte er. „Wenn Sie ihm sagen, er soll meine Leute in Ruhe lassen, dann tut er das.“

„Das glauben Sie?“ Ich hob einen Finger, um seinen Widerspruch zu stoppen. „Ich werde es unter einer Bedingung versuchen. Sie lassen Leisl Cornell und ihre Familie in Ruhe, ebenso wie jeden in Lichfield.“

„Sie schlagen einen Pakt vor?“ Er zog den Mund schräg und durchdachte die Vorzüge meines Vorschlags. Vielleicht überlegte er auch, wie er sich in seine Pläne einfügte, was auch immer die waren. „Wird Ihr Verlobter dem zustimmen?“

„Ja, aber es darf keine Morde mehr geben.“

„Ganz sicher nicht.“ Er klang aufrichtig, aber ich war früher schon getäuscht worden. „Ich kann dem Pakt nur zustimmen, wenn Sie mir eine Sache verraten.“

„Und die wäre?“, fragte ich.

„Wer ist Fitzroys Vater?“

„Ich weiß es nicht“, sagte ich, ohne mit der Wimper zu zucken oder meinen Blick zu senken. Wenn ich diese Richtung von Fragen unterbinden wollte, musste ich überzeugend klingen.

„Lügnerin.“ Seine Nase zuckte und in mir stieg Panik auf. Was, wenn er meine Lüge riechen konnte? „Ich frage noch einmal, wer ist sein Vater?“

„Es ist die Wahrheit.“ Ich konnte das. Ich hatte fünf Jahre lang behauptet, ein Junge zu sein, und sogar Lincoln war darauf hereingefallen. „Ich kenne seinen Namen nicht, das tut niemand, nicht einmal Leisl Cornell. Ich nehme an, Sie wissen inzwischen, dass sie Lincolns Mutter ist.“ Die besten Lügen waren in Wahrheit gehüllt. Es schadete auch nie, ein Gespräch von der Lüge wegzulenken.

„Sie muss wissen, wer der Vater ist", sagte er. „Sie ist kein leichtes Mädchen, was man so hört."

„Sie müssen sehr intensiv recherchiert haben. Sie haben Recht, sie ist eine sehr anständige Frau, und war es auch damals, wurde mir gesagt. Aber Leisl wusste, es war ihre Pflicht, mit einem Fremden zu schlafen, der mit ihr auf dem Jahrmarkt flirtete, wo sie die Zukunft vorhergesagt hat. Sie ist eine Seherin, Sir Ignatius, und sie hatte eine Vision über ihre Rolle bei Lincolns Geburt lange vor seiner Zeugung. Sie wusste aus der Vision, dass der Fremde der Vater ihres ersten Kindes sein würde und dass dieses Kind als Erwachsener eine wichtige Rolle spielen würde. Also hat sie ihre Pflicht den Kräften gegenüber erfüllt, die ihr diese Vision beschert haben, und mit dem Mann geschlafen. Sie hat ihn nie wieder gesehen und neun Monate später gebar sie seinen Sohn."

Er studierte mich sorgfältig, suchte nach Anzeichen, dass ich ihn in die Irre führte. Er schüttelte den Kopf und Falten erschienen auf seiner Stirn. Mir rutschte das Herz in die Hose und mir wurde schlecht. „Was für ein Mist", spuckte er. „Wovon reden Sie da? Was für eine Pflicht?"

Ich verschränkte die Hände in meinem Schoß und drückte sie fest zusammen. „Ich sehe, Sie sind sich Lincolns Wichtigkeit nicht ganz bewusst. Seine Geburt wurde vor Jahrhunderten von einer Seherin vorhergesagt, vielleicht eine Vorfahrin von Leisl. Er wurde als der nächste große Leiter einer Organisation angekündigt, die jetzt als das Ministerium der Kuriositäten bekannt ist. Das Ministerium sorgt für Frieden zwischen den menschlichen und übernatürlichen Reichen." Ich senkte meinen Blick auf meine Hände. „Bitte stellen Sie mir keine Fragen mehr. Es wird ihm nicht gefallen, dass ich Ihnen das alles erzählt habe. Das Ministerium ist nicht sehr bekannt, müssen Sie wissen, und in Anbetracht dessen, womit wir uns beschäftigen, ist uns das auch lieber."

Ich wagte einen kurzen Blick auf ihn, um zu sehen, ob meine schüchterne Bitte Wirkung zeigte. Überraschenderweise sah er nicht mehr so aus, als würde er mir die Knochen brechen wollen, sondern fasziniert. Es war unmöglich zu sagen, ob er vom Ministerium jemals gehört hatte, aber das spielte keine Rolle. Ich hatte ihm nichts Wichtiges verraten und mehrere Übernatürliche in London wussten bereits von unserer Existenz.

„Haben wir also einen Waffenstillstand, Sir Ignatius? Ihr Rudel stellt die Tötungen ein, Sie lassen uns in Ruhe und wir lassen Sie in Ruhe." Ich streckte meine Hand aus.

Er zögerte, dann schüttelte er sie. „Wir haben einen Waffenstillstand, Miss Holloway." Er klopfte an die Decke der Kutsche. „Weisen Sie den Fahrer an, zu meinem Haus zu fahren, damit wir Fitzroy informieren können."

„Sie wissen, dass er dort ist?", fragte ich, während sich die Kutsche verlangsamte.

Sein Lächeln erreichte seine Augen nicht. „Ich würde nicht nach Lichfield kommen und Sie entführen, ohne zu wissen, dass er weit weg ist."

Ich öffnete das Fenster und gab Tucker Anweisung. Wir waren nicht weit von Kensington entfernt, da Tucker es sich zur Aufgabe gemacht hatte, dorthin zurückzukehren, vielleicht in der Hoffnung, Lincoln irgendwie zu alarmieren. Swinburn knöpfte seine Jacke auf und steckte die Waffe unter den Aufschlag.

„Sie wird auf Sie gerichtet bleiben, bis ich Fitzroys Zusicherung habe, dass er dem Pakt zustimmt", sagte er. „Es obliegt Ihnen, ihn von meiner Absicht zu schießen zu überzeugen, sollte ich mich bedroht fühlen."

Den Rest der Fahrt schwiegen wir. Ich starrte aus dem Fenster, ohne etwas wahrzunehmen, spürte aber, wie sein Blick sich in mich hineinbohrte. Als wir endlich unser Ziel erreichten, befahl er mir, die Tür zu öffnen.

Lincoln war bereits auf dem Weg zur Kutsche, zweifelsohne, um sowohl Tucker als auch mich für unsere Rückkehr zu rügen. Gus und Seth kamen hinter ihm aus ihren Verstecken. Sie schauten neugierig, nicht besorgt, da sie Swinburn noch nicht in der Kabine entdeckt hatten.

Ich trat auf den Bürgersteig und hielt eine Hand hoch, um Lincoln aufzuhalten. Der harte Lauf der Waffe drückte gegen meinen Rücken.

Lincoln blieb abrupt stehen.

„Verdammt!", explodierte Gus. „Charlie!"

Lincolns Brust hob und senkte sich und blieb dann still. Sein Kiefer wurde fest. Blitzschnell fuhr sein Blick an mir entlang und sprang dann zu Swinburn, ehe er zu mir zurückkehrte.

„Mir geht es gut", versicherte ich ihm. „Wir haben geredet."

„Lassen Sie sie gehen, Swinburn", knurrte Seth. „Wenn Sie ihr wehtun, wird er Sie und Ihr gesamtes Rudel töten."

„Ich werde nicht schießen", sagte Swinburn. „Es sei denn, jemand macht Dummheiten. Sie werden doch keine Dummheiten machen, Fitzroy, oder?"

Lincolns Fäuste ballten sich. „Was wollen Sie, Swinburn?"

„Ich möchte Ihnen von unserem Pakt erzählen. Miss Holloway und ich hatten eine produktive Fahrt zusammen. Sie hat mich überzeugt, Sie und Ihre Familie in Ruhe zu lassen, Fitzroy, aber nur, wenn Sie zustimmen, mein Rudel in Ruhe zu lassen."

Eine Kutsche näherte sich und ließ in einiger Entfernung eine Dame aussteigen. Niemand sprach, bis sie ins Haus gegangen war und die Kutsche die Straße verlassen hatte. Trotz der fehlenden Unterhaltung schaffte Lincoln es, dank der Wut, die um ihn waberte, bedrohlich zu wirken. Er sah aus, als wolle er Swinburn hier mitten auf der Straße umbringen, egal wer zusah.

Ich sehnte mich danach, zu ihm zu gehen, wagte es aber nicht, mich zu rühren.

„Nun?", fragte Swinburn.

„Ich werde gar nichts zustimmen, bis Sie sie gehen lassen", sagte Lincoln.

„Es ist schon in Ordnung", sagte ich zu ihm.

„Es ist nicht in Ordnung!" Er schrie mich oder andere selten an, weil seine Befehle immer fraglos befolgt wurden. Er wurde wütend, ja, aber normalerweise war seine Wut kontrolliert. Dieser Ausbruch war aus Frustration und Hilflosigkeit geboren.

„Lassen Sie mich zu ihm gehen", sagte ich über meine Schulter leise zu Swinburn. „Lassen Sie mich ihm versichern, dass Sie mir nichts tun."

„Wie können Sie sich sicher sein, dass ich das nicht tun werde?"

Ich drehte mich um, damit ich ihn besser sehen konnte. Ich wünschte, ich hätte es nicht getan. Seine Augen waren kalt und frei von jeglichem Mitgefühl. Er war so wütend wie Lincoln und mir wurde plötzlich klar, dass er sein Rudel genauso sehr liebte wie Lincoln mich. Er würde alles tun, um die Seinen zu beschützen, und er hasste es, dass wir Franklin verletzt hatten. Ich musste darauf vertrauen, dass er unseren Pakt in Ehren halten würde und wir nicht für diesen Schmerz zahlen mussten.

„Weil Sie Angst um Ihr Rudel haben", sagte ich. „Weil Sie wissen, dass Lincoln jeden einzelnen töten wird, angefangen mit Ihnen, wenn Sie mir wehtun."

„Sie vergessen, dass ich die Waffe halte und daher die Oberhand habe."

„Bloß, weil Sie seine Waffe nicht sehen können, heißt das nicht, dass er keine hat. Gus und Seth ebenfalls. In der Zeit, in der Sie den Abzug drücken, werden alle drei ihre Waffen ziehen." Ich wandte mich wieder zu Lincoln und machte einen kleinen Schritt vorwärts.

Lincoln trat ebenfalls vor, blieb aber wieder stehen. Sein Blick suchte meinen, dann sprang er über meine Schulter zu Swinburn. Er schluckte.

„Sagen Sie, dass Sie dem Pakt zustimmen", sagte Swinburn.

Ich machte noch einen Schritt. Lincoln bewegte sich nicht, aber Seth hob die Hand, um mich zu stoppen.

„Bleib da, Charlie", sagte Gus.

„Sagen Sie, dass Sie dem Pakt zustimmen, Fitzroy", sagte Swinburn, lauter diesmal. „Oder ich erschieße sie."

Ich schloss die Augen und öffnete sie wieder. „Lincoln", warnte ich.

Seine Nasenflügel bebten. Der Puls an seinem Hals tobte.

Ich ging erneut einen Schritt vorwärts und Lincoln wurde blass. Hinter mir wurde der Hahn der Waffe gespannt, das Klicken in meinen Ohren so laut wie ein Schuss.

„Ich stimme zu", sagte Lincoln hastig. „Ich stimme dem Pakt zu."

Ich ging zu ihm und er nahm mich in die Arme. Er holte einmal tief Luft und presste mich an sich. Ich schaute mich um.

Swinburn senkte die Waffe, die Augen hell und ein merkwürdiges kleines Lächeln auf seinen Lippen.

Er nickte und stieg dann die Stufen zu seiner Haustür hinauf. Seine Waffe war nirgends zu sehen.

Ich nahm Lincolns Hand und führte ihn zur Kutsche. Wir stiegen wortlos ein, Seth und Gus auch. Lincoln war noch immer wütend, aber etwas lag darunter und ich konnte nur ahnen, dass es Sorge war.

„Ich musste diesen Pakt mit ihm schließen", sagte ich. „Er hat versprochen, niemanden zu töten oder deine Familie weiter zu verhören. Ich glaube, er war sowieso mit meinen Antworten zufrieden, in gewisser Weise. Ich habe ihm nichts von deinem Vater gesagt, Lincoln, nur dass niemand weiß, wer er ist, nicht einmal Leisl."

„Das hast du hingekriegt?" Seth nickte zustimmend. „Gute Arbeit, Charlie."

„Jou", sagte Gus und tätschelte meine Hand. „Hat mir einen verfluchten Schrecken verpasst, den hinter dir aussteigen zu sehen. Aber du hast's alles selbst geregelt."

Das hatte ich. Also warum war Lincoln nicht erfreut?

„Der Pakt wird uns nicht behindern", sagte ich zu ihm. „Wir haben versprochen, seinem Rudel keinen Schaden zuzufügen, aber wir können sie noch immer durchleuchten und sie im Auge behalten."

Seine Wimpern zuckten und er nickte. „Gute Arbeit."

Ich wollte ihn fragen, warum er noch immer aufgebracht war, aber nicht vor den anderen. Er würde mir nicht antworten. Abgesehen davon war es wahrscheinlich, dass er sich noch von dem Schock der Konfrontation erholen musste. Meine Nerven klingelten weiter und mein Herz hatte seinen normalen, stetigen Rhythmus noch nicht wiedergefunden.

Ich bekam meine Gelegenheit, allein mit ihm zu sprechen, als wir vor Lichfield aus der Kutsche stiegen. Lincoln nahm meine Hand und ging mit mir in den Obstgarten. Seine Schritte waren so lang, dass ich doppelt so schnell laufen musste, um mit ihm mitzuhalten.

Er blieb unter dem Dach aus Blüten und Zweigen stehen, wo wir weder vom Haus noch von der Einfahrt oder den Nebengebäuden aus gesehen werden konnten. Er drückte mich fest gegen einen Baumstamm und ich öffnete den Mund, um ihm zu sagen, er solle sich beruhigen, aber sein Kuss raubte mir die Worte. Es war kein sanfter Kuss, aber auch kein brutaler. Er war gefüllt mit den dunkleren Leidenschaften in ihm, die er selten freiließ. Die Art von Leidenschaft, die er unter Verschluss hielt, weil er dachte, sie würde mir Angst machen.

Dieser Mann machte mir jedoch keine Angst. Niemals. Ich kannte ihn, die guten und die schlechten Seiten, und wusste, dass ihn diese dunklen Leidenschaften nie so überwältigen würden, dass er mir wehtat. Anderen vielleicht, aber mir nicht.

Trotzdem hatte ich manchmal den Eindruck, dass es ihm selbst Angst machte, sie freizulassen. Wie jetzt.

Ich erwiderte seinen Kuss ebenso heftig, um ihm zu beweisen, dass ich keine Angst hatte, und weil ich Lust dazu hatte. Ich umfasste seinen Kopf, stellte mich auf Zehenspitzen und schmiegte mich an ihn. Seine Leidenschaft war mir willkommen und ich wünschte, ich könne das Dunkle aufsaugen, wusste aber, dass es unmöglich war. Es pulsierte durch mich hindurch wie durch ihn, wild und stark. Wahnsinnig. Vielleicht war es das, eine Art Wahnsinn, den wir beide gelegentlich spürten. Auf jeden Fall war es schwierig, einen klaren Gedanken zu fassen, wenn das Blut so durch meine Adern rauschte und seine Lippen von mir Besitz ergriffen.

Schließlich wurde der Kuss sanfter und er zog sich zurück, die Dunkelheit wieder einmal sicher unter Verschluss. Ein Rest davon wirbelte noch durch seine Augen und Finger, die meine Taille so kräftig massierten, dass er Gefahr lief, mich zu durchlöchern.

Ich berührte seine Wange und lächelte ihn an. „Sag etwas", sagte ich.

Er schüttelte den Kopf. Weil er nichts zu sagen hatte oder weil er Angst hatte, seine Stimme würde beben? Er trat zurück und senkte den Kopf. Strähnen seiner schwarzen Haare fielen ihm ins Gesicht und verbargen seine Augen.

„Swinburn wird seinen Teil der Abmachung einhalten", versicherte ich ihm. „Er hat genauso viel Angst vor deinem Zorn, wie du davor hast, dass er deiner Familie etwas antut."

Er sah mich durch seine Haare an. Sein Mund ging auf, dann schloss er ihn wieder. Er drehte sich um und marschierte davon. „Ich bin stolz auf dich, Charlie. Der Pakt war eine gute Idee."

Ich hob meine Röcke an und trottete hinter ihm her. Als ich ihn eingeholt hatte, nahm ich seine Hand. Er drückte sie und strich mit seinem Daumen über meinen. Er war stolz auf mich, dessen war ich mir sicher, und er hielt den Pakt für eine gute Idee. Trotzdem war er beunruhigt. Er hatte Angst um mich gehabt und das hasste er. Er betrachtete es als Schwäche.

Das letzte Mal, als er um mich Angst gehabt hatte, hatte er mich zur Sicherheit ins Pensionat geschickt. Damals hatte er weder seine Furcht noch seine Liebe anerkannt. Jetzt konnte ich nur hoffen, dass er genug Fortschritte gemacht hatte, um seinen Instinkt zu unterdrücken, mich von der Gefahr wegzuschicken. Von ihm.

* * *

Das unausweichliche Treffen mit dem Komitee fand am folgenden Morgen in der Bibliothek statt. Lincoln hatte es so lange wie möglich hinausgezögert in der Hoffnung, erst etwas vom Prinzen von Wales zu hören. Er hatte ihm am Abend zuvor einen Brief geschickt, in dem er ihn über die Vorkommnisse, Theorien und den Pakt in Kenntnis setzte. Bis zum Beginn der Komiteebesprechung war noch keine Antwort vom Prinzen eingetroffen.

„Sir Ignatius Swinburn ist nicht involviert", spuckte Lady Harcourt. „Das ist absurd. Verleumderisch!"

„Setz dich, Julia", bellte Lord Marchbank. „Lass sie ausreden."

Lady Harcourt setzte sich nicht. Sie lief auf dem Teppich hin und her und gab mit ihrer tollen Figur und der großen Oberweite an, die durch ihre tiefen Seufzer optimal zur Geltung kamen. Vermutlich war das der Grund, warum sie am häufigsten an Lincoln und Seth vorbeilief. Die standen zufällig nebeneinander, da sie aufgestanden waren, als Lady Harcourt auf die Füße schoss. Da waren sie durch und durch Gentlemen, die nicht saßen, wenn eine Lady in ihrer Anwesenheit stand.

„Ich gehe", verkündete sie plötzlich.

„Gus", sagte Lincoln.

Gus bewegte sich vor die Tür und blockierte ihren Weg.

„Wie kannst du es wagen!", kreischte sie ihn an.

Gus stellte sich breitbeinig hin. „Tut mir leid, Ma'am."

Sie wirbelte herum und warf sich auf einen Stuhl. Ihre Röcke blähten sich auf und ihr Bausch wurde hinter ihr zerdrückt, doch das schien sie nicht zu stören.

„Verdammte Weiber und ihre Hysterie", murmelte Gillingham. „Sollten zu diesen Treffen nicht zugelassen werden."

Lady Harcourts Blick hätte ihn aufgespießt, wäre er aus Stahl gemacht.

„Wenn du die Beweise hörst", sagte Seth zu ihr, „wirst du dich unserer Meinung anschließen."

Sie schniefte und wandte das Gesicht ab.

Lincoln erlaubte Seth, über alles zu berichten, was wir seit unserer Expedition zur Isle of Wight herausgefunden hatten. Er ließ nichts aus und gab eine gute Zusammenfassung unserer Rückschlüsse. Zum Abschluss nannte er die Details des Paktes.

„Ein Pakt!" Gillingham warf seine Hände in die Luft. Da er noch immer seinen Gehstock festhielt, war es ein Glück, dass er die Blumenvase nicht umstieß, die neben ihm auf dem Tisch stand. „Fitzroy, sind Sie wahnsinnig geworden?"

„Es war das beste Resultat", sagte Lincoln.

„Nicht wahnsinnig, weich." Gillingham beäugte mich, als wüsste er, dass der Pakt etwas war, was ich ausgehandelt hatte. „Sie hätten Swinburn töten sollen."

„Er hätte Charlie erschossen, ehe ich meine Waffe ziehen oder angreifen konnte", sagte Lincoln.

Gillingham grinste, als wäre das kaum etwas, worüber man sich Gedanken machen müsste.

„Ich hätte ihn getötet", fuhr Lincoln fort. „Aber sein Rudel hätte mich und meine Männer umgebracht. Sie sind stärker als wir und in der Überzahl. Der Pakt war der einzige Ausweg und die einzige Perspektive."

„Dem stimme ich zu", sagte Marchbank. „Sind Sie sicher, dass man Swinburn trauen kann, ihn einzuhalten?"

„Das müssen wir."

Marchbank verzog nachdenklich den Mund.

„Er wird herkommen und euch alle im Schlaf ermorden", sagte Gillingham. „Lasst euch das gesagt sein."

Lady Harcourt wimmerte. „Hört auf. Hört sofort mit diesem Gerede auf. Der Mann, den ihr beschreibt, ist nicht der Mann, den ich kenne. Er ist ehrgeizig, ja, aber er ist aufmerksam und großzügig."

„Sei doch still, Julia", sagte Gillingham. „Halt dich da raus, bis du wieder bei Verstand bist und einsiehst, dass Swinburn eine Gefahr darstellt."

„Er stellt keine Gefahr dar!"

„Woher willst du das wissen? Weil er dich lieber ins Bett zerrt, statt dich umzubringen? Du weißt doch wohl, dass du nicht die Einzige bist, die ihm das Bett wärmt."

Ihre Nasenflügel bebten und ihre Oberlippe entblößte ihre Zähne.

„Reden Sie in meinem Haus nicht so mit einer Lady", sagte Lincoln. Seine volltönende Stimme rumpelte durch die Bibliothek.

Gillingham lachte ohne jeglichen Humor und schlug die Beine übereinander.

„Fitzroy hat recht", sagte Marchbank. „Das war unangebracht. Dein Verhalten den anderen Mitgliedern dieses Komitees gegenüber war in den letzten Monaten haarsträubend, Gilly. Als ältestes Mitglied weise ich dich an, dich von jetzt an anständig zu benehmen. Du bist nicht so wichtig, dass du nicht rausgeworfen werden könntest."

Gillingham wollte protestieren, schwieg jedoch nach einem einzigen scharfen Blick von Lincoln. Lincoln war noch immer wütend und Gillingham musste erkannt haben, dass er diese Wut auf sich ziehen würde, wenn er weitermachte.

„Was ist mit der Beziehung zwischen dem jungen Prinzen Albert Victor und Leonora Ballantine?", fragte Lord Marchbank, der damit dankenswerterweise das Treffen zur ursprünglichen Tagesordnung zurücklenkte.

„Der Prinz von Wales hat den Treffen der beiden einen Riegel vorgeschoben", sagte Lincoln. „Es wird keinen Kontakt mehr zwischen ihr und Prinz Eddy geben."

„Wie können Sie da so sicher sein? Der Mann ist in sie verliebt, nichts wird ihn von ihr fernhalten."

„Er weiß, dass sie die ganze Zeit über in jemand anderen verliebt war", sagte ich. „Ihm wurde klar, dass er hinters Licht geführt wurde und dass sie ihren Teil dazu beigetragen hat. Das hat seine Zuneigung stark gedämpft."

„Das bezweifle ich nicht."

„So sind Frauen", sagte Gillingham und rieb seine Handfläche über den Knauf seines Gehstocks.

Lady Harcourt richtete eiskalte Augen auf ihn. „Nur weil deine Frau dich ausgetrickst hat, um dich in ihr Bett zu bekommen, heißt das nicht, dass alle Frauen verschlagen sind. Oh, warte." Ihre Lippen verzogen sich zu einem verführerisch schönen und absolut grausamen Lächeln. „Oder hat sie ihre Wolfsstärke genutzt, um über dich herzufallen?"

Gillingham schoss auf die Füße, das Gesicht knallrot. Er hob den Gehstock, doch Lincoln fing Gillinghams Handgelenk ab, ehe er sie schlagen konnte.

„Was?" Marchbank schaute erst Lady Harcourt, dann Gillingham mit gerunzelter Stirn an. „Was soll das mit der Wolfsstärke?"

„Julia!", warnte Seth. „Nicht."

Es war gar nicht so sehr die Tatsache, dass sie andeutete, Harriet wäre eine Gestaltwandlerin, die mich interessierte. Es war die Frage, wie sie überhaupt an diese Information gekommen war. Hatte Swinburn es ihr gesagt? Warum hätte das Thema zwischen den beiden aufkommen sollen?

„Seth wird Sie jetzt hinausbegleiten", sagte Lincoln zu Gillingham.

Seth packte Gillinghams Arm und marschierte mit ihm zur Tür. Gus trat zur Seite und ließ sie durch. Gillingham wirkte nicht allzu erzürnt darüber, hinausgeworfen zu werden.

„Danke, Lincoln", sagte Lay Harcourt atemlos. Sie berührte ihre Schläfen und wankte im Stuhl. „Ich fühle mich recht schwach nach der ganzen Aufregung. Ich kann nicht glauben, dass Gilly so gewalttätig wird. Würde es dir etwas ausmachen, mich nach Hause zu begleiten? Ich habe Angst um meine Sicherheit."

„Dir passiert nichts", sagte Lincoln und drehte ihr den Rücken zu. „Er wird es nicht wagen, dich zu schlagen." Er schenkte am Sideboard einen Brandy ein und reichte ihr das Glas.

Sie nahm es entgegen, jedoch nicht, ohne ihn vorher erbärmlich angeblinzelt zu haben. Sie hatte wirklich Nerven, in meiner Anwesenheit mit ihm zu flirten. Oder sie wusste vielleicht, dass sie nichts zu verlieren hatte, weil ich sie bereits verabscheute, und sie mich.

Seth kehrte zurück und klopfte sich die Hände ab, als hätte er Müll rausgeworfen.

Lord Marchbank bedankte sich bei ihm. „Gillys Launen werden immer schlimmer."

„Weil er zu Hause nichts mehr zu sagen hat." Lady Harcourt stürzte den Inhalt ihres Glases herunter. „Also versucht er woanders, die Führung zu übernehmen, wie hier. Ganz besonders hier."

„Mir scheint, ich bin der Einzige, der nicht weiß, worauf du anspielst", sagte Marchbank düster. „Na los, raus damit."

„Julia", warnte Seth erneut. „Es geht uns nichts an."

„Harriet ist eine Gestaltwandlerin", sagte sie.

Marchbank sank in seinen Stuhl und rieb sich das vernarbte Kinn. „Nun. Das erklärt einiges über Gillinghams Verhalten in jüngster Zeit, insbesondere Damen gegenüber. Warum wurde mir das nicht gesagt, Fitzroy?"

„Es war nicht nötig." Lincoln sprach mit Marchbank, behielt aber Lady Harcourt im Blick. Sie verlagerte ihr Gewicht und spielte mit dem Spitzenkragen ihres Kleides. „Woher weißt du das?", fragte er sie.

„Das geht dich nichts an", sagte sie verschnupft.

„Doch."

„Du hast das Recht, mir Fragen über mein Privatleben zu stellen, in dem Moment verwirkt, als du mir den Rücken gekehrt hast."

„Das hier ist nichts Persönliches. Es ist eine Ministeriumsangelegenheit."

„Oh?", sagte sie mit widerlicher Süße. „Warum wurde

Harriets Zustand dann nicht dem ganzen Komitee zur Kenntnis gebracht? Du kannst nicht alles haben, Lincoln."

Er schlug mit der Hand auf den Tisch neben ihr. Wir fuhren alle zusammen. Lady Harcourt wurde blass. „Wie hast du es herausgefunden?", knurrte er.

Sie setzte sich gerade, die Schultern zurückgeschoben. Ihre Augen blitzten. „Du weißt sehr wohl, dass ich meine eigenen Informationsquellen außerhalb der des Ministeriums habe. Du wirst mich foltern müssen, wenn du mehr wissen willst. So", sagte sie pikiert. „Der Grund, warum ich diese Veranstaltung noch nicht verlassen habe, ist, dass ich das Komitee über mein Vorhaben informieren möchte, mein Testament zu ändern."

„Dein letzter Wille hat mit uns nichts zu tun", sagte Marchbank.

„Der Teil über den Erben, der meinen Platz im Komitee einnehmen wird, schon."

„Es wird nicht Buchanan sein?"

„Nein. Ich habe ihn aus dem Haus geworfen und möchte ihn vollständig aus meinem Leben entfernen. Das tut man mit Tumoren."

„Hat das Testament deines Mannes nicht festgelegt, dass er dort bleiben kann, so lange er will?", fragte Seth.

„Das schon, weswegen ich leider damit rechne, dass er zurückkehrt. In der Zwischenzeit wohnt er bei Donald und Marguerite in Emberly Park."

„Ach du meine Güte", sagte Seth mit einem Kopfschütteln. „Ist das eine gute Idee in Anbetracht von Marguerites anfälligem Gemütszustand? Ganz abgesehen von ihrer Zuneigung zu Andrew und der Tatsache, dass die Buchanan-Brüder sich hassen."

Sie hob eine Schulter. „Von mir aus können sich die beiden gegenseitig umbringen. Vielleicht löst das all meine Probleme."

„Wen wirst du als Ersatz im Komitee nominieren, falls du stirbst?", fragte Lord Marchbank.

„Seth."

Seth blinzelte.

Die Uhr auf dem Kaminsims schlug und Lady Harcourt sammelte ihre Handtasche ein. „Ich muss gehen, aber eine letzte

Warnung, Lincoln. Mach Sir Ignatius keinerlei Vorwürfe. Er ist unschuldig."

Lincoln ging zur Tür, öffnete sie und wartete darauf, dass Lady Harcourt den Raum verließ.

Seth biss allerdings an. „Du bist voreingenommen, Julia. Deine Interessen in dieser Angelegenheit sind jedem hier im Raum klar."

„Du bist nur eifersüchtig, mein lieber Seth. Du warst immer eifersüchtig auf meine anderen Liebhaber."

„Schon lange nicht mehr, Julia. Dich als die Person zu erkennen, die du wirklich bist, war eine befreiende Erfahrung. Es ist, als wäre eine Schlinge um meinen Hals entfernt worden."

Sie steuerte auf die Tür zu, wobei die gestärkten Röcke bei jedem entschlossenen Schritt um ihre Knöchel schnappten.

„Swinburn ist der Rudelführer", sagte Seth zu ihrem Rücken. „Er ist ebenso an Protheroes Mord schuld wie Franklin und das solltest du besser nicht vergessen, sonst findest du dich in Gefahr wieder."

„Er ist keine Gefahr für mich. Er verehrt mich."

„Das verbirgt er gut. Das letzte Mal, als ich euch zusammen gesehen habe, zeigte er an dir nicht mehr Interesse als an jeder anderen Frau. Vielleicht, weil du keine Gestaltwandlerin bist."

Sie fuhr zu ihm herum, die Nasenflügel gebläht wie ein wütender Stier. „Wie kannst du es wagen!", kreischte sie. Wäre er ihr näher gewesen, hätte sie ihn geohrfeigt.

„Wie kannst *du* es wagen, Julia." Seth stach mit dem Finger in ihre Richtung und bleckte die Zähne. Ich hatte ihn noch nie so wütend gesehen. Diesmal hatte sie es zu weit getrieben. „Als Komiteemitglied solltest du die Interessen des Ministeriums im Blick haben, nicht deine eigenen. In letzter Zeit scheinst du das vergessen zu haben. Wenn wir herausfinden, dass du Swinburn von Leisl oder sonst etwas über Fitzroy oder das Ministerium erzählt hast, wirst du aus dem Komitee ausgeschlossen."

Sie presste ihre Lippen zu einem grellen roten Strich auf ihrer blassen Haut zusammen. „Du nimmst den Mund etwas zu voll, mein lieber Seth. Bis, um nicht zu sagen, falls du eine Position im Komitee von mir erbst, bist du nur Lincolns Handlanger. Du kannst mir nicht drohen."

„Aber ich kann es", sagte Lincoln. „Seth hat recht. Falls du Swinburn irgendetwas weitergibst, wird der Ausschluss aus dem Komitee das Geringste deiner Probleme sein."

Sie schluckte mehrmals und verschränkte die Arme, als müsste sie einen kühlen Hauch abwehren. „Leere Drohungen, Lincoln", sagte sie gefasst. „Das ist alles, was du jetzt noch hast, nur Drohungen, von denen wir alle wissen, dass du sie nicht wahr machen wirst. Nicht, seit *sie* deine Kanten abgeschliffen hat. Die Kanten haben dich zu dem mächtigen Mann gemacht, der du einmal warst. Jetzt bist du nur noch ein gewöhnlicher Mann mit einem gewöhnlichen Leben. Wie langweilig du geworden bist."

Ihr Blick glitt unter gesenkten Lidern zu mir. Ich versteifte mich, wich aber nicht zurück. Sie machte mir keine Angst.

„Das reicht, Julia", bellte Marchbank. Er packte ihren Arm und schob sie aus der Bibliothek in die Eingangshalle, wo Doyle Mäntel und Hüte ausgab, als wäre alles in Ordnung.

„Sei vorsichtig, Lincoln", warf sie über die Schulter. „Sir Ignatius ist niemand, den man folgenlos beschuldigen kann." Sie schüttelte Lord Marchbanks Griff ab und öffnete sich selbst die Haustür.

„Die hat Nerven", presste Seth hervor. „Sie darf nicht damit davonkommen, dass sie Swinburn vor unserer Nase hilft."

„Wir wissen nicht sicher, dass sie diejenige ist, die ihm die Informationen zugespielt hat", sagte ich. „Ich glaube außerdem, dass sie seine Zuneigung zu ihr hochspielt."

„Und genau deswegen müssen wir vorsichtig sein. Sie ist verzweifelt genug, seine Aufmerksamkeit damit zu gewinnen, dass sie ihm alle Informationen liefert, die er will."

„Sie würde uns nicht hintergehen", sagte ich. Zum einen glaubte ich, dass sie Lincoln immer noch viel zu gern mochte, um ihm wirklich schaden zu wollen.

Lord Marchbank stand an der Tür und schlug seinen Mantelkragen hoch. „Vickers hat recht. Sie ist verzweifelt und verzweifelte Menschen tun Dinge, die eine normale Person nicht tun würde. Ich glaube, sie ist im Moment zu allem fähig. Seien Sie vorsichtig, Fitzroy. Behalten Sie sie im Auge."

KAPITEL 17

*L*incoln versammelte den gesamten Haushalt zu einem informellen Mittagessen im Esszimmer, inklusive Doyle und den Koch, jedoch ohne die anderen Angestellten. Er informierte alle darüber, dass Lady Harcourt nicht mehr zu trauen war. „Was auch immer ihr in diesen Wänden hört, darf ihr gegenüber nicht wiederholt werden", sagte er.

Lady Vickers tupfte sich den Mundwinkel mit ihrer Serviette ab. „Ich wusste immer, dass sie sich selbst zu Fall bringen wird. Grässliche Frau."

„In der Tat", sagte Alice. „Kaum zu glauben, dass sie so viel um Geld und Stellung gibt, dass sie ihre Freunde verrät."

„Da stimmen wir ausnahmsweise mal überein, Alice", sagte Lady Vickers. „In ihrem Alter sollte sie es besser wissen."

„Sie hat hier keine Freunde und ich bezweifle, dass sie hier je welche hatte", sagte Seth leise.

Gus schnaubte. „Da klingste aber ganz anders als noch vor 'n paar Monaten."

Seth schüttelte kaum merklich, aber verzweifelt den Kopf. Zum Glück schien Alice es nicht zu bemerken, seine Mutter allerdings schon.

„Oh, *Seth*", murmelte sie und verzog das Gesicht.

Seth warf mir einen flehenden Blick zu, aber ich hatte nicht vor, ihm aus dieser Patsche zu helfen. Es wurde ohnehin Zeit, dass Alice von seiner Vergangenheit erfuhr, auch wenn sie schmerzlich war. Er konnte es nicht ewig vor ihr verbergen, nicht, wenn er eine Zukunft mit ihr anstrebte.

Sie hob die Brauen, bat aber nicht um mehr Informationen. Vermutlich folgte das später.

„Lady Harcourt kriegt von mir keine feinen Törtchen mehr", sagte der Koch, nahm sein Sandwich auseinander und zog den Schinken heraus. „Gibt nicht mehr viele im Komitee, die ich noch füttern möchte, nur Sie und Marchbank, Sir."

„Wir werden sie nicht zum Dinner einladen", versicherte ich ihm. „Nur Lord und Lady Marchbank von Zeit zu Zeit, aber nicht als Ministeriumstreffen."

Doyle hatte sich geweigert, sich zu setzen oder etwas zu essen und fragte jetzt, ob er sich entschuldigen dürfe, um nach den Angestellten zu sehen. Lincoln ließ ihn gehen.

Er schien sich seit dem Treffen deutlich beruhigt zu haben, aber ich nahm den Ärger noch immer wahr, der unter der Oberfläche brodelte, vermutlich zusammen mit Sorge.

Doyle kehrte mit einem Brief für Lincoln zurück. Er trug das königliche Siegel. Wir beugten uns alle vor, während er ihn öffnete und den Inhalt überflog.

„Er ist vom Prinzen von Wales", verkündete er und reichte den Brief an mich weiter. „Eine Antwort auf meinen Brief, in dem ich ihn über den Stand unserer Ermittlungen informiert habe."

„Er weigert sich immer noch zu glauben, dass Swinburn involviert ist", sagte ich kopfschüttelnd. „Wie kann er angesichts der jüngsten Beweise so blind sein?"

„Wie kann Swinburn so überzeugend sein?", fragte Gus. „Der hat seine Majestät im Griff, das is mal klar."

„Seine Hoheit", korrigierte Seth. „Majestät ist für Könige und Königinnen, Hoheit für Prinzen und Prinzessinnen."

„Mir doch egal. Keiner von denen is hier, also stört's niemanden. Ich kann ihn seine Schnöseligkeit nennen, wenn ich will."

„Das können Sie *nicht*", gab Lady Vickers scharf zurück.

Gus murmelte eine Entschuldigung.

„Ich frage mich, ob es nicht eher der Einfluss des Herzogs von Edinburgh ist", sagte ich, während ich einen Teil des Briefes noch einmal durchlas. „Hier steht, dass der Herzog das Ministerium überflüssig findet und wir nur Ärger machen. Wie kommt er darauf?"

„Solange der Prinz von Wales das nicht denkt, spielt es keine Rolle", sagte Seth. „Er ist ranghöher."

„Aber der Herzog hat auch sehr viel Einfluss", sagte Lincoln. „Wir können ihn oder seine Meinung nicht ignorieren. Seine Meinung scheint beim Prinzen von Wales einiges zu gelten."

„Hat der Palast die Autorität, das Ministerium zu schließen?", fragte Alice.

„Gute Frage, Alice", sagte Seth. „Eine sehr gute Frage. Wie der Zufall es will, haben sie die nicht. Das Ministerium steht über Politik und königlichen Anweisungen."

„Ihr Missfallen würde uns höchstens in den Untergrund zwingen", erklärte ich ihr. „Das Ministerium hat sich früher schon versteckt und wir könnten es wieder tun, falls nötig. Aber wir werden immer existieren."

Ich erwartete, dass Lincoln in diese Versicherung mit einstimmen würde, doch das tat er nicht. „Der Brief schiebt Ballantine die Schuld für den Mord zu, in Zusammenarbeit mit Franklin", sagte er. „Seine Hoheit nennt Ballantine einen sozialen Aufsteiger, der versucht hat, seinen Sohn in die Falle einer unvorteilhaften Heirat zu locken."

„Das ist ganz richtig", sagte Lady Vickers und nahm sich ein weiteres Sandwich von der Platte neben ihr. „Ich kann der Königsfamilie ihre Entrüstung nicht vorwerfen. Sicher wird er Ballantine nicht damit davonkommen lassen."

„Wird er nicht", sagte ich. „Er lässt Ballantine als Sonderbotschafter nach Indien schicken."

„Indien!", riefen mehrere Stimmen.

„Das Rudel wird auseinandergerissen", sagte Seth. „Swinburn wird das nicht gefallen."

„Swinburn hat möglicherweise noch genug Einfluss sowohl auf den Prinzen als auch auf den Herzog, um es zu verhindern", sagte Lincoln. „Die Stellung wird erst in einigen Wochen festgezurrt und damit hat er reichlich Zeit, seine royalen Freunde davon zu überzeugen, es nicht durchzuziehen."

„Ich glaube nicht, dass er gewinnt", sagte ich. „Der Prinz war fuchsteufelswild, weil Ballantine seinen Sohn manipuliert hat."

„Er war genauso wütend auf Prinz Eddy", rief Lincoln mir in Erinnerung. „Der ist nicht unschuldig."

Wir aßen einige Minuten schweigend, eingehüllt in eine schwermütige Atmosphäre. Hin und wieder spürte ich Lincolns Blick auf mir, aber wann immer ich aufschaute, konzentrierte er sich auf sein Essen. Ich seufzte und versuchte, mein Sandwich herunterzuschlucken, doch ich hatte den Appetit verloren. Da das Rudel für sein Verbrechen nicht bestraft wurde, fühlte es sich an, als hätten wir unseren Auftrag nicht abgeschlossen.

„Das geht so nich", verkündete Gus schließlich und schob seinen leeren Teller weg. „Charlie heiratet in ein paar Wochen. Wir sollten fröhlich sein."

„Ganz genau", stimmte Alice ein. „Wir sollten über etwas reden, was mit der Hochzeit zu tun hat. Nicht das Kleid", sagte sie mit einem Lächeln. „Mr Fitzroy darf vor dem großen Tag nichts darüber wissen."

„Wie wär's, wenn wir übers Essen reden", schlug der Koch vor. „Ich wollte eure Meinung über den Nachtisch hören."

„Wackelpudding." Gus lehnte sich zurück und leckte sich über die Lippen. „Und Vanillesoße."

„Doch nicht für die wichtigste Londoner Hochzeit der Saison", sagte Seth. „Das Essen muss grandios sein."

„Ich kann Pudding grandios machen", sagte der Koch.

„Siehste!" Gus klopfte sich auf den Bauch. „Liebe meinen großen, wabbeligen Pudding, der in Vanillesoße ersäuft."

Seth verdrehte die Augen. „Das kriegen wir besser hin."

„Er sollte französisch sein", verkündete Lady Vickers. „Alles *a la mode* kommt heutzutage aus Frankreich und ich weiß, dass der Koch die kulinarischen Fähigkeiten besitzt, das zu schaffen."

Der gesamte Kopf des Kochs lief rot an.

Seth schaute erst seine Mutter, dann den Koch finster an. „Himmel hilf", murmelte er leise.

„Wo wir gerade von der Hochzeit reden", sagte Gus. „Ich hab beschlossen, dass du auf Charlies linker Seite gehen darfst, Seth."

Seths Blick wurde schmal. „Was erwartest du als Gegenleistung?"

„Darf man nich mal großzügig zu 'nem Freund sein, ohne was zurück zu erwarten?"

Seths Blick wurde noch schmaler. „Du führst doch was im Schilde."

„Gar nich! Ich finde nur, dass du mehr wie 'n Bruder für sie bist als ich. Ich bin wie 'n Freund."

„Vermutlich."

„Und damit kann ich Fitzroys Trauzeuge sein."

„Ah. Stimmt. Hab vergessen, dass er einen Trauzeugen braucht." Seth griff über den Tisch und schüttelte Gus' Hand. „Das klingt fair. Du bist Trauzeuge und ich führe Charlie zum Altar. Stimmen Sie zu, Fitzroy?"

„Habe ich eine Wahl?", fragte Lincoln.

Gus grinste. „Jawoll. Das ist gebongt. Du gehst mit Charlie und ich stehe bei Fitzroy. Es wird mir ein Vergnügen sein, beim Hochzeitsfrühstück neben Miss Everheart zu sitzen."

Seths Lächeln fror ein.

Lady Vickers hob ihr Glas mit Zitronenwasser. „Es ist abgemacht."

„Und ganz ohne Blutvergießen", sagte der Koch schmunzelnd.

„Auf Charlie und Lincoln. Für die beiden kann nicht schnell genug Juni werden, da bin ich mir sicher."

Lincoln erhob sein Glas und ich hätte schwören können, dass sich ein Mundwinkel zu einem kleinen Lächeln hob. Es war ein gutes Zeichen, dass er nicht so angespannt war, wie ich dachte. Leider währten das Lächeln und die gute Stimmung nicht lange. Seine Brummigkeit kehrte zurück und, schlimmer noch, auch sein Schweigen. Er ging mir den Großteil des Tages aus dem Weg, aber ich schaffte es, ihn abends zu stellen. Er hatte nicht mit uns gegessen, sondern lieber an seinem Schreibtisch bei der Arbeit.

„Du kannst mir nicht immer aus dem Weg gehen", sagte ich zu ihm, als ich in seine Gemächer kam.

Er schaute von seinen Papieren auf. „Ich gehe dir nicht aus

dem Weg. Würde ich dich meiden wollen, hätte ich die Tür abgeschlossen oder das Haus ganz verlassen."

Ich lehnte mich an die Tür, da ich nicht sicher war, ob er wollte, dass ich näherkam. Auf Abstand zu bleiben, schien in letzter Zeit die sicherere Option zu sein, insbesondere wenn wir allein waren und unsere Küsse hitzig wurden. Angesichts seiner verschränkten Arme und den verschleierten Augen nahm ich an, dass er gern den großen Raum seines Arbeits- und Wohnzimmers zwischen uns haben wollte. Es war allerdings nicht leicht, sich von ihm fernzuhalten. Mit seinen offenen Haaren, ohne Krawatte oder Weste, sondern nur im Hemd, dessen oberster Knopf offen war, sah er verflucht gut aus.

„Warum das Lächeln?", fragte er.

„Ich lächle, weil ich kaum glauben kann, dass du mein bist."

„Verstehe. Bist du deswegen gekommen? Um mich anzuschauen?"

„Ist das kein guter Grund?"

„Lasse ich gelten. Ich gestehe, dass ich dich zu zahlreichen Gelegenheiten aufgesucht habe, um genau das zu tun. Trotzdem habe ich den Verdacht, dass an deinem Besuch noch mehr dran ist."

Ich verschränkte ebenfalls die Arme. Er kannte mich gut und das war eins der Dinge, die ich an ihm liebte. „Kann ich dich nicht einfach ohne Hintergedanken sehen wollen?", fragte ich.

Er dachte einen Moment darüber nach. „Dann komm her." Er kam mir auf halbem Weg entgegen und nahm mich in die Arme. Er roch nach dem Muskat und den Nelken im Pudding des Kochs und nach seinem eigenen unverwechselbaren Duft, der nur ihm gehörte. Sein leichtes Seufzen verwirbelte meine Haare. „Aber in diesem Fall hast du Hintergedanken." Er hob mein Kinn, um mich richtig ansehen zu können. „Na los. Raus damit."

Plötzlich stellte ich fest, dass ich ihm gegenüber nicht offen sein konnte. Er hasste Erinnerungen an die Zeit, als er mich weggeschickt hatte, und unterbrach mich jedes Mal, wenn ich das Thema ansprach. Die Erinnerung an den Mann, der er damals gewesen war, war schmerzhaft für ihn, doch ich war nicht wie er der Ansicht, man solle nicht darüber reden. Er war vielleicht schon weit gekommen, aber ich war nicht so blindlings in ihn verliebt, dass ich glaubte, er hätte sich verändert und würde nie mehr darüber nachdenken, mich wegzuschicken.

„Vielleicht ist es nichts", druckste ich herum. „Ich könnte Probleme sehen, wo gar keine sind."

Er lockerte seine Arme um mich und verschränkte seine Hände hinter meinem Rücken. „Aber?"

Ich seufzte. „Wenn du wieder versuchst, mich wegzuschicken, werde ich nicht gehen."

Ich spürte den Schock durch ihn fließen, sah den Unglauben in seinen Augen. Unglauben, dass ich dachte, er könnte so etwas tun? Er ließ mich los und kehrte an seinen Schreibtisch zurück, wo er sich anlehnte und die Kante mit beiden Händen fasste. „Warum glaubst du, dass ich dich wegschicken werde?"

Ich hob eine Schulter. „Weil du Angst um meine Sicherheit hast, da Swinburn und sein Rudel ungestraft bleiben."

Er zuckte zusammen, als hätte mein Vorwurf ihm körperlich wehgetan. Oder vielleicht hatte ich ins Schwarze getroffen. „Ich habe versprochen, dich nie wieder wegzuschicken, und ich gedenke, dieses Versprechen zu halten."

„Ja, du hast recht." Ich warf meine Arme um seinen Hals. „Es tut mir leid, Lincoln", flüsterte ich. „Wirklich, das tut es."

Ich versuchte, mich wegzubewegen, aber er drückte mich an sich, vergrub seine Hand in meinem Haar und legte seine Stirn an meine. Ich ahnte, dass er etwas sagen wollte, also versuchte ich nicht, mich loszumachen, doch es dauerte schrecklich lange, bis er endlich sprach. „Deine Sorge ist nicht völlig unbegründet", sagte er schließlich.

Ich zuckte zurück, um sein Gesicht besser zu sehen. „Du kannst das nicht sagen und es dann mir überlassen, die Lücken zu füllen. Du weißt, dass ich sie mit dem schlimmsten möglichen Szenario füllen werde."

Er fuhr sich mit den Fingern durch die Haare und schaute mich durch gesenkte Wimpern an. „Da sind jetzt so viele Dinge, die ich nicht mehr im Griff habe. Dinge, die schiefgehen können. Furchtbar schief. Swinburns Rudel streift noch frei herum und anscheinend wird er vom Palast geschützt. Er ist mächtiger, als ich vermutet habe. Unberührbar sogar. Noch bedenklicher ist, dass Swinburn alles über das Ministerium weiß, meine

Herkunft, die Menschen, die hier leben. Er weiß, dass du meine Schwäche bist, Charlie."

„Nicht nur ich", sagte ich. „Auch deine Mutter. Streite es nicht ab, Lincoln. Sie sind dir wichtig genug, dass du sie beschützen möchtest."

„So, wie ich jede Person der Gesellschaft schützen möchte. Und darauf herumzureiten, hilft nicht."

Ich berührte sein Kinn. „Entschuldigung."

„Ich bin besorgt, dass er dich benutzten wird, um an mich heranzukommen, mich zu schwächen."

Ich nahm ihn so in die Arme, wie er es vorhin bei mir getan hatte, und hielt ihn fest. Ich streichelte seine Haare, seinen Rücken und küsste seinen Scheitel. „Da ist diese Sorge. Die wird immer da sein, selbst, nachdem wir Swinburns Macht gebrochen haben. Es ist etwas, mit dem du fertig werden musst. Wir beide müssen es."

Er nickte und zog sich zurück. „Da ist noch mehr. Evas Vision über eine Bedrohung von der Königin ist beunruhigend und Alices Problem hat das Potenzial, *unser* Problem zu werden. Ein Kaninchen ist eine Sache, eine Armee eine ganz andere."

„Ich weiß."

„Tust du das? Weißt du, wie es für mich ist, mich so machtlos zu fühlen, dich nicht schützen zu können? Es ist kein Gefühl, das ich gewohnt bin, Charlie, und es gefällt mir nicht."

Ich streichelte sein Gesicht und legte dann meine Hand an seine Wange. „Ich weiß", sagte ich erneut. „Aber das ist es, was Liebe und sich um jemanden sorgen bedeutet. Es bedeutet, dass die Möglichkeit besteht, einander zu verlieren. Ich habe auch Angst, Lincoln. Du bist derjenige, der sich immer in gefährliche Situationen begibt. Wenn einem von uns etwas zustößt, dann wahrscheinlich dir. Aber ich liebe dich und will mit dir zusammen sein und das bedeutet, dass ich zusehen muss, wie du dein Leben riskierst, und beten, dass du in einem Stück zu mir zurückkommst."

„*Du* kannst wenigstens mit mir kommunizieren, nachdem ich tot bin."

„Lincoln!"

Er zuckte entschuldigend mit den Schultern.

Ich drückte ihn wieder und er legte die Arme um mich. Da er auf dem Schreibtisch saß und ich stand, waren wir gleich groß und ich konnte von Angesicht zu Angesicht mit ihm reden. „Auch wenn es sicherer wäre, wenn wir keine Gestaltwandler oder wahnsinnige Wissenschaftler konfrontieren müssten, wäre das Leben viel zu ruhig ohne das Ministerium. Ich will mich hier nicht verstecken und ich glaube auch nicht, dass du das willst."

Er blickte mir suchend ins Gesicht, eine kleine Falte zwischen seinen Brauen. „Ich würde vom Ministerium zurücktreten, wenn es bedeuten würde, dass du in Sicherheit bist, Charlie. Du bist mir wichtiger als alles andere. Vergiss das nicht."

Ich spielte mit einer Haarsträhne auf meiner Schulter, ließ sie durch meine Finger gleiten und zwirbelte das Ende auf. „Das weiß ich. Wir nehmen einfach einen Tag nach dem anderen, stellen uns einem Problem nach dem anderen, und wir tun es zusammen. So kommen wir da durch."

Er sah mir in die Augen und nickte. Mehr brauchte ich nicht. Es war genug.

Seine Lippen zuckten. „Meine feurige kleine Kämpferin."

Ich lachte und boxte gegen seinen Arm. „Versuch das nächste Mal, das ohne Lachen zu sagen."

Er grinste und zog mich für einen atemberaubenden, heißblütigen, sehr unangemessenen Kuss an sich.

Charlies und Lincolns Geschichte können Sie hier weiterverfolgen:
Schwur der Täuschung
Der 9. Band der *Ministerium der Kuriositäten* Reihe von C.J. Archer.
Abonnieren Sie den Newsletter von C.J., um über neue ins Deutsche übersetzte Bücher informiert zu werden. Abonnieren: WWW.CJARCHER.COM

EINE NACHRICHT DER AUTORIN

Ich hoffe, Sie hatten beim Lesen von *Verschleiert im Mondlicht* ebenso viel Spaß wie ich beim Schreiben. Als unabhängige Autorin ist Mundpropaganda entscheidend für den Erfolg. Wenn Ihnen dieses Buch also gefallen hat, überlegen Sie doch bitte, ob Sie Ihren Freunden davon erzählen möchten und in dem Shop, in dem Sie das Buch gekauft haben, eine Rezension hinterlassen. Wenn Sie über Neuerscheinungen informiert werden möchten, abonnieren Sie meinen Newsletter unter http://cjarcher.com/contact-cj/newsletter/. Sie werden nur dann kontaktiert, wenn ein neues Buch erscheint.

ÜBER DIE AUTORIN

C.J. Archer begeistert sich für Geschichte und Bücher, seit sie denken kann, und wähnt sich glücklich, dass sie beides vereinen konnte. Sie verbrachte ihre frühe Kindheit in der dramatischen Schönheit des Outbacks von Queensland, Australien, lebt inzwischen aber mit ihrem Mann, zwei Kindern und einer frechen schwarzweißen Katze namens Coco in Melbourne.

Abonnieren Sie C.J.s Newsletter auf ihrer Webseite, um informiert zu werden, wenn sie ein neues Buch herausbringt: http://cjarcher.com/deutsch/

facebook.com/CJArcherAuthorPage
x.com/cj_archer
instagram.com/authorcjarcher